湖北省公益学术著
Hubei Special Funds 出版专项
for Academic and Public-interest
Publications

第二辑

丛书主编 李建中
丛书副主编 袁 劲

国家社会科学基金重大项目
"中国文论关键词研究的历史流变及其理论范式构建"(22&ZD258)成果

"韵"之韵
——从形式诗学透视

黄金灿 著

WUHAN UNIVERSITY PRESS
武汉大学出版社

图书在版编目(CIP)数据

"韵"之韵:从形式诗学透视/黄金灿著. —武汉:武汉大学出版社,
2024.1(2025.2 重印)
中华字文化大系/李建中主编.第二辑
湖北省公益学术著作出版专项资金资助项目
ISBN 978-7-307-23906-7

Ⅰ.韵… Ⅱ.黄… Ⅲ.诗学—研究 Ⅳ.I052

中国国家版本馆 CIP 数据核字(2023)第 146278 号

责任编辑:白绍华 责任校对:汪欣怡 版式设计:马 佳

出版发行:**武汉大学出版社** (430072 武昌 珞珈山)
(电子邮箱:cbs22@whu.edu.cn 网址:www.wdp.com.cn)
印刷:武汉邮科印务有限公司
开本:720×1000 1/16 印张:19.5 字数:269 千字 插页:1
版次:2024 年 1 月第 1 版 2025 年 2 月第 2 次印刷
ISBN 978-7-307-23906-7 定价:89.00 元

总序　字孳字乳的文化：中华文化的"字"生性特征

李建中

人类轴心期五大文明（古巴比伦、古埃及、古希腊、古印度、古中国），惟有华夏文明传承至今，生生不息，个中缘由非常复杂，但文字的特性无疑是重要因素之一。同为轴心期文明，拉丁语的最小单位（字母）是无意义的，而汉语的最小单位（包括部首在内的字）则能显现独立甚至全息的意义，一字一世界，一字一意境。在漫长的历史演变之中，方块字既没有被梵化，也没有被拉丁化，中国文化因之分久必合，华夏文明因之亘古至今。

东汉许慎（约56—147）《说文解字·叙》曰："字者，言孳乳而浸多也"[1]，孳者孳生，乳者哺乳。从观念和思想的层面论，方块字是中华文化之母，不仅孕生而且哺育了中华文化，会意指事、形声并茂地建构起中华文化的意义世界。《周易》讲"鼓天下之动者存乎辞"，许慎讲"盖文字者，经艺之本，王政之始"，刘勰讲"心生而言立，言立而文明"，金圣叹讲"以文运事，因文生事"，一直到鲁迅讲"自文字至文章"和陈寅恪讲"凡解释一字，即是作一部文化史"，均可视为从不同层面揭示中华文化的"字"生性特征。

中华文化产生、传承并能在长久历程中与多种外来文化交流而生生

---

[1]　（汉）许慎撰，（清）段玉裁注：《说文解字注》，上海古籍出版社1981年版，第754页。

不息，与汉字密切相关。汉字是一种世界上非常独特的文字，每个汉字独立且集音形义于一体。在上古，汉语以单音词为主，其中有些单音词成为中国文化的核心词，作为中华文化之元（本原与起源），在其后不断的演变中扩展、丰富。我们这套《中华字文化大系》，精选奠基华夏文明、代表中国文化特征的 100 个汉字（又可以称为"中华文化关键词"或"中华文化核心词"），一个字一本书，对每个字既作"原生—沿生—再生"之源流清理，又作"字根—坐标—转义"之义理阐释，从而在文化思想、社会政治、智性审美、民族心理乃至民风民俗、日常生活等多元面向，标举中华文化的"字"生性特征，建构中华文化的话语体系，彰显中华文化的巨大影响力和恒久生命力，为海内外广大读者奉献中华字文化高远的美学意境和深广的意义世界。

南朝刘勰（约 465—521）《文心雕龙·序志》曰："若乃论文叙笔，则囿别区分，原始以表末，释名以章义，选文以定篇，敷理以举统，上篇以上，纲领明矣。"[①]"原始以表末"四句，既是《文心雕龙》的理论纲领，又是刘勰文学理论批评的基本原则。刘勰的"文学"是广义的文学，与我们今天所说的狭义的"文化"（即小文化或称观念形态的文化）大体上是相通甚至是重合的。因此，刘勰《文心雕龙》"论文叙笔"的四项基本原则，完全适用于我们这套《中华字文化大系》对汉字的诠解与阐释。字文化大系各分册对所选汉字（以下简称"本字"）的解读，大体上在"释名章义""原始表末""选文定篇"和"敷理举统"等层面深入展开。

第一，释名章义。名不正则言不顺，言不顺则事不成。"字"的定义（内涵与外延）尚未厘清，文化阐释从何谈起？本大系所精选的汉字，大多是上古时代以单个方块字为词的核心观念或术语，既有形、声、义三大基本要素，又有从殷商卜辞到六国文字到篆、隶、草、行的历史演变，其语义还有词根义、引申义、转借义、修辞义以及词性活用的不

---

① 本书所引《文心雕龙》，均据范文澜：《文心雕龙注》，人民文学出版社1958 年版。下不另注。

同。凡此种种，各分册在诠解本字时，都是需要讲清楚的。

第二，原始表末。不述先哲之诰，无益后生之虑。本字的语义嬗变，既标识不同时代的文化观念，又贯通不同时代的文化命脉，故须从历史的层面对本字的语义嬗变作出阶段性清理和分时段呈现，尤其要注意在外来文化(如古代的佛学和近现代的西学)影响下，本字与异域文化的冲突与融合。

第三，选文定篇。单个的字，活在文本之中。这里所说的"文本"，既包括传世文书如文史哲经典等，也包括出土文物如简帛、铭器等，还包括民间的和日常生活的口传文化。各分册对本字的解读，须借助多类文本以及由文本所构成的复杂语境，依凭丰富多元、详实鲜活的语言材料，叙述并阐释本字所涵泳的智性审美、民族心理乃至民风民俗等多重旨趣。

第四，敷理举统。本大系所精选的汉字，大多具有全息特征，一字一意境，一字一世界，会意指事、形声并茂地呈现出中华文化高远的美学意境和深广的意义世界。故各分册对本字的诠释和解读，还需要从思想文化的深度，剖析本字所包蕴的哲学、伦理、宗教、政治、文学、艺术等多重语义内涵，概括并揭示本字对于中国文化乃至世界文明的独特价值和意义。

在囊括上述四项基本内容的前提之下，本大系的各个分册的入思路径、整体框架、章节设计乃至撰著风格等，既因"字"(本字)而异，又因"人"(著者)而异，但在总体上具有鲁迅《汉文学史纲要》所称颂的汉字三美："意美以感心，一也；音美以感耳，二也；形美以感目，三也。"

一、文字乃经艺之本，王政之始

许慎的《说文解字》，其《叙》称"文字者，经艺之本，王政之始"。陈梦家(1911—1966)《中国文字学》指出，汉代以前，"文字"的名称经历了三个时期：首称文字为"文"(如《左传》有"夫文止戈为武"、"故文反正为乏"和"于文皿虫为蛊"），次称文字为"名"（如《论语》"必也正名乎"皇疏引郑注"古者曰名，今世曰字"），末称"文""名"为"文字"（如秦始皇《琅琊台刻石》"同书文字"）并沿用至今。① 章太炎（1868—1936）《国故论衡》曰："文学者，以有文字著于竹帛，故谓之文。论其法式，谓之文学。"②这里所说的"文学"是广义上的，与狭义的"文化"（即观念形态的文化或曰小文化）大体重合。从字面上看，章太炎似将文化与文字等同；究其奥义，则是从源头（竹帛）处找到汉语文化与汉语文字的内在关联。章太炎又称"凡文理、文字、文辞，皆称文"，可见"文字"还包括了"名""言""辞"等。在中华文化的产生、生成乃至生生不息之中，汉语的文字扮演着"名"正言顺、一"言"九鼎和"辞"动天下之重要角色。

章太炎《国故论衡》称"榷论文学，以文字为准"③，"以文字为准"是中国文化及文学研究的一大传统，这里的"准"既有标准、法式之义，亦有本根、源起之义。刘勰的"文章"颇类似于章太炎的"文学"，也是广义上的，与"文化"重合。刘勰著《文心雕龙》，专门辟有《练字》一篇，叙述"字"的历史，表彰"字"的伟绩，褐橥"字"的诸种功能。《练字》篇论"字"从仓颉造字说起："仓颉造之，鬼哭粟飞；黄帝用之，官治民察。"仓颉造字是华夏文明史上伟大的文化事件，动天地泣鬼神，孳文明乳文化。汉字的历史也就是中华文化的历史，汉字的功绩也就是中华文化的功绩，故《文心雕龙·序志》讲"文"之功德时称"君臣所以炳焕，军国所以昭明"，亦即《练字》所言"官治民察"。刘勰之前，东汉许慎曰："盖文字者，经艺之本，王政之始，前人所以垂后，后人所以识古。故曰'本立而道生'，'知天下之至啧（赜）而不可乱也'。"④许慎

---

① 陈梦家：《中国文字学》，中华书局 2006 年版，第 255 页。
② 章太炎：《国故论衡》，上海古籍出版社 2003 年版，第 49 页。
③ 章太炎：《国故论衡》，上海古籍出版社 2003 年版，第 49-50 页。
④ （汉）许慎撰，（清）段玉裁注：《说文解字注》，上海古籍出版社 1981 年版，第 763 页。

"故曰"所引两段文字，前者出自《论语·学而》，后者出自《周易·系辞上》。由此可见，从《论语》到《易传》，从《说文解字》到《文心雕龙》，中华元典对"字"之文化本根义的体认是一以贯之的。

《文心雕龙·练字》称"字"乃"言语之体貌""文章之宅字"，汉语的方块字是言语的生命体，是文章的宅基和家园。《尔雅》有"言者，我也"，"我"以何"言"？字。故《练字》篇说"心既托声于言，言亦寄形于字"。无言，心何以托？无字，言何以寄？《文心雕龙·章句》赞"字"，称其"振本而末从，知一而万毕"，亦即许慎所言"经艺之本，王政之始"。字乃统末之本，驭万之一。《章句》篇胪列"立言"的四大要素（字、句、章、篇），"字"居其首，"字"立其本："夫人之立言，因字而生句，积句而成章，积章而成篇。"无论是单篇的文章还是观念形态的文化，其创制孳乳，其品赏识鉴，都是从一个一个的方块"字"开始。① 在源起与流变、创制与识鉴、传播与接受等多重意义上，"字"皆为文化之"始"或"本"，故在此意义上可以说"字生文化"。

许慎《说文解字》对"字"这个汉字的解释是"乳也。从子在宀下，子亦声"。段玉裁（1735—1815）注曰："人及鸟生子曰乳，兽曰产。引申之为抚字，亦引申之为文字。《叙》云：'字者，言孳乳而浸多也。'"② 字者，孳乳也。"孳"是生孩子，"乳"是哺孩子。由"字"我们想到"孕"，两个汉字都是会意："孕"还只是十月怀胎，"字"则不仅是一朝分娩，更是含辛茹苦地将孩子抚养成人；"孕"还只是怀一个孩子（胎），"字"则是生产并哺育一个又一个的孩子，引而申之，则表明一个字可衍生出许多个词和短语。段玉裁为《说文解字·叙》"字者，言孳乳而浸多"作注时，还将"字"拿来与"名"和"文"相比较，先讲"名者自其有音言之，文者自其有形言之，字者自其滋生言之"，后说"独体曰文，合

---

① 民间将文人著书立说称之为"码字"，将接受者的文化解读称之为"识文断字"，亦可见对文化活动中"字"元素的高度重视。

② （汉）许慎撰，（清）段玉裁注：《说文解字注》，上海古籍出版社1981年版，第743页。

体曰字"，强调的都是"字"的"孳乳""浸多""滋生""合体（再造）"之功能。

当然，许慎和段玉裁说"字"，还只是在小学（文字学）的场域内讨论"字"的孳乳性或繁衍力。如果我们将"字，孳乳也"放在广阔的文化领域，来追问并验明"文字"与"文化"的血缘关系，则不难发现中华文化的字生性特征。《文心雕龙》开篇"原道"，追溯"文"即文化之本原与起源，《原道》篇在为"文"释名以章义即解决了"文"的本原问题之后，继之回答"文"的起源问题："自鸟迹代绳，文字始炳，炎皞遗事，纪在三坟"，从"唐、虞文章"到"益、稷陈谟"，从夏后氏"九序惟歌"到周文王"繇辞炳曜"，从周公旦"制诗辑颂"到孔夫子"熔钧六经"，刘勰为我们描述的这一部上古文化史，分明滥觞于"文字始炳"，分明嬗变为文字的"符采复隐，精义坚深"，又分明完成于先秦圣哲的"组织辞令""斧藻群言"。

《原道》篇的上古文化史在论及商周文化时，称"逮及商周，文胜其质，雅颂所被，英华日新"，这是伟大的《诗经》时代，这是辉煌的风雅颂时代。商周始祖的"英华"记录在《雅》《颂》文字之中。商的始祖是契，契建国于商；周的始祖是后稷，后稷的母亲是姜嫄。再往上追问：契乃谁生？姜嫄如何生后稷？幸好，我们有《诗经》的文字：《商颂·玄鸟》说"天命玄鸟，降而生商"，《大雅·生民》说"（姜嫄）履帝武敏歆，攸介攸止。载震载夙，载生载育，时维后稷"。玄鸟生商（契），姜嫄履帝之足迹而生后稷，这是《诗经》的文字所记录的商周历史。就历史的真实而言，玄鸟不可能生商（契），姜嫄亦不可能履帝迹而生后稷；就文化（神话与传说）的真实而论，"玄鸟生商""姜嫄履帝迹生后稷"则不仅是"真"的，更是"美"和"善"的。而关于商周始祖的真善美的历史，与其说是《诗经》的文字所记录，还不如说是《诗经》的文字所创造。关于"字生文化"的例证，除了"玄鸟生商"和"履帝武敏歆"，还可以举出后羿射日、女娲补天、皇英嫔虞、伏羲画卦、仓颉造字……中华文化史上这些动天地泣鬼神的壮美故事，这些孳文明乳文化的伟大事件，无一不是我们的方块字所创造出来的，字生文化是也。

"文化"和"文字"的"文"，被许慎解释为"错画也，象交文，凡文之属皆从文"①。东汉的许慎虽读过《庄子》却未见过殷商卜辞，故不知道这个"文"就是《庄子·逍遥游》的"越人断发文身"之"文"。甲骨文中的"文"，从武丁时期到帝辛时期，均有"文身"之义："象正立之人形，胸部有刻画之纹饰，故以文身之纹为文。"②纹身所具有的符号性、象征性、修饰性、结构性和文本化，使得"文"这个独体象形的汉字成为人类最早的文化产品之一，亦成为汉语言"字生文化"的最早例证之一。如果说，人在自己身体上的交文错画是人类最早的文化行为，那么"以文身之纹为文"则是人类最早的文化识鉴和文化交往，是人对"字生文化"的感性鉴赏和理性批评。交文错画着形形色色之"文"的龟甲兽骨，虽然被掩埋在殷商帝辛的废墟之中，但"字生文化"作为华夏文明的重要特征却生生不息，历经数千载而不朽。我们今天从文明、文化、文字、文辞、文献、文学、文章、文艺、文采、文雅等中国文化的诸多关键词之中，从诗、词、歌、赋、曲、文、说、剧、碑、诔、铭、檄、章、奏、书、记等各体文学及文化产品之中，不难窥见掩埋在殷墟小屯的"字生文化"之元素及景观。

二、心生而言立，言立而文明

"文字"与"文化"都有一个"文"，"文"既是独体象形的上古汉字的典型代表，也是字生文化的典型例证。《文心雕龙》以"文"肇端（《原道》篇首句"文之为德也大矣"），以"文"终章（《序志》篇末句"文果载心，余心有寄"），可谓始于"文"而终于"文"。《原道》篇追原"文"之"元"（原本与源起），在很诗意也很哲理地阐释了"天之文"和"地之文"之后，水到渠成地引出"人之文"的定义："心生而言立，言立而文明，

---

① （汉）许慎撰，（清）段玉裁注：《说文解字注》，上海古籍出版社 1981 年版，第 425 页。

② 徐中舒主编：《甲骨文字典》，四川辞书出版社 2006 年版，第 996 页。

自然之道也。""人"（天地之心）诞生了，"字"（语言文字）才会被发明被创立；语言文字创立之后，"文"才会彰显、章明、刚健、灿烂。作为天地之心的"人"，以自己所独创的"字"（"名""言""辞"等），去彰明"自然之道"，这一彰显的过程、结果及其规律就是"文"（文章、文学和文化）。如果说，《原道》篇"鸟迹代绳，文字始炳"，《章句》篇"人之立言，因字而生句""振本而末从，知一而万毕"讲的都是文字对于文化之产生即历史起源的决定性价值，那么这里的"心生言立，言立文明"讲的则是文字对文化之生成即逻辑本原的规定性意义。

鲁迅《汉文学史纲要》亦借刘勰"心生言立，言立文明"论汉语"文章"即狭义文化的本原、起源及流传，其首篇《自文字至文章》讲文字乃文章之始："专凭言语，大惧遗忘，故古者尝结绳而治，而后之人易之以书契"，"文字既作，固无愆误之虞矣"①，连属文字而成文章，即刘熙《释名》所云"会集众字以成辞义"，字生文化是也。汉娜·阿伦特《人的境况》讲人生在世须做三件事：活着，工作着，说（书写）着。② 人的工作，制作出各种文化产品，创造出灿烂的文明。而只有当人类用文字"立言"之时，才真正创造出"人之文"。或者说，人类只有凭借"立言"这种文化行为，才能创造出"言立"的文化。《左传》讲三不朽——立德、立功、立言。就"德"和"功"的历史传承而言，前人如何垂后？后人如何识古？立言。何以立言？言寄形于字，因字而生句。故刘勰的"心生言立，言立文明"是对中华文化"字"生性特征的高度概括。

汉语"文学"一词有文献可征者，始见于《论语·先进篇》："文学：子游，子夏。"孔子（前551—前479）的这两位高足，既不创制诗歌更不杜撰小说，何来"文学"之名？杨伯峻（1909—1992）《论语译注》将此处的"文学"释为"古代文献，即孔子所传的《诗》《书》《易》等"③。这里的

① 鲁迅著：《鲁迅全集》第九卷，人民文学出版社1982年版，第343-345页。
② ［美］汉娜·阿伦特著，王寅丽译：《人的境况》，上海人民出版社2009年版，第14-17页。
③ 杨伯峻译注：《论语译注》，中华书局1980年版，第110页。

"文学"实际上是我们今天所说的"文献学"，是观念形态之"文化"的重要组成部分。中国古代，小学（文字学）是经学的根基（故十三经有《尔雅》），经学家首先是小学家（字乃经艺之本）。《世说新语》据《论语》孔门四科而列"文学"门，叙述的是马融（79—166）、郑玄（127—200）、何晏（？—249）、王弼（226—249）、向秀（约 227—272）、郭象（252—312）这些学者注经的故事。精通小学和经学的文化大师们，统统被划归于孔儒的"文学"之门。

夜梦仲尼、以孔子为精神导师的刘勰本来是要去传注儒家经典的，但他觉得自己在经学领域很难超过马融、郑玄，就转而去撰写《文心雕龙》，其《序志》篇坦陈："敷赞圣旨，莫若注经；而马郑诸儒，弘之已精，就有深解，未足立家。唯文章之用，实经典枝条，五礼资之以成，六典因之致用，君臣所以炳焕，军国所以昭明，详其本源，莫非经典。"可见以"敷赞圣旨"即弘扬孔儒文化为人生理想的青年刘勰，实际上是从经学（包括小学）切入"文"的研究，或者说是从经学（包括小学）与文章之关系入手建构其"文"本体。以五经为标准来考察他那个时代的"文"，刘勰很容易发现"（时文）去圣久远，文体解散，辞人爱奇，言贵浮诡，饰羽尚画，文绣鞶帨，离本弥甚，将遂讹滥"。坚守儒家文化的经学立场和小学本位，青年刘勰敏锐地看出他那个时代的"文"（时文）在"言"与"辞"（即语言文字）方面出了大问题，而问题之要害则是严重背离了儒家五经"辞尚体要"的传统："盖周书论辞，贵乎体要；尼父陈训，恶乎异端：辞训之异，宜体于要。于是搦笔和墨，乃始论文。"批判时文的"言贵浮诡"，回归元典的"辞尚体要"，竟然成了刘勰撰写《文心雕龙》的文化心理动因。

如果说《序志》篇是在"文心（为文用心）"的深潜层次讲"辞尚体要"，那么《征圣》篇和《宗经》篇则是在"雕龙（创作技法）"的精微领域讨论如何以圣人和经典为师来"辞尚体要"。二者虽有巨细之别，但其经学立场和小学本位（即"字本位"）则是一致的。《征圣》篇连续三次讲到"辞尚体要"，要求文学家学习春秋经的"一字以褒贬"和礼经的"举轻以包重"，其文字方可"简言以达旨"；学习易经的"精义以曲隐"和左传的"微辞以婉晦"，其文字方可"隐义以藏用"；学习诗经的"联章以积句"和礼经的"缛说以繁辞"，其文字方可"博文以该情"。《宗经》篇则针对"励德树声，莫不师圣，而建言修辞，鲜克宗经"之时弊，大讲特讲儒家五经在"言""辞"即文字上的优长：易经的"旨远辞文，言中事隐"，诗经的"藻辞谲喻，温柔在诵"，书经的"通乎尔雅，文意晓然"，礼经的"采掇片言，莫非宝也"，春秋经的"一字见义，五石六鹢，以详略成文"。"五经之含文也"，宗经征圣落到实处，是要学习五经的文字功夫即雕龙技法，这也是刘勰撰著《文心雕龙》的用心之所在，苦心之所在。

青年刘勰"征圣立言"的经学立场不仅铸就其文学本体观的"字本位"，同时也酿成其文学史观的"字本位"，即从"字"的特定层面来考察文学的历史嬗变。《章句》篇讲诗歌的演变，称"笔句无常，而字有条（常）数"，诗歌句子的变化似无常规，而（每一句）字数的多少则是有规律可循的："四字密而不促，六字格而非缓，或变之以三五，盖应机之权节也。"在刘勰的眼中，中国古代诗歌的发展演变史，落到实处，就是"字"数之多少的应变史："二言肇于黄世，竹弹之谣是也；三言兴于虞时，元首之诗是也；四言广于夏年，洛汭之歌是也；五言见于周代，行露之章是也。六言七言，杂出诗骚；两体之篇，成于西汉。情数运周，随时代用矣。"《明诗》篇对诗歌史的描述，也是以"字有常数"为演变规律的："四言正体，则雅润为本；五言流调，则清丽居宗。……至于三六杂言，则出自篇什；离合之发，则明于图谶；回文所兴，则道原为始；联句共韵，则柏梁余制。巨细或殊，情理同致，总归诗囿，故不繁云。"总之，一时代有一时代之诗歌，彼一时代与此一时代的诗歌之异，或短或长，或密或疏，或促或缓，或多或寡，完全取决于字数的或增或减。王国维《人间词话》说"著一字而境界全出"，对于诗歌创作而言，增（或减）一字则格调迥别、境界迥异，"字"之多寡，岂能以轻心掉之？

三、鼓天下之动者存乎辞

《周易·系辞上》讲到《周易》的四大功用，首条便是“以言者尚其辞”①。《周易》的文化符号包括了两大系统：卦爻象系统与卦爻辞系统，借用王弼《周易略例》的话说，前者是“象者，出意者也”，“尽意莫若象”；后者是“言者，明象者也”，“尽象莫若言”②。但是，“象”之出意尽意，完全有赖于“言”之明象尽象，若无卦爻辞的文字阐释，《周易》那么多的卦爻象究为何意是谁也弄不清楚的。因此，《系辞下》要说“是故《易》者，象也；象也者，像也”，《周易》就是象征，象征就是通过模拟外物以喻晓内意，而拟物喻意离开了“辞”是根本无法进行也无法完成的。作为修辞手法，象征有两个端点：一头是物一头是意，物何以达意指意或明意？必须有“辞”，故《周易》的经与传要用“辞”来拟物（人物、事物、景物等）出意（意义、价值、情志等）。《周易》作为中国的文化经典，其生生不息的奥秘在于斯，其动天地泣鬼神的感染力亦在于斯，故刘勰要借用《周易》的话来浩叹：“鼓天下之动者存乎辞！”

在因“五经皆文”而征圣宗经的刘勰心目中，《周易》无疑是最好的“文”（即文化经典）之一，故《文心雕龙·原道》讲述上古文明史以《周易》的原创与阐释为主线，所谓“庖牺画其始，仲尼翼其终”。《周易》的创卦者，观物而画卦，“系辞焉以尽其言，变而通之以尽利，鼓之舞之以尽神”；《周易》的观卦者，尚辞而解卦，“观其象而玩其辞”，观察卦爻的象征意味而探究玩味其文辞，或者反过来说，通过品味卦爻辞而领悟其象征及修辞。“辞”对于《周易》的意义是无论怎么强调也不为过分的：无“辞”何以识训诂？无“辞”何以明象征？无“辞”何以成易道？无“辞”何以定乾坤？

---

①　本书所引《周易·系辞传》，均据（清）阮元：《十三经注疏》，中华书局1980年版，第75-92页，下不另注。

②　（魏）王弼注，楼宇烈校释：《王弼集校释》下册，中华书局1980年版，第609页。

《周易》是象思维和象言说，而《周易》的象思维和象言说，是靠"辞"（小学之训诂加上文学之修辞）来完成的。受《周易》的影响，中国古代文化历来有"尚辞"之传统，笼统而言是讲究语言文字的艺术，具体而论是注重象征、隐喻、比兴、夸饰等修辞手法。《文心雕龙》创作论二十多篇，有超过一半的篇幅是专门谈"字"说"辞"的：属于谈"字"（即讨论语言文字）的篇目有《声律》《章句》《丽辞》《练字》等，属于说"辞"（即讨论文章修辞）的有《比兴》《夸饰》《事类》《隐秀》等，属于通论二者的有《通变》《定势》《指瑕》《附会》《镕裁》《总术》。广而论之，中国古代文论的批评文本，数量最巨的是历朝历代的诗话、诗式、诗格、诗法等。明清以降，继海量的"规范诗学"或"修辞诗学"，又出现热衷于作法和读法的小说戏曲评点。金圣叹《第五才子书》讲《水浒传》的创作是"因文生事"，"只是顺着笔性去，削高补低都由我"①，故"因文生事"是在叙事层面对"字生文化"的经典表述。

汉语的方块字孳生了文化，也哺乳了文化，字是文化之母。就"文字"创制与"文化"创造之关系而言，汉字的六书作为"字"的构造规律，深情地也深度地哺乳了中华文化，并成为观念形态之文化的创造规律。刘歆、班固将"象形"置于六书之首，并将六书前四项表述为"象形""象事""象意""象声"②，无意中触到字乳文化之要害。鲁迅《汉文学史纲要》亦论及"六书"尤其是"象形"与文化的关系："文字初作，首必象形，触目会心，不待授受，渐而演进，则会意指事之类兴焉。"③

我们以文字与文学的关系而论，汉字六书对汉语文学的孳乳，若概而言之，则是鲁迅所言"意美以感心，一也；音美以感耳，二也；形美

---

　　①　陈曦钟、侯忠义、鲁玉川辑校：《水浒传会评本》上册，北京大学出版社1981年版，第16页。

　　②　（汉）班固撰，（唐）颜师古注：《汉书》第6册，中华书局1982年版，第1720页。

　　③　《鲁迅全集》第九卷，人民文学出版社1982年版，第344页。

以感目，三也"①。若分而言之，其"象形"之"画成其物，随体诘诎"既
是汉字区别于拉丁文的标志性特征，也是文学的标志性特征，方块字的
象形孳乳了文学的形象性和意境化，此其一。如果说"指事"的"视而可
识，察而见意"，养育了文学之"赋"的直书其事，体物写志；那么，
"比类合谊，以见指㧑㧑"之"会意"，与"本无其字，依声托事"之"假
借"，则分别孳乳了文学的"比显"与"兴隐"，此其二。此外，"转注"
的"同意相受"启迪了文学的互文性，而"形声"的"取譬相成"成就了文
学的谐音之趣与声韵之美，此其三。至于具体的创作过程之中，文学家
如何推敲，如何练字，如何捶字坚而难移，如何语不惊人死不休，亦可
见出"字"对于文学的特殊意义。

被称为现代语言学之父和结构主义之鼻祖的费尔迪南·德·索绪尔
（1857—1913），视"文字"为"语言"的表现或工具；与此同时，索绪尔
又不得不承认："书写的词跟它所表现的口说的词紧密地混在一起，篡
夺了主要的作用；人们终于把声音符号的代表看得和这符号本身一样重
要或比它更加重要。"②把书写的词即文字看得比口说的词即言语更加重
要，这在表音体系（如拉丁语）中或许不太正常，但在表意体系（如汉
语）中却是非常正常也是非常真实的。

或许是看到了表意体系的这种独特性，宣称"我们的研究将只限于
表音体系"③的索绪尔，却在《普通语言学教程》中用了整整一节的篇
幅，专门讨论表意体系中"文字的威望"及其形成原因："首先，词的书
写形象使人突出地感到它是永恒的和稳固的，比语音更适宜于经久地构
成语言的统一性"；其次，"在大多数人的脑子里，视觉印象比音响印
象更为明晰和持久"；再次，"文学语言更增强了文字不应该有的重要

---

① 《鲁迅全集》第九卷，人民文学出版社 1982 年版，第 344 页。

② ［瑞士］费尔迪南·德·索绪尔著，高名凯译：《普通语言学教程》，商务
印书馆 1980 年版，第 48 页。

③ ［瑞士］费尔迪南·德·索绪尔著，高名凯译：《普通语言学教程》，商务
印书馆 1980 年版，第 51 页。

性。它有自己的辞典，自己的语法"，并最终形成自己的"正字法"，"因此，文字成了头等重要的"；"最后，当语言和正字法发生龃龉的时候，除语言学家以外，任何人都很难解决争端。但是因为语言学家对这一点没有发言权，结果差不多总是书写形式占了上风，因为由它提出的任何办法都比较容易解决。"①我们看索绪尔从逻各斯中心主义立场出发的对"文字威望"的批评，在某种意义上恰好是对汉字这种典型的表意体系的表扬。书写形象的永恒和稳固，视觉形象的明晰和持久，文字威望对语言统一性的塑造和维护，尤其是文学语言如何以"头等重要"的身份来解决文字与语言的矛盾等，表意体系的这些特征及优长，构成了"字生文化"的文字学根基。

解构主义大师、后现代理论家雅克·德里达（1930—2004），其《论文字学》解构索绪尔语言学的二分结构，认为"文字并非言语的'图画'或'记号'，它既外在于言语又内在于言语，而这种言语本质上已经成了文字"②，故"文字学涵盖广阔的领域"，甚至可以用文字学替代语言学，从而"给文字理论提供机会以对付逻各斯中心主义的压抑和对语言学的依附关系"③。逻各斯中心主义又称语音中心主义，声音使意义出场，不同于汉字的书写使意义出场。德里达《论文字学》在批评索绪尔对文字与言语作内外之分时指出："外在/内在，印象/现实，再现/在场，这都是人们在勾画一门科学的范围时依靠的陈旧框架。"④我们今天研究中华字文化，应该打破陈旧的框架，以一种跨学科的宏阔视野来说"文"解"字"。

---

① ［瑞士］费尔迪南·德·索绪尔著，高名凯译：《普通语言学教程》，商务印书馆 1980 年版，第 50 页。

② ［法］雅克·德里达著，汪堂家译：《论文字学》，上海译文出版社 1999 年版，第 63 页。

③ ［法］雅克·德里达著，汪堂家译：《论文字学》，上海译文出版社 1999 年版，第 50 页。

④ ［法］雅克·德里达著，汪堂家译：《论文字学》，上海译文出版社 1999 年版，第 45 页。

文字乃经艺之本，就人类轴心期文明的典型代表华夏文明而言，以"经艺"为代表的汉语元典，用一个一个的方块字（中华文化关键词或中华文化核心词），建构起轴心期华夏文明的意义世界。中华文化是字孳字乳的文化，华夏文明是字孳字乳的文明。观念意义上的中华文化，其源起是"鸟迹代绳，文字始炳"，其元典是或"一字以褒贬"或"联章以积句"的经艺，其楷模是情见文字、采溢格言、辞尚体要、辞动天下的圣贤文章，其种类是肇于经艺、著于竹帛的所有文体。字生文化，上古汉语的方块字从起源与本原处孳乳了中华文化，孳乳了华夏文明。追问并验明文字与文化的血缘关系，揭示中华文化的"字"生性特征，可为"文化"的释名章义，为文化研究的选文定篇，为文化理论的敷理举统，乃至为文化史的原始表末，提供新的路径并开辟新的场域。

目　　录

绪论 "韵"的概念史与研究史
——兼论诗韵研究的空间、方法与意义

如欲对一个学术问题有所推进，必须先找准它在学术史中的定位，并明确研究的视角和方法。本书重点关注"押韵"（Rhyme）和"音韵学"（Phonology）意义上的"韵"，而非"格韵"（Style）、"风韵"（Charm）意义上的"韵"，两个层面的意义构成"韵"义涵的"双核"，在中国文学、语言学、文化学史上都有充分的发展，本书副标题使用"形式"（Form）一词，就是为了强调前者而区别后者；本书虽然重点关注"韵"的前一层面，但研究方法却是文学的、诗学的而非语言学的，本书副标题使用"诗学"（Poetics）一词，就是为了强调研究的诗学范式并区别于语言学范式。将"形式"与"诗学"组合成"形式诗学"（Formal poetics/ Portry of formism）一词，是以形式主义文论（Formalist literary theory）为依托，这一理论有着丰富的诗韵阐释实践，故而也并不缺乏理解的基础。① 从

---

① "形式诗学"一词脱胎于形式主义文论，可视为"形式主义诗学"的简称，但也可以作为一切研究诗歌形式问题的诗学的通称。学界已有不少论著使用"形式诗学"一词。例如，俄罗斯学者安德烈·戈尔内赫的《形式论——从结构到文本及其界外》（李冬梅、朱涛译，河南大学出版社 2018 年版）一书的第一章标题即为"欧洲形式传统中的文本问题·形式诗学"，解志熙《"和而不同"：新形式诗学探源》（《文学评论》2001 年第 4 期）、张松建《形式诗学的洞见与盲视：卞之琳诗论探微》（《汉语言文学研究》2012 年第 1 期）、张建华《我国的俄罗斯文学批评需要重建形式诗学——跟着纳博科夫读俄罗斯文学》（《外国文学》2020 年第 4 期）等文都使用了该概念。这一概念在中国古典诗学研究领域的价值也逐渐引起重视，例如吴中胜《翁方纲与乾嘉形式诗学研究》（中国社会科学出版社 2013 年版）以翁方纲诗学为个案，研讨乾嘉形式诗学，韩仪《永明新变与形式主义诗学的语言转向》（《文学评论》2014 年第 3 期）一文认为永明时期追求诗文语言的声韵藻采和诗歌整体的韵味与趣味，是一种新变，引发了齐梁时代的语言转向，加快了魏晋形式主义诗学转向的速度，并最终有力地促进了中国形式主义诗学系统的形成；等等。

"形式诗学"透视"韵",可以发现一片既不同于古代文论"韵"范畴研究又不同于语言学"用韵"范式研究的新园地。① 由于本书主体部分是从"形式诗学"透视"韵",亦即只研究了"韵"的一个维度,故而有必要先在绪论部分对"韵"的所有维度及其生成史加以介绍,以构成对主体部分的补充并提供一定程度的"前理解"。

无处不在的节奏总能给人带来韵动之美。宇宙中就有一种韵动之声,是由脉冲星信号转换而来。脉冲星是拥有强磁场的快速自转中子星,因不断发出电磁脉冲信号而得名,它们"具有极规则的脉冲周期"。② 中子星体积小、质量大,两极都有能被人类仪器接收的辐射束。随着脉冲星两极的转动,每个脉冲星都会重复信号,快速而丰富,表现出有规律的节奏。不同的脉冲星发出的信号不同,节拍速度也不同。正如《宇宙之美》一书所言:"脉冲星就是自然界中周期性点亮天空的灯塔。"③科学家用特制仪器可以将它们转换为各种有节奏规律的声波。中国的球面射电望远镜"天眼"已经发现了大量脉冲星,极大丰富了人类的宇宙音乐收藏馆,也更让人相信节奏确实存在于宇宙各处。在地球上,星汉的壮丽灿烂,四时的周而复始,山峦的远近高低、连绵起伏,江海的波涛涌动、潮涨潮落,无不蕴含着一定的自然节奏,至于由萧萧落木、嘤嘤鸟鸣、凄凄猿啸等无数自然之声共同谱写的大自然交响曲,其中又不知蕴含着多少和谐的节奏。人类出现之后,原始先民狩猎时的呼喊,劳作时的"杭育",休憩时的吟啸,更是须臾离不开节奏。后来

---

① 日本学者池上嘉彦《诗学与文化符号学——从语言学透视》(林璋译,译林出版社 1998 年版)一书以语言学为特定视角研究诗学与文化符号学,其副标题"从语言学透视"简明扼要地圈示了研究视域与方法。本书因是从"形式诗学"这个特定视角研究"韵"问题,故模仿其命名方式,将副标题定为"从形式诗学透视"。

② 参见孙扬、胡中为编:《天文学教程》,上海交通大学出版社 2020 年版,第 104 页。

③ [法]雅克·保罗、[法]让-吕克·罗贝尔-艾斯尔著,陈海钊译:《宇宙之美:从大爆炸到大坍缩,跨越 200 亿年的宇宙编年史》,北京联合出版公司 2017 年版,第 170 页。

他们又将这种节奏思维融入音乐、歌舞、文字、绘画、建筑，逐渐将原初朦胧的节奏感具象化、系统化、细腻化，世界各地现存原始部落的歌舞，考古中不时发现的刻符、岩画等，无不彰示着先民对节奏的理解与崇拜。

中华先民对节奏的痴迷丝毫不亚于世界上其他任何早期文化，大麦地岩画、马家窑彩陶、贾湖骨笛、双墩刻符、石峁口簧等，这些史前艺术的创造都离不开神秘而深刻的节奏感，至于石峁、陶寺、良渚三座震惊世界的古城，其建筑艺术本身就鲜明地体现着中华先民对节奏感、节律美独特而成熟的理解。这种对节奏感、节律美的追求历久弥新，经过夏、商、周乃至秦、汉的全面发展，对其进行准确表达、描述的需求日渐强烈。于是 "韵" 字便应运而生了。"韵" 字的产生固然有其偶然性，但主要取决于文化史的必然性。如同一个结穴、一座分水岭，此前与 "韵" 相关的各种意识、记忆、表达被重新追问、思辨、凝聚，此后则得以在一个新的高度上重新出发，创造出一部 "韵" 的文化史，直至今日仍旧强烈地影响着国人的思维习惯、艺术品位乃至日常生活。

一、古无韵字

古人在关于 "韵/韻" 字起源的叙事中，古无 "韵/韻" 字是一般都会提及的一句话。① 然而这个 "古" 的上限是何时代，却不得而知。南宋薛尚功《历代钟鼎彝器款识法帖》载，"方城范氏" 藏有一曾侯钟，其上有铭文曰："惟王五十有六祀，徙自西阳，楚王韵章作曾侯乙宗彝，置之于西阳，其永时用享。"② 铭文载楚王名 "韵章"，此 "韵" 字篆书作类

---

① 或许在今人看来，"韻" 与 "韵"，不过是繁体字与简化字的区别，实际上二字古人皆常使用，只是使用 "韻" 字的频率更高些，"韵" 则多作为异体字使用。当然，需要特意强调二字区别的情况除外。下文在普通行文或一般引述时根据出版需要使用简体 "韵" 字，在强调二字共同的处境时使用 "韵/韻"，在二字有区别时或用 "韵" 或用 "韻"。

② （宋）薛尚功：《历代钟鼎彝器款识法帖》卷六，清文渊阁四库全书本，第8a-8b 页。

似于左"音"右"匀"的字形。薛氏论曰:"右二钟,前一器藏方城范氏,皆得之安陆。古器物铭云'惟王五十六祀,楚王韵章',按楚惟惠王在位五十七年,又其名为章,然则此钟为惠王作无疑也。"①考楚惠王,芈姓,熊氏,名章,《吕氏春秋》《列女传》皆名"熊章",此铭何以作"韵章"?

清人徐文靖《竹书统笺》、陈逢衡《竹书纪年集证》征引薛说时皆作"韵章",梁学昌更是据以主张楚惠王"可补'韵章'之名"②。既然如此,认为"韵"字最早见诸春秋晚期、战国初期的曾侯乙钟铭似言之有据。清人吴省钦《六书音均表序》即谓:"古言均,今言韵也,韵、韻皆不见于《说文》,而韵字则见于薛尚功所载曾侯钟铭是也。"③民国学者黄永镇先生所撰《古韵学源流》一书,开篇论古韵起源,亦从薛氏所录"楚王韵章"之文,认为"韵字初见于钟鼎"④。如此一来,此说似已无质疑的必要。

然而,此说实有不可不辨之疑窦。与薛尚功几乎同时甚至更早的赵明诚,其《金石录》卷十二"楚钟铭"条曰:"右楚钟铭,藏方城范氏,云'惟王五十六祀,楚王(下一字不可识)章',按楚惟惠王在位五十七年,又其名为章,然则此钟为惠王作无疑也。"⑤语句、观点与薛文大同小异,薛文极可能是抄录赵书后略参己意而成,最不同者在于赵氏"不可识"之字被薛氏断为"韵"字。那么这个连金石专家赵明诚都觉得"不可识"之字,被法帖编者薛尚功当作"韵"字过录,就成为颇可怀疑之点。

综合比勘"熊"字与"韵"字的传抄古文字字形后会发现,二字的篆体在结构上有相似之处,尤其是"熊"字的写法变化极多,其中一种简

① 《历代钟鼎彝器款识法帖》卷六,第9b页。按此处引文"惟王五十六祀"无"有(又)"字,乃薛氏漏略,下引赵明诚之语同。

② (清)梁学昌:《庭立记闻》卷一,清嘉庆刻清白士集本,第9a页。

③ (清)吴省钦:《白华前稿》卷十一,清乾隆刻本,第2b页。

④ 黄永镇:《古韵学源流》,商务印书馆1934年版,第1页。

⑤ (宋)赵明诚:《金石录》卷十二,四部丛刊续编景旧钞本,第3a页。

写体与"韵"字的字形结构相当接近。可以合理地推测，是薛尚功将"熊"字的一种与"韵"字字形结构接近的省便体误断为"韵"字，楚钟铭文更可能作"熊章"而非"韵章"。清人钱坫即认为古"能"字通"熊"，此字为"能"字之省变。其说为阮元称引，阮元跋曾侯钟铭文时曰："章上一字不可识。钱献之以为古能字通熊，此字为能字之省变。"①杨守敬所编《湖北金石志》虽亦引述《金石录》"下一字不可识"之语，但在对钟面文字进行释文时，也将"章"字前一字隶定为"能"字，亦曰："钱献之以为古'能'字之省变，通'熊'。楚君之名每冠以'熊'字，是也。"②可见，阮元、杨守敬都认同钱坫之说。

特别幸运的是，1978 年出土于湖北随县曾侯乙墓的楚王熊章镈上亦有相似的铭文："惟王五十又六祀，返自西阳，楚王酓（熊）章作曾侯乙宗彝，奠之于西阳，其永持用享。"③郭沫若先生认为："酓假为熊，近出《楚王鼎》幽王熊悍作酓忎，正为互证。"④古字通假多取音同或音近者，故罗运环先生进一步论证曰："酓，从酉今声，在上古属于侵部影纽，熊为蒸部匣纽，二字音近，故可通用。"⑤可见，郭沫若先生的音近通假之说与清人钱坫的字形省变之说不同，但却殊途同归。即使"章"前之一字是否"酓"字仍可商榷，但其并非"韵"字，是可以确认的。

既然薛氏"韵章"之说不可靠，那么就不能据以断定"韵"字出现在战国初期的楚惠王五十六年（公元前 431 年）之前。换言之，"韵"字出现的可能上限还须另行推定。"韵"字从"音"从"匀"，"韻"字从"音"从

---

① （宋）王厚之：《钟鼎款识》，中华书局 1985 年版，第 68 页。

② 杨守敬：《湖北金石志》卷一，民国十年（1921）朱印本，第 7b 页。

③ 参见罗运环：《楚王酓章镈铭文疏证》，《出土文献与楚史研究》，商务印书馆 2011 年版，第 125 页。

④ 郭沫若：《两周金文辞大系图录考释》，北京科学出版社 1958 年版，第 8 册，第 166 页。

⑤ 罗运环：《楚王酓章镈铭文疏证》，《出土文献与楚史研究》，商务印书馆 2011 年版，第 125 页。

"員"，二字对于明清人而言皆是于古有征的古字，但对于汉人而言却皆是后起的俗体。李兆洛《声韵问》曰："十三经无'韵'（韻）字，即《说文》亦无'韵'（韻）字。"①换言之，西汉及西汉之前已经陆续成书的"十三经"中无二字，编撰于东汉和帝永元十二年（100 年）到安帝建光元年（121 年）间的《说文解字》中亦无二字。

黄永镇先生认为"韵"字初见于曾侯乙钟铭，前文已言其说之不确，他又据汉无名氏纬书《乐叶图征》"挥之天下，注之音韻"之文，谓"韻"字"初见于纬书"②。此说亦有问题。日本学者所辑《纬书集成·乐叶图征》曰："稽天地之道，合人鬼之情，发于律吕，计于阴阳，挥之天下，注之音韵。有窃闻者，则其声自间。"③此书为繁体字版，而"韵"字特作从"音"从"匀"者，当是从所据汉籍之原文。故而《乐叶图征》所用本字是"韻"还是"韵"，仍是问题，不可遽谓"韻"字"初见于纬书"。

既然十三经与《说文》俱无"韵/韻"字，那么可以断定"韵/韻"字并非汉以前之古文字。十三经中无之，尚可言非是行文必须，《说文》乃专收古篆籀之书，若为汉以前已通行之字，渊博专深如许慎，不可能不见、不收。然而汉无名氏《乐叶图征》既已使用"韵""韻"二字中的某一字，表明至少二字中的一种已在汉代出现，《说文》不收，最合理的解释是该字是汉代人新创制的新体、俗体，无论许慎见与未见，都不可能收入《说文》。

清人陈庆镛即认为"'韵'字乃俗作"。其《苗仙露检韵图记》曰："余近考齐侯罍铭，识得桼匀二字，窃谓桼即七，匀即韵，古多假桼为七，桼匀犹七均，即七始也。"④陈氏认为古并非无"韵"字，只是写法

---

① （清）李兆洛：《养一斋集·文集》卷二十，清道光二十三年（1843）活字本，第 4a 页。

② 黄永镇：《古韵学源流》，商务印书馆 1934 年版，第 1-2 页。

③ ［日］安居香山、中村璋八辑：《纬书集成》（中），河北人民出版社 1994 年版，第 562 页。

④ （清）陈庆镛：《籀经堂类稿》卷二十，清光绪九年（1883）刻本，第 10b 页。

不同。他指出，《说文》中有"从言从匀"之篆文、籀文，其所见钟鼎文亦有类似字形，这些字中都有"介乎言与口之间"的相似构件，故而都"当即韵字"。据他推断，"盖古文简约，从口匀声，作昀"，而籀文、小篆与钟鼎文则各有繁简变化，实则"从口、从言、从音，皆一义也"，并认为"惟韵字乃俗作"。陈氏这一判断，正好可与笔者的推测呼应。

清人阎若璩曰："《汉书·东方朔传》郭舍人'即妄为谐语曰'，师古注：'谐者，和韵之言也。'亦可证尔时无'韵'字。"①冯景转述阎氏语且引申之曰："《汉书》谐语即《史记》滑稽，皆和韵之言，而滑稽二字，已见屈原《卜居》。尔时虽不言韵，却是韵语之始。晋宋齐梁间人，每作韵语，非诗也，即郭舍人谐语之类。"②二人认为班固所谓"谐语"即是押韵之言，亦即后世所谓"韵语"，因其时尚无"韵"字，故以同义的谐和之"谐"称之。据二人之意推之，汉代新制的"韵/韻"字，在《汉书》撰写的年代(公元 100 年前后)尚未通用，如已通用，班固、班昭等撰者在行文中很可能会使用。

汉末蔡邕《琴赋》曰："清声发兮五音举，韵宫商兮动徵羽。"③又曰："繁弦既抑，雅韵复扬。"④文中亦皆用"韵"字。魏人宋均注《乐叶图征》"挥之天下，注之音韵"句曰："音韵得其时，则悠扬不绝。"⑤用"悠扬"形容"音韵"，精确而自然，令人颇觉其对"音韵"二字已习以为

①　(清)阎若璩：《尚书古文疏证》卷五，清乾隆眷西堂刻本，第 20b 页。
②　(清)冯景：《解春集诗文钞·文钞》卷八，清乾隆卢氏刻抱经堂丛书本，第 17b 页。
③　(清)严可均辑：《全上古三代秦汉三国六朝文》，中华书局 1958 年版，第 854 页。
④　(清)严可均辑：《全上古三代秦汉三国六朝文》，中华书局 1958 年版，第 854 页。
⑤　[日]安居香山、中村璋八辑：《纬书集成》(中)，河北人民出版社 1994 年版，第 562 页。

常。刘勰《文心雕龙·章句》篇曰："昔魏武论赋，嫌于积韵，而善于资代。"①曹操亦汉末人，年辈略晚于蔡邕，揣刘勰文意，似乎操已能用"积韵"批评辞赋。可见，"韵/韻"作为汉代人新制之字，在汉代的大部分时间虽未通行，但到汉末、曹魏时，已渐呈常用之势。其后晋人吕静撰《韻集》，"韻"字作为书名公行天下，才正式成为通行字。

二、韵者，均也

古人在关于"韵"字本义的阐述中，"韵者，均也"是一般都会首先表达的一层涵义。《文选》载晋人成公绥《啸赋》，中有"音均不恒，曲无定制"之句，李善注曰："均，古韵字也。《鹖冠子》曰：'五声不同均，然其可喜一也。'晋灼《子虚赋注》曰：'文章假借，可以协韵。'均与韵同。"②李善首倡此说。北宋徐铉校定《说文》，将"韻"字作为新附字添入，并释曰："和也。从音员声。裴光远云：'古与均同。'未知其审。王问切。"③按裴光远，唐懿宗时人，精书法。裴说当是据李善之说。据《新唐书》载，杨收亦言："夫旋宫以七声为均，均言韵也，古无韵字，犹言一韵声也。"④其意为"均"即"韵"义，由于古无"韵"字，故而当时"韵"字的义涵由"均"字来表达。

明清两代"韵者，均也"日益成为共识，学者多据以立说。明人杨慎撰韵书型类书一部，名《均藻》，实际就是《韵藻》，其《丹铅总录》专设"均即韵"条曰："《唐书·乐志》：'古无韵字，均即韵也。'五帝之学曰成均，均亦音韵。……宜学言语者处之成均，则均之为韵，义益明矣。"⑤按杨收之语出自《新唐书·杨收传》而非《乐志》，此为杨慎误记，

---

① （梁）刘勰撰，范文澜注：《文心雕龙注》，人民文学出版社1958年版，第571页。

② （梁）萧统编，（唐）李善注：《文选》，中华书局1977年版，第263页。

③ （汉）许慎撰，（宋）徐铉校定：《说文解字》，中华书局2013年版，第52页。

④ （宋）欧阳修：《新唐书》，中华书局1975年版，第5393页。

⑤ （明）杨慎：《丹铅总录》卷十三，明嘉靖刻本，第11b页。

然其将"成均"之"均"释为"韵"，确有新意。明人陈耀文《正杨》一书专为正杨慎之失而作，驳杨慎之说曰："古字简少，相近者多假借用之。如《集古》《金石》二录所载县令为苓、眉寿为麋、职方为识、蓼莪为仪、邓艾为义之类，不能尽书，若必欲以均为韵，则前之诸字又将何解耶？"①陈氏认为甲字假借为乙字与甲字就是乙字不同，说亦有据。明人黄景昉《国史唯疑》曰："五帝之学曰成均。或云：'古无韵字，均即韵也。'引《鹖冠子》'五音不同均，可喜一也'为证，亦似有理。"②又偏向于认同杨慎之说。

　　清代论及"韵"与"均"之关系的学者甚多，或专就此一问题发表意见，或从"韵与均同"出发敷衍他说。桑调元《答鲁君论诗经韵书》曰："韵者，均也，必众音汇于一宫，而乃能均。"③李兆洛曰："十三经无韵字，即《说文》亦无韵字。治古文者以六均之均字当之，深得其理矣。"④陈庆镛曰："或疑古无韵字，段氏茂堂以均代韵，几于刘郎之不敢题糕。"⑤王鸣盛曰："(《说文》)音部新附'韵'字注：'裴光远云古与均同'；《啸赋》云'音均不恒'，李注'均，古韵字也'。然则古无'韵'字。"⑥罗有高《古韵标准序》曰："古无'韵'字。江氏言：'韵者，通俗文也。'顾炎武因裴光远之云，明'韵'之为'均'。"⑦李调元曰："韵者，均也。《鹖冠子》曰：'五均不同声。'谓宫、商、角、徵、羽，声本不

①　(明)陈耀文：《正杨》卷四，明隆庆刻本，第42b页。
②　(明)黄景昉：《国史唯疑》卷十二，清康熙三十年(1691)钞本，第3a页。
③　(清)桑调元：《弢甫集》卷十五，清乾隆刻本，第5a页。
④　(清)李兆洛：《养一斋集·文集》卷二十，清道光二十三年(1843)活字本，第4a页。
⑤　(清)陈庆镛：《籀经堂类稿》卷二十，清光绪九年(1883)刻本，第10b页。
⑥　(清)王鸣盛：《蛾术编》卷二十一，清道光二十一年(1841)世楷堂刻本，第8b页。
⑦　(清)王昶辑：《湖海文传》卷二十二，清道光十七年(1837)经训堂刻本，第16a页。

同，且即一均之中，亦有不同者。盖以不均为均，而韵名焉。"①陈锦《与汪晓堂论诗经音注叶读书》曰："《诗》三百篇宜是音韵鼻祖，而当时并不知有韵。篆文韵者，均也。偏旁造字，义取匀员，皆其后起者矣。"②又《分均（自注：古韵字）通四声说》曰："古无韵书，韵者，均也。五音不同声，而各汇为一宫，取而均之名曰韵。"③可以肯定地说，经过清儒的阐发，"韵"的本义乃至前身为"均"，是没有疑问的。

但是，还有一点需要强调。清人在谈及"韵"与"均"的关系时，大多并不刻意区分"韵"字与"韻"字，可谓言意不言形。例如上段所引诸家之言，其中"韵"字皆为笔者转换，按之古籍原本，诸家在行文中多径用"韻"字。事实上，若严格从造字本义上来说，"韵者，均也"之"韵"只能是从"音"从"匀"者，因为只有意旁"匀"对应的才是"均"，取音之分布均匀者曰韵之义。而"韻"字的造字本义则是"音之圆者曰韻"。例如，屈大均《怡怡堂诗韵序》曰："音之圆者曰韻，韻字从員，員为天规。"④范方《诗传闻疑自序》曰："孔氏所谓诗之大体，必须依韻，非此同韻之不成章，讴之不和应，此音員之为韻也。"⑤二人行文中使用从"音"从"員"之"韻"字，就十分精确。其实如果承认"均"为本义，那么"韵"字当是先于"韻"字被创制，因为"韵"与"均"在字形、意义上都有直接的关联。此外，创字之始，音之匀者是从发音机制上立意，音之圆（员）者是从审美感受上立意，先发音而后审美，先质实而后空灵，也符合人类的认知规律。

"韵"字后来的诸种引申义都是从"均"这个音乐性本义生发而来。《王力古汉语字典》将"韵"的义项归纳为六种：第一，和谐的声音；第

①　（清）李调元：《童山集·文集》卷二，清乾隆刻《函海》道光五年（1825）增修本，第13a页。

②　（清）陈锦：《勤余文牍》卷二，清光绪四年（1878）刻本，第23a页。

③　（清）陈锦：《勤余文牍·续编》卷一，清光绪四年（1878）刻本，第31a页。

④　（清）屈大均：《翁山文钞》卷一，清康熙刻本，第13b页。

⑤　（清）范方：《默镜居文集》卷一，清乾隆刻本，第10b页。

二，字的去除声母的部分，又指诗赋中押韵的字；第三，指文章；第四，人的风度、情趣，又指艺术品的风格；第五，风雅；第六，美。①第一个义项显然是与"均"对应的本义。此外的诸种引申义都是从"和谐的声音"所产生的均衡感、节奏感和悠扬隽永的意味派生出的。汉末至六朝，"韵"的本义与诸种引申义基本都渐次出现。汉无名氏的"注之音韵"，蔡邕的"雅韵复扬""韵之激发"，魏人宋均的"音韵得其时"，所用都是"韵"之本义，在出现时间上恰好也是最早的。由刘勰转引的曹操"嫌于积韵"之"韵"即是指诗赋中押韵的字，出现时间也较早；西晋初吕静撰《韵集》，已能将押韵之字分别部居，在研究意识与研究方法上已经颇为自觉和成熟。这些表明，诗韵之"韵"亦即押韵之"韵"、韵书之"韵"，是"韵"字出现较早且非常重要的引申义。

三、文之韵、人之韵与乐之韵

西晋陆机《文赋》："收百世之阙文，采千载之遗韵。"②"阙文"之"文"与"遗韵"之"韵"互文见义，俱指文章。《文选》六臣注："善曰：'《论语》：子曰吾犹及史之阙文。'铣曰：'遗韵，谓古人阙而未述，遗而未用者，收而采之。'"张铣释"遗韵"连带"阙文"言之，正是将"韵"也视为"文"。顾炎武《音论》曰："今考自汉魏以上之书并无言韵者，知此字必起于晋宋以下也。"自注论证之曰："晋陆机《文赋》曰：'收百世之阙文，采千载之遗韵。'文人言韵，始见于此。"③按上文已证，汉魏并非无言"韵"者，陆机亦非文人言"韵"之始。阎若璩曰："顾氏《音学五书》言文人言韵莫先于陆机《文赋》，余谓《文心雕龙》'昔魏武论赋，嫌于积韵而善于资代'，《晋书·律历志》'魏武时，河南杜夔精识音韵，为雅乐郎中令'，二书虽一撰于梁，一撰于唐，要及魏武、杜夔之事，俱有'韵'字，知此学之兴，盖于汉建安中，不待张华论韵，何况士衡？

---

① 参见王力：《王力古汉语字典》，中华书局 2000 年版，第 1639-1640 页。
② （梁）萧统编，（唐）李善注：《文选》，中华书局 1977 年版，第 240 页。
③ （清）顾炎武：《音学五书》，上海古籍出版社 2012 年版，第 23 页。

故止可曰古无'韵'字,不得如顾氏云起晋宋以下也。"①按魏武之语,
颇有刘勰直接引用的痕迹,尚可作为一证;而"河南杜夔精识音韵"显
然为史家叙述言语,如用于证明魏武时已有"韵"字,难免牵强。虽然
陆机不是第一个使用"韵"字的人,也不是第一个言"韵"的文人,但却
很可能是第一个用"韵"代指文章从而拓展"韵"字义项的人。

晋宋以降,"韵"字的"风韵""风雅""风格""韵味"等义项逐渐被开
发出来,并产生了不少今人仍耳熟能详的语料。东晋陶渊明《归园田
居》其一曰:"少无适俗韵,性本爱丘山。"②此"俗韵"之"韵"即指人的
情趣。(宋本一作"愿",如原本作"愿"字,则不能作为例证。)南朝宋
刘义庆《世说新语·任诞》曰:"阮浑长成,风气韵度似父,亦欲作
达。"③此"韵度"之"韵"即指人的风度。北齐颜之推《颜氏家训·名
实》:"命笔为诗,彼造次即成,了非向韵。"④此"了非向韵"之"韵"即
指文章的风格、韵味。又,《世说新语·言语》:"或言道人畜马不
韵。"⑤此"不韵"之"韵"即指人行为举止的风雅、优雅。根据《王力古汉
语字典》的归纳,只有"美"这个义项新起于两宋。例有,北宋王黼《明
节和文贵妃墓志》:"六宫称之曰韵。"⑥此指人之意态之美。南宋辛弃
疾《小重山·茉莉》:"莫将他去比荼蘼,分明是,他更韵些儿。"⑦此指
花之意态之美。

---

① (清)阎若璩:《尚书古文疏证》卷五,清乾隆眷西堂刻本,第15a页。
② (晋)陶渊明:《宋本陶渊明集》,国家图书馆出版社2018年版,第25页。
③ (南朝宋)刘义庆撰,余嘉锡笺疏:《世说新语笺疏》,中华书局2015年
版,第810页。
④ (北齐)颜之推撰,王利器集解:《颜氏家训集解》,中华书局1993年版,
第309页。
⑤ (南朝宋)刘义庆撰,余嘉锡笺疏:《世说新语笺疏》,中华书局2015年
版,第134页。
⑥ (宋)周辉撰,刘永翔校注:《清波杂志校注》,中华书局1994年版,第
274页。
⑦ (宋)辛弃疾撰,辛更儒笺注:《辛弃疾集编年笺注》,中华书局2015年
版,第1013页。

专指文学、艺术作品的"风韵""格韵""韵味"之"韵",逐渐发展成为一种重要的文学、艺术审美范畴,与"道""气""神""象""意"等一众概念共同建构起了中国古典文学、艺术批评的话语系统、理论体系。生当北宋季年的范温,在其《潜溪诗眼》中有一篇关于"韵"的专论,篇幅之长、概括之全、议论之微可谓前无古人。全篇以范氏与王偁的对话形式展开。王偁常诵黄庭坚"书画以韵为主"之言,范氏据以问韵之形貌。王偁依次提出"不俗之谓韵""潇洒之谓韵""笔势飞动""简而穷其理"等多种"韵"的定义或情形,都被范氏一一否定。最后范氏提出"有余意之谓韵""(韵)生于有余"的观点,并从"韵"的概念发展史、审美内涵之层次、代表作家与作品、适用范围等多维角度进行了阐述、延展,颇为精彩。① 早自南齐,谢赫提出"气韵生动"的美学命题,成为中国古代绘画艺术的最高追求之一;晚至清代,王士禛力倡神韵诗学,依旧得借助"韵"的深厚意涵来探寻中国古典诗学的最高美学理想。如果"韵"的概念史只发展出用于描述音乐、人物、绘画、文学的韵味、神韵等美学范畴,那么对于"韵"的研究就会简单许多。进言之,只需像研究其他文艺美学概念一样,撰写一部"韵"的文艺美学范畴史即可。事实上,学界在这一方面确实也取得了丰硕的成绩。此种研究在 20 世纪八九十年代掀起风潮,② 21 世纪以来呈继续深入势头,出现了向历史分期论、

---

① 郭绍虞:《宋诗话辑佚》,中华书局 1980 年版,第 372-375 页。

② 相关成果有:秦寰明《略论我国古代诗论中的"韵"》(《南京师大学报》1984 年第 3 期)、刘传新《韵:中国美学和文艺学中的一个基本范畴》(《山东社会科学》1988 年第 5 期)、邓牛顿《说"韵"》(《南开学报》1989 年第 5 期)、彭会资《古典美学范畴"韵"的破译》(《文艺理论研究》1991 年第 4 期)、凌左义《黄庭坚"韵"说初探》(《中国韵文学刊》1993 年第 7 期)、毛宣国《说"韵"》(《江海学刊》1994 年第 4 期)、陈良运《论"韵"的美学内涵》(《人文杂志》1996 年第 3 期)、刘承华《中国艺术之"韵"的时间表现形态》(《文艺研究》1997 年第 6 期)、胡建次《"味"与"韵"作为古典诗论审美范畴辨析》(《上饶师专学报》1999 年第 4 期)、刘方喜《明人"韵"论的诗学本体意蕴》(《华中师范大学学报》2000 年第 5 期)、邓红梅《"韵"的呈现与宋代审美理想——对秦观词透视的又一角度》(《山东师大学报》2001 年第 3 期)等文。参见杜磊《古代文论"韵"范畴研究》一文《绪论》的"文献综述"部分。

文体交融论、书画艺术论、比较文学论延伸的新势头，① 此外还突出表现为系统性学位论文的持续产出。②

由于"韵"字天然与音乐具有密切关联，故而在较早的时候就又引申出"声韵"概念。"声韵"亦作"声均"，本义指乐调。《三国志·魏志·杜夔传》曰："夔令玉铸铜钟，其声均清浊多不如法，数毁改作。"③《晋书·律历志上》曰："考以正律，皆不相应，吹其声均，多不谐合。"④这些史料中的"声均"古人多认为即是"声韵"的同义词。同是《晋书》，在别处又曾使用"声韵"一词表达相同的意思。《晋书·乐志上》曰："泰始九年，光禄大夫荀勖始作古尺，以调声韵。"⑤可见，"声韵"最早是一个乐学概念。如果人类发出的声音与音乐的特点具有某种相似性，自然也可以用"声韵"形容。例如，《魏书·崔光韶传》曰："光韶性严毅，声韵抗烈，与人平谈，常若震厉。"⑥《北齐书·元文遥传》

---

① 相关成果有：刘艳芬《试析六朝诗学韵范畴的佛教影响因子》(《内蒙古社会科学》2009 年第 2 期)、胡建次《明清诗学视野中的诗韵论》(《长春大学学报》2007 年第 3 期)与《"韵"范畴在清代词学中的承传》(《绵阳师范学院报》2007 年第 3 期)、孙启睿《黄庭坚诗书画"韵"范畴共通性发微》(《书画世界》2022 年第 6 期)、李晓腾《明清曲论"韵"范畴简论》(《艺苑》2021 年第 4 期)、马金桃《印度古典文艺理论的"韵"范畴与话语衍生》(《中外文化与文论》2021 年第 1 期)、邱紫华《在有限之中达到无限境界的愉悦——印度古典美学的味、韵范畴阐释》(《华中师范大学学报》1997 年第 2 期)；等等。

② 如杜磊《古代文论"韵"范畴研究》(复旦大学 PhD dissertation，2005)从"韵"范畴的审美文脉历时维度与"韵"范畴的审美群落共时维度出发，对古代文论"韵"范畴进行了较为清晰的梳理、阐释；钟耀《中国古代诗论"韵"范畴研究》(南昌大学 MA thesis，2007)将视域更具体地锁定为"诗论"，张凤霞《唐代"韵"范畴及其诗学精神》(辽宁师范大学 MA thesis，2013)，李海容《宋代"韵"范畴及其诗学精神》(内蒙古师范大学 MA thesis，2006)则分别将视域锁定为唐代、宋代，傅新营《宋代格韵说研究》(上海师范大学 PhD dissertation，2003)则将由"韵"范畴延伸出的"格韵"范畴作为研究对象。

③ (晋)陈寿撰，(南朝宋)裴松之注：《三国志》，中华书局 1982 年版，第 806 页。

④ (梁)沈约：《宋书》，中华书局 1974 年版，第 213 页。

⑤ (唐)房玄龄等：《晋书》，中华书局 1974 年版，第 676-677 页。

⑥ (北齐)魏收：《魏书》，中华书局 1974 年版，第 1482 页。

曰："文遥历事三主，明达世务，每临轩，多命宣敕，号令文武，声韵高朗，发吐无滞。"①这都是指人的声音特征。

若将其用于形容文学内部的音乐性，则又可指诗文的声律、韵律。《南齐书·文学传》："汝南周颙，善识声韵。"②意为周颙擅于辨别文词的声律。梁刘勰《文心雕龙·章句》曰："然两韵辄易，则声韵微躁；百句不迁，则唇吻告劳。"③则用"声韵"描述韵文的韵律效果。又可以指诵读时因文字声、韵、调的完美配合而形成的听觉效果。例如，《高僧传·经师》："(昙迁)常布施题经，巧于转读，有无穷声韵。"④这种对文学声韵的探讨、钻研形成一定规模并达到一定深度，就可称为"声韵之道"。正如《封氏闻见记·声韵》所言："时王融、刘绘、范云之徒，皆称才子，慕而扇之，由是远近文学转相祖述，而声韵之道大行。"⑤可见，"声韵"确是由"韵"字衍生出的一个重要概念。

与"声韵"概念颇有重叠的"音韵"概念，在六朝时也有较高的使用频率。《晋书·挚虞传》："施之金石，则音韵和谐。"⑥指声音抑扬顿挫的和谐效果。梁沈约答陆厥书曰："此盖曲折声韵之巧，无当于训义，非圣哲立言之所急也。……若以文章之音韵，同弦管之声曲，则美恶妍蚩，不得顿相乖反。"⑦先曰"声韵"，复言"音韵"，恰好表明二词的联系。《宋书·谢灵运传论》："欲使宫羽相变，低昂互节，若前有浮声，则后须切响。一简之内，音韵尽殊；两句之中，轻重悉异。妙达此旨，

---

① （唐）李百药：《北齐书》，中华书局 1972 年版，第 504 页。
② （梁）萧子显：《南齐书》，中华书局 1972 年版，第 898 页。
③ （梁）刘勰撰，范文澜注：《文心雕龙注》，人民文学出版社 1958 年版，第 571 页。
④ （梁）释慧皎撰，汤用彤校注，汤一玄整理：《高僧传》，中华书局 1992 年版，第 501 页。
⑤ （唐）封演撰，赵贞信校注：《封氏闻见记校注》，中华书局 2005 年版，第 13 页。
⑥ （唐）房玄龄等：《晋书》，中华书局 1974 年版，第 1425 页。
⑦ （梁）萧子显：《南齐书》，中华书局 1972 年版，第 900 页。

始可言文。"①也是指"文"的音节韵律及其审美效果。无论是"声韵"还是"音韵",如果专就文本层面往深处研究,最终都会触及文字声、韵、调的配合规律。例如清人研究古音学、古韵学或诗韵学的著作,往往就以"声韵"名书。毛先舒《声韵丛说》、戴震《声韵考》、顾淳《声韵转移略》、庄瑶《声韵易知》、谭宗《声韵辨》都是如此。

四、"韵学"概念

今人所熟知的语言学的一个分支部门,即研究语音结构系统和语音演变历史及其规律的"音韵学",仍有"声韵学"的别称。姜亮夫先生的《中国声韵学》是早期讨论中国音韵学的代表著作之一,书凡四编十五章,历论"音之生理基础""声之原理""韵之原理""《广韵》之研究""反切之原理与方法"等音韵学的核心问题,与罗常培先生《汉语音韵学导论》、王力先生《汉语音韵》等"音韵学"名著在研究对象上并无显著差别。当然,"音韵学"之名也是渊源有自。晚清张百熙《奏定大学堂章程·各分科大学科目章》的"中国文学门科目"已设立了"音韵学"学科门类,并对该学科的教学内容进行了规定:"音韵学:群经音韵,周秦诸子音韵,汉魏音韵,六朝音韵,《经典释文》音韵,《广韵》《唐韵》《集韵》《宋礼部韵》,平水韵,反切,字母,双声,六朝反语,三合音,东西各国字母,宋元明诸家音韵之学,国朝顾炎武、江永、戴震、段玉裁、王引之诸家音韵之学。"②这是近现代意义上的"音韵学"学科诞生的标志之一,其规定的"音韵学"研究对象"音""韵"兼顾,交叉互渗,兼顾古今中西,颇为系统。

从《大学科目》中"群经音韵""周秦诸子音韵""诸家音韵之学"等表述及其所涵盖的研究内容来看,所谓"音韵"其实就是"音"与"韵"的合

---

① (梁)沈约:《宋书》,中华书局1974年版,第1779页。

② (清)张百熙撰,谭承耕、李龙如校点:《张百熙集》,岳麓书社2008年版,第215页。

称；相应的，所谓"音韵学"其实就是"音学"与"韵学"的合称。二者皆是古人常用的概念。当然，"音学"有时也指音乐之学。例如元人王恽《题胡笳十八拍图序》曰："其音调悽楚，缘琴翻声，律协笳拍，而于音学曲尽窈渺，可谓不坠中郎之业矣。"①其《黑漆弩·游金山寺·序》又曰："昔汉儒家畜声妓，唐人例有音学，而今之乐府，用力多而难为工。"②皆是将"音学"作为音乐概念使用。一般情况下，如果单就"音韵学"范畴而言，研究内容或研究意图偏向于"音"则称"音学"，偏向于"韵"则称"韵学"。元人熊忠《古今韵会举要·凡例》曰："音学久失，韵书讹舛相袭。"③卷二又曰："毛氏音学不明，不敢明辨，但云音虽微异，不可重押。"④所用"音学"皆与"韵学"有极大关系。至于清代顾炎武《音学五书》、李光地《音学阐微》、江永《音学辨微》、江有诰《音学十书》，皆是立足于"韵学"的"音学"名著。

北宋沈括是较早使用"韵学"概念的学者。他在《梦溪笔谈》中说："古人文章自应律度，未以音韵为主，自沈约增崇韵学……自后浮巧之语，体制渐多。"⑤论中又引述沈约论文之语，宫羽、低昂、浮声、切响、音韵、轻重诸与韵学相关概念具在。沈括所列之诗文"体制"又有双声叠韵、四声八病之类，皆与韵学密切相关。孙觌在《切韵类例序》中更是三次使用"韵学"概念，历论"六书、韵学之废""弘农杨公（杨中修）博极群书，尤精韵学""昔仁宗朝诏翰林学士丁公度、李公淑增韵学"。⑥此后的元明清诸朝，"韵学"更日益成为学术研究中的高频

---

① （元）王恽著，杨亮、钟彦飞点校：《王恽全集汇校》，中华书局 2013 年版，第 1550 页。

② （元）王恽著，杨亮、钟彦飞点校：《王恽全集汇校》，中华书局 2013 年版，第 3214 页。

③ （元）黄公绍、熊忠：《古今韵会举要》，中华书局 2000 年版，第 6 页。

④ （元）黄公绍、熊忠：《古今韵会举要》，中华书局 2000 年版，第 55 页。

⑤ （宋）沈括撰，金良年点校：《梦溪笔谈》，中华书局 2015 年版，第 151 页。

⑥ （宋）孙觌：《鸿庆居士集》卷三十，清文渊阁四库全书本，第 8a-9a 页。

词汇。

综上可见，大约自魏晋南北朝韵书兴起至北宋沈括使用"韵学"一词之前的这个时间段内，已有"韵学"之实而尚无"韵学"之名；大约在汉魏时期，虽已创制出"韵"字并使用渐多，但尚无自觉而系统的"韵学"；而在汉以前，"韵"字很可能尚未创制。不过需要特别注意的是，早在没有"韵"字的时代，却已处处有"韵"的事实。原因很简单，中国是诗歌的国度，而中国古代诗歌绝大多数是押韵的。像《诗经》《楚辞》这样的诗歌经典自不待言，就连《周易》《老子》这样的哲学著作也都有着成熟的用韵系统与高超的押韵技巧。

古人在上溯"韵学"源头时，"古无韵书"也是他们经常提及的一句话。显然，在尚无韵书的时代，人们创作韵文只能凭借原始而天然的韵感与语言天赋，并将早期的成熟文本作为样板。明郭正域《韵经序》曰："古无韵书，而其所用韵即十五国风之诗。"①此意在表明《国风》自然天成之用韵的典范意义。清钱陈群《胡少宗伯韵玉函书序》曰："上古无韵书，声成文而韵生焉。不斤斤于反切通转，谓之天籁。"②赵绍祖曰："古无韵书，其出之口者皆天籁自然。"③皆意在说明韵书产生之前"声成文"而自成天籁的用韵历史。朱骏声《古今韵准自序》言之更详："音声之递变而递转也，南北不同，古今不同。以今南北之不同，又知古南北之亦不同。故凡有韵之文，随其天籁，自谐律吕。古无韵书，《书》《易》《诗》《骚》即韵书也。"④将上古用韵发乎天然的情形与据之而生的典型文本及其样本作用都展示了出来。另外，赵宧光曰："古无韵书，而诗不废者，韵学具也。"⑤潘耒《一百四十七韵说》曰："古无韵书，屈、宋、曹、刘辈为诗、骚、赋、颂者，第就相近之字音而协比之，其

---

① （明）郭正域：《合并黄离草》卷十八，明万历刻本，第 22a 页。
② （清）钱陈群：《香树斋诗文集·文集续钞》卷四，清乾隆刻本，第 26a 页。
③ （清）赵绍祖：《读书偶记》卷七，清道光古墨斋刻本，第 16a 页。
④ （清）朱骏声：《传经室文集》卷四，民国求恕斋丛书本，第 8b-9a 页。
⑤ （明）赵宧光：《寒山帚谈》卷上，明崇祯刻本，第 29a 页。

途甚宽，其类甚杂。"①《四库全书总目》卷一百四十八"《楚骚协韵》十卷"条曰："古无韵书，各以方音取读。"②俞樾曰："古无韵书，双声叠韵即韵书也。"③陈孚曰："古无韵书，以其时之方音为韵。"④诸家则是从更专业的角度推断韵书产生之前的用韵依据或原理。

五、韵学勃兴时代

与说"古无韵字"时对"古"的疑不能明情形不同，前人说"古无韵书"时，"古"的时限倒是相对明确的。这个时限就是魏晋之前。因为魏晋南北朝正是切实可考的韵书勃兴时代。魏李登《声类》、晋吕静《韵集》、晋孟昶《韵会》、南朝宋李概《音谱》《修续音韵决疑》、北齐阳休之《韵略》、周研《声韵》、段弘《韵集》、张谅《四声韵林》、梁王该《文章音韵》《五音韵》、佚名《群玉典韵》、佚名《声谱》等都是见诸记载的魏晋南北朝韵书。随后的隋代还有潘徽《纂韵》、释静洪《韵英》问世，尤其是陆法言博综诸家而成的《切韵》，更成为后世韵书的不祧之祖。

韵学文献兴起于魏晋南北朝时期，押韵艺术批评也兴起于这一时期。西晋陆云《与兄平原书》诸篇有"思不得其韵，愿兄为益之"⑤"'彻'与'察'皆不与'日'韵，思惟不能得，愿赐此一字"⑥"李氏云'雪'与'列'韵，曹便复不用"⑦诸处详商押韵之语。沈约在《宋书》中概括南朝宋谢庄《明堂歌》的用韵特征曰："右《迎神歌诗》（自注：依汉郊祀迎神，三言，四句一转韵）。"⑧这当是对古典诗歌创作中的韵部转

①　（清）潘末：《类音》卷二，清雍正遂初堂刻本，第12a页。
②　（清）永瑢等：《四库全书总目》，中华书局1965年版，第1269页。
③　（清）俞樾：《茶香室经说》卷十一，清光绪春在堂全书本，第12b页。
④　（清）陈孚：《诗传考》卷一，清嘉庆九年（1804）尧山刻本，第20b页。
⑤　（晋）陆云：《陆士龙集》卷八，《四部丛刊》本，第6页。
⑥　（晋）陆云：《陆士龙集》卷八，《四部丛刊》本，第8页。
⑦　（晋）陆云：《陆士龙集》卷八，《四部丛刊》本，第14页。
⑧　（梁）沈约：《宋书》，中华书局1974年版，第569页。

换之法最早的准确描述。其后萧子显在《南齐书》中也开始用转韵概念论诗："寻汉世歌篇，多少无定，皆称事立文，并多八句，然后转韵。时有两三韵而转，其例甚寡。张华、夏侯湛亦同前式。傅玄改韵颇数，更伤简节之美。近世王韶之、颜延之并四韵乃转，得睬促之中。"① 相比于沈约对单一诗篇渊源与特点的描述而言，此论提及从汉世歌篇至张华、夏侯湛、傅玄等的创作，更具诗史的纵深感和当代批评意识。刘勰《文心雕龙》引述曹操 "积韵" 评语外，另有 "贾谊枚乘，两韵辄易" 等多处针对押韵技巧的批评与总结。这个时期的诗人在创作时也有明确的押韵意识。例如，何逊就有一首题为《拟青青河畔草转韵体为人作其人识节工歌》的诗作，全诗 12 句，前 8 句每两句一换韵，最后 4 句为一韵。② 这种换韵形式在何逊之前并非没有，但何逊在诗题中郑重其事地强调这首诗是 "转韵体"，表明他突出此诗体制特征的意识是自觉而明确的。至于讲求声病的 "永明体"、曹景宗的 "竞病诗"、萧恺的 "剧韵诗"、陈后主 "逐韵多少，次第而用" 的 "披钩赋诗"，都是源远流长的押韵传统在这一时期的 "新变"。

魏晋时期韵文文本传统的延续与新变、韵学文献与押韵批评的勃兴，正式开启了后世文本、文献、批评齐头并进的 "韵学" 发展进程。文本方面，唐、宋、元、明诗，乃至宋词、元曲及历代箴、铭、赋、颂，无不在延续押韵传统的同时追求着各种新变。文献方面，《唐韵》《广韵》《礼部韵略》《平水韵略》《洪武正韵》《佩文诗韵》等韵书，作为各代 "官韵" 被奉为楷式，而《刊谬补缺切韵》《韵海镜源》《集韵》《韵镜》《古今韵会》《韵府群玉》《五车韵瑞》《中原音韵》《佩文韵府》《诗韵含英》《词林正韵》则或以学术性或以实用性风靡一时且影响深广，至于《韵补》《毛诗古音考》《屈宋古音义》《音论》《柴氏古韵通》《古韵标准》《先秦韵读》等书则是历代精研音学、韵学的代表作。理论批评方面，

---

① （梁）萧子显：《南齐书》，中华书局 1972 年版，第 179 页。
② 参见（梁）何逊著，李伯齐校注：《何逊集校注》，中华书局 2010 年版，第 317 页。

历代各种诗法、诗话著作几乎无不言韵者,《文镜秘府论》《苕溪渔隐丛话》《诗话总龟》《沧浪诗话》《诗薮》《诗源辩体》《带经堂诗话》《原诗》等大量著作,或对韵法进行细腻的阐释,或对各种用韵掌故进行广泛搜罗,或对押韵文本进行独到的批评,或对诗韵艺术史进行系统的总结,简直如入五都之市,令人目不暇接。至于历代文集中的专文、散论,其他专著、杂著中的涉韵内容、说韵条目也是层出不穷。

可以说,中国古代 "韵学" 是文本、文献、理论批评 "三位一体" 的存在。欲全面研究 "韵学",必须在多维视域下展开。当然,在具体研究过程中,允许有所侧重。侧重文本,则可研究诗赋等韵文文本的用韵规律、押韵技巧,从而归纳出 "文学的理论";侧重文献,则可研究韵书的编纂史、传承史及与之相关的科举史、文化史,亦可研究韵学专著的学理系统及其所展示的韵学原理;侧重批评,则可研究韵学向度中的诗学、诗学向度中的韵学以及二者在交融互渗中产生的各种论断。

六、西方学者的 "韵学"

还需一提的是,如欲对 "韵学" 进行全面而系统的现代性理论建构,那么西方学者的相关研究也必须作为重要参照。西方学者研究 "韵"(Rhyme)多是从形式诗学透视。在国外理论界论述诗韵的学者中,贡献最突出的当属雅各布森。雅各布森《选集》(共四卷)的第一卷就叫《音韵学研究》(Phonological Studies),另外还有《音韵学和语言学》(与哈利合著,1956 年)一书。1942 年至 1946 年间,雅各布森在纽约 "自由高等研究学院" 执教时,还讲授过《普通韵律学》《诗韵学导论》《比较诗韵学》《斯拉夫和印欧诗韵学》《语音和意义》《音位学》等与诗韵密切相关的课程,具有学科建设的示范意义。雅各布森的一些具体表述也颇具启发性。例如,他论诗歌的 "相似性原则" 道:"在诗歌当中支配一切的原则是相似性原则;诗句的格律对偶和韵脚的音响对应关系引起了语义相似性和相悖性的问题;譬如,有合乎语法的韵脚,也有违背语法的韵脚,但从未有过无语法的韵脚。"(张祖建译《隐喻和转喻的两极》)①雅各布森的理论对俄国形式主义影响极大,而后者正是将"音韵、词义、语境以及含混、隐喻、张力、反讽等修辞手段"作为"他们最关心的话题"。② 该学派又进而启发了以韦勒克为代表的新批评派的"文学内部研究"。

韦勒克将押韵视为"语言声音系统的一种组织""诗节模式的组织者",非常具有理论深度。他认为:"对于许多讲究修饰的散文和所有的韵文而言就更是如此,因为从定义上说,韵文就是语言声音系统的一种组织。"③他还指出:"押韵在审美上远为重要的是它的格律的功能,它以信号显示一行诗的终结,或者以信号表示自己是诗节模式的组织者,有时甚至是唯一的组织者。但最至为重要的是押韵具有意义,因此,是一部诗歌作品全部特性中重要的一环。押韵把文字组织到一起,使它们相联系或相对照。"④他与沃伦合著的《文学理论》还引述了布里克《声音图示》、兰茨《押韵的物理性基础》、韦姆萨特《押韵和理性的关系》、韦尔德《从萨里到蒲柏的英诗押韵研究》、内斯《莎士比亚戏剧中韵脚的使用》、日尔蒙斯基《押韵:历史与理论》、布吕索夫《论押韵》、理查森《英文押韵研究》、凯泽《哈尔斯德费尔的声音绘画》、格拉蒙《法国诗歌的表达方式和和谐》等一系列诗韵研究文献,都颇具参考价值。

此外,沃尔夫冈·凯塞尔认为:"韵本质上不属于诗。散文中也可能出现韵;另一方面也有无韵的诗。古代的诗和古日耳曼的诗对于韵都是陌生的。虽然如此,韵可不仅是一种纯粹的声音的装饰。我们在成对

---

① 张德兴主编:《世纪初的新声》,《二十世纪西方美学经典文本》(第1卷),复旦大学出版社2000年版,第243页。

② 参见赵宪章:《形式的诱惑》,山东友谊出版社2007年版,第15页。

③ [美]勒内·韦勒克、奥斯汀·沃伦著,刘象愚、邢培明等译:《文学理论》,文化艺术出版社2010年版,第168页。

④ [美]勒内·韦勒克、奥斯汀·沃伦著,刘象愚、邢培明等译:《文学理论》,文化艺术出版社2010年版,第171页。

押韵诗句中已经看见，韵强有力地支持了各行的联系和沟通。"①另外，他对西方诗歌的尾韵、头韵、半谐韵、成对的韵、十字韵、交叉韵、曲线韵、行内韵、连接韵等押韵形式都有介绍。罗曼·英加登指出："用严格的韵文形式写作的诗歌，例如一首古典八行体诗，重复的节奏强烈地影响了读者，所以他期待着同样节奏的重现并且在某些程度上'听到'它们在临近，而无需看韵文的书写形式。"②罗兰·巴尔特认为："押韵在声音的层次即能指层次上产生了一个关联域。韵也有自己的纵聚合体。与这些纵聚合体有关的有韵话语显然是由延伸到一个横组合平面的系统的一部分所组成。"（《符号学原理》）③萨丕尔甚至直接论述了中国诗的韵律特点："汉语的诗沿着和法语差不多的道路发展。音节是比法语音节更完整、更响亮的单位；音量和音势太不固定，不足以成为韵律系统的基础。所以音节组——每一个节奏单位的音节的数目——和押韵是汉语韵律里的两个控制因素。第三个因素，平声音节和仄声（升或降）音节的交替，是汉语特有的。"④细绎诸家之说可见，西方学者对诗韵的研究相较于中国古代的诗韵批评而言更具理论色彩，故而也具有更为强烈的思维刺激效果。有了这样的参考系，再来看明人许宗鲁"韵者诗之矩也"、清人陈仅"韵学者诗之本"的论断，就颇具结构主义诗学色彩，从而提示研究者不能将古人的某些理论表述与一般评点材料等量齐观。

七、诗韵研究的空间与路径

对"韵学"的综合研究要以文本、文献、理论批评诸层面的分别研

① ［瑞士］沃尔夫冈·凯塞尔著，徐诠译：《语言的艺术作品——文艺学引论》，上海译文出版社 1984 年版，第 116 页。

② ［波］罗曼·英加登著，陈燕谷、晓未译：《对文学的艺术作品的认识》，中国文联出版公司 1988 年版，第 106 页。

③ 赵毅衡编选：《符号学文学论文集》，百花文艺出版社 2004 年版，第 322 页。

④ ［美］爱德华·萨丕尔著，陆卓元译，陆志伟校订：《语言论——言语研究导论》，商务印书馆 2011 年版，第 211 页。

究与文学、文献学、语言学诸学科的分别研究为基础。就近年来学界已有的成果而言，上述诸层面、诸学科的研究都有。但是，其中却有冷热之分。以诗人"用韵"研究为例，这是当前最常见的诗韵研究范式，研究成果非常丰硕，甚至出现选题日趋重复、细碎化的势头。① 这种研究

---

① 这一研究范式的较早之作是王力先生 1936 年出版的《南北朝诗人用韵考》一书。其后很多语言研究者有"用韵考"一类的著作，在教学中也乐于给学生布置这样的题目。例如汪寿明、潘文国先生《汉语音韵学引论》中列举的论文选题参考就有《曹氏父子用韵考》《谢灵运的用韵》《陶渊明的用韵》《韩愈诗的用韵》《黄庭坚的用韵》《周邦彦的用韵》《陆游诗的用韵》诸题目。耿军《20 世纪之前诗文用韵考研究概述》(《西南石油大学学报》2011 年第 3 期) 一文对 20 世纪之前的研究情况有比较详细的介绍。这一研究范式对语音学的价值自不待言，但是在具体操作时也须慎重，操作性强并不等于就可以生搬硬套，许多具体问题要具体分析。比如说次韵诗，如果首唱者在诗中用了甲地的方言，而次韵唱和者却是乙地人，但是限于次韵诗的体例，后者还是根据首唱之作的韵脚——次韵，那在研究这位次韵者的"用韵"时就必须把这些情况分辨清楚。否则一看到次韵唱和者的诗集中有与官韵不合的韵脚，就说它们反映了乙地的语音状况，那肯定是不对的。另外，笔者之所以将这类研究视为一种"范式"，是因为它们在研究方法和研究目的上有很大共性。例如，魏鸿钧《两汉诗人用韵的数理统计分析》一文以"数理统计法"分析了两汉时期各韵部的历时演变以及音变条件；卢刚《江淹诗歌用韵与〈广韵〉的比较》一文运用统计法和系联法得出的基本结论是，江淹诗歌用韵的基本韵例已经和《广韵》差不多，江淹写诗具有浓厚的仿古特点；薛玉彬《庾肩吾诗歌用韵考》一文通过系联庾肩吾诗歌的韵脚字来研究他诗歌的用韵特点，考察了他诗歌的用韵系统；肖湘维《萧绎诗歌用韵研究》一文通过统计梁元帝萧绎现流传于世的 123 首诗歌的用韵，归纳出萧绎诗歌的韵部可以分为 27 部；柏雪、杨怀源《诗歌用韵中"上去通押"现象研究——以唐代关中诗歌用韵为例》一文以唐代关中地区诗歌用韵中的"上去通押"情况为例，探讨了诗歌中"上去通押"的性质及出现原因；王泓力《刘得仁诗歌用韵考》一文对晚唐隐逸诗人刘得仁现存的 144 首诗歌的用韵进行了归纳、系联，发现其诗歌用韵分属 16 个韵部；季英霞、牛小伟《徐凝诗歌用韵考》一文，在徐凝现存的 96 首诗中，归纳出了 24 个韵部；张建坤《金代诗用韵和"平水韵"比较研究》一文在搜集金代押韵材料的基础上，采用数理统计的方法得出的数据表明"平水韵"在金代并没有成为文人用韵的根据；王冲《元代契丹族诗人近体诗的用韵特点》一文将元代 9 位契丹族诗人的 675 首近体诗的用韵系统归纳为 17 个韵部；薛玉彬《萨都刺诗歌用韵研究》一文将萨都刺诗韵作为研究对象，运用穷尽式的系联归纳方法，考求了其诗歌用韵系统，旨在为勾勒元代语音发展史提供材料；廖秋华《谢铎古体诗的用韵分析》一文通过对谢铎古体诗的系联与考察，发现其用韵共分 16 部；等等。上述文章的研究方法都是归纳、系联，研究目的都是为语音研究服务。

范式属于语言学本位的诗韵文本研究，通过对诗歌韵脚字的归纳、系联，总结出某位诗人或某个时代的诗人群体的用韵特点，并最终为研究对应时代的语音特点提供依据。但是这类研究对韵文文本的押韵技法、押韵艺术及相关批评基本未予关注，最多以曲终奏雅的形式提及其文学价值。可以说，在这一语言学研究范式中，文学研究是缺席的。而这些韵文文本、文献与批评的研究价值，在文学研究领域也并未得到应有的重视。很长一段时期内，文学研究者似乎存在这样一种误解，即认为诗韵是语言学研究的对象，又似乎存在这样一种偏见，即认为诗韵仅是文学的形式要素而已。也许正是由于上述可能的误解与偏见，导致文学本位的诗韵研究长期不足，更是难以与语言学本位的诗韵研究相提并论。这种研究现状表明，当前语言学本位的诗韵研究已陷入某种困境并显示出某些不足，而文学本位的诗韵研究不仅具有广阔的空间与前景，更具有弥补当前研究之不足的迫切性。笔者本人结合研究现状所采取的研究路径是：以文献学为基础，以语言学为参考，以文学为本位（其中又以西方理论为参照系、以中国"文学的理论"与"文学理论"为指归）。本书即是对这一研究路径的初步实践。

本来，"韵"之韵者，顾名思义当是"韵"字的韵味之义，即对"韵"字的全面阐释，但是基于"韵"概念与"韵"研究的特殊性，韵学之"韵"或言诗韵之"韵"、押韵之"韵"更具研究的基础性与迫切性。故而本书书名当作"诗韵"的韵味来理解，亦即对"诗韵"的艺术趣味、理论趣味、文献趣味的研究。在"韵"之韵的广义理解与狭义理解之间，本书选择了后者，因为只有充分研究了其狭义，才能最终完整地展示其广义。

简言之，"韵"的概念内涵至少包括押韵之"韵"与神韵之"韵"两极，前者是"实"的一极，后者是"虚"的一极。前人酷好以神韵品藻人物、赏鉴诗画，为热衷于理论建构的今人提供了大量研究素材，故而神韵之"韵"一直是学术界的热门关键词。相较之下，押韵之"韵"惨淡不少，文学研究者将其视作"形式"而误会颇深，语言学研究者多侧重于韵部的归纳、系联。本书从"形式诗学"切入，正是基于弥补上述缺憾的意图。毋庸置疑，只有将"韵"的虚实两极的研究同步推进，并深入发掘、阐释两极之间相互勾连、交叉互渗的复杂状态，才能更全面、系统地发掘"韵"这个字背后丰富的概念史、文化史意蕴。

八、从"形式诗学"透视

从"形式诗学"透视"韵"，虽然既区别于文论、诗论的"韵"范畴研究，又区别于语言学特别是音韵学、语音学的"音韵"范式研究。但是文论、诗论特别是语言学也并未完全忽视"形式诗学"维度。

文论、诗论领域，刘方喜先生的观点可为代表。刘先生认为："'韵'在汉语古典诗学乃至整个艺术学中都是一极其重要而富于民族特色的范畴，同时也是一内涵复杂而充满歧义的范畴。"①并在诗歌声韵理论的三层结构中对其展开了讨论，具体路径是："'声'之'韵'标示的是声韵之'美'，形式层研讨之；'情'之'韵'标示的是声韵之'能'，功能层研讨之；'神'之'韵'标示的是声韵之'神'，超越层研讨之。"②体现了颇为深刻的结构主义诗学思想，特别是强调"韵"具有"形式层"，为本书从"形式诗学"透视"韵"提供了明确的理论依据。在探讨声韵研究的"形式层"时还着重强调"四声"的形式意义："四声的发明使汉语独立的语音形式美从诗乐交融传统中脱化出来，纯然写景的山水田园诗使汉语独立的语象形式美从'比德'传统中脱化出来，某种程度上可以说，没有对汉语形式美的大发现、大创造，就不可能有声情茂美、意象丰富的盛唐诗。"③进一步表明"形式"在中国古典诗歌史、诗学史

---

① 刘方喜：《声韵·情韵·神韵："韵"之三层结构论》，《陕西师范大学学报》2010 年第 3 期，第 34 页。

② 刘方喜：《声韵·情韵·神韵："韵"之三层结构论》，《陕西师范大学学报》2010 年第 3 期，第 34 页。

③ 刘方喜：《声韵·情韵·神韵："韵"之三层结构论》，《陕西师范大学学报》2010 年第 3 期，第 35 页。

上的基础性、功能性价值，以及之于整个中国古典诗歌美学的独特价值。①

  语言、音韵方面，沈祥源先生的贡献尤值得重视。沈先生所著《文艺音韵学》一书在一众音韵学专著中堪称另类，因为它主要着意于"文艺音韵学"的建构，虽然落脚点仍在音韵学，但研究视角却是文艺学的。正如沈先生所言："文艺音韵学是文艺学和语言学相结合的一门新兴学科，也是我国传统音韵艺术理论的继承和发展，它以全面系统地研究文艺领域里的语音美为主要课题。……文艺音韵学也可称为'文学语音学'、'语音美学'等，但以'文艺音韵学'较为确切清晰，它基本上概括了其所要研究的内容，又体现了与我国传统文学声韵研究的密切关系。"②绪论探讨文艺音韵学的研究对象、学科体系等问题，第一章讨论汉语语音的审美特征，第二章勾勒音韵艺术的总体结构，第三章探讨音韵艺术的基本原理，涉及音韵艺术的风格类型、修辞手段问题，第四章探讨文学作品的音律形态，涉及音韵与文体的关系、传统型体裁的音律问题，第五章探讨音韵艺术的表演技能，第六章回溯音韵艺术的历史，并展望音韵艺术的广阔前景。全书通过系统深入的论证，勾勒出了一门结构清晰、内容充实的"文艺音韵学"学科，首次颇为全面地回应了学

----

① 此外，刘方喜先生的《明人"韵"论的诗学本体意蕴》(《华中师范大学学报》2000 年第 5 期)、《论"声情(声气)"——唐诗研究中的一个盲点》(《中国社会科学院研究生院学报》2007 年第 4 期)、《"声情"研究方法论的现代启示》(《文学评论》2004 年第 6 期)等文对声韵"声""义""神"三个层面进行了立体、综合研究；《"象外之象"、"声外之音"使"意"无穷——论汉语古典诗学形式理论的基本思路》(《中国文化研究》2005 年第 4 期)、《"文"辨：汉语古典诗学形式范畴系统研究》(《人文杂志》2005 年第 5 期)、《"成文"以"尽意"——论汉语古典诗学形式理论的基本思路之一》(《中国文化研究》2003 年第 2 期)、《"身文"辨：汉语文学语言哲学刍论》(《南华大学学报》2015 年第 2 期)等文对汉语古典诗学形式理论乃至汉语文学语言的哲学意蕴进行了深入思考。这些文章都可以作为研究古典诗学的形式问题(包括其实践、理论以及背后的哲学意蕴)的有益参考。

② 沈祥源：《文艺音韵学》，武汉大学出版社 2000 年版，第 2-4 页。

界研讨音韵学的文艺性特别是其文学性、诗学性的强烈诉求。① 尤其值得注意的是，这一研究具有强烈的 "形式诗学" 意味②，为本书从 "形式诗学" 透视 "韵" 的设想提供了有力证明。

此外，冯胜利先生提出的 "汉语韵律诗体学" 和 "汉语韵律文学史" 理论，虽然与本书的研究对象有所区别，但其视角与方法，特别是其理论建构的过程和呈现形态，却可以作为从 "形式诗学" 透视 "韵" 的一种依据。冯先生如是阐释 "韵律文学艺术史"："韵律文学艺术史以发掘韵律形式的艺术属性为旨归，其研究方法从韵律规则及其变异方式入手，揭示和发现不同节律形式和规则的不同艺术效能，如四言节律的正体庄重性、三言节律的口语鲜活性、悬差节律的谐俗趣味性、轻重交替的抑扬音乐性等，以及节律形式何以赋有不同艺术效果之原理，包括（但不限于）不同作品如何运用 '韵律艺术' 进行创造和鉴赏 '韵律美学' 的方法与机制。"③此论体现了鲜明的 "形式诗学" 色彩。在论及 "声调的诗律艺术" 时又指出："声调是汉语自先秦开始直至汉魏以后才被文学艺术家关注并自觉运用的超音段韵律手段。对汉语节律艺术而言，不知声调之用，则不尽节律之美。声调的文学作用，自永明以来源远流长，丰富多彩。这里只从平仄对立的节律语体上，看汉语声调艺术的冰山一角。永明体的出现以汉语的声调为契机，而近体诗不仅创立了 '平平仄仄' 的

---

① 沈先生在《绪论》中提及："文艺音韵学的名称是在 1980 年中国音韵学研究会首届学术研讨会上正式提出来的。这次会议的《纪要》中指出：要 '开展形态音韵学、文艺音韵学等边缘学科的研究'，并将此作为今后研究的重点项目和研究重心之一。"见沈祥源：《文艺音韵学》，武汉大学出版社 2000 年版，第 4 页。汪寺明、潘文国先生也曾指出："有人倡议建立一门 '文艺音韵学'，我们很赞成，这是一门亟待开发的音韵学的边缘学科。"见汪寺明、潘文国：《汉语音韵学引论》，华东师范大学出版社 1992 年版，第 287 页。

② 沈先生指出，文艺音韵学 "有特定的研究对象和任务，在文艺和语言这两个领域的交叉区，它只研究语音的审美问题，属于形式美学范畴"。见沈祥源：《文艺音韵学》，武汉大学出版社 2000 年版，第 5 页。

③ 冯胜利：《汉语韵律文学史：理论构建与研究框架》，《中国社会科学》2022 年第 11 期，第 34 页。

律诗格式，同时也开辟了律体与古体的平仄对立。"①由于诗韵与声调具有天然的内在联系，故而此处声调理论的提炼对诗韵理论的建构具有启发价值。

直接从"形式诗学"透视"韵"的成果虽然不够丰富、系统，但是文学特别是诗学领域的研究专著、论文，往往也会涉及。特别是近年来出现了一些宏观性的理论思考，值得重视。如张中宇先生认为汉语诗韵具有"聚合"作用，特别是换韵体现了诗歌之"诗性结构"的灵活性。还指出，汉语诗韵具有乐音优势："押韵是通过某一韵部乐音的集中、有序和强化，凸现汉语中乐音之一部（韵）的效果或表现力。押韵并不是、也无需实现一个语段中全部乐音的'有序'，而只是调配其中部分韵部，使之有序并进一步强化。这个被置于敏感位置凸现、效果成倍放大的韵的特性，包括它的发音位置、开口度、响度和声调等，就形成'特有'的乐音表现力。"②用结构主义思维方式分析诗韵的乐音机理，富有启发意义。此外，张先生还对汉语诗韵的节奏意义进行了发掘："韵可用于控制高层节奏的长短、缓急变化，可以生成不同的艺术效果。'韵节奏'使词、曲既具有整齐、对称的精警，又具变化多姿的灵活，避免单一呆板，可以说是通常称之为长短句的词以及曲常用的调控手法。这些调整之所以可行，其中一个很重要的原因在于，词、曲以双音为主的基本节奏具有稳定性。正是由于基础节奏关系的稳定性，才为高层韵节奏自由、灵活的调整提供了艺术空间，即构成汉语诗歌节奏'稳定中的变化'这样一种独特性。"③用严谨的理论表述勾勒出了"韵"之于诗、词、

---

① 冯胜利：《汉语韵律文学史：理论构建与研究框架》，《中国社会科学》2022 年第 11 期，第 40 页。

② 张中宇：《汉语诗韵三大功能及其文学价值——兼论"聚合"力对诗歌跳跃结构的平衡作用》，《广东社会科学》2021 年第 4 期，第 152-153 页。

③ 张中宇：《汉语诗韵三大功能及其文学价值——兼论"聚合"力对诗歌跳跃结构的平衡作用》，《广东社会科学》2021 年第 4 期，第 155 页。

曲等韵文节奏的关键作用，为本书从"形式诗学"透视"韵"提供了又一理论支撑。

综上可见，从"形式诗学"透视"韵"，既有研究必要性也有理论合法性。本书即是建立在"韵"的概念史与研究史基础上，从"形式诗学"透视"韵"的一次初步尝试。不过"形式诗学"只是从整体上起方法论指导作用的理论视角，不同于具体的操作方法。本书没有采用"刮腻子"的思路追求面面俱到的研究，而是采用"多孔钻探"的思路有选择、有重点地进行深入研究。全书分为上、中、下三编，每编五章。上编采用关键词研究方法研究诗韵形式问题，选择"次韵""叶韵""趁韵""险韵"等关键词进行重点探讨，将它们纳入与自身相关的学术话题，通过对学术话题的研究，凸显它们的关键词意义。① 中编采用批评史方法研究诗韵艺术问题，将声韵诗学在魏晋南北朝的自觉、险韵诗创作在宋代的流行、南宋杨万里"诚斋体"的生成路径、元人杨维桢乐府诗对叶韵的使用、清人李调元的声韵诗学及其体系建构纳入研究视野，侧重用诗韵批评阐释诗韵艺术、用诗韵艺术整合诗韵批评。下编采用文化诗学方法研究诗韵文献问题，从植物文化学方向发掘《广韵》的多样性价值、从研究论著中勾勒宋代诗韵研究的热点问题、从学术史角度探索平水韵研究的方法与路径，从话语生态视角审视《佩文韵府》编纂与传播的话语建构意义，侧重以诗韵文献、材料为基础观照诗韵的文化形态、文化语境和文化诗学特色。

最后，本书的基本逻辑思路和学术目标可归结为：通过十五个"小

---

① 学界对方法论意义上的"关键词研究"已有较充分的探讨，张晶先生《中西文论关键词研究之浅思》一文有详细介绍，文章指出："关键词研究作为一种研究方法，其实古已有之，只是在现代才走向自觉，并且在更为精深的理论指导下，具有更强烈的现代意味。在某种意义上，关键词研究有着更具科学色彩的方法论意识。"见《文艺争鸣》2017 年第 1 期，第 33 页。近年来，还出现了一些进行理论归纳、提炼的专著，重要的有：黄擎等：《"关键词批评"研究》，商务印书馆 2018 年版；李建中：《元典关键词研究的理论范式》，人民出版社 2019 年版；袁劲、吴中胜：《元典关键词研究的思想与方法》，人民出版社 2019 年版；等等。

专题"（即三编、十五章）实证"大专题"（从"形式诗学"透视"韵"）的价值，进而通过"大专题"丰富"总题"（作为中华字文化重要组成的"韵"）的内涵，最终为进一步推进此一"总题"研究贡献力量。

上编　诗韵形式的关键词研究

　　本编的学术点在于：第一，从陶渊明《归去来兮辞》与苏轼、杨万里使用相同韵字和韵字顺序的次韵之作中，发现"归去来兮""归不得兮"与"不愿归兮"三种完全不同的主题。第二，将"叶韵"说、"叶韵"法从以王力先生为代表的"批判"声浪中洗脱出来，通过其多样性的文学价值证明其合理因素。第三，客观评价苏诗的"趁韵"现象，并着重指出纪昀苏诗"趁韵"之评"矫枉返正"的旨趣和"矫枉过正"的事实。第四，明确"险韵"概念、内涵，提出"动态的险韵"原则，并为"险韵诗"寻找成为诗体的理论依据。第五，依托明清时期出现的大量与"险韵"相关的记录、评点，归纳出围绕险韵诗创作而生成的正面论、负面论、理想论，为正确理解古典诗学的艺术准则提供鲜活例证。

　　陶渊明《归去来兮辞》体现了极高的押韵艺术，完美地达到了"韵随意转，天然凑泊"的艺术境界。苏轼与杨万里的次韵追和，虽步武陶韵却并未被其所限，而是成功实现了创新与突围，彰显了各自独特的艺术个性。陶辞、苏辞与杨辞，三篇作品虽然使用的韵字及其顺序几乎完全一样，但所表现的内容与表达的情感却构成了三种完全不同的范型：陶辞是名副其实的"归去来兮辞"，苏辞实际上却是"归不得兮辞"，而杨辞则是"不愿归兮辞"。同样的韵字、同样的韵序，三位天才作家却创作出了三种不同范型的作品，这本身就是一个非常值得关注的文学现象，而苏辞、杨辞由于基本沿用陶辞的押韵结构，故将陶辞的押韵艺术展现地更为鲜活、立体。

"叶韵"说不仅在语音学领域具有其合理因素，若以文学为本位来审视之，其意义亦不容小觑。"叶韵"法从诞生之初即主要被用于为经典韵文文本注音，它具有辅助韵文文本阅读的重要功能，能够有效地疏通由于古今发音的演变而造成的押韵窒碍。"叶韵"法在经典韵文文本的讽诵涵泳中，也发挥着重要作用，它有助于使众多经典韵文文本更流畅地讽诵于人口。"叶韵"法还被许多诗人运用到诗歌创作中，并逐渐受到批评家的关注，成为一种较为普遍的文学现象。对"叶韵"说的文学性加以考察，进而明确肯定其文学意义，或许有助于减轻古典文学研究中可能存在的对它的成见。

苏诗的确存在"趁韵"现象。纪昀对苏轼诗歌的诸多趁韵评点，使趁韵现象成为苏诗用韵研究的一个热点问题。苏诗固然有押韵生涩之处，但并不影响诗意的表达，有些看似趁韵的地方，并不能算作严格意义上的趁韵。纪昀之所以经常将苏轼诗句判定为趁韵，与他自成体系的语言诗学观和矫枉返正的诗学考量密切相关。审视纪昀的苏诗趁韵之评及其理论出发点，既有助于客观认识苏诗的趁韵现象，也有助于深入理解纪昀语言诗学的特点。

"险韵"在当代古典诗学研究界被普遍关注的情形，表明它是一个比较重要的诗韵学与诗学概念。所谓"险韵诗"，就是指押"险韵"这一艺术手法在诗歌结构系统中由从属地位上升至主导地位后形成的一种独立的诗歌类型。"险韵"与"强韵""难韵""僻韵"等概念既有区别又有联系，"险韵诗"与次韵诗、独木桥体、联句诗也存在一定程度的关联性。"险韵"一共有三个典型历史文本，同时也由此产生三个代名词，即"竞病诗""车斜韵"与"尖叉韵"。

明清两代在"险韵"的理论探讨方面大放异彩，涉及的面颇广、发掘到的层次颇深。将众人留下来的评点材料分类，用这些类别来构架观点框架，对险韵诗的文学价值进行探讨，最后得出的基本结论是：险韵诗的文学价值既不能忽视也不必高估。

第一章　次韵：从《归去来兮辞》说起

陶渊明的《归去来兮辞》是一篇脍炙人口的经典辞赋作品。也许正是由于它太过脍炙人口，人们很容易在阅读时将它本就流畅的词句"顺口滑过"，因经典性而造成的刻板印象使它精致的文本逐渐失去了"立起来"的势能。《归去来兮辞》的押韵艺术就是这种经典性所带来副作用的牺牲品。长久以来，《归去来兮辞》和谐的节奏是如此自然，自然到几乎令人注意不到它的存在，因而其押韵艺术也很少有人关注。在《归去来兮辞》经典化进程中，宋人贡献极大。据说欧阳修就曾断言："晋无文章，惟陶渊明《归去来》一篇而已。"①这一充满绝对色彩的断语出自声名煊赫的文坛领袖之口，其冲击力和影响力不言而喻。欧阳修以降，宋人推崇《归去来兮辞》不遗余力，他们与之进行精神交流的形式也多种多样。其中，"追和"是他们最钟爱的形式之一。针对这一现象，南宋洪迈曾不无感慨地说道："今人好和《归去来词》。"②这绝不是洪氏一家之言，现在可见的数十篇文献遗存足以证明这是一个符合宋代文学创作实际的可信判断。而"追和"更为具体的形式则是次韵。虽然次韵的艺术效果一直不被看好，但正是这一艺术形式赋予了《归去来兮辞》的押韵艺术"立起来"的势能，使其一向被忽略的押韵艺术颇为强势地映入读者眼帘。众多次《归去来兮辞》原韵的作品，使人不得不重返《归去来兮辞》押韵的"现场"，去关注其押韵的本来面目。

---

① （宋）胡仔集，廖德明校点：《苕溪渔隐丛话》，人民文学出版社1962年版，第116页。

② （宋）洪迈：《容斋随笔》，中华书局2005年版，第32页。

在次韵追和这一艺术形式的流行过程中，苏轼毋庸置疑是首屈一指的关键人物。苏轼一生几乎遍和陶诗，竟使"和陶诗"成为一种独特的诗歌类型。而苏轼和陶最具一贯性因之也是最显著的艺术特征就是自觉地采用次韵手法，和《归去来兮辞》也是如此。故而苏轼《和陶归去来兮辞》的次韵艺术，就有了颇具典型性的样本意义。苏轼创作和陶辞不久，苏辙及苏门学士张耒、晁补之、秦观的次韵作品也相继问世，随后次韵追和《归去来兮辞》在宋代俨然成为一种风气。就连一向反对次韵唱和的杨万里也自愿加入了这一队列。以创新出奇为职事的杨万里虽然自愿入彀却又力求突围，故而他创作的《和渊明归去来兮辞》虽然也采用次韵形式，却在情感内容上既与陶辞截然不同，也与苏辞迥然有别。同样的韵字，同样的韵序，三位天才作家却创作出了三种不同范型的作品，这本身就是一个非常值得关注的文学现象。苏辞、杨辞由于基本沿用了陶辞的押韵结构，对它们的研究自然可以加深对陶辞押韵艺术的认识。

第一节　陶辞：韵随意转，天然凑泊

反复诵读《归去来兮辞》文本，往往会对其押韵的艺术效果有这样的整体感受：朗朗上口、和谐悦耳，虽如盐入水不见痕迹，却又余音绕梁三日不绝。当然，这样描述《归去来兮辞》的用韵难免有流于扑朔迷离的神秘主义之嫌。但是，直觉体认的价值正在于它的直接性与神秘感，它能激发人继续追问的兴致与激情。从对《归去来兮辞》用韵的细微感受出发，即便只在其封闭的、内视性的文本中反复寻绎，也会发现其中蕴含着客观的、具有体系性的艺术规律。

陶渊明《归去来兮辞》全文共有 60 个长短不一的句子，这些句子根据韵脚字的标示又可划分为 30 个韵句，30 个韵句根据韵字所属韵部的不同，又可归为 5 个韵段。5 个韵段依次排列，接续转换，组成了一条清晰连贯却又和而不同的纵向音序线索，它们就像一串由 5 种颜色组成的精心结串的珍珠，赋予一排排横向列队的韵句以秩序。如此一来，句意简洁明确、句法平稳流畅的横向韵句与清晰连贯却又和而不同的纵向韵脚就共同铸造出了一个几近完美的音响结构，这大概就是为什么《归去来兮辞》读起来会如此朗朗上口、和谐悦耳的奥秘所在。当然，上述形式因素与结构特征还必须与意义的表达实现无缝对接，才能最终形成这篇声情并茂的杰作。下面结合具体文本，依次分析《归去来兮辞》的 5 个韵段，以进一步论证笔者的判断。

　　第一个韵段共由 12 个句子、6 个韵句组成，这是整篇辞赋的开头，交代了陶渊明"归去来"的原因及归途的所见、所感：

> 归去来兮，田园将芜胡不归？
>
> 既自以心为形役，奚惆怅而独悲！
>
> 悟已往之不谏，知来者之可追。
>
> 实迷途其未远，觉今是而昨非。
>
> 舟遥遥以轻飏，风飘飘而吹衣。
>
> 问征夫以前路，恨晨光之熹微。①

　　本韵段所含的 6 个韵脚字分别为：归、悲、追、非、衣、微。如果用《平水韵》来分析的话，这 6 个韵字并不属于同一个韵部，其中归、非、衣、微属于微韵，悲、追属于支韵，但是这并不成问题，因为陶渊明并不是用《平水韵》押韵而是用南朝宋前期甚至更早的中古音押韵，据这一时期的中古音，上述 6 个韵字正好同属"脂微"一部，因此将这 6 个韵句划分为一个韵段符合陶渊明用韵实际。从韵段内部看，陶渊明是先选出韵字将它们排列好再用以填充韵句呢，还是根据文意表达的实际需要在上一个韵句构思好之后自然地过渡到下一个韵句呢？如果是前一种情况，那就是"意随韵走"，如果是后一种情况，那就是"韵随意走"。笔者认为，陶辞是属于"韵随意走"的情况，因为陶渊明想在开篇就剖

---

① （晋）陶渊明：《陶渊明集》，中华书局 1979 年版，第 159-162 页。

白自己心迹的愿望是如此强烈，这些冲口而出的话语就像自己要从心底蹦出来一样自然，看不到丝毫人工锻炼的痕迹。陶渊明强烈的情感通过诸韵句的句式关系也可以体会。在 12 个句子中，有 4 字句，有 6 字句，也有 7 字句，它们的排列顺序是：4/7/7/6/6/6/6/6/6/6/6/6，根据文意，前四句表达的情感带有疑惑怅惘的底色，而 4/7/7/6 的散乱句式正好也呼应了这种情绪。到了之后的 8 句，陶渊明既"悟"已往之不谏，又复"知"来者之可追，情绪立刻就轻快激昂了起来，8 个整齐的 6 字句鱼贯而下，再加上每隔 11 个字就会有规律地重复出现的押韵节奏，使激动、愉快、自信的强烈情感跃然纸上。

第二个韵段由 8 个句子、4 个韵句组成，这一段的文意紧承上段而来，但已经有了明显变化。刚才还在归途上饱受似箭归心的折磨，现在已经看见了自家的房舍。如果说之前陶渊明虽然内心波澜起伏但脚步依旧平稳的话，现在他是逐渐加快脚步，几乎情不自禁地奔跑起来：

> 乃瞻衡宇，载欣载奔。
> 僮仆欢迎，稚子候门。
> 三径就荒，松菊犹存。
> 携幼入室，有酒盈樽。

本韵段所含的 4 个韵脚字依次为：奔、门、存、樽，它们都属于南朝宋前期中古音的"元魂痕"一部。由于文意已经由写归途情景转换到了写快到家与初到家时的情景，陶渊明就非常自然地在写作内容转换的同时对韵部进行了转换，由于情感是紧承上段灌注而下，使人几乎感觉不到已经换了韵，真可谓有偷天换日、鬼斧神工之妙。虽然写作内容变化了，韵部也随之转换了，但是紧承上段而来的情感指向并没有转换，只是更加强烈了。在句式上，从上段的一串 6 字句陡然转换为 8 个 4 字句，节奏变得更加的紧凑、急促，每隔 7 个字就重复出现的韵脚，就像这急促节奏的节拍点，使它变得更加的迅疾明快、清晰可辨。可以说，陶辞至此已经达到了情、意、句、韵完美融合的艺术境界。

　　第三个韵段由 10 个句子、5 个韵句组成，这段的文意亦是紧承上段而来，是写在"携幼入室"之后、"有酒盈樽"之时，一边"引壶觞以自酌"，一边观察、欣赏庭舍内外景象的家居怡然之乐：

> 引壶觞以自酌，眄庭柯以怡颜。
> 倚南窗以寄傲，审容膝之易安。
> 园日涉以成趣，门虽设而常关。
> 策扶老以流憩，时矫首而遐观。
> 云无心以出岫，鸟倦飞而知还。
> 景翳翳以将入，抚孤松而盘桓。

　　本韵段所含的 6 个韵脚字依次为：颜、安、关、观、还、桓，它们同属南朝宋前期中古音的"寒桓删"一部。本段所写内容虽与上段紧密衔接，但是已经有了明显变化，为了使文章的形式与这种内容变化相呼应，陶渊明又适时地对韵部进行了转换。同时，陶渊明的情感也有了明显变化，如果说第一段既有归来之前激烈心理斗争的余悸又有归途中的欢欣的话，第二段则充满刚到家时的激动兴奋，而本段则是到家之后心情已经逐渐平和的欣愉闲静。这时的情感已经不是沿着原来的指向或强或弱的问题，而是已经达到了一个全新的层次。在句式上，由紧凑局促的四字句又转换为相对宽松的六字句，节奏明显和缓下来，由韵字组成的 6 个节拍点间的距离也相应变大，更加强化了节奏的平稳感。还有一点值得注意，即上述三个韵段的韵脚字所含韵腹的元音音位，从第一、二韵段的/ə/转换为第三韵段的/a/，开口度明显变大。①　一般而言，元

_____

　　①　第一韵段的韵字及其中古音（以晋代音为例）韵母为归（jəi）、悲（jiəi）、追（jiəi）、非（jəi）、衣（jəi）、微（jəi），第二韵段的韵字其中古音韵母皆为 ən，第三韵段的韵字及其中古音韵母为颜（ran）、安（an）、关（ran）、观（uan）、还（ran）、桓（uan）。按，上述韵字的中古音由晋代衍变至南北朝前期，发音有所变化，但不影响本诗前三个韵段开口度变化的判定。

音的开口度越大发音通常就越响亮，也就更有利于情感的宣泄性表达。在上述三个韵段中，虽然陶渊明的情绪经历了强弱变化与层次升华的复杂过程，但他的幸福感却在逐渐加强，在他内心最深处，本韵段所表达的情感才是他最渴望得到的情感体验，因此他才将最适合宣泄情感的音韵用在了本段。下文将看到，后两个韵段韵字的韵腹也不再有这样的开口度。可以说，本段才是陶渊明情感的高潮，他最渴望的平静，在这一刻心满意足地得到了。

第四个韵段由 19 个句子、9 个韵句组成，是全篇 5 个韵段中最长的一个。在文意上，这个韵段不仅仅是紧承上段而来，更是在整体上对前三段的一个总结与回还。这一段的开头又重新以"归去来兮"发端就是最直接的证明，它不仅构成了与开篇的呼应，同时也表明渊明想要表达的东西已经阶段性完成，现在他要通过回还照应开启下一阶段的述说：

> 归去来兮，请息交以绝游。
> 世与我而相遗，复驾言兮焉求？
> 悦亲戚之情话，乐琴书以消忧。
> 农人告余以春及，将有事于西畴。
> 或命巾车，或棹孤舟。
> 既窈窕以寻壑，亦崎岖而经丘。
> 木欣欣以向荣，泉涓涓而始流。
> 善万物之得时，感吾生之行休。
> 已矣乎，寓形宇内复几时，曷不委心任去留？

本韵段所含的 9 个韵脚字依次为：游、求、忧、畴、舟、丘、流、休、留，它们同属南朝宋前期中古音的"尤侯幽"一部。既然本段是在整体上对前三段的一个总结与回还，因而文意肯定又有变化，为了呼应这种变化，自然地对韵部也进行了转换。本段中，陶渊明一开始就表明了"息交以绝游"的决心，为了彻底摆脱"心为形役"的苦恼，他果断地采取了这样一个看似决绝的策略。但陶渊明似乎也感觉到了这一宣言可能流于偏激，故而他接着解释道，我之所以选择"遗世"，是因为"世"先"遗"了我。随后，"悦亲戚之情话"与"农人告余以春及"等句更进一步表明，陶渊明的"息交以绝游"并不是自我封闭，而是意欲息"俗交"、绝"俗游"，与"亲戚""农人"的交流不仅不会让他苦恼反而令他愉快。他的心境经过一个向内转的过程后现在又开始向外扩展，只是这一次向外扩展，不再指向俗世官场，而是指向农村的广阔天地和大自然的壮美怀抱。最后他感悟到，世间事有失必有得，懂得放下才能得到，领悟到"寓形宇内复几时"的生命真谛后，终于确认了"委心任去留"的人生观。陶渊明对自己上下求索的心路历程的展露，营造了一种情景事理交融的艺术境界。他的求索，是与自己的心灵展开对话，本段的句式也象征着这一对话最终的结论。在全篇的 5 个韵段中，本段的句式是最为丰富的，它们长短参差、错落有致，最具散文化色彩，若不是各韵脚字在其中起着醒拍的作用，使人几乎真的误认为这是一段使用日常语言进行的谈话。以"或命巾车，或棹孤舟"2 个 4 字句为界，如果说此前陶渊明还在对自己的决心加以辩说的话，此后他就彻底进入了一个超然通脱的境界。

最后一个韵段由 9 个句子、5 个韵句组成，对上一段悟出的人生哲理进一步展开阐述，陶渊明将自己最乐意奉行的人生信条与自己最热爱的生活方式结合起来，集中表达了自己与造化合一、乐天知命的人生追求：

胡为乎遑遑兮欲何之？

富贵非吾愿，帝乡不可期。

怀良辰以孤往，或植杖而耘耔。

登东皋以舒啸，临清流而赋诗。

聊乘化以归尽，乐夫天命复奚疑！

本韵段所含的 5 个韵脚字依次为：之、期、籽、诗、疑，它们同属南朝宋前期中古音的"之"部。需要注意的是，本段的首句与上一段的末句，如果单纯从文意上看，似乎不宜分置于两个韵段，但陶渊明确实把它们分开了，这是不是表明"韵随意转"的规律被打破了，笔者的这一判断不成立了？实际上应该这样理解，真正的大家都已经在艺术上达到至法无法、鱼龙百变的境界，这也就是前人所谓大而化之、神而圣之的境界，而陶渊明正是这样的大家。陶渊明尊重文学艺术的规律，但他却不会被规则的条条框框所禁锢。在不变中求变，这也是陶渊明精湛用韵艺术的重要表现之一。本段的 6 个韵句在语音形式上构成了一个稳定的金字塔结构，在某种程度上也象征了陶渊明确然无疑的坚定意愿，而作为节拍点的韵脚在渐次拉长的字句间隔中出现的时间越来越晚，赋予文章结尾一种悠远绵长的艺术美感，令人回味无穷。

第二节　苏辞：步韵换意，匠心独运

由于苏轼具有高超的艺术鉴赏力和敏锐的艺术感受力，相信他一定能够强烈地感知到陶辞押韵艺术之妙。然而这只是推测，尚不足以表明这就是他采用次韵形式和陶辞的主因。笔者认为，苏轼采用次韵形式和陶辞的主要原因与其喜好次韵的一贯风格有关，也与宋代日渐普遍的次韵唱和风尚有关。也就是说，苏轼采用次韵的形式，主要是由其个人偏好决定，主动权掌握在他自己的手中。上文对陶辞押韵艺术的分析足以表明陶辞的押韵艺术极为高超这一客观事实。苏轼一旦采用次韵的手法和之，也就在客观上继承了这一精致的艺术结构。沿用陶辞的这一艺术结构有利有弊，利在于同时继承了这一结构的艺术效果，弊在于这一既定结构的强大限制将会对苏轼的创新能力构成巨大挑战。或许苏轼并无意于继承陶辞用韵结构的艺术效果，但他必定十分乐意接受它的挑战，因为求新求变、争奇斗险正是他的一贯爱好，当然也是他的特长。虽然如此，苏轼和《归去来兮辞》最吸引人的地方却不是争奇斗险，而是立意上的别出心裁。

　　反复涵泳苏轼的和作会惊奇地发现，苏轼表面上是在和陶渊明的《归去来兮辞》，实际上创作的却是一篇"归不得兮辞"。也就是说，两篇作品所表现的事件与情感是完全对立的，陶辞表现的是回归，苏辞表现的却是漂泊，陶辞的情感是欣悦的，苏辞的情感却是低沉的。用了相同的连顺序都一样的韵字，却写了相反的事，表达了相反的情，这充分表现了苏轼的匠心独运。前贤论诗有"隔"与"不隔"之说，苏辞正是"不隔"的典型。苏轼创作《和陶归去来兮辞》的时候，正值它贬谪南海、欲归不得之际，正因结合自身的遭遇进行和陶创作，所以才能写得亲切动人；如果他完全抛开自身生活实际，明明有家归不得却要揣摩陶渊明的声气口吻，代陶渊明立言，势必流于机械模拟的"空腔"。这就是为什么苏轼虽然采用次韵形式和陶却能获得艺术的独立性，而许多即便采用了更自由的形式却不免揣摩声气的拟陶、效陶之作无法给人留下深刻印象的原因所在。

　　下面结合具体文本，依次分析《和陶归去来兮辞》的 5 个韵段并将之与陶辞的相应韵句进行比较，以进一步分析苏辞是如何在遵循陶辞韵序的情况下来表达自己独特的生活经验与思想情感的。苏辞第一个韵段首述"南迁安得归"之苦闷：

> 归去来兮，吾方南迁安得归。
> 卧江海之澒洞，吊鼓角之凄悲。
> 迹泥蟠而愈深，时电往而莫追。
> 怀西南之归路，梦良是而觉非。
> 悟此生之何常，犹寒暑之异衣。
> 岂袭裘而念葛，盖得牭而丧微。①

----

① （宋）苏轼撰，（清）查慎行补注：《苏诗补注》，凤凰出版社 2013 年版，第 1307-1308 页。

本段首句的"归去来兮"虽然袭用陶辞原句，但是其表达的内涵却与陶辞完全不同。陶辞将之置于首句，就像一个宣言，宣布陶渊明终于实现了"归去"的愿望；苏辞却单纯是一句喟叹：归去啊归去，我正在谪迁之中，怎么才能归去呢！首二句为全篇定下基调之后，苏轼就开始讲述自己南迁的处境，江海颓洞，鼓角悽悲，深泥蟠迹，时往莫追，如此种种莫不令人凄然惆怅。回首归路，愈觉人生无常、昨是今非。由此可见，苏轼已经将陶辞原意完全替换为属于自己的特有情境。在押韵上，虽然完全遵循陶辞韵字的顺序，但是已经将句意完全改变。陶辞的"胡不归"变成了"安得归"，"惆怅而独悲"变成了"鼓角之悽悲"，"来者之可追"变成了"电往而莫追"，等等。当然，虽然苏辞尽量在句法上与陶辞求异，但陶辞的影响依旧清晰可见。例如，"安得归"与"胡不归"都是问句，只是替换了疑问词，"莫追"则是有意地取"可追"的反义，至于"梦良是而觉非"的"觉非"二字，则早已在"觉今是而昨非"之句中出现。

第二个韵段写作者在想象中"俯仰还家"的情景：

> 我归甚易，匪驰匪奔。
> 俯仰还家，下车阖门。
> 蕃垣虽缺，堂室故存。
> 挹吾天醴，注之窪尊。

首段的描写使人对苏轼无法归去的现实处境深信不疑，到了本段苏轼却将笔锋陡然一转，宣称"我归甚易"，这就一下使读者心中产生疑问。到了第二句，作者仍不点破，而是又卖了一个关子：我回家不用驱驰不用奔走。如此巧妙的悬念设置，使人迫不及待地想阅读下文，一探究竟。第三句的"俯仰还家"透露了实情，原来作者所谓的"我归"并不是真归，而是在想象中"归"，这使人突然意识到首段"怀西南之归路，梦良是而觉非"之句并不是率意之笔，而是早已为本段的"俯仰还家"做好了铺垫，"怀"与"梦"不正是"俯仰还家"的手段吗？如此一来，确乎是"我归甚易，匪驰匪奔"了。在以韵字为中心而组成的词汇或短语方面，苏辞也将陶辞原来的"载奔""候门""犹存""盈樽"改为"匪奔""阖门""故存""窐尊(樽)"，并没有袭用陶辞原有的词汇，体现了很强的创新性。当然，陶辞的影响依然清晰可见，"匪驰匪奔"与"载驰载奔"的句式完全相同，"堂室故存"与"松菊犹存"的句式相同不说，"故存"与"犹存"也只是同一个词义略换了一下字面。本段中，"俯仰还家"之后的5句是写作者在想象中顺利到家之后的行为，"下车阖门"与陶辞的"门虽设而常关"文意相近，"藩垣虽缺，堂室故存"与"三径就荒，松菊犹存"相近，"挹吾天醴，注之窐尊"与"有酒盈樽""引壶觞以自酌"相近，不同的是陶辞将这些行动分置于两个韵段之中，而苏辞则将它们置于一个韵段中集中描写。

第三个韵段则紧承本段，继续写作者一边"饮酒"一边产生的人生感悟：

> 饮月露以洗心，餐朝霞而眩颜。
> 混客主而为一，俾妇姑之相安。
> 知盗窃之何有，乃掊门而折关。
> 廓圜镜以外照，纳万象而中观。
> 治废井以晨汲，瀹百泉之夜还。
> 守静极以自作，时爵跃而鲵桓。

本段与陶辞有很大不同，陶辞的6个韵句以叙事、写景为主，而苏辞几乎纯是议论，极像一篇玄言诗或游仙诗。"混客主而为一""纳万象而中观""守静极以自作"诸句简直就像一篇哲学论文，其余诸句虽物象纷呈，但鲜有实写，多是带有象征意义的寓言。在以韵字为中心而组成的词汇方面，"眩颜""相安""折关""中观""夜还""鲵桓"与陶辞的"怡颜""易安""常关""遐观""知还""盘桓"也有很大的差异，但是"眩颜"

一词有些生涩，"鲵桓"一词略显勉强。

第四个韵段首句亦仿照陶辞再次使用"归去来兮"4字与开篇呼应，实现一次文意的总结与回还：

> 归去来兮，请终老于斯游。
> 我先人之敝庐，复舍此而焉求？
> 均海南与汉北，挈往来而无忧。
> 畸人告予以一言，非八卦与九畴。
> 方饥须粮，已济无舟。
> 忽人牛之皆丧，但乔木与高丘。
> 警六用之无成，自一根之返流。
> 望故家而求息，曷中道之三休。
> 已矣乎，吾生有命归有时，我初无行亦无留。

本段与上段一样，也是以论为主。陶辞的这个韵段是通过叙事、写景最后烘托出所要表达的情、所要说明的理，苏辞则是夹叙夹议，作者推理的意图明显强于叙事抒情的意图，大有见理不见情之势。在所写内容上，很难看出与陶辞的具体联系，倒是很显然受到了屈原《离骚》和《远游》的影响。从本段也可看出，苏轼在想象中所归之家就是自己的故乡，并不是所谓"无何有之乡"，"我先人之敝庐"与"望故家而求息"之句就是直接的证明。从韵字为中心组成的词汇或短语方面看，除"焉求"沿用了陶辞用法之外，其他韵句也都不同。

最后一个韵段紧承上一个韵段而来，文意是连贯的，这也是模仿了陶辞的处理方式，但仍以议论为主：

> 驾言随子听所之，
> 岂以师南华而废从安期。

谓汤稼之终枯，遂不溉而不耔。

师渊明之雅放，和百篇之新诗。

赋《归来》之清引，我其后身盖无疑。

　　本段除继续上段的议论外，还表明了和陶的意图，即"师渊明之雅放"，并认为自己无疑是陶渊明的后身。由此可见，苏轼确实对陶渊明的生活态度与精神境界非常钦佩，和陶辞与他的和陶诗一样，都是通过对陶渊明作品的回应达成与陶渊明精神的沟通。但是，苏轼毕竟是极富艺术创造力的天才诗人，他并不满足于通过亦步亦趋地模拟表达对陶渊明的敬意，而是要在与陶渊明文本建立形式上的直接联系的同时，突出自己的独特性。苏轼为突出自己的独特性所采取的方式是在创作中注入自己独特的生活经验与人生体验，这些具有个人化或者说私人化的质素，使他的作品与陶渊明的作品明显区分了开来。作品个人化特征过于明显带来的负面效果是其表达的思想情感的普遍意义会遭到削弱，其被接受的广泛程度就会因此降低。陶辞之所以被接受的程度如此之高，不仅在于它叙事、写景、抒情水乳交融的艺术性，更在于它所表现的思想情感具有极高的普遍性。苏辞由于太重视议论，使之几乎成为理趣的象征与映射，情感表达的力度与感染力都受到了损害。

　　综上，苏辞虽是一篇辞赋作品，但它与宋代诗歌、散文的内在特质是一样的，即重说理、好议论，而缺少意象营造，乏情景交融、兴象玲珑之趣。可以说，苏辞虽然继承了陶辞的用韵结构并力求创新但是并没有达到陶辞的艺术效果，这也表明再高超的押韵手法也必须与写景、叙事、抒情等各方面的因素完美结合，才能收到良好的艺术效果。《和陶归去来兮辞》在苏轼的众多优秀作品中并非上乘，但是其创新的努力和独具匠心的艺术处理方式也非常人所及。从押韵方面来说，它采用次韵形式和《归去来兮辞》，不仅具有开创意义，也在客观上使《归去来兮辞》的押韵艺术更加引人注意。

第三节 杨辞：自愿入彀，复求突围

上文已经提及，苏轼采用次韵手法和陶，既与其喜好次韵的一贯风格有关，也与宋代的次韵唱和风尚有关。在苏轼个人爱好与诗坛普遍风尚的双重影响下，后来宋人也大多继续采用次韵手法和陶。据笔者粗略调查，宋人次韵和陶《归去来辞》作品总数在50首以上。苏轼之后的宋人之所以也采用次韵手法和陶，除了受苏诗风格与诗坛风尚等外因影响，一方面是想通过与陶作达成最直接的"互文"来表达对陶渊明的膜拜，另一方面也是想藉由对苏作艺术手法最明显的"拟效"来表现对苏轼的倾心。苏轼创作《和陶归去来兮辞》之后，苏辙作《次韵和子瞻归去来辞》，张耒作《次韵和陶渊明归去来辞》，晁补之作《追和陶渊明归去来辞》，秦观作《和渊明归去来辞》，这几首作品是苏辙及苏门学士在苏轼创作《和陶归去来兮辞》之后的和苏之作。李之仪《次韵子瞻追和归去来》、释惠洪《和陶渊明归去来词》与《沩山空印禅师易本际庵为甘露灭以书招予归隐复赋归去来词》、李纲《沙阳和归去来辞》与《琼山和归去来辞》、王质《和陶渊明归去来辞》、杨万里《和渊明归去来兮辞》、周紫芝《和陶彭泽归去来词》、冯槢《和渊明归去来兮》、任彪《拟渊明归去来》、释戒度《追和渊明归去来辞》、曹冠《和陶渊明归去来词》、陈仁子《和归去来辞》、喻良能《和归去来辞》、卫宗武《次刘锦山和归去来词韵以赞其归》、柴望《和归去来辞》、家铉翁《和归去来辞》、王阮《和渊明归去来辞》、杨杰《归来堂赋》等则是后来宋人的随机和作。以上这些和作全部采用次韵形式。其中任彪《拟渊明归去来》虽题曰"拟"，实为次韵；杨杰《归来堂赋》虽未明言和陶，然全篇实为严格次陶韵。宋代之所以出现如此多的和《归去来兮辞》作品，一方面固然与《归去来兮辞》本身的艺术吸引力有关，更主要的则是受苏轼大规模和陶的影响，而主要采用次韵形式，也非常明显是受苏轼影响。

宋人和陶，除少量作品采用"和意不和韵"的形式之外，绝大部分采用次韵形式，这是宋代和陶作品的一个显著艺术特征。受这一艺术特征的影响，次韵俨然成为一种人人遵用的和陶"套路"，就连一贯反对次韵的诗人在和陶时竟也采用次韵形式，杨万里就是一个典型的例子。众所周知，杨万里是南宋著名的中兴四大诗人之一，他以别具一格的"诚斋体"诗歌突破主流宋诗的藩篱、为宋诗注入了新鲜血液而著称。宋代诗人对次韵唱和投入了巨大热情，而力求创造构思新奇、语言明畅的"诚斋体"的杨万里却对次韵唱和进行了颇为有力的抵制。可以想见，和诗须屈己意从人意，很难做到构思新奇，而次韵更要求步人原韵，更是不易做到语言明畅，所以"诚斋体"的内在体性决定了杨万里不可能喜欢次韵。事实确实如此。在对次韵唱和趋之若鹜的南宋诗坛，由于应酬等原因杨万里也并不是一首次韵诗不作，他只是尽量少作乃至不作。据笔者考察，杨万里一生中所作次韵诗很少，有时甚至几年都不作一首。例如在乾道六年(1170)夏到淳熙二年(1175)春近 5 年的时间里，杨万里只作了 4 首次韵唱和诗；淳熙五年冬至淳熙六年春、淳熙七年自春迄冬、淳熙八年自夏迄冬这几个时间段则是一首次韵唱和诗也没作；嘉泰三年(1203)至开禧二年(1206)辞世，更是三年未作一首次韵唱和诗。杨万里也曾在多个场合表达对次韵唱和的反对，他在《答建康府大军库监门徐达书》中说："李、杜之集无牵率之句，而元、白有和韵之作，诗至和韵，而诗始大坏矣！故韩子苍以和韵为诗之大戒也。"①杨万里在此文中对次韵唱和的反对可谓激烈。在《陈晞颜和简斋诗集序》中，杨万里又引述韩驹的话说："昔韩子苍《答士友书》谓：诗不可赓也，作诗则可矣。故苏、黄赓韵之体不可学也。岂不以作焉者安，赓焉者勉故欤？不惟勉也，而又困焉，意流而韵止，韵所有，意所无也，夫焉得而不困？"②再一次强调了次韵赓和创作的局限性。

---

① (宋)杨万里撰，辛更儒笺校：《杨万里集笺校》，中华书局 2007 年版，第 2842 页。

② (宋)杨万里撰，辛更儒笺校：《杨万里集笺校》，中华书局 2007 年版，第 3215 页。

　　有趣的是，如果说杨万里很少的次韵之作多是为了交际不得已而为之的话，那么他的《和渊明归去来兮辞》则是毫无应酬因素的自愿创作。这在《自序》中就表现得很明白："予倦游半生，思归不得。绍熙壬子，予年六十有六，自江东漕司移病自免。蒙恩守赣，病不能赴，因和《归去来兮辞》以自慰。"①一向反对次韵唱和的杨万里竟然自愿采用次韵形式创作起和陶辞来，个中缘由颇耐人寻味。这其中自然少不了苏轼的影响。自苏轼次韵和陶之后，后来的宋人接续创作，使次韵和陶已经衍生出一条清晰的脉络。现在看来，杨万里虽然反对次韵，但他更愿意将自己的和陶创作纳入这一脉络。既然自愿入彀，那他也就不得不接受这一"套路"与生俱来的局限性。杨万里毕竟是创新欲极强的富于创造力的诗坛老手，他有信心也有能力在"套路"的束缚下实现突围。事实上，其《和渊明归去来兮辞》的艺术性确实是相当高的。

　　下面结合具体文本，依次分析杨万里《和渊明归去来兮辞》的5个韵段并将之与陶辞、苏辞相比较，以进一步分析杨万里是如何在自愿入彀的同时又力求突围的。欲准确理解杨辞的内容与文意，了解其创作背景同样重要。由杨万里的自序可知这篇和辞创作于他"蒙恩守赣，病不能赴"之际。杨万里半生宦游在外，一直思归不得，等他真有机会因病卸任归里的时候，却突然发现自己的"官瘾"还没过够，做了半辈子官，突然有官不能做，内心很失落。所以杨万里的和辞在内容和文意上又出现一个新的范型，既不同于陶渊明的"归去"，也不同于苏轼的"归不得"，而是"不想归"，或者说是归得很不情愿。可以说，杨万里的这篇作品虽名曰《和渊明归去来兮辞》，实际上却是一篇"不愿归兮辞"。从第一个韵段开始就表现了作者在不得不归的前提下展开的自我安慰：

————————

　　① （宋）杨万里撰，辛更儒笺校：《杨万里集笺校》，中华书局2007年版，第2304页。

> 归去来兮，平生怀归今得归。
> 有未归而不怿，岂当怿而更悲。
> 愧一陶之不若，庶二疏兮可追。
> 肖令威之归辽，喟物是而人非。
> 捐水苍兮今佩，反茭制兮昨衣。
> 恋岂谖夫太紫，分敢逾于少微。①

第一个韵句借"归去来兮"发感慨，感慨的原因是"平生怀归今得归"。千万不要刚看到这两句就替作者高兴，这很可能会错了意，因为作者实际上并未高兴起来。作者在第二个韵句中透露了自己的真实情绪：他人都是因为无法归去而不高兴，现在我可以归去了，应当高兴了，难道可以更加悲伤吗？劝慰自己不要悲伤，实际是因为内心悲伤，失落之感溢于言表。作者最愿意追效的是做了大官后才主动归隐的二疏，小试牛刀就辞官的陶渊明他是自愧不如的，自愧不如只是谦辞，实际上是不愿学陶渊明。归去固是从来所愿，但自己的归去更像"令威之归辽"，归去早已物是人非。一旦归去，标示官员身份的水苍玉是佩戴不了了，要重新换上贫士的茭衣。"恋岂谖夫太紫，分敢逾于少微"更是直接表达了对官级品衔的念念不忘，"岂""敢"的反问背后所体现的却是对更高官职的殷切渴望。杨万里如此直言不讳地表达自己去官而归的失落，固然是创作时立意求新的需要，更是他内心想法的真实反映。这正是杨万里的可敬可爱之处，想做官就是想做官，不掩饰、不虚伪，不屑于故作姿态。最难得的是，杨万里能在遵循陶辞原韵顺序，且其前已经有苏轼等人多首作品存在的情况下，将这种与众不同的真实想法流畅地表达出来。本韵段在句式上除"庶二疏兮可追"的"可追"沿用了陶辞的既有词汇之外，其余韵句都做到既不与陶辞雷同也不与苏辞相似，

---

① （宋）杨万里撰，辛更儒笺校：《杨万里集笺校》，中华书局 2007 年版，第 2304-2306 页。

成功实现了突围。此外，由于"非"字韵不易组词，故而也沿用了陶辞与苏辞"……是……非"的句式，但是语意已经完全不同。既然做官的愿望在客观上已经实现不了，杨万里就用"倦游半生，思归不得"的另一种愿景来宽慰自己，不断给自己施加归去最乐的心理暗示：

> 如鹿得草，望绿斯奔。
> 如鹤出笼，岂复入门。
> 屡虽未得，而趾故存。
> 谓予不信，有如泰樽。

第二个韵段作者将归去的自己比喻成得草之鹿、出笼之鹤，暗示归去才是自己最好的选择。但是，这只出笼之鹤有"复入门"的意向，所以用"岂复入门"的质疑压制住这种意向；"屡虽未得，而趾故存"也是明显的自我宽慰；"谓予不信，有如泰樽"更是信誓旦旦地表示自己真的是迫不及待地想归去。但是，真想归去的人只要像陶渊明一样安然地享受归去之乐就行，何必反复地表明态度？其实还是想通过强烈的心理暗示来开释自己。在韵句的构思上本段也有新的突破，押"奔"字韵时，不再使用"匪……匪……"或"载……载……"的句式，而是使用了"望绿斯奔"这样新颖的句式；在押"门"字韵时则使用了不同于陈述句式的反问句式；在押"樽"字韵时，也不再与饮酒联系起来，而是运用了一种誓词式的句调赋予"樽"字以新的作用。当然，在"而趾故存"句中的"故存"尚未突破苏辞"堂室故存"的组合方式。

第三个韵段作者进一步想象自己"言归"之后自然景物及家乡的邻居乃至动物对自己的欢迎：

> 月喜予之言归，隤清晖而照颜。
> 山喜予以出迎，相劳苦其平安。
> 江喜予而舞波，击碎雪于云关。

纷邻曲之老稚，羌堵墙以来观。

沸里巷之犬鸡，亦喜翁之盍还。

惊鬓鬓之两霜，尚趑趄而桓桓。

这样一气呵成的语言表达与顺流直下的情感势头几乎使人忘记了这是一篇次韵作品。月喜我归，山喜我归，江喜我归，邻曲之老稚喜我归，里巷之犬鸡喜我归，不仅喜我归，还用各自独特的方式来欢迎我，"言归"一词表明这些都是作者的想象之词。在韵字的组合上，虽然"隮清晖而照颜"的句式与苏辞"餐朝霞而眩颜"相似，"羌堵墙以来观"的句式与陶辞"时矫首而遐观"及苏辞"纳万象而中观"相似，"亦喜翁之盍还"的句式与苏辞"瀹百泉之夜还"相似，但是句意已经与陶辞、苏辞完全不同；在"击碎雪于云关"句中，作者也不像苏辞一样仍在与陶辞一样的"关门"意象中打转，而是另组成"云关"意象来配合句意的表达。作者之所以构想出如此宏大的欢迎场面，是想藉以激发自己归去的决心。

第四个韵段作者又换了一种方式继续宽慰自己：

归去来兮，半天下以倦游。

饥予驱而予出，奚俟饱而无求。

观一箪之屡空，躬自乐而人忧。

暨一区之草玄，娱羲画与箕畴。

岂慕骨靡，济川作舟。

翾先人之敝庐，有一壑兮一丘。

后千寻兮茂林，前十里兮清流。

耿靡美而载营，寒何骛而不休。

如果前段作者是用情感宣泄的方式来宽慰自己，那么本段作者就是通过理性的思考来宽慰自己。作者先是提出自己生活中的几组对立关系，即"归去"与"倦游"的对立，"饥"与"饱"的对立，"自乐"与"人忧"的对立，"骛"与"休"的对立，然后试图通过对这几组对立关系的逐一消解，从理智上说服自己。作者的确成功地用清醒的理智将这几组对立关系消解于"暨一区之草玄，娱羲画与箕畴"的学术理想与"后千寻兮茂林，前十里兮清流"的自然美景中去了。但是，情感问题往往不是用逻辑推理能解决的，"岂慕胥靡，济川作舟"与"耿靡羡而载营，寨何骛而不休"这两个问句表明作者内心的挣扎仍然是很激烈的。本段在以韵字为中心而组成的词汇或短语方面没有出现与陶辞或苏辞的相似之处，集中表现了杨万里的语言创新能力。

最后一个韵段在文意上也紧承上段而来：

> 已矣乎！用舍匪吾，行止匪时。
> 何至啜醨如渔父，何必乎誓墓兮如羲之。
> 吾行可枉涂，吾止可预期。
> 应耘籽而端委，犹端委而耘籽。
> 对天地而一哂，酢风光以千诗。
> 抵槁茎与朽壳，岂复从詹尹而决疑。

本段既是对上段理性推理的总结，也是对全文的总结，同时还是对文意的深化，在新的层次上为自己寻得心灵的归宿。作者发现了"用舍匪吾，行止匪时"这一难以改变的人生普遍境遇，"吾行可枉涂，吾止可预期"表明作者虽然在情感上有游移与失落，但最终还是决定选择"对天地而一哂，酢风光以千诗"的豁达潇洒的生活方式。本段在用韵上有一点很奇特，即作者没有押"留"字韵，而是押了"时"字韵。陶辞在这个位置上的相应韵句是"已矣乎，寓形宇内复几时，曷不委心任去留"，苏辞的相应韵句是"已矣乎，吾生有命归有时，我初无行亦无留"，根据陶辞的换韵规律，"时"字并不是韵脚，但苏轼却将"时"字也当作韵脚了，这倒要求我们必须再次反观陶辞的用韵：陶辞在将"留"

字作为韵脚与之前的韵句押韵的同时，在"寓形宇内复几时"句中已经提前将下一个韵段的韵部透露出来了，因为"时"字正巧与下文的"之""期"等韵字押韵，不知道陶渊明是否有意为之，但通过苏辞的提示，不得不承认陶辞此处的"交叉用韵"是非常巧妙的，这大概就是前人所谓的"文成法立"。不管陶渊明是否有意为之，苏轼可能已经发现了此处"交叉用韵"之妙，故而沿用了陶辞的这一押韵方法。细心的杨万里也发现了苏辞次韵的用意，但是他却没有继续沿用苏轼的次韵方法，而是直接将"时"字作为韵脚而省略了"留"字韵，如此一来原本属于上一个韵段的韵句就顺其自然地转移到了下一个韵段。此举不仅不违背次韵的规则又对苏辞的次韵形式进行了创造性的改造，还适应了自身表情达意的需要，真可谓"一举三得"。

在杨辞文本的字里行间时常透露的信息表明，杨辞在有意地同苏辞立异。苏辞说"吾方南迁安得归"，杨辞则说"平生怀归今得归"；苏辞说"卧江海之颓洞，吊鼓角之悽悲"，杨辞则说"有未归而不怿，岂当怿而更悲"，如果这是因作者实际生活情境本就相反而出现的巧合的话，那么苏辞说"挹吾天醴，注之窊尊"，杨辞则直接抽离与"樽"相关的"饮酒"意象，苏辞说"畴人告予以一言"，杨辞则说"岂复从詹尹而决疑"，则是再明显不过的有意唱反调了。这些明显的立异之处表明杨万里对苏辞非常熟悉，加之杨辞中的其他线索尤其是对苏辞"交叉次韵"之法的改造，更加充分说明杨万里在和《归去来兮辞》时，是将苏轼的和作当成和陶辞"套路"的"始作俑者"来对待的。杨万里既然自愿地选择了这一套路，那他突围的主要目标就不仅是陶辞本身，苏辞也是极为重要的一关。从叙事、写景、抒情的融合程度来说，杨辞的突围是成功的，如果单以艺术性作为衡量标准，甚至可以说杨辞已经超越了苏辞。

综上所述，陶渊明的《归去来兮辞》体现了极高的押韵艺术，可以说已经完美地达到了"韵随意转，天然凑泊"的艺术境界。作为次韵追和代表作的苏轼《和陶归去来兮辞》与杨万里《和渊明归去来兮辞》在步武陶韵的同时，也并未被陶韵所限，而是凭借各自的天才创造力创作出了能够彰显自己独特艺术个性、表达自己独特人生体验的佳制。由此可见，虽然纵向上的韵脚顺序对内容的表达具有很强的制约作用，但只要对横向上的韵句的句式和语义处理得足够巧妙，这种制约作用就会被明显抵消。研究陶渊明《归去来兮辞》的押韵艺术，之所以选择苏轼、杨万里的次韵追和作为比较对象，是因为这两篇作品具有特殊的比较价值。陶辞、苏辞、杨辞，这三篇作品虽然使用的韵字及其顺序几乎完全一样，但它们所表现的实际内容及表达的相应情感却构成了三种完全不同的范型：陶辞表现的是真正的归去及归去之乐，所以它是名副其实的"归去来兮辞"；苏辞表现的却是想象中的归去及欲归不得的悲苦，所以它实际上是一篇"归不得兮辞"；杨辞更是出人意料，表现的竟是不愿归去却不得不归的烦恼，所以它实际上是一篇"不愿归兮辞"。三种迥然不同的内容与情感范型却用几乎完全相同的韵字与韵序表现出来，其比较价值可以想见。这种比较的意义，就研究陶渊明《归去来兮辞》的押韵艺术而言，在于能够将之展现得更为鲜活、立体，原本可能由于太过"天然凑泊"反而容易被忽略的陶辞押韵艺术，由于苏轼、杨万里成功的次韵创作，得以更加引人注意；就研究和陶作品而言，对于像次韵作为开拓其艺术空间的着力点如何运作之类的问题，将得到具体而微的回应，而这也势必将进一步加深对《归去来兮辞》押韵艺术的理解。

第二章　叶韵：文本功能与文学意义

　　近年来学界对"叶韵"法在语音学上的合理因素的研究日趋充分。例如，刘晓南先生通过一系列文章，反复论证了宋人叶音在语音学上的科学成分；① 汪业全先生更是从叶音的概念范畴、叶音研究史、音学范畴的叶音研究、其他学科范畴的叶音研究等方面对相关问题进行了系统的探讨。可以说，目前学界的诸多研究已经逐渐使"叶韵"法摆脱了前人以批判为主的陈旧观念。

　　然而，关于"叶韵"法在文学领域的独特价值，学界尚未有专门研究。虽然刘晓南先生曾指出："文章家主要关注是否词能达意，言之不文则行而不远，除在庄重的场合、典雅的文体中要关注韵律的入格外，其他更多关注的则是是否口耳谐叶"②；汪业全先生曾指出："叶音旨在恢复或追认韵谐关系。从功能上看，叶音当属于声律美学范畴"③；邹其昌先生也曾指出："朱熹对'叶韵'理论的缘用、研究以及在《诗集传》《楚辞集注》中的具体实施，都只是强调更好地服务于'讽诵涵泳'"④；

---

　　①　参见刘晓南先生《论朱熹诗骚叶音的语音根据及其价值》(《古汉语研究》2003 年第 4 期)、《朱熹叶音本意考》(《古汉语研究》2004 年第 3 期)、《重新认识宋人叶音》(《语文研究》2006 年第 4 期)、《试论宋代诗人诗歌创作叶音及其语音根据》(《语文研究》2012 年第 4 期)等文。

　　②　刘晓南：《试论宋代诗人诗歌创作叶音及其语音根据》，《语文研究》2012 年第 4 期，第 1-10 页。

　　③　汪业全：《叶音研究》，岳麓书社 2009 年版，第 2 页。

　　④　邹其昌：《"讽诵涵泳"与"叶韵理论"——论朱熹〈诗经〉论释学美学论释方式之二》，《湖北师范学院学报》2005 年第 1 期，第 10 页。

等等。但遗憾的是，这些重要论述或者仅是语音研究时的顺带提及，或者仅是某一专题研究的局部结论，都未能进行充分的展开或全局的观照。因此笔者拟对"叶韵"法的文学性加以较为系统的探讨，以期客观认识"叶韵"法的文学意义。

第一节 "叶韵"法的文学功能与生俱来

从宏观的角度看，韵本质上不属于诗。因为古今中外有韵的诗固然很多，无韵的诗却也不少。但若仅就中国古典诗歌的传统而言，诗与韵几乎密不可分，以至于不少人将韵视为诗的有机组成部分。例如清人胡秉虔曾在探讨《周颂》押韵与否的问题时指出："然此皆为《颂》言之耳，若《风》《雅》则皆诗也，天下有无韵之诗哉?"①此处胡氏将《颂》与《风》《雅》分别对待，就是因为它可能有不押韵的。而在陈氏的观念中，只要是诗，就理所当然是应该押韵的。关于韵与诗的关系，更是不乏试图从哲学高度予以说明者。其中明人陈凤梧的观点就颇具代表性。他在为《韵补》正德年间刻本作序时论证道：

> 盈天地间物，凡有形，必有声，乃自然之理也。仰观于天，若雷霆之号令，风雨之吹嘘；俯察于地，若江河之冲击，鸟兽之嗥鸣，无不有声，亦无不有韵，况人灵于万物，参乎三才，其言之出自中五声，而文字又声之精者，故上古圣人制为律吕以谐五声，使咸协音韵，可以被之管弦，用之家乡邦国，其极至于动天地、感鬼神而致雍熙泰和之盛，良有以也。②

---

① （清）胡秉虔：《古韵论》，《丛书集成初编》，第 1259 册，中华书局 1985 年版，第 42 页。

② （清）谢启昆：《小学韵补考》，《丛书集成初编》，第 1237 册，中华书局 1985 年版，第 58-59 页。

　　陈氏此论指出了自然界事物在运动过程中的节奏感与文学、音乐之声韵之间的相似性，由此将文学、音乐的声韵之美提升到与自然规律相契合的高度。这样一来，就更加充分地肯定了"上古圣人制为律吕以谐五声，使咸协音韵"的创举在中国古代社会发展及文化传统形成过程中的合理性与重要意义。同为明人的许宗鲁在为《韵补》刊本作序时也表达了类似的观点：

　　　　鲁尝闻，韵者诗之矩也，字者韵之原也。矩败则物废，原别则派乖。夫字不徒作，至理寄焉；韵不苟叶，至酥宰焉。苟事其酥而弗基诸理，弗酥也；基诸理而弗探其文，弗理也。①

　　相比于陈氏的宏观论述，许氏的观点则更为具体说明了在中国古典诗学传统中，韵与诗是多么的密不可分："韵者诗之矩也""韵不苟叶，至酥宰焉""基诸理而弗探其文，弗理也"，这些论断都非常明确地指出韵在中国古典诗歌创作中的重要性。可以想见，一旦那些在古人的理念中本该如珠联璧合般押韵的诗歌经典不再押韵了，对他们将造成怎样的冲击。这种冲击不仅源于阅读节奏的混乱，更源于中国古典诗歌的韵与诗密不可分的传统受到了威胁。这一冲击在语音演变剧烈的隋唐乃至六朝时期就已经被文人学者们感受到，也正是在那个时候，"叶韵"法作为一种调和诗歌押韵传统与语音演变的权宜之策，便应运而生了。

　　"叶韵"之"叶"有时也被写作"协"字，这是由于二者是同义词的缘故。"叶韵"与"协韵"都有押韵和谐、合适的意思，虽然在不同的历史时期和不同的学者那里使用时略有偏好，若将二者置于同一语境下，其内涵并无明显不同。正如江永《古韵标准·例言》所言："叶韵六朝人谓

---

　　① （清）谢启昆：《小学韵补考》，《丛书集成初编》，第1237册，中华书局1985年版，第62页。

之协句。颜师古注《汉书》谓之合韵。叶即协也，合也。犹俗语言押韵。"①例如《汉书》载韦孟写给楚王戊的《谏诗》有"明明群司，执宪靡顾"之句，师古曰："顾读如古，协韵。"②又有"我王如何，曾不斯览"之句，师古曰："览，视也，叶韵音滥。"③同卷又载韦贤之子韦玄成失侯后的自劾诗一首，其中有"惟我节侯，显德遐闻"之句，师古曰："闻，合韵音问。"④可见师古的确是在同一意义上使用"叶韵""协韵"与"合韵"的。

颜师古在注《汉书》时除使用"叶韵"与"协韵"各 1 次外，实则主要使用"合韵"一词。据笔者翻检，该词在颜注中共出现 73 次。"合韵"后来主要用于指押韵时使用读音相近的韵部，但在颜师古的时代并未产生这样的区分，因而其时的"合韵"仍以从江永之说视为"叶韵"的同义词为宜。在唐人的注文中，除《汉书》颜注外，《文选》六臣注，《后汉书》李贤注也大量使用"叶韵"的注音方法。其中六臣注《文选》使用"叶韵"35 次，使用"协韵"70 次，合 105 次；李贤注《后汉书》使用"叶韵"6次，使用"协韵"33 次，合 39 次。在这些用例中，"叶韵"方法几乎都是用于诗、赋等韵文的注音。下面即以唐代的《文选》六臣注、《汉书》颜师古注与《后汉书》李贤注为例，分析"叶韵"在为具体的诗、赋等韵文注音时的使用情况，借以说明其天然的文学功能（见表 1）：

由表 1 可见，在这三部文史经典的唐人注解中，共有 124 篇作品使用了"叶韵"注音的方法，合计达 219 次。更值得注意的是，"叶韵"方法主要用于为诗、赋、颂、赞等韵文注音。即便是被统计入"其他"类中的《吊魏武帝文》《祭颜光禄文》《封禅书》等并非以韵文为主的作品，"叶韵"方法的使用也是为了给诸文中的韵文部分注音。表中所统计的

---

① （清）江永编，（清）戴震参订：《古韵标准》，《丛书集成初编》，第 1247册，中华书局 1985 年版，第 10 页。
② （汉）班固：《汉书》，中华书局 1962 年版，第 3104 页。
③ （汉）班固：《汉书》，中华书局 1962 年版，第 3105 页。
④ （汉）班固：《汉书》，中华书局 1962 年版，第 3111 页。

表 1　　　　　　《文选》《汉书》《后汉书》注"叶韵"情况统计表

注\体	《文选》六臣注		《汉书》颜师古注		《后汉书》李贤注	
	篇数	次数	篇数	次数	篇数	次数
诗体	24	25	12	16	/	/
辞赋	29	63	5	29	8	28
颂体	4	4	1	2	1	4
赞体	1	2	18	23	4	4
诔体	4	4	/	/	/	/
碑铭	4	5	/	/	1	1
歌谣	/	/	2	2	1	1
其他	2	2	2	3	1	1

与"叶韵"法如影随形的众多韵文，在创作之初基本上符合当时的押韵规律，但唐人读起来已经与其时的押韵惯例不合了。遍览这些"叶韵"用例，几乎可以肯定的是，诸注家之所以频繁地使用这一方法，是由于它具有辅助韵文文本阅读的重要功能，即它能够有效地疏通由于古今发音的演变而造成的押韵窒碍。例如，袁阳源《效曹子建乐府白马篇》中有这样一节诗：

> 义分明于霜，信行直如弦。
> 交欢池阳下，留宴汾阴西。
> 一朝许人诺，何能坐相捐。①

在诗人创作之初，这几句诗是押韵的。然而不仅今人读起来它们已经不再押韵，就是唐人读起来也不押韵。按照《广韵》的韵部划分，

---

① （梁）萧统编，（唐）李善、吕延济等注：《六臣注文选》，中华书局 1987 年版，第 584 页。

"弦"字属先部，"捐"字属仙部，先仙二部《广韵》规定可通用，这两字唐人读起来押韵尚不成问题。而处在"弦"与"捐"这两个韵脚字之间的"西"字属齐韵，是一个与先仙二韵无关的韵部。六臣在"西"下注曰："音先，叶韵。"这样一来三个韵脚字就可以和谐地押韵了。同样，屈原《湘夫人》中的"登白薠兮骋望，与佳期兮夕张。鸟萃兮蘋中，罾何为兮木上"诸句，也本该是押韵的，可是"张"字在《广韵》中属平声阳韵，与同属去声漾韵的"望""上"二韵脚字不押韵。六臣在"张"下注曰："去声，叶韵。"这样一来，"张"字在声调上就谐和了，况且阳韵与漾韵同属宕摄，也几乎是押韵的了。但有时候他们的注音也有用这种方法解释不了的。例如张衡《东京赋》有如下一节：

> 桃弧棘矢，所发无臬。
> 飞砾雨散，刚瘅必毙。①

按照《广韵》的韵部划分，"臬"字属屑韵。"毙"属祭韵。屑韵与祭韵是完全不同的两个韵部。六臣注释时采取的处理方式是在"臬"字后面注上"音刈，叶韵"。"刈"字属废韵，而屑韵与废韵并不是通用的，也就是说用《广韵》的韵部划分规则无法解释这一用例。可能他们把"刈"字读成了与韵书不同的口语音。这样一来就颇有自乱体例的嫌疑。也许正是因为唐人的注音都或多或少存在类似的随意性，才使得"叶韵"法在后来不断受到诟病。例如，陈第《屈宋古音义自序》中即指出：

> 自唐颜师古、太子贤注两汉书，于长卿、子云、孟坚、平子诸赋，音有与时乖者，直以合韵、叶音当之，后儒相缘，不复致思。故自《毛诗》《易·象》《楚辞》、汉赋，与凡古音有韵之篇，悉委于

---

① （梁）萧统编，（唐）李善、吕延济等注：《六臣注文选》，中华书局 1987 年版，第 77 页。

叶之一字矣。颜师古、太子贤岂不称博雅之士？但未尝力稽于往古，合并乎群书，是以一时之误，而阶千载之愦愦耳。①

陈氏对唐人运用"叶韵"法时出现的随意性与绝对化的倾向加以批评，是合情合理的。但有两点需要引起注意。首先陈氏断定"叶韵"法的缺陷源于颜师古、李贤"未尝力稽于往古，合并乎群书"，这是不确切的。由于颜、李的注文基本是直接注某字叶韵某音，无法得知他们是否采取前人观点，但《文选》六臣注往往留下征引的痕迹。例如，王僧达《祭颜光禄文》有"义穷几象，文蔽班扬"之句，注云："扬音盈，协韵；善同；翰注，郭璞《三仓解诂》曰：'扬音盈，协韵'。"②按郭璞乃东晋时人，陈第自己也承认"魏晋之世，古音颇存"（《毛诗古音考自序》），由此可见六臣注《文选》时，是采纳了前人正确观点的。而同为唐人的颜师古、李贤亦不可能完全凭主观臆断。其次，唐人更习惯于使用的"协（叶）韵"一词，被陈氏表述为"叶音"，这两个词所指内容虽无太大差别，但亦颇有"散言则通，对言则异"的色彩。"叶韵"侧重说明韵文作品的押韵情况，"叶音"则更侧重于展现语料之间的语音关系，后者是在古音学逐渐兴起的宋代才逐渐被与前者混用的。这也能说明唐人使用"协韵"方法的目的并不是进行古音研究，而是为了疏通韵文押韵时的窒碍。

第二节 "叶韵"法与文学经典的讽诵

陈第指责颜师古、李贤"于长卿、子云、孟坚、平子诸赋，音有与时乖者，直以合韵、叶音当之"，后儒承袭此法，遂使"自《毛诗》《易·

---

① （明）陈第：《屈宋古音义》，中华书局 2011 年版，第 175 页。
② （梁）萧统编，（唐）李善、吕延济等注：《六臣注文选》，中华书局 1987 年版，第 1125 页。

象》《楚辞》、汉赋，与凡古音有韵之篇，悉委于叶之一字矣"。① 这些批评从古音学研究的角度来看毋庸置疑是正确的，但同时更清晰地说明，在这些唐贤与后儒的心目中，如何使众多经典的韵文文本更流畅地讽诵于人口，被人们接受，进而在社会中进行传播，才是他们的主要目的所在。作为经验丰富的注家，他们已经深刻认识到"叶韵"法在经典韵文文本的讽诵涵泳中所发挥的重要作用。在陈氏所论及的采用唐人"叶韵"之说为《毛诗》《楚辞》注音的"后儒"中，朱熹当是典型的代表。不仅其所撰《诗集传》《楚辞集注》二书大量使用"叶韵"法，《朱子语类》也收录不少他论述"叶韵"法在经典文本讽诵中的积极作用的谈话，例如：

　　器之问《诗》叶韵之义。曰："只要音韵相叶，好吟哦讽诵，易见道理，亦无甚要紧。今且要将七分工夫理会义理，三二分工夫理会这般去处。若只管留心此处，而于《诗》之义却见不得，亦何益也！"②

　　问："《诗》叶韵，有何所据而言？"曰："《叶韵》乃吴才老所作，某又续添减之。盖古人作诗皆押韵，与今人歌曲一般。今人信口读之，全失古人咏歌之意。"③

　　器之问《诗》。曰："古人情意温厚宽和，道得言语自恁地好。当时叶韵，只是要便于讽咏而已……"④

　　先生因言，看《诗》，须并叶韵读，便见得他语自整齐。又更略知叶韵所由来，甚善。⑤

---

① （明）陈第：《屈宋古音义》，中华书局 2011 年版，第 175 页。
② （宋）黎靖德：《朱子语类》，中华书局 1986 年版，第 2079 页。
③ （宋）黎靖德：《朱子语类》，中华书局 1986 年版，第 2081 页。
④ （宋）黎靖德：《朱子语类》，中华书局 1986 年版，第 2081 页。
⑤ （宋）黎靖德：《朱子语类》，中华书局 1986 年版，第 2083 页。

朱子以上诸论，皆甚为通达。足以充分说明文学视域下的"叶韵"法在经典文本接受过程中的"权宜之妙"。细细体会，其后三则所论和第一则的意思大致相近，都是在强调"叶韵"在文本讽诵中的作用。其中"只要音韵相叶，好吟哦讽诵，易见道理，亦无甚要紧"的倾向性更是十分明显，至于"今人信口读之，全失古人咏歌之意"之语也是在提醒人们若于古人押韵之处不加留意，随意地读成不押韵的句子，也难以深入体会经典文本的精妙之处。

据统计，在《诗集传》中，"叶音"一词使用93次，"叶（协）韵"一词使用10次，合103次，直接注音"叶某某反"的有1300余次；在《楚辞集注》中，"叶音"一词使用140次，"叶韵"一词使用3次，直接注音"叶某某反"的有300余次。汪业全《古代叶音基本情况表》对二书的统计包含了"隐性"的"叶音"，故而数量更多于此。由于二书都是诗集，且收录篇目众多，所以是"叶韵"使用的典型。这些"叶韵"注音在人们讽诵诗歌文本时确实发挥了重要作用。例如《楚辞·山鬼》篇：

> 若有人兮山之阿，被薜荔兮带女罗。即含睇兮又宜笑，子慕予兮善窈窕。乘赤豹兮从文狸，辛夷车兮结桂旗。被石兰兮带杜衡，折芳馨兮遗所思。余处幽篁兮终不见天，路险难兮独后来（来，叶音釐）。表独立兮山之上，云容容兮而在下（下，叶音户）。杳冥冥兮羌昼晦，东风飘兮神灵雨。留灵脩兮憺忘归，岁既晏兮孰华予（予，叶音与）。采三秀兮于山间，石磊磊兮葛蔓蔓。怨公子兮怅忘归，君思我兮不得闲。山中人兮若杜若，饮石泉兮荫松柏（柏叶音博）。君思我兮然疑作。雷填填兮雨冥冥，猨啾啾兮又夜鸣。风飒飒兮木萧萧，思公子兮徒离忧（萧叶音搜，《文苑》作搜；若如字，则忧叶于骄反）。①

---

① （宋）朱熹：《楚辞集注》，中华书局1979年版，第44-45页。

在此篇中，朱子共使用五次"叶韵"注音法，皆是宋人已觉得与上文或下文不再押韵的地方。例如"来"与"旗""思"不押韵，叶"釐"就押韵了，因为三字在《广韵》中同属之部；"下""雨""予"三字各不押韵，"下"叶音"户"，"予"叶音"与"后，三字就几乎押韵了，因为三字在《广韵》中同属上声遇摄。朱子采用"叶韵"法将它们加以疏通后，连今人读起来都朗朗上口，它们给宋人阅读时提供的便利可想而知。当然，若"叶韵"法使用地过于普遍，也有其弊端。例如《诗集传》中的《商颂·烈祖》：

> 嗟嗟烈祖，有秩斯祜。申锡无疆，及尔斯所。既载清酤（叶候五反），赉我思成（叶音常）。亦有和羹（叶音郎），既戒既平（叶音旁）。鬷假无言（叶音昂），时靡有争（叶音章）。绥我眉寿，黄耇无疆。约軧错衡（叶户郎反），八鸾鸧鸧。以假以享（叶虚良反），我受命溥将。自天降康，丰年穰穰。来假来飨（叶虚良反），降福无疆。顾予烝尝，汤孙之将。①

本诗共 22 句，采用"叶韵"法注音的就有 9 句之多，近半数的韵字在读诵时都要临时改变读音，这也不能不说是一种较大的阅读障碍。更何况，像"羹"叶音"郎"，"言"叶音"昂"之类，即便有前人成说可据或有充分的文献佐证，由于其所叶之音与人们习见的读音差别较大，依旧会或多或少令阅读者产生不适。当然，这种不适是无法避免的，因为过去的时代既已过去，后人无论如何想方设法调和这种差异，也难以避免由于古今语音不同而产生的违和感。即便是使用科学的方法将这些韵字全部还原成古音，这种违和感也难以避免。

王力先生《诗经韵读》和《楚辞韵读》二书即是采用科学的古音学研究方法将《诗经》《楚辞》这两部诗歌经典的所有韵字全部还原为古音的

---

① （宋）朱熹撰，赵长征点校：《诗集传》，中华书局 2017 年版，第 370 页。

典范之作。但对于它们在读诵时可能产生的困难，王力先生也有清醒的认识。他在《〈诗〉韵总论》中指出：

> 这一部《诗经韵读》的目的，就是把《诗经》入韵的字都注出古音，使读者明白《诗经》的韵是和谐的。当然我们并不要大家用古音来读《诗经》，那是不可能的，也是不必要的。其所以不可能，因为如果要按古音来读，那就应该全书的字都按古音，那就太难了。其所以不必要，是因为我们读《诗经》主要是了解它的诗意，不是学习它的用韵，所以仍旧可以用今音去读，不过要心知其意，不要误认为无韵就好了。①

王力先生在此明确指出"我们并不要大家用古音来读《诗经》，那是不可能的，也是不必要的。"个中缘由，也给予了明确解答。首先，"其所以不可能，因为如果要按古音来读，那就应该全书的字都按古音，那就太难了"；其次，"其所以不必要，是因为我们读《诗经》主要是了解它的诗意，不是学习它的用韵"。对于前者我们完全同意，即便是给《诗经》等古代韵文全部标上古音，由于古今发音习惯的差别，有些字音，今人也很难和古人读得一样，更何况若全篇都读古音，对阅读者的古音知识和发音能力都是巨大的考验不说，其产生的违和感相较于"叶韵"何啻百千倍。对于后者却不能完全同意，正是由于"我们读《诗经》主要是了解它的诗意"，所以决不能满足于只"用今音去读"（尤其是押韵的地方），因为正如朱子所言，"盖古人作诗皆押韵，与今人歌曲一般。今人信口读之，全失古人咏歌之意"，若果真如此，一旦把押韵的字读得不押韵，就很难深入地"了解它的诗意"。

韵文必须通过讽诵来涵泳其意，这是中国古典诗歌优秀的传统之一。许多深谙个中况味的学者对这一传统津津乐道。例如，陈振孙曰：

---

① 王力：《诗经韵读》，中华书局 2014 年版，第 9 页。

"古之为《诗》学者，多以讽诵"①；凌一心曰："夫古人于《书》云读，而于《诗》云诵，明乎可歌可咏。要之理性情而声调未谐，意味何有？"②；许宗鲁曰："余少授《诗》于家庭，诵而不协，窃自疑，谓《诗》者，宫徵之所谐也，管弦之所被也，岂宜乖剌若是？"③前人此类观点颇多，毋庸多举。即便是对"叶韵"法颇有微词的古音学研究者也承认这一传统。例如焦竑《题屈宋古音义》云："陈子季立既茸《毛诗古音考》，盛行于时，至是谓《毛诗》之后，莫古于《离骚》，其音读之一与《诗》同，而诵者往往失之。岂复成音节哉！"④陈第《毛诗古音考自序》亦云："夫《诗》，以声教也，取其可歌、可咏、可长言嗟叹，至手足舞蹈而不自知，以感竦其兴、观、群、怨，事父、事君之心；且将从容以绅绎夫鸟兽草木之名义，斯其所以为《诗》也。"⑤由此可见，古音研究者之所以苦苦探寻《诗经》《楚辞》的本音，其原初动力也源于试图使这些经典文本广播人口的期许。

然而，正如王力先生所言，后人"用古音来读《诗经》，那是不可能的"，如此一来，古音学研究者的这一愿望在客观上已经化为泡影。而古往今来，人们讽诵经典的诉求却从未泯灭过。尤其在吟诵热潮逐渐兴起的当下，"叶韵"法仍具有积极的现实意义。既然如此，"叶韵"在经典文学文本讽诵上的独特价值就应该得到重视。对于如何正确看待"叶韵"法在经典诵读上的意义，前人也有可资借鉴的经验：

> 叶韵者，《诗》中之末事，朱子取《韵补》释《诗》，所以便学者诵读，意不在辨古音，故"桃之夭夭，灼灼其华，之子于归，宜其

---

① （宋）陈振孙：《直斋书录解题》，上海古籍出版社 2015 年版，第 92 页。
② 见（明）杨贞一：《诗音辩略》，《丛书集成初编》，第 1240 册，中华书局 1985 年版，第 1 页。
③ （清）谢启昆：《小学韵补考》，《丛书集成初编》，第 1237 册，中华书局 1985 年版，第 61 页。
④ （明）陈第：《屈宋古音义》，中华书局 2011 年版，第 174 页。
⑤ （明）陈第：《毛诗古音考》，中华书局 2011 年版，第 7 页。

室家""昼尔于茅，宵尔索绹""其桐其椅，其实离离。岂弟君子，莫不令仪"，此类今音可读则不复加叶音。今书意在辨古音，此类势不得复仍旧贯。凡吴氏之叶音，《集传》从之而不安者，亦不得不行改正，书之体宜尔。且朱子于经书既得其大者，古韵一事不暇辨析毫厘，亦何损于朱子？笃信先儒，固不在此区区也。①

江永《古韵标准·例言》中的这段话，不仅道出了朱子在《诗集传》中采用"叶韵"方法的目的在于"便学者诵读"，还指出了朱子"意不在辨古音"，由此明确地将"叶韵"法在经典文本诵读与古音学研究中的不同地位区分开来。通过采用"叶韵"法从而使《诗经》"便学者诵读"，进而使读者也能于经书"得其大者"，这是"叶韵"法在经典文本诵读中的作用。若是"意在辨古音"，则"叶韵"法中正确成分自可吸收，错误成分"亦不得不行改正"，直至辨析毫厘，分毫不爽，这也是理所当然的。总的来说，江氏的处理方式是甚为客观的。

第三节　"叶韵"法的文学意义有待凸现

"叶韵"法之所以逐渐走上被彻底否定的道路，与它自身存在的重大理论缺陷密不可分。明人焦竑即较早地意识到它的不足："诗必有韵，夫人而知之。至以今韵读古诗，有不合，辄归之于叶，习而不察，所从来久矣。"②他的友人陈第与其所见相合，对"叶韵"法提出了更有力度的质疑。陈氏先是在其《毛诗古音考序》中质疑："盖时有古今，地有南北，字有更革，音有转移，亦势所必至。故以今之音读古之作，不免乖刺而不入，于是悉委之叶。夫其果出于叶也？"③又在其《屈宋古音

---

① （清）江永编，（清）戴震参订：《古韵标准》，《丛书集成初编》，第 1247 册，中华书局 1985 年版，第 11-12 页。
② （明）陈第：《毛诗古音考》，中华书局 2011 年版，第 6 页。
③ （明）陈第：《毛诗古音考》，中华书局 2011 年版，第 7 页。

义序》《读诗拙言》等文中反复论证，最终得出"凡今所称叶韵，皆即古人之本音，非随意改读，辗转迁就"（《四库全书总目》卷四二）的科学结论。

由于陈第在古音研究上观点正确，方法科学，对清代学者的音韵学研究产生了重大影响，其成就也得到了当代学者的肯定。例如王力先生即指出："后来顾炎武写了一部《诗本音》，就是根据陈第的理论写成的。陈第、顾炎武所定的古读虽然还不够科学，但是他们排斥叶音，主张每字只有一个古音，不须改读，则是完全正确的。"[1]出于对历史的、唯物的科学研究方法的推崇，王力先生在《〈诗〉韵总论》一文中，专辟"对叶韵说的批判"一节，指出"叶韵"法"是缺乏历史观点"的，"是唯心主义的虚构，必须予以批判"。[2]王力先生从理论方法上对"叶韵"法加以严厉指斥，振聋发聩，有摧陷廓清之功。但是，平心而论，其所得结论似亦略显绝对，有将其彻底否定的倾向，并不适用于某些具体情况的分析。从语音学角度说，前贤并没有完全否定"叶韵"法。因为即便研究者的主观认识错了，其研究成果的客观作用也不一定全是消极的。王力先生不仅否定了"叶韵"法在古音研究领域中的价值，还反对古典文学研究中采用"叶音"说，他认为：

> 清代有许多古音学家，他们研究古韵有很好的成绩。但是许多研究古典文学的人不懂古音，直到解放以后还采用叶音说。因此，有必要提出来再批判，以肃清唯心主义的影响。[3]

这一论断有利于更正那些不了解"叶韵"法的非科学因素而盲目因循前人错误观点的做法。但这一论断同样也容易使那些不太了解"叶韵"法的科学因素的人产生笼统否定之的倾向。赵长征先生点校的朱熹

---

① 王力：《诗经韵读》，中华书局 2014 年版，第 10 页。
② 参见王力：《诗经韵读》，中华书局 2014 年版，第 10-11 页。
③ 王力：《诗经韵读》，中华书局 2014 年版，第 11 页。

《诗集传》是近年来该领域的最新成果，具有极高的学术价值。但遗憾的是，对于"叶韵"法，赵长征先生依然继承了王力先生的否定态度。该书《前言》指出：

> 朱熹受到吴棫的叶韵说的影响，用这个方法来为《诗经》注音，把一个字临时改变读音，以求押韵。从今天来看，这个方法是不科学的。但是考虑到当时音韵学只发展到那个阶段，我们也不必对此过多苛责。①

论中对朱熹的"叶韵"方法既抱有同情之理解，同时也进行了存疑处理，这体现了一位杰出的古籍整理者应有的审慎态度。但对其语音学上的正确因素和文学上的独特意义都未加以强调，这似乎也不利于读者在阅读《诗集传》时对其中的"叶韵"注音进行客观对待；更有甚者，可能会使一些读者将其视为《诗集传》的一个严重缺点，进而对朱熹此书整体的学术价值产生怀疑。其实，学界对"叶韵"法的否定态度由来已久。明代就有不少学者对其主要持批评态度，例如：

> （近世之人）或时于赋颂用韵，止以意转，小注一叶字，问其音解，瞠然不能答也。是不以为钩深致远之渊而以为御穷副急之府也。岂非宋人之说误之哉？（杨慎《答李仁夫论转注书》）②
>
> 窃怪今人赋诗高自矜诩，独于用韵则茫无考稽，固陋自安，妄言转叶，虽当代通儒不免焉。（李因笃子李德甫语）③

---

① （宋）朱熹撰，赵长征点校：《诗集传》，中华书局 2017 年版，前言第 3 页。

② （明）杨慎：《转注古音略》，《丛书集成初编》，第 1243 册，中华书局 1985 年版，第 11-12 页。

③ （清）李因笃：《古今韵考》，《丛书集成初编》，第 1259 册，中华书局 1985 年版，第 2 页。

杨慎、李德甫从音学角度出发，指出了文人创作因过度运用"叶韵"法而产生的流弊，比较符合实际，但其中流露出的一概否定之的倾向，亦有不妥之处。"叶韵"法既然会被不少文人运用到自己的创作中，一定是有原因的。应该正视这一现象，并努力弄清这一现象背后的原因，而不是一味地对其加以斥责。相较而言，清人杨传第所言则相对平实、客观，他指出：

> 夫声音之学，自有专家，缀词属文，事殊考据，然欲拟古人之作而袭今人之音，纵能肖其情文，实已违其节奏，故用韵之界限尤词人所当究心者也。(《重刊李氏古今韵考序》)①

的确，音学研究与诗文创作目的不同、方法迥异，音学研究者应当明白"缀词属文"毕竟"事殊考据"，而"词人"在创作时也当"究心"于"用韵之界限"，虽不必因刻意拟古而全袭古人之音，但也不能完全无视音学原理，单凭主观臆断。只有用这样的态度来审视"叶韵"法在诗歌创作中的应用，才能得出较为客观的结论。

唐宋以降的诗歌创作实践表明，"叶韵"法不仅被许多诗人运用到诗歌创作中，还逐渐受到批评家的关注。这使它业已成为一种较为普遍的文学现象。应该如何看待这些模仿经典音注的方式在自己的诗歌创作中进行押韵的情形？实际上，后世诗人之所以如此普遍地将"叶韵"法运用到自己的诗歌创作中去，与中国古代诗坛长期流行的好古、拟古思潮有着密不可分的联系。韩愈、欧阳修、苏诗、苏辙等人都曾用"古韵"进行过创作。连陈第在《毛诗古音考自序》中也承认："唐宋名儒，博学好古，间用古韵，以炫异耀奇，则诚有之。"②四库馆臣在评价吴棫《韵补》时亦曰："此书则泛取旁搜，无所持择，所引书五十种中，下逮

---

① (清)李因笃：《古今韵考》，《丛书集成初编》，第 1259 册，中华书局 1985 年版，第 3-4 页。

② (明)陈第：《毛诗古音考》，中华书局 2011 年版，第 7 页。

欧阳修、苏轼、苏辙诸作，与张商英之伪《三坟》，旁及《黄庭经》《道藏》诸歌，故参错冗杂，漫无体例。"①吴棫在研究古音时将宋人的作品用为佐证，正足以说明宋人在诗歌创作中模仿古人的用韵之现象较为普遍。

在这一风潮流行的过程中，韩愈起到了较为关键的作用。因为仿古用韵正是韩诗押韵的一大特点。胡震亨指出："韩愈最重字学，诗多用古韵，如《元和圣德》及《此日足可惜》诗，全篇一韵，皆古叶兼用。"②方世举在评《此日足可惜一首赠张籍》诗时也说："此篇用韵，全以《三百篇》为法……此诗用东、冬、江、阳、庚、青六韵，盖古韵本然耳。"③可见韩诗"多用古韵"是历来公认的看法。然而，古韵就是古韵，为什么说是仿古呢？原来所谓古韵，一般指用周秦时代的语音押韵，从文学作品角度讲，主要就是指用《诗经》《楚辞》所代表的语音系统来押韵。韩愈虽然号称精通字学，但也并不能对古音研究得十分精透，有时候他本人甚至后来的研究者认为是古音的，实际上并不是古音，可能就是"叶韵"或者是单纯对《诗经》《楚辞》韵脚字的机械模仿。这样押出来的韵，有一部分既不是完完全全的古音，又与唐代流行韵书规定的部类不同，就只能称它们为仿古了。

仿古，归根结底还是创新。因为无论是实实在在的古音还是"叶韵"的发音，在听感上都会给时人带来一种别致生新的印象，在风格上也可增加诗作古色古香的风味。这正是韩愈需要的艺术效果。使一篇诗作带上古色古香的风味，可以有很多办法，例如从立意上拟古或从章法上、句式上拟古，都可以达到这一效果。这些方法在韩愈的诗作里都有体现；而通过有意地押"古韵"，来强化诗作"古"的意味，也是韩愈常用的手法。由于韩愈笔力超群，追求浩荡的气势，所以他押"古韵"往

① （清）永瑢等：《四库全书总目》，中华书局1965年版，第360页。
② （明）胡震亨：《唐音癸签》，古典文学出版社1957年版，第90页。
③ （清）方世举撰，郝润华、丁俊丽整理：《韩昌黎诗集编年笺注》，中华书局2012年版，第38页。

往使其作品"古劲"的风格特点得到强化。对于这种方法在文学创作中的使用，古人并未一概否定。例如清乾隆《御制叶韵汇辑序》曰："因于几暇指授儒臣，博考经史诸子以及唐宋大家之文所用古韵，举而列之，疏其所出，次于今韵之后，临文索句就考焉。可以恢见闻，可以益思致。"①乾隆看出了"唐宋大家之文所用古韵"数量较多，并特别强调了其"可以恢见闻，可以益思致"的积极意义，是比较可贵的。

　　综上所述，"叶韵"法在唐、宋时期日渐盛行。唐六臣注《文选》，颜师古注《汉书》，章怀太子李贤注《后汉书》，皆多次采用这一方法。自两宋之际的吴棫在《韵补》《毛诗补音》诸书中倡言之，南宋朱熹复颇采吴氏之说以注《诗经》《楚辞》，遂使这种在为先秦韵文注音时所采用的改读字音的方法日渐风靡。但是自明人陈第指出这一学说的理论缺陷后，后世音韵学家踵尔辨之，愈演愈烈，又使其最终走上了几乎被彻底否定的道路。以致一段时期以来，有些文学研究者在接触到"叶韵"法时也慑于语音学的权威结论而对其文学意义持存疑态度。实则"叶韵"法不仅在语音学领域具有其合理因素，若以文学为本位来审视之，其意义亦不容小觑。

---

① （清）嵇璜、刘墉等编：《清通志》，《四库全书》，第 644 册，中华书局1965 年版，第 181 页。

第三章　趁韵：因病成妍与矫枉过正

趁韵，又称凑韵，历来被视为作诗押韵之一病。刘坡公先生《学诗百法》认为押韵有八戒，第一当戒者即为凑韵："一戒凑韵。俗亦称'挂韵脚'，谓所押之韵，与全句意义不相贯穿，而勉强凑合也。如唐诗'黄河入海流'句，若易'流'字为'浮'字，便为凑韵，初学最易犯此，所当切戒。"①按将"黄河入海流"的"流"字易为"浮"字，是最低级的错误，因为"流"与"浮"虽是同一个韵部的字，但黄河根本不可能入海"浮"，凡有押韵常识的人都不会犯这种错误。但宋代大诗人苏轼的诗却常被认为有这种毛病。无论是苏诗中的趁韵现象本身还是后来纪昀的大量苏诗趁韵之评，对于了解"趁韵"这一诗韵艺术的关键词，都具有典型意义。

第一节　因病成妍的苏诗"趁韵"

对诗歌创作技法极为谙熟的苏轼，历来评论家常有将其某些诗句视为趁韵者。最夸张的是纪昀，他在《苏诗纪评》中认为苏诗有近 30 处趁韵，其他类似表述如"牵于韵脚""押韵牵强"等更是多达 60 余处。这是为什么呢？原来纪昀等人所谓的趁韵并不是指苏轼犯了上面说的常识性错误，而是指苏轼在作诗押韵时用上了虽然符合韵部要求却使全句语意

---

① 刘坡公：《学诗百法·学词百法》，中国华侨出版公司 1991 年版，第 86 页。

显得突兀生涩的韵字。

这样一来问题就产生了：苏诗的这种趁韵即便突兀生涩，也并不是令人无法理解，那么它们能不能被视为苏诗之一病？如果请纪昀来回答这个问题，他一定会说这当然是苏诗之一病。因为他在评价苏诗趁韵时往往都是带着不满的语气。纪昀之所以不满于苏诗的趁韵，与他本人的诗学趣向密切相关。他常常拿着一把自定刻度的标尺去丈量苏诗，合他标准的就是好诗，不合他标准的就是病诗。正如莫砺锋先生所言："由于纪昀的诗学观念与苏轼有异，从而以己律人，谬攻苏诗。"①纪氏还好用"率""粗""露""拙""俚""腐"等词汇来评点苏诗，这些也体现了他评诗的标准。实则"同情之理解"是鉴赏诗歌的前提，若一味在自己的成见中打转，似无法得其三昧。

对于纪昀的指摘，持反对意见者往往是从纪氏所用版本不确或纪氏理解有误出发。例如《僧清顺新作垂云亭》一诗的"亭榭苦难稳"之句，被纪昀视为趁韵，赵克宜即认为"苦"当作"著"，纪本把"著"误为"苦"而讥其趁韵，疏矣②；又如《书刘君射堂》一诗的"只有清尊照画蛇"之句，被纪昀视为趁韵，王文诰即辩护道："次联描画蛇甚当，而晓岚以为趁韵，彼乃忘却题是'射堂'，故发此糊涂也。"③赵、王二人对纪氏的反驳虽然有力，同时说明他们也觉得苏诗若是存在趁韵现象乃是一种缺陷。实际上，即便承认苏诗存在此种意义上的趁韵之处，也未必就是苏诗之一病。

元好问《新轩乐府引》曰："自今观之，东坡圣处，非有意于文字之为工，不得不然之为工也。坡以来，山谷、晁无咎、陈去非、辛幼安诸公俱以歌词取称，吟咏情性，留连光景，清壮顿挫，起人妙思。亦有语

---

① 莫砺锋：《论纪评苏诗的特点与得失》，《唐宋诗歌论集》，凤凰出版社2007年版，第358页。
② 曾枣庄：《苏诗汇评》，四川文艺出版社2000年版，第345页。
③ 曾枣庄：《苏诗汇评》，四川文艺出版社2000年版，第1086页。

意拙直，不自缘饰，因病成妍者，皆自坡发之。"①此论可谓一语中的。笔者认为，苏诗趁韵亦当作如是观，因为苏轼的"圣处"正在于"非有意于文字之为工"，他为文"常行于所当行，常止于不可不止"，并不刻意求工。换句话说，对苏轼而言，作诗只要能抒发感情、言志达意就好，在不违背基本规则的前提下，不必锱铢必较，即便语意拙直，又何必刻意缘饰？更何况或许还能因"病"成妍呢？须知道，成妍之"病"即非真病。

朝云曾说苏轼"一肚皮不入时宜"，引来苏轼会心大笑。其实"入时宜"的人或事往往有庸常化的倾向。苏轼的"不入时宜"使其诗词也表现出相应的特征。例如他的词作"虽极天下之工，要非本色"，似乎已成定评。人们对他的诗作也有类似评价，《后村诗话》曰："坡诗略如昌黎，有汗漫者，有典严者，有丽缛者，有简澹者。翕张开阖，千变万态。盖自以气魄力量为之，然非本色也。"②实际上，不愿意因为刻意追求"本色"而压抑自己的天性，正是苏轼的过人之处，这也是苏诗能够不断创新的原动力。

从反庸常化的视角观察苏诗趁韵，会发现它竟然与"陌生化"理论有着某种内在的相通性。伊格尔顿曾指出："'使语言陌生'意味着偏离语言规范，同时，这么做的时候，使我们陈旧的、'自动化的'日常话语'陌生化'。照此，诗是一种对我们实用的交流创造性的变形。"③按照这一理论来理解苏诗趁韵，我们可以说，趁韵正是一种对所谓"本色"的押韵技法的突围，它使读者在阅读时将注意力不得不在相应的地方停留、徘徊，以便读者或听众重新感知语言、深入体会语义，最终达

---

①　（金）元好问：《遗山先生文集》卷三十六，四部丛刊景明弘治本，第 19b 页。

②　（宋）刘克庄：《后村诗话》，《四库全书》，第 1481 册，上海古籍出版社 1987 年版，第 317 页。

③　［英］特里·伊格尔顿著，陈太胜译：《如何读诗》，北京大学出版社 2016 年版，第 71 页。

到延长审美过程、加深审美体悟的效果。可见，就苏诗趁韵的客观艺术效果而言，它们或多或少已经具备了这种艺术表现力。

关于苏轼的性格，学界探讨的已经十分充分。但为了说明其与苏诗趁韵的关系，这里仍有略加探讨的必要。欲了解苏轼的性格，不必旁征博引，通过下面两则材料的记载，即可直观感受之：

> 东坡一日退朝，食罢，扪腹徐行，顾谓侍儿曰："汝辈且道，是中有何物？"一婢遽曰："都是文章。"坡不以为然；又一人曰："满腹都是识见。"坡亦未以为当。至朝云，乃曰："学士一肚皮不入时宜。"坡捧腹大笑。①
>
> 东坡在玉堂日，有幕士善歌，因问："我词何如柳七？"对曰："柳郎中词，只合十七八女郎执红牙板，歌'杨柳岸，晓风残月'。学士词须关西大汉、铜琵琶、铁绰板，唱'大江东去'。"东坡为之绝倒。（俞文豹《吹剑录》）②

一般来说，这两则材料的前者多用于解读苏轼坎壈的人生，后者多用于印证苏词之豪放；但它们的阐释空间并不仅限于此。这里尤应关注的是东坡听了朝云和幕士的隽语妙评后的两次大笑。东坡大笑的原因，最合理的解释就是二人的知心之论与他内心深处的自我期待妙合无垠。当东坡内心深处涌动的想法被一语道破时，仿佛一股激流找到了突破口，因而很自然地会通过大笑喷薄而出。这反映出东坡性格中最为典型的两个特点：一是"不入时宜"，一是豪放。可以想见，没有豪放性格的人，很难做出什么"不入时宜"的事；同样，有"不入时宜"性格的人，往往会做出许多豪放之举。这两点在苏轼的诗歌创作中都有典型的表现。

---

① （宋）费衮：《梁溪漫志》，上海古籍出版社1985年版，第46页。
② 龙榆生：《唐宋名家词选》，上海古籍出版社2014年版，第101页。

苏轼的"不入时宜"与诗歌创作的关系上面已经论及，苏轼的豪放往往也会具象为其诗作的豪放。正如龚鼎孳《题许青屿苏长公墨迹》一文所言："东坡先生风流文采照映古今，由其劲节高致，视世间悲愉得丧一无足以动乎其心，故浩然之气流于笔墨，千载而下，犹令人想见其人于掀髯岸帻、栖豪拂素之间也。"（《定山堂文集》卷六）①文中"浩然之气流于笔墨"一语，恰到好处地表现了苏轼性格与其诗风之间的关系。具有豪放性格的人，往往都有不拘小节之处。由这种豪放性格外化生成的文学风格自然也会有不拘小节处。苏轼的诗作亦是如此。

论者们无论是说其诗"有汗漫处"，还是说其诗"波澜富而句律疏"，或将其诗比作"信步出将去"会客的"丈夫"，都意在表明其诗具有豪放的风格以及与之相伴随的不拘小节的特点。但是，这算不算是明显的缺陷还得另当别论。就像赵翼虽然承认"坡诗放笔快意，一泻千里，不甚锻炼"，但同时也强调这是他"自成创格"的表现："东坡大气旋转，虽不屑于句法、字法中别求新奇，而笔力所到，自成创格。"②就苏轼自身而言，这都是其性格的自然流露。苏轼并不屑于刻意地通过句律之工来显示自己的能力，其诗文之工与不工，都是其性格、思想"充满勃郁而见于外"的结果。

苏诗趁韵现象，因之也能得到合理的解释。这一现象不是苏轼才思枯竭还硬要苦吟造成的，而是他无意求工但求畅所欲言的结果。就连纪昀也承认"东坡以雄视百代之才，而往往伤率伤慢伤放伤露者，正坐不肯为郊、岛一番苦吟功夫耳"。（评《读孟郊诗二首》）例如苏轼在次韵酬唱中，就并不总是在这种智力竞技中流连忘返。据《西清诗话》载：

曾子开赋《扈跸》诗，押辛字韵，韵窘束而往返络绎不已，坡

① 曾枣庄、舒大刚主编：《三苏全书》，语文出版社2001年版，第10册，第132页。
② （清）赵翼：《瓯北诗话》，人民文学出版社1963年版，第60页。

厌之，复和云："读罢君诗何所似？捣残姜桂有余辛。"顾问客曰："解此否？谓唱首有辣气故尔。"（《苕溪渔隐丛话》引）①

可见，当次韵酬唱的押韵过于窘束而唱和次数又过于频繁时，苏轼也会"厌之"。因为这样刻意强押的创作方式毕竟与他的性格和创作理念都不相符。赵翼的评价亦可较好地反映苏轼作诗押韵的实际："昌黎好用险韵，以尽其锻炼；东坡则不择韵，而但抒其意之所欲言。放翁古诗好用俪句，以炫其绚烂；东坡则行墨间多单行，而不屑于对属。"②可见，韩诗虽以善押险韵著称，但也难掩其刻意锻炼的痕迹。苏诗则与之不同，虽然也不回避险韵，但它对险韵的使用有时并不是刻意选择，而是在无意中"不择韵"所致，只要能"抒其意之所欲言"即可。本来就无意求工也无心择韵，那么诗作押韵有点不妥、对属有点不工也不介怀。这也许确实是东坡诗与昌黎、放翁诗最大的不同之处。

关于苏诗趁韵，还需要从宋诗发展的宏观视角予以观照。莫砺锋先生曾指出："苏轼生当北宋，其时古典诗歌在艺术形式上已经有了极为丰厚的积累，才大学富的苏轼在此基础上勇猛精进，对艺术技巧的掌握达到了炉火纯青的程度"，并强调他在"对仗、押韵等方面都做到了精益求精，奇外出奇"。③ 面对着唐诗的高度艺术成就，宋代诗人一方面不断地从中汲取艺术灵感，一方面也面临着如何开拓创新的巨大考验。这种"求新"的主观能动性在苏轼的诗歌创作上几乎发挥到了极致，它的客观结果就是使苏诗形成了奇趣迭出的典型艺术风貌。因而趁韵并不宜被视为苏诗的一种缺陷，而应被视为苏诗独特风格的一种具体体现。

---

① 吴文治：《宋诗话全编》，江苏古籍出版社 1998 年版，第 3791-3792 页。
② （清）赵翼：《瓯北诗话》，人民文学出版社 1963 年版，第 63 页。
③ 莫砺锋：《论苏诗的"奇趣"》，《唐宋诗歌论集》，凤凰出版社 2007 年版，第 304 页。

第二节　纪昀的苏诗"趁韵"之评

关于苏轼诗歌的用韵艺术，论者虽经常提及，但系统研讨的成果尚不多。从历代评论家关注较多的趁韵现象入手探讨之，不失为一个切实可行的路径。笔者上文提出"纪昀之所以不满于苏诗的趁韵，与他本人的诗学趣向密切相关"的论点，现尝试就这一问题再作更为细致的探讨。趁韵指作诗押韵时用上了虽然符合韵部要求却与全句语意无关或相关性较小的韵字。趁韵现象在苏诗中确实存在。不仅纪昀一人这样认为，其他学者也多有提及。例如，俞弁曰："诗人贪奇趁韵，而不知其误，虽东坡亦不能免也"；①　方东树评《次韵答舒教授观余所藏墨》曰："第二句不免凑韵"②，皆属其例。只不过，以上诸人对苏诗趁韵现象的点评乃偶然及之；而纪昀对此现象的点评在数量上则远超他们。据笔者统计，在苏诗纪评中，纪昀明确指出苏诗趁韵的地方有 29 处，其他与趁韵类似的点评更是有 65 处，合计共 94 处。其出现的频率如此之高，颇耐人寻味：纪昀所指出的苏诗趁韵完全符合实际吗？这一现象是否受到纪昀自成体系的语言诗学观的影响？

在纪昀看来，苏诗"趁韵"的情况比较普遍，因此他在点评苏诗时多次使用"趁韵"或与之相类似的术语表述自己的看法。不妨先统计其数量，再辅以文本分析，以期对此问题达成较为直观的认识。为便于统计，结合纪评的实际情况，可将其中所见"趁韵"及类似表述细分为 7 类，分别为：趁韵（或凑韵）；强押（或押韵牵强）；牵于韵脚（或为韵所牵）；押韵不妥（或未妥）；悬脚；倒押；其他。这 7 类表述方式总体上都是对苏诗押韵不妥帖的点评；具体来说，在每一小类中，其用语也有相当的丰富性。例如，"趁韵"与"凑韵"意思相同，纪昀大多数情况下

---

① 吴文治：《明诗话全编》，江苏古籍出版社 1997 年版，第 8734 页。

② （清）方东树撰，汪绍楹校点：《昭昧詹言》，人民文学出版社 1961 年版，第 298 页。

使用前者，偶尔也会使用后者；"强押"是指韵字押得比较勉强，有时也说成"押韵牵强"；"牵于韵脚"，有时也会说成"为韵（或韵脚）所牵"与"牵掣韵脚"；"押韵不妥"有时会说成"押韵未妥"或直接说某韵字不妥；"悬脚"也是"趁韵"的具体表现形式之一，有时候会被单独拈出加以强调；"倒押"有时会直接表述为某韵字"押得倒"；等等。它们的具体使用情况如下表所示。

纪评使用"趁韵"及相关术语统计表①

序号	类　　别	次数	举　　例	
			诗　句	纪评
1	趁韵（或凑韵）	29	投饭救饥渴	"渴"字添出趁韵
2	强押（或押韵牵强）	16	南迁欲举力田科	首句强押
3	牵于韵脚（或为韵所牵）	14	遗我锦绣端	为韵所牵，不免支凑。
4	押韵不妥（或未妥）	11	苍颜得酒尚能韶	此"韶"字亦不妥
5	悬脚	8	兴发身轻逐鸟翮	"翮"字悬脚
6	倒押	4	孤城象汉刘	倒押不妥
7	其他	12	名随酒盏狂	"狂"字不稳

表中"其他"类情况较为复杂，但也都是指苏诗押韵存在不妥之处。例如，《次韵子由岐下诗·石榴》一诗有"名随酒盏狂"之句，纪氏认为"狂"字不稳；《三月二十日多叶杏盛开》一诗有"化作温柔家"之句，纪氏认为"家"字微嫌就韵。可见"押韵不稳"与"就韵"，虽然具体侧重点不同，但与"趁韵"仍有较大的相似性。

在上述7类中，仅"趁韵"一词就在纪评中出现近30次，这本身已是一个值得引起重视的现象；再加上其他的类似情况，有近百次之多，

---

① 曾枣庄先生主编的《苏诗汇评》（四川文艺出版社2000年版）一书，以纪昀评《苏文忠公诗集》为底本，条目清晰，颇便统计、查索，此表之统计及本章所引之纪评皆以此书为依据，为避繁冗，除特殊情况外，不再一一出注。

很好地表明了这一问题的重要性和对之加以研究的必要性。如欲更亲切地体会苏诗趁韵的文本表现及纪昀相关点评的细节，仅靠上表粗线条的勾勒还不够，尚须同苏诗的具体文本结合起来再加分析。

若将纪昀直接表述为苏诗"趁韵"的诸评点再加细分，可以发现，其表达方式亦可分为 6 类。除①直接就单个韵字而言其"趁韵"的情况之外，还有②结合与韵字组成的二字词汇而言其"趁韵"者（如评"流水有令姿"曰"令姿"二字趁韵），与③结合与韵字组成的三字短语而言其"趁韵"者（如评"出语耆年伏"曰"耆年伏"趁韵），与④就全句而言其"趁韵"者（如评"直欲一口吸老庞"曰"直欲"句趁韵）；纪昀对苏诗"趁韵"点评的具体视角虽略有不同，但主要都是看韵脚字与诗句的其他部分所组成的语义关系是否贴切。除此之外，纪评中还有⑤就苏诗中某一段而言其"趁韵"者和⑥就全篇而言其"趁韵"者 2 类。先来看《罢徐州往南京马上走笔寄子由五首》（其五）一诗：

> 卜田向何许，石佛山南路。下有尔家川，千畦种秔稌。山泉宅龙蠖，平地走膏乳。异时亩一金，近欲为逃户。逝将解簪绂，卖剑买牛具。故山岂不怀，废宅生蒿穭。便恐桐乡人，长祠仲卿墓。①

纪昀对本诗的点评颇为细致，对押韵的看法是其中的一部分。纪昀从篇章结构角度出发，觉得"故山"二句转折不太顺；尤其是与下两句的呼应，由于"废宅"句的插入而更加断续；加之"废宅句"乃是为"趁韵"而生，更显无谓。赵克宜对此提出了不同看法："'岂不怀'与前文'逝将'句复叠，欠呼应尔。若论后四句，则流转自如。"（《角山楼苏诗评注汇钞》卷八）②赵氏所言亦当，但忽视了"废宅生蒿穭"之句中略显"趁韵"的"蒿穭"一词对读者阅读感受的影响；受其影响，读者在阅读

---

① 王文诰辑注，孔凡礼点校：《苏轼诗集》，中华书局 1982 年版，第 938-939 页。

② 曾枣庄：《苏诗汇评》，四川文艺出版社 2000 年版，第 768 页。

时，确实可能产生"机局不灵"之感。

再来看《轼欲以石易画晋卿难之穆父欲兼取二物颍叔欲焚画碎石乃复次前韵并解二诗之意》一诗。全诗共 28 句，根据纪评，可从"欲观转物妙"（第 17 句）一句将全诗分为上下两截。纪昀认为此前的 16 句有两句"趁韵"的地方："（净瓶何用蹙）'蹙'字押得未稳。（出语耆年伏）'耆年伏'趁韵。"对于此后的 11 句的组织安排纪昀似乎都有不满，他认为"后半牵于韵脚，语亦夹杂"。该诗的"后半"如下：

> 欲观转物妙，故以求马卜。维摩既复舍，天女还相逐。受之无尽灯，照此久幽谷。定心无一物，法乐胜五欲。三峨吾乡里，万马君部曲。卧云行归休，破贼见神速。①

纪昀认为这段诗受次韵诗的体例所限，故不得不跟着原唱之作的韵脚走，所以语义并不十分一贯，给人头绪不清、牵掣韵脚之感。又如《哭王子立次儿子迨韵三首》：

> 彭城初识子，照眼白而长。异梦成先兆，清言得未尝。岂惟知礼意，遂欲补诗亡。咄咄真相逼，诸生敢雁行。
>
> 非无伯鸾志，独有子云悲。恨子非天合，犹能使我思。儿曹莫凄恸，老眼欲枯萎。会哭皆豪杰，谁为感旧诗。
>
> 龙困尝鱼服，羊儇或虎蒙。息息成鬼录，愤愤到天公。偶落藩墙上，同游弈彀中。回看十年事，黄叶卷秋风。②

纪昀对三首诗总评曰："三诗趁韵而成，殊乏警策。"这样笼统的评

---

① 王文诰辑注，孔凡礼点校：《苏轼诗集》，中华书局 1982 年版，第 1947-1948 页。

② 王文诰辑注，孔凡礼点校：《苏轼诗集》，中华书局 1982 年版，第 1657-1659 页。

价，并不完全符合实际，本诗大多数的押韵还是颇为典切的；至于"殊乏警策"之评，也未能令人信服。像第一首的"彭城初识子，照眼白而长"，描摹王子立的形象如在眼前；第二首的"非无伯鸾志，独有子云悲"表现王子立的志大命薄，令人扼腕；第三首的"回看十年事，黄叶卷秋风"，回顾往昔，亦有余音绕梁之意。这些诗句都不能说其"殊乏警策"。至于诗中的某些句子有"趁韵"之嫌，确是事实。例如第二首的"儿曹莫凄恻，老眼欲枯荄"之句，纪昀评曰："'眼枯'字本杜诗，'荄'字却是凑韵，有泪方可言'枯'，非花安可言'荄'？"纪氏对"荄"字的"凑韵"，评价得确实较正确。在苏诗纪评中，纪昀说某一句苏诗是趁韵的情况最普遍，不妨举几个例子略作分析。

《夜泊牛口》诗有"儿女自咿嘤，亦足乐且久"之句，纪昀认为"乐且久"三字趁韵。他觉得苏轼为了押"久"字韵，故而用一个"且"字将"久"与"乐"并列起来，有充字数之嫌。此外，虽然"亦足乐"比较通顺，但"亦足久"就有点拗口，因为散文句法中更常见的是"亦可久"，这也可能是纪昀不满此句的一个原因。当然，苏轼这句诗只是想表达被儿女咿咿呀呀的声音包围着是一件很快乐而且久而不觉其厌的事，很符合生活实际。

《舟中听大人弹琴》诗有"江空月出人响绝，夜阑更请弹《文王》"之句，纪昀认为"《文王操》无所取义，即是趁韵"。他认为苏轼用《文王操》(简称《文王》)之典只是为了押"王"字，因为《文王操》是与文王相关的琴曲，苏轼请自己的父亲弹这支曲子，于义无所取。实则《文王操》深邃清远、旋律动听，苏轼请父亲弹此曲，只是为了赏其雅韵，并非以文王、武王父子比拟自家父子。

《屈原塔》诗有"至今沧江上，投饭救饥渴"之句，纪昀认为"'渴'字添出趁韵"。他觉得只有"投水"方能救"渴"，既然是"投饭"则只能救"饥"，苏轼在这里"添"一个"渴"字，纯粹是为了迁就韵脚。道理不错，可诗歌本就有语省而意周之妙，如果非要强辩，那么稀粥中既有饭也有水，岂不是既能救饥也能救渴？

《留题峡州甘泉寺》诗有"民风坦和平，开户夜无钞"之句，纪昀认为后一句"趁韵"不稳。按"钞"同"抄"，有掠取、抢掠之义，诗意为即便夜不闭户，也无遭人抢掠之患。虽然与诗中的"孝""貌"等韵字相比略显生新，但用来形容民风之淳朴，反倒十分恰切。

《东湖》诗有"况当岐山下，风物尤可惭""东去触重阜，尽为湖所贪""丝缗虽强致，琐细安足戡"之句，纪昀认为"'惭'字趁韵不妥"，"尽为湖所贪""琐细安足戡"也趁韵不妥。他觉得"惭"乃"羞愧"义，风景即便不佳，赏者何必羞愧？描写"重阜"被湖水包围，用一个"贪"字，也有些晦涩；用"戡"字来形容钓丝的细弱不能承受重量也不妥当。实则"惭"字可以理解成风物"自惭"，这是拟人；"贪"者，占有也，也是拟人；"戡"者，克也，胜也，形容钓丝之不堪重负，也无不妥。如果每个韵字都得押得一目了然，还何来寻绎琢磨之趣？

《南溪之南竹林中新构一茅堂予以其所处最为深》诗有"应逢绿毛叟，扣户夜抽簪"之句，纪昀认为"抽簪"趁韵。他可能觉得把头上的簪子拔下来敲门太费事、不合情理，所以觉得苏轼是为了押"簪"字韵才刻意营造了这个场景。实则抽簪扣户既有雅趣又有谐趣，将"绿毛叟"的身份与性格一下子就反映了出来。难怪香岩读《纪评苏诗》时要追问："抽簪扣户，何为趁韵？"

总的来说，纪昀对苏诗的评价，有时确能搔及其痒处。即便是对苏诗的指摘，也确能切中其弊，令人无法回护。但是由于其下结论时易受自身固有诗学观念的影响，所以也屡有不能切理厌心之处。正由于此，他的评价也常常引起后人的反弹。拿其趁韵之评来说，后人即多有不敢苟同者。例如《僧清顺新作垂云亭》的"亭榭苦难稳"之句被纪昀视为趁韵，赵克宜却认为："'著难稳'言难于得地，本极圆醒，纪本'著'误为'苦'，而讥其趁韵，疏矣。"（《角山楼苏诗评注汇钞》卷四）①又如《书刘君射堂》的"只有清尊照画蛇"之句，纪昀认为其"用事无谓，只趁韵

---

① 曾枣庄：《苏诗汇评》，四川文艺出版社 2000 年版，第 345 页。

耳"，王文诰即辩护道："次联描画蛇甚当，而晓岚以为趁韵，彼乃忘却题是'射堂'，故发此糊涂也。"①可见，在"趁韵"方面，关于某一字或一句的纷纭聚讼，纪昀多数情况下未必会占下风，但他意欲将一个偶然现象普遍化，难免会流于绝对，不得不说这正是纪评的一个局限。这更加提醒研究者，对纪昀指出的苏诗趁韵现象，应该结合纪昀本人的诗歌欣赏趣味与诗学观念加以审视。

第三节　纪昀苏诗"趁韵"之评的理论出发点

苏诗纪评的学术价值越来越受到学界的重视。例如杨子彦先生的《纪昀文学思想研究》(中国社会科学出版社，2015 年版)一书，即对苏诗纪评进行了较为系统的梳理，反映了目前这一领域的较高水准。但遗憾的是，纪昀的语言诗学观，特别是其对苏诗押韵技法的点评在该书中仍未能予以特别显著的关注。纪昀对苏诗押韵技法的点评不仅次数众多、形式丰富，而且其发掘的层次颇深，由此而反映出的苏诗的艺术特征甚至缺陷也颇具典型性。因此，苏诗纪评中的押韵之评很有系统研究的必要。尤其是其中的趁韵之评，更是其押韵之评的突出代表，若能予以深入研究，不但有助于观察苏诗独特的语言艺术风貌，还能为探讨纪昀的语言诗学观提供重要参考。

关于苏诗独特的语言艺术风格，需要从宋诗发展的宏观视角予以观照。面对着唐诗的高度艺术成就，宋代诗人一方面不断地从中汲取艺术灵感，一方面也面临着如何开拓创新的巨大考验。这种"求新"的主观能动性在苏轼的诗歌创作上几乎发挥到了极致，它的客观结果就是使苏诗形成了"百态新"的典型艺术风貌。总体上说，苏诗的创新尝试是取得了巨大成功的，因为它实现了宋代诗坛长久以来力求新变的诉求；但是也应承认，因其在这条道路上突进得过远，也产生了一些诗歌本色论

者所认为的"缺陷"。其突出的表现之一，就是其语言锤炼的力度似乎还有欠缺。对于这一点，历代诗评家已有拈出，例如：

> 《复斋漫录》云："芸叟尝评诗云：'……苏东坡之诗，如武库初开，矛戟森然，不觉令人神慑，仔细检点，不无利钝。'"（《苕溪渔隐丛话》引）①
>
> 金入洪炉不厌频，精真那计受纤尘。苏门果有忠臣在，肯放坡诗百态新。（元好问《论诗三十首》其二十六）②
>
> 苏长公之诗……所以弗获如少陵者，才有余而不能制其横，气有余而不能汰其浊，角韵则险而不求妥，斗事则逞而不避粗，所谓武库中器，利钝森然，诚有以切中其弊者。（王世贞《书苏诗后》）③

无论是宋人张舜民（字芸叟）的"仔细检点，不无利钝"之评，还是金人元好问的"金入洪炉不厌频，精真哪计受纤尘"之评，或是明人王世贞的"才有余而不能制其横，气有余而不能汰其浊，角韵则险而不求妥，斗事则逞而不避粗"之评，都或多或少强调了苏诗在语言艺术上还存在进一步"提纯"的空间。然而，他们的评述都是从宏观角度进行的概括，对于许多具体情况，仍不能有更细致的了解。纪昀以其全面而系统的语言诗学观为基础，对苏诗进行的研究则弥补了这一缺憾。

语言诗学非常侧重于从语言学视角研究文学系统本身。这种从语言学研究与诗学研究的交叉领域出发来解读诗歌作品的独特方法，具有较

---

① （宋）胡仔纂集，廖德明校点：《苕溪渔隐丛话》，人民文学出版社1962年版，第257页。

② （金）元好问撰，（清）施国祁笺注：《元遗山诗笺注》卷十一，《四部备要》，第5b页。

③ （明）王世贞：《读书后》，《四库全书》，第1285册，上海古籍出版社1987年版，第48页。

高的有效性和可操作性。因为语言总是把人们的注意力首先集中到它的本质、音响格式、措辞、句法等问题上，而这些因素正是深入研究文学文本时必须加以考量的。从这些方面来观照纪昀的苏诗批评方式，基本上亦可将其视为较为典型的语言诗学方法。因为在苏诗纪评中，纪昀对苏诗用字、用词、句法、章法、语言风格的评点触目皆是。在其押韵之评中占有重要地位的趁韵点评也是他这种语言诗学观的重要体现。当然，这种语言诗学方法虽然有其科学性，但若一味株守之，仍会产生一些负面效应。将苏诗趁韵置于纪昀语言诗学观的大背景下加以观照，可以为客观认识纪昀语言诗学观的合理性及不足提供一个合适的视角，在此基础上，则能够更客观地评价苏诗趁韵这一现象。

具体而言，纪昀对苏诗的用字、句法、章法的评点，都很好地体现了他的语言诗学观。若苏诗章法安排得当，纪昀亦不惜赞词；至于觉其不妥处，则毫不客气地加以指摘。例如，其评《舟中听大人弹琴》一诗曰：

> 通篇不脱旧人习径，句法亦多浅弱。渔洋《古诗选》取之，是所未喻。"独激昂"三字（"敛衽窃听独激昂"）不似听琴，且与下文不贯。《文王操》（"夜阑更请弹《文王》"）无所取义，即是趁韵。

此评对该诗趁韵、句法、章法诸方面，皆有涉及，整个评论几乎没有采用语言诗学批评之外的其他方法。平心而论，该诗格韵高、感触深，有涵泳不尽之妙。而据纪昀的评点，通篇竟无一可取之处。与此相反，方东树则予以极高的评价："高韵，意境可比陶公。词意韵格，超诣入妙，而笔势又奇纵恣肆。六一尚不脱退之窠臼，此独如飞天仙人，下视尘壒，俱凡骨矣。"①此评虽似有誉扬过当之嫌，然其所言，实较为

---

① （清）方东树撰，汪绍楹校点：《昭昧詹言》，人民文学出版社 1961 年版，第 310 页。

符合读者的阅读体验。相比而言，纪评表面上看虽极为具体，细味之仍显得空泛，所得结论在疑似之间，不能完全令人心服。淡化美感体验而陷于形式分析，这不能不视为纪昀语言诗学观的一个缺陷。

此外，纪昀还好用"率（易）""粗（疏）""露""拙""俚""腐"等词汇来评点苏诗，也是其语言诗学观的具体体现。以"率（易）"为例，评《夜泊牛口》"安识肉与酒"之句曰"率"；评《仙都山鹿》"至今闻有游洞客，夜来江市叫平沙"之句曰"太率易"；评《次韵水官诗》曰"起四句透脱，以下语多率易"；至于《蝦蟆培》一诗则全篇皆被评为"率易"。这些诗作可能多少有些不够凝炼的地方，然而像"岩垂匹练千丝落，雷起双龙万物春。此水此茶俱第一，共成三绝鉴中人"（《元翰少卿宠惠谷簾水一器龙团二枚仍以新诗为贶叹味不已次韵奉和》）①这样构思巧妙的诗，亦被视为"浅率"之作，实在令人费解。实则东坡短章隽语，须换一副肠胃涵泳之。若一味在自己的成见中打转，似无法得其三昧。这也说明纪昀的语言诗学观虽有其合理性，但若毫无节制地将其适用范围扩大，仍无法得出令人完全信服的结论。

事实上，无论是苏诗句法、章法的不"合式"，还是语言风格的"率易"，同"趁韵"一样，都是与其独特的艺术风格消息相通的。因为"趁韵"有时候也是诗人在押韵时比较随性所致的。朱光潜先生对"趁韵"现象有一段细致的论述：

> "趁韵"在诗词中最普遍。诗人做诗，思想的方向常受韵脚字指定，先想到一个韵脚字而后找一个句子把它嵌进去。"和韵"也还是一种"趁韵"。韩愈和苏轼的诗里"趁韵"例最多。他们以为韵压得愈险，诗也就愈精工。②

---

① 王文诰辑注，孔凡礼点校：《苏轼诗集》，中华书局1982年版，第512页。
② 朱光潜：《诗论》，中华书局2012年版，第44-45页。

这段话对"趁韵"现象的存在情况、产生原因、代表作家都进行了介绍，尤其是对苏轼诗歌趁韵现象的强调，更加表明对这一问题加以系统研究的意义。但有一点需要补充，趁韵并不完全是诗人刻意押险韵所致。固然，诗人刻意选择险韵强押，会使诗歌有趁韵之感；但同样的，有时候由于诗人在押韵上过于随性，太不讲究韵字的锤炼，也会产生趁韵的诗句，正所谓过犹不及。二者的共同之处在于，它们都在客观上使押韵显得不够妥帖适切。而纪昀之所以能在评点苏诗趁韵现象时为其语言诗学观的展现找到用武之地，正是抓住了苏诗有时不刻意追求押韵工巧这一独特的艺术特点。

纪昀为什么会形成这样的语言诗学观呢？这与他的诗学品格及其核心理念有关。蒋寅先生在《纪昀的诗学品格及其核心理念再检讨》一文中认为："不难理解，像纪昀这么一位通达的学者，当然是不会用固执、僵化的教条来衡量诗歌的。他的正本清源工作，目的也不在于回到儒家原典，而在于通过概念的剖析、源流的梳理，弄清问题出在什么地方，以便矫枉返正。比如诗本于性情，是老生常谈的传统观念，但明清以来言人人殊……既然个人情感抒写的正当性得到肯定，就带来一个如何防止自我表现走到极端的问题……这正是诗教在文辞风格之外包括情志内容的正当性以及维护其约束力的理由。"①可见，纪昀语言诗学观的形成有着特殊的时代背景，产生于纪昀"通过概念的剖析、源流的梳理，弄清问题出在什么地方，以便矫枉返正"的这一核心理念的孕育之下。这也就不难理解，纪昀为什么对苏诗的用韵等诸多方面都有负面评价，所谓"射人先射马，擒贼先擒王"，苏东坡何许人也，他的作品都成了反面教材，其"矫枉返正"的刺激效果可想而知。但这毕竟只是纪昀个人的一片苦心，实际效果是否理想则是另一问题。

"趁韵"现象在苏诗中是客观存在的，这一点不必否认。但是，如

————————

① 蒋寅：《纪昀的诗学品格及其核心理念再检讨》，《文艺研究》2015 年第 10 期，第 103 页。

果结合苏轼的性格和苏诗的一贯风格来看，这一现象并不能完全被视为苏诗的一种缺陷，而应被视为苏诗独特风格的一种具体体现。苏诗的"趁韵"现象，之所以在苏诗纪评中被频繁地、集中地（有时甚至是过度的）指示出来，与纪昀自己的语言诗学观有着密切关系。对纪昀的相关评点，既不应该站在维护苏诗的角度上一概斥为"晓岚乱扛"①，也不应该完全采纳他的批评态度，而无视苏诗独特而丰富的艺术个性。应该以创作论与接受论相结合的多元视角分析之。正如李有光先生所言："古汉语本身的语法特点和'以少总多'的诗歌机制就已经先天地内定了中国古代诗学解释学的多元论向度，更遑论诗人对平淡、含蓄和言外之意的极致追求，诗歌意象的隐喻性和多义性，诗歌文本的空白与未定性等对读者理解与阐释的内在规定性。因此，欲探析中国诗学解释学所表征出的以多元论为主要祈向的必然性。那种把创作论和接受论截然分开的传统研究思路对我们下面这种将二者相互契通、相互规约的分析方式是有害无益的。"②因此，对苏诗"趁韵"现象和纪昀的相关评论都应该带着一份"理解之同情"，结合各自产生的主客观条件，加以合理的认识。这样既有助于客观认识苏诗的趁韵现象，也有助于深入理解纪昀的语言诗学之特点。

---

① 曾枣庄：《苏诗汇评》，四川文艺出版社 2000 年版，第 832 页。
② 李有光：《中国诗学多元解释思想研究》，人民文学出版社 2014 年版，第 45 页。

第四章　险韵(上)：概念与代名词

在当代古典诗学研究者的学术话语中，"险韵"是一个不时会映入眼帘的名词。例如，莫砺锋先生在探讨"王荆公体"的诗体特征时说："王安石在押韵上也很下功夫，尤其喜欢在险韵上争奇斗巧。"①周裕锴先生在探讨宋人对声律的独特追求时说："六朝唐的声律说提倡音韵的和谐协调，而宋人却有意识破坏这种和谐协调，下拗字，押险韵……"②郑永晓先生在论证尤袤与江西诗派的关系时说："如《次韵德翁苦雨》一诗能化俗为雅，又押险韵，也受到方回的赞誉……"③"险韵"在当代古典诗学研究界被普遍关注的情形，使我们意识到它是一个比较重要的诗韵学与诗学概念。但同时又想进一步追问：到底什么是"险韵"？它和古人经常提及的"险韵诗"究竟是什么关系?④ 古代诗人、诗论家津津乐道的"竞病诗""车斜韵""尖叉韵"到底是不是它的代名词？目前学界对这

---

① 莫砺锋：《论王荆公体》，《唐宋诗歌论集》，凤凰出版社 2007 年版，第240 页。

② 周裕锴：《宋代诗学通论》，上海古籍出版社 2007 年版，第 528 页。

③ 郑永晓：《南宋诗坛四大家与江西诗派之关系》，《南都学坛》2005 年第 1期，第 78 页。

④ "险韵诗"在古代也经常被提及，例如(宋)李清照《漱玉词》有《壶中天慢·春情》一首，云："险韵诗成，扶头酒醒，别是闲滋味"；(明)戴澳《杜曲集》卷三有《过云庄险韵诗成剪烛共酌再限五韵》诗；(明)董说《董说集》卷十一有《雪中促友人险韵诗限雪灭铁诀四韵》诗；(明)郑郧《垄阳草堂诗文集·诗集》卷七专立《遽斋险韵诗》之名，录诗百余首；(清)李骥《虹峰文集》卷十九有《书吴凌苍险韵诗后》一文；(清)褚人获《坚瓠集·三集》卷三记录险韵创作趣闻，直接题为《险韵诗》；等等。

些问题的探讨，或付之阙如，或未有定论。本章的主要研究目标，即是拟在古人具体创作实践和理论表述的差异性中寻找一个平衡点，对"险韵"与"险韵诗"的内涵加以较为明确界定，对其代名词问题进行较为深入地探讨，以期为进一步研究"险韵"与"险韵诗"问题提供参考。

第一节 "险韵"的内涵

笔者拟采取以下步骤来探究"险韵"的内涵：首先，将"险韵"置于由与它近似的概念组成的特定系统中，通过分析它与这一系统中其他概念的异同，考察它的所指范畴；其次，重置一个新系统，即能容纳"险韵诗"而不是"险韵"的新系统，来进一步对"险韵诗"的内涵进行"再明确"；最后，将"险韵诗"置于更深广的理论视域中，探究其诗体属性，明确其诗体发生的内在动力，并为这一动力寻找学理依据。

（一）系统中的位置："险韵"与近似概念之比较

将"险韵"置于"强韵""难韵""僻韵""剧韵"等与它类似的概念组成的特定系统中，通过分析它与这一系统中其他概念的异同，可以发现，"险韵"比"强韵""难韵""僻韵""剧韵"等概念的内涵更清晰、指涉范围更小。在有些情况下，人们提到"强韵""难韵"等概念时，指的确是"险韵"；在另一些情况下，人们提到这些概念时其所指范畴却溢出于"险韵"之外。

"强韵"，是一个与"险韵"有着密切关系的概念。二者的区别和联系如何，是研究"险韵诗"时必须辨析清楚的问题。通过对创作实际的考察发现：押"强韵"的诗未必是押"险韵"的诗，而凡是押"险韵"的诗都可被看作押"强韵"的诗。"强韵"是一个大概念，"险韵"是一个小概念，"险韵"包括在"强韵"之内。凡是"勉力强押"的韵都可被称为"强韵"，如次韵赋诗、分韵赋诗、借韵赋诗中使用难押的韵部、生僻的韵脚等，都属于押"强韵"。《梁书·王筠传》里说王筠"为文能押强韵，每公宴并作，辞必妍美".① 这当是"强韵"的最早记载。要之，"强韵"所指是比较宽泛的，惟有在一些特殊语境下它才可以特指"险韵"。

"难韵"就是难押的韵。它所指范围也比"险韵"宽泛。既然"险韵"押起来比较困难，自然也是一种难韵。也就是说，"险韵"一定是"难韵"，但"难韵"未必就是"险韵"。例如宋人孔平仲《戏为难韵同官和之》一诗："稚柳将成线，残梅尚有柎。破春寒料峭，送晚角喑呜。地僻闲宾榻，泥深隔酒庐。此时愁寂寞，幽闷寄操觚。"②这首诗确是"难韵"，但不好说就是"险韵"。有些被称为用"难韵"的作品，实际上用的已经是"险韵"。这一点可举谢榛的一段话为证："九佳韵窄而险，虽五言造句亦难，况七言近体。……虽吊古得体，而无浑然气格，窘于难韵故尔。"③九佳是"险韵"，谢氏也说他"窄而险"，后文又说"窘于难韵故尔"，言外之意也是把"险韵"视为令人受窘的难押之韵。

"恶韵"的范围也比"险韵"宽泛，但有时也会被和"险韵"等而视之。明人姚希孟《韩雨公燕市和歌序》："长吉、东野诸家，皆险于句，非尽险于韵也。齐梁间，王筠号能用强韵，而玄晖称其圆美，流转如弹丸。段柯古与客联句，多押恶韵，然而涩者使之滑，拗者使之稳，固是诗家斫轮手。"④这篇序文的可贵之处在于，它同时提及了"险韵""强韵""恶韵"，为揣摩它们之间的关联提供了便利。从姚氏的表述方式来看，他更关注的是三者之间的共性，并没有强调它们的不同。可见，这三个名称之含义有时候区别并不明显，甚至可以说是等同的。

"僻韵"就是生僻的韵。它所指的范围也比"险韵"大，但有时也可用来指"险韵"。清人尤侗有组诗《岁暮杂诗偶用僻韵》，一共三十首，多用艰僻难押的字作韵脚字，是名副其实的"僻韵"。彭孙遹在这组诗

---

① 见(唐)姚思廉：《梁书》，中华书局 1973 年版，第 485 页。

② (宋)孔文仲，孔武仲，孔平仲：《清江三孔集》，齐鲁书社 2002 年版，第420 页。

③ (明)谢榛：《四溟诗话》，人民文学出版社 1961 年版，第 121 页。

④ 吴文治：《宋诗话全编》，江苏古籍出版社 1998 年版，第 7806 页。

后评论云:"选韵险,搜事僻,造语奇,古今来未尝有此一家,天地间不可无此一种。"①毛奇龄评曰:"三唐无险韵律,韩孟第古诗耳。今险韵诗满长安,虽是习气,然谨厚者亦复为之。"②诗人自称"僻韵"的诗作,被彭、毛等评论者不约而同地视为"险韵",足以说明这两个名称间的关系。

"剧韵"的"剧"有"甚""猛烈的"之意。可见"剧韵"这个词也是用来描述难押之韵的。它与"险韵"也有密切的关系。《南史》载:"时中庶子谢瑕出守建安,于宣猷堂钱饮,并召时才赋诗,同用十五剧韵,恺诗先就,其辞又美……"③萧恺作诗用"剧韵",简文以其比王筠,而王筠是以善用"强韵"著称的。可见此处的"剧韵"实际可等同于"强韵",而"强韵"与"险韵"关系极为密切。也就是说,"剧韵"也是一个大概念,而"险韵"依旧是一个小概念,"险韵"包括在"剧韵"之内。

(二) 系统的重置:"险韵诗"与相关诗体的比较

由于"险韵诗"作为一种诗体与主要作为一种艺术手法被"押"的"险韵"不同,故而需要重置一个新系统,即能容纳"险韵诗"而不只是"险韵"的新系统,来进一步对"险韵诗"的内涵进行"再明确"。次韵诗、独韵诗、联句诗都与"险韵诗"有着密切关系,它们在用韵方面都存在一些与"险韵诗"较为类似的情形。通过这一比较发现,次韵诗、独韵诗、联句诗都与"险韵诗"有着较密切关系。由于它们所押之韵都会随着诗歌创作具体进程的推进而变得越来越"险",在一定程度上,它们都可以被视为一种"动态"的"险韵诗"。

次韵唱和的基本要求是和作的韵脚字及其出现的次序要和首唱之作基本相同。次韵与"险韵"的关系,简单来说是,当诗人选择一个韵部

---

① (清)尤侗:《西堂诗集》,《续修四库全书》,第 1406 册,上海古籍出版社 2002 年版,第 32 页。

② (清)尤侗:《西堂诗集》,《续修四库全书》,第 1406 册,上海古籍出版社 2002 年版,第 32 页。

③ (唐)李延寿:《南史》,中华书局 1975 年版,第 1074 页。

(即使是宽韵)进行次韵时，它们往复唱和的遍数越多，这些韵脚字组词就越难，那么本来不生僻的韵脚字也显得难押了，最终这些字在这种特定的情形下也变成了"险韵"。何况有些人在首唱之时就用极险僻的字或难以组词的双声、联绵字押韵，然后再要求别人次韵唱和，这无疑使次韵显得非常棘手，而次韵之作一旦出炉，它押韵之"险"必然是超过前作的。

"独木桥体"与"险韵诗"也存在类似的情形。所谓"独木桥体"就是独韵诗，即是作诗时要求整首诗只用同一个字作韵脚。从明代谢榛的一首押"灯"字韵的独韵诗即可见这一诗歌体式的特点。该诗共押了 34 次"灯"字，每次押韵组成的词或短语都各不相同。可以想见，诗人作头几句时还很轻松，越往后作会越觉得这个韵"险"。同样，这种"险韵"也无法独立存在，它必须依附于"独韵诗"这种形式。曹雪芹《红楼梦》里的《好了歌》，也是"独韵诗"；从艺术上看，它比谢榛此首结构更合理、语意更加完足，情感也更加深挚，当然也更加讨巧。

联句诗与"险韵诗"也有一定的关系。诗人们联句时，选定一个韵部押韵，联得诗篇越长，该韵部里的剩余韵字就会越少，最后那些平时鲜有人用的生僻字也不得不拿来押韵，这就与"险韵"产生了联系。例如由韩愈、孟郊、张籍、张彻共同创作的《会合联句》就是如此。此诗押肿韵，而且未尝出韵，将《广韵》上声卷二肿部所收韵字用去了三分之一左右。韵部中的常用字几乎用尽不说，像其中的"踵""恟""蝰""膧""拲""蛹""䃾"等都是很难押的险僻字。如果将这一技法推到极致，那这首诗也就可被视为"险韵诗"了。

(三)主导与核心："险韵诗"的诗体演生规律

探究"险韵诗"的诗体属性，也是给它下定义时必不可少的一环。因为只有如此，才能将其置于更深广的理论视域中加以观照。通过这一观照会发现，"险韵诗"作为一个独特的诗体，有属于它自己的诗体发生动力。只要能找到这一内在动力的学理依据，它就不必依赖于任何其他诗体而存在。笔者一开始倾向于将"险韵诗"归入"杂体诗"这个宽泛的大类中。理由有二：第一，皮日休《杂体诗·序》就曾提到押"强韵"的问题。而"强韵"与"险韵"是有关联的，这提供了将"险韵"也归入"杂体诗"的可能性。第二，鄢化志先生《中国古代杂体诗通论》一书虽没有对"险韵诗"进行特别论述，但书中介绍的"双韵诗""柏梁韵""促句换韵体""独木桥体""翻韵诗"等，都是用韵方面特点鲜明的"杂体诗"。① 这也使我们倾向于将"险韵诗"归为"杂体诗"。然而，这样做仅是从押韵这一单一的角度来考量，若考虑到"险韵诗"中还有许多像五、七言律诗这样的"正体诗"，就可能会造成某种混乱。国外理论家的理论表述或许可以为解决这一问题提供参考。例如美国学者罗曼·雅各布森主张将诗歌进化看作一个系统内的成分变化，这些变化与一个"移动中的主导物"的功能有关：

> 艺术手法的等级制度在一个特定的诗歌种类的构架之内发生变化；此外这种变化还影响诗歌种类的等级制度，同时还波及艺术手法在单个种类之间的分配。最初是次要的、或从属变异的样式现在占据了前台的显著位置，而规范化样式则被推到了后面。(《读物》)②

按照这一理论，就可给"险韵诗"何以能被视为一个独立的诗歌类型这一问题以合理的解释。当押"险韵"仅仅作为构成诗歌这样"一个有结构的系统"中的一个不起眼的因素的时候，它自然没有资格被视为一种类型，但随着诗歌的进化，它的位置在"艺术手法的等级制度"中由次要的、从属的地位逐渐的"转移"到了"前台的""主导的"地位，那其他的"规范化样式"对它的规定作用就被新兴的主导特征冲淡了，当这一主导特征被普遍认可的时候，它就被赋予了成为独立诗歌类型的合法

---

① 参见鄢化志：《中国古代杂体诗通论》，北京大学出版社 2001 年版，第287-298 页。
② 参见[美]罗伯特·休斯著，刘豫译：《文学结构主义》，三联书店 1988 年版，第 139 页。

性。法国学者茨维坦·托多洛夫的一段论述也能说明这一点：

> 在每一个时代，那些相同特征的核心总是伴有数目很多的其他特征，不过人们并不看重这些特征，因此，它们对于把一部作品归入一种体裁并不起决定性作用。结果便是，根据人们对一部作品这种或那种结构特征之重要性的判定，这部作品可以属于不同的体裁。①

根据托多洛夫对"特征"的理解，无论"险韵诗"中有正统意义上的"古体诗"还是"近体诗"，都不能影响它成为一个独立的类型。因为以"险韵"为核心特征建立起的"险韵诗"完全可以"伴有数目很多的其他特征"，当"险韵"这一特征"并不起决定作用的时候"，人们当然可以不看重它，但等它一旦成为核心，它就有了成为一种类型的资格。掌握了这一规律，就可以从一个较为宏观的角度给"险韵诗"下一个明确的定义：所谓"险韵诗"，是指押"险韵"这一艺术手法在诗歌结构系统中由次要、从属地位上升至主导、核心地位后形成的一种独立的诗歌类型。

第二节 "险韵"的代名词

莫砺锋先生曾在《杜甫诗歌讲演录》中指出："诗歌研究中经常讲到险韵，所谓险韵，就是这个韵部里收的字比较少，所押的韵脚又不是常用的字，押起来比较艰难。我们说押险韵有两个典型的历史文本，有两个代名词。"②莫砺锋先生认为，这两个典型的历史文本，一个就是由苏轼首倡的"尖叉韵"，另一个就是曹景宗的"竞病诗"。周裕锴先生不同意这一说法，曾撰《说"竞病"——宋代文人赞誉武将能诗的习惯性套

---

① ［法］茨维坦·托多洛夫著，怀宇译：《诗学》，商务印书馆2016年版，第81-82页。

② 莫砺锋：《杜甫诗歌讲演录》，广西师范大学出版社2007年版，第159页。

语》一文加以商榷，结论是："'竞病'并非诗押险韵之典，更非押险韵的'典型的历史文本'，而在大多数情况下，仅仅是文人称赞武将能诗的习惯性套语。"①笔者认为，周裕锴先生的观点说明"竞病诗"具有多维阐释的空间，而莫砺锋先生指出"竞病诗"和"尖叉韵"是"险韵"的两个典型历史文本，是"险韵"的两个代名词，这一说法则不误。但需要补充的是，"车斜韵"也是"险韵"的一个典型历史文本，一个代名词。故"险韵"一共有三个典型历史文本，三个代名词，即"竞病诗""车斜韵"与"尖叉韵"。

（一）"竞病诗"："险韵"的代名词之一

文学史上率先被后世推为"险韵"代表作的是曹景宗的"竞病诗"。《南史》卷五十五载："景宗振旅凯入，帝于华光殿宴饮连句，令左仆射沈约赋韵，景宗不得韵，意色不平，启求赋诗。帝曰：'卿伎能甚多，人才英拔，何必止在一诗。'景宗已醉，求作不已，诏令约赋韵。时韵已尽，唯余'竞''病'二字，景宗便操笔斯须而成，其辞曰：'去时儿女悲，归来笳鼓竞。借问行路人，何如霍去病。'帝叹不已。约及朝贤惊嗟竟日，诏令上左史。"②的确，景宗此诗写得神采飞扬，把一个凯旋将军的气度生动传神地表现了出来。景宗赋诗分到仅剩之"竞""病"二字，却能"操笔斯须而成"，已足令人刮目相看。更为巧妙的是，他不仅将"竞"这个险僻的韵脚和笳鼓竞奏的军乐鼓吹场面联系起来，还将必须押的"病"字和"霍去病"这个专有名词结合起来，既合韵又不失自己的大将身份。这样的佳作，当然会赢得"帝叹不已，约及朝贤惊叹竟日"的荣耀，以致后来"竞病"成了押"险韵"的代名词。

之所以说"竞病诗"在后代成了"险韵"的一个代名词，是因为后代有许多人将它当作"险韵"来看待。例如，宋人张维《明水寺》："险韵吟竞病，怪语作危了"，陈造《次韵解禹玉》："槃礴赢前笔未落，竞病韵

① 周裕锴：《说"竞病"：宋代文人赞誉武将能诗的习惯性套语》，上海《新民晚报》2009 年 8 月 30 日。

② （唐）李延寿：《南史》，中华书局 1975 年版，第 1356 页。

险思不悭"；清人卢见曾《长歌行……》："词坛鼎足三军成，韵争奇险角竞病"，陈宗达《春日文子先生招……》："即今韵险等竞病，催诗火急聊推敲"，顾耀《赠方鹤仙》："险韵何妨限竞病，硬语直欲僵侯刘"，茹纶常《狐岐途中即目……》："遐赏契烟霞，险韵谐竞病"，夏之蓉《过十八滩》："险韵夸竞病，谐谈杂尔汝"，章藻功《徐秠绪诗曰小序》："竞病之韵险而弥工，危了之词叠而尤妙"，赵怀玉《丛桂轩梅树下小饮……》："竞病那怪韵角险，剥啄不愁吏打门"。① 上述例句中，人们都是把"竞病"当作"险韵"来看待。下面就这一问题再作三点补充：

首先，"竞""病"二字本身并不好押。因为它们不仅都是仄声韵，而且"竞"这个动词也不易组成合适的短语，"病"字更是个不适于在喜庆的宴会场合使用的词汇，而曹景宗能将它们巧妙地融入自己的诗歌韵脚，又能与自己的将领身份和宴会的主题相契合，实属不易；更何况，即便"竞""病"二字在后人看来并不算生僻，但结合当时的"时韵已尽，唯余'竞''病'二字"的创作情景来看，它们也可以被视为"动态的险韵"。曹景宗的"竞病诗"虽然在具体创作情景上与白居易不同（见下文），但他们遇到的困境是一样的。

其次，后人多用"竞病"一词来表示押韵的艰难。这样的例子不胜枚举，宋诗中就有很多。例如戴埴《和王教暮春出游》一诗有"竞病安能赓，振纸空瑟籁"之句，程俱《叔问览北山小集用叶左丞韵辱惠佳篇推与过情良深愧戢次韵奉酬二首·其二》一诗有"老罢应难夸竞病，诗狂时复赋车斜"之句，李彭《次韵答季智伯弟》一诗有"句分竞病应难敌，家有封胡可解忧"之句，刘克庄《居厚弟和七十四吟再赋·其三》一诗有

---

① 上引 9 例分别见：（宋）陈思编《两宋名贤小集》卷三十《溪堂集》，（宋）陈造《江湖长翁集》卷十，（清）卢见曾《雅雨堂集·诗集》卷下，（清）王昶辑《湖海诗传》卷九，（清）潘衍桐《两浙辂轩续录》卷十，（清）茹纶常《容斋诗集》卷九，（清）夏之蓉《半舫斋编年诗》卷七，（清）章藻功《思绮堂文集》卷八，（清）赵怀玉《亦有生斋集·诗集》卷一。

"已老安能歌竞病，从初不合识之无"之句，等等。① 这些都是对"竞病"难于押韵的强调。像程俱、刘克庄这样典型的文士，在诗作中提及"竞病"，并不是为了赞扬武人能诗的壮举，而是侧重于借其难于被当做韵脚的特征，来谦言自己诗才有限。

再次，在后代的文献中，曹景宗即兴创作"竞病诗"这一事件，经常被拿来当作"武人能诗"的典范看待，但这并不妨碍将之视为押"险韵"的典型。"竞病诗"的确是后人吹捧能诗之武将的门面语、口头禅。可是，不能因之就认为后人提及"竞病诗"时就只有这一种用意，而否定"竞病诗"作为"险韵"代名词的重要作用。更何况，武人能即兴作诗很可贵，武人能在即兴作诗时押"险韵"更可贵，这是一个问题的两个层面，并不相互排斥，认为武人能押"险韵"，不仅不会削弱"武人能诗"这一文化现象的重要性，反而能够加强之。

(二)"车斜韵"："险韵"的代名词之二

文学史上第二个被后世当作"险韵"代名词的是"车斜韵"。白集中有一组名为《和春深二十首》的诗，是和元稹的。这是一组五言律诗，每一首都依次押麻韵中的"家""花""车""斜"四个韵字。元稹连作了二十首押同样韵字的诗，已经是很不容易了。更惊人的是，白居易又和了二十首押同样韵字的诗。须知道，"家""花""车""斜"虽然是较为常见的字，但要组成四十个词义、句意都不能雷同的诗句，是极为困难的，这既需要诗人具有非同凡响的才气，又需要诗人具有惊人的知识储备。刘禹锡见元白唱和得热闹，一时技痒也作了二十首来次元白的韵。这组名为《同乐天和微之深春二十首》的诗，必须避开 40 个别人用过的词汇或短语，另外再组成 20 个词汇或短语，其难度可想而知。

白居易对自己的《和春深二十首》的用韵之奇已经有了自觉的认知。他在《和微之诗二十三首·序》中曾说："瘀絮四百字、车斜二十篇者

---

① 上引 4 例分别见：(宋)陈起《江湖后集》卷九，(宋)程俱《北山小集》卷十，(宋)李彭《日涉园集》卷八，(宋)刘克庄《后村集》卷三十一。

流，皆韵剧辞殚，瓌奇怪谲。"①"韵剧"就是押非常艰僻的韵，"辞殚"则是说因韵脚的牵制而产生了言尽词穷的困境。经过元、白、刘三位大诗人的唱和，押"家""花""车""斜"四韵的组诗，成了备受后人瞩目的诗歌话题，它与曹景宗的"竞病"之作一样，成了人们涉及"险韵诗"话题时几乎必谈的佳话。宋人谭昉遂有"车斜韵险，竞病声难"之赞，特别将"车斜"的"险韵"特征指示出来，并将它与曹景宗的"竞病"之作相提并论，肯定了它在"险韵"创作历程中的地位；胡宿《谢叔子杨丈惠诗》也有"句敲金玉声名远，韵险车斜心胆寒"之句；魏了翁在《程氏东坡诗谱序》中，也指出"唐人家花车斜之诗"是"廋辞险韵"；杨万里《和萧伯振见赠》曰："车斜韵险难为继，聊复酬公莫浪传"；元人何中《次雪溪上人秋兴韵》曰："挥麈微言穿溟涬，题诗险韵趁车斜"；清人谭宗浚《遂初楼赋》曰："车斜则险韵争斗"。② 说明他们都对"车斜"的险韵特点给予了特别的关注，同时也正是他们在作品中不断地揄扬，使"车斜韵"成了"险韵"的代名词之一。

(三)"尖叉韵"："险韵"的代名词之三

文学史上第三个被后世当作"险韵"代名词的是"尖叉韵"。苏轼的《雪后书北台壁二首》是有名的"尖叉"险韵诗的首创之作。王安石有和作《读眉山集次韵雪诗五首》皆"叉"字韵。这五首足见王安石诗才，但他仍意犹未尽，又作《读眉山集爱其雪诗能用韵复次韵一首》。除王安石外，苏辙见东坡此作后也曾作《次韵子瞻赋雪二首》。东坡见自己的作品反响颇多，又作《谢人见和前篇二首》进一步将这次竞技推向高潮。王安石意欲与东坡争个高下的"尖叉"险韵组诗的创作，是"尖叉"险韵诗反响热烈的重要表现。这次竞赛的结果，从后人的裁判来看，荆公是

---

① （唐）白居易撰，谢思炜校注：《白居易诗集校注》，中华书局 2006 年版，第 1721 页。

② 上引 6 例分别见：（清）彭元瑞辑《宋四六话》卷四，（宋）胡宿《文恭集》卷五，（宋）魏了翁《鹤山全集》卷五十一，（宋）杨万里《诚斋集》卷三，（元）何中《知非堂稿》卷五，（清）谭宗浚《希古堂集·乙集》卷一。

略输一筹的。方回曾评东坡之作曰："偶然用韵甚险，而再和尤佳。或谓坡诗律不及古人，然才高气雄，下笔前无古人也。观此《雪》诗亦冠绝古今矣。虽王荆公亦心服，屡和不已，终不能押倒。"①又曰："和险韵、赋难题，此一诗已未易看矣。"②准确拈出了它们的"险韵"特征。

清人王培荀曰："自东坡用尖叉韵后，多踵之者，欲因难见巧也。"③《唐宋诗醇》曰："尖叉韵诗，古今推为绝唱。数百年来，和之者亦指不胜屈矣。"④由此可见模拟、追和之盛。"尖叉韵"也被后人反复提及，最终成了"险韵"的代名词之一。例如清人就常常提及：斌良有"尖叉险韵拈"之句，陈夔龙有"尖叉险韵挑灯续"之句，晏贻琮有"险韵直欲凌尖叉"之句，胡醇有"相与险韵分尖叉"之句，罗汝怀有"或斗险韵拈尖叉"之句，孙惟溶有"尖叉韵险费寻思"之句，施补华有"险韵欲斗尖叉才"之句，王韬有"联诗韵险限尖叉"之句，吴翌凤有"频将险韵斗尖叉"之句；等等。⑤ 可见"尖叉韵"的确成为文学史上第三个"险韵"代名词。

"竞病""车斜"与"尖叉"，这几组字并非极为生僻，所属韵部也并非十分险窄，为什么它们在后世会成为"险韵"的代名词？笔者以为，用"动态的险韵"这一概念可以回应这一问题："竞病"本身只是较险，

---

① （清）乾隆等编：《唐宋诗醇》，中国文学出版社 2000 年版，第 907 页。

② （元）方回：《瀛奎律髓》，黄山书社 1994 年版，第 525 页。

③ （清）王培荀：《听雨楼随笔》，巴蜀书社 1987 年版，第 387 页。

④ （清）乾隆等编：《唐宋诗醇》，中国文学出版社 2000 年版，第 906 页。

⑤ 上引 9 例分别见：（清）斌良《抱冲斋诗集》卷十七《良乡丙舍喜见腊雪拈查初白梅雨旧句试和二十四韵》，（清）陈夔龙《松寿堂诗钞》卷八《和答徐花农阁学同年·其四》，（清）邓显鹤辑《沅湘耆旧集》卷一百四十八晏贻琮《雪中小集环碧山房戏仿聚星堂故事得沙字》，（清）丁宿章辑《湖北诗征传略》卷二十胡醇《谒苏端明遗像》，（清）罗汝怀《绿漪草堂集·诗集》卷九《和煖安即事示杨性老索和之作次原韵》，（清）潘衍桐《两浙輶轩续录》卷四十七孙惟溶《次韵奉和宾于五十自寿诗再题一截句》，（清）施补华《泽雅堂诗二集》卷九《和子相咏雪》，（清）王韬《蘅华馆诗录》卷二《夜雨小集青萝山馆·其二》，（清）吴翌凤《与稽斋丛稿·登楼集》之《二十七日华父招饮再次其韵》。

但在分韵赋诗的动态过程中则会越来越险；"车斜""尖叉"本身亦只是较险，但在次韵唱和的动态过程中也会越来越险；更何况，一个韵字险或不险，有时候并不取决于它的生僻程度，而取决于它有没有相应的典故可用，能不能组成丰富的词汇或短语。

综上所述，"险韵"是一种对押韵要求极高的诗歌创作技法，"险韵诗"是押"险韵"这一技法在诗歌结构系统中由从属地位上升至主导地位后形成的一种独立的诗歌类型。"险韵"一共有三个典型历史文本，同时也由此产生了三个代名词，即"竞病诗""车斜韵"与"尖叉韵"。

第五章　险韵(下)：价值衡论

"险韵诗"作为一种客观存在的诗体早已得到诗人的自觉使用和诗论家的普遍关注。它在古典文献中频频出现，绝不是偶然的。它的存在说明必然有数量丰富的此类作品及因之而衍生出的理论表述的存在。对这些作品及理论表述进行研究，应是当代古典诗学研究的题中之义。然而，由于"险韵诗"创作在形式上走得过远的倾向，致使它长期被视为一种文字游戏而未能引起研究者的足够重视。事实上，它固然产生了一些负面效应，但其积极意义也不容忽视。明清文献中对"险韵"问题的探讨，涉及的面颇广，发掘的层次颇深。本章即拟以之为支撑，重新对"险韵诗"的价值予以衡论。

第一节　"险韵诗"的负面效应

明清时期"险韵诗"批评者的立场和角度不尽相同，但大致是从"温柔敦厚"的主流诗学立场出发，将其视为形式大于内容的雕虫小技。但是必须得承认，"险韵诗"之所以在明清诗论中屡遭弹压，是因为它确实存在不可否认的负面效应。例如有人认为"险韵"创作是一种游戏，若沉溺其中，是"害诗之道"。明人屠隆在《栖真馆限韵诗二首》的序中写他与叶虞叔、李之文"酒酣论诗及险韵"的事，他认为"险韵"创作"殆诗家所谓游戏三昧"。① 明确地将"险韵"创作视为"游戏"。沈德潜亦持

_____

① 见(明)屠隆：《栖真馆集》，《续修四库全书》，第1360册，上海古籍出版社2002年版，第345页。

类似观点："东坡'尖叉'韵诗，偶然游戏，学之恐入于魔。"①"尖叉"韵诗是由苏轼首创的"险韵诗"典范之作，沈氏认为它是"偶然游戏"之作，告诫后学"学之恐入于魔"。在他们看来，这种"斗险韵"之作只可当作游戏偶一为之，否则即便能显示诗人的才学，亦仅是以偏师取胜的侥幸而已。更何况，有些险韵诗"夸多斗靡，或不可解"，是诗人"用此自掩"才短的"藏拙"手段。谢榛云："韩昌黎、柳子厚长篇联句，字难韵险，然夸多斗靡，或不可解，拘于险韵。"②梁章钜《退庵随笔》卷二十二引述纪昀的话说："作诗最可藏拙者，莫过于险韵，唐人试律中限险韵者至少，盖主者深知甘苦，不使人巧于售欺。"③可见，这些批评者们都不约而同地指出许多诗人有靠"险韵"来"藏拙"之嫌。用难以处理的体裁来"藏拙"，确实是诗歌创作中一个值得重视的现象。

　　还有人认为有些"险韵诗"刻意求新，流于俗套，几乎毫无价值。《柳南随笔》指出："作诗者不论题之雅俗，辄拈一首，伤格伤品，莫此为甚；又或故押险韵以示新奇，尤属无谓。"④这是从诗歌品格角度提出的批评。有些"险韵诗"创作或是"刻意相苦"，或是有意"炫博"，因之也受到不少指摘。明张凤翼《刻大石联句跋》曰："联句自《石鼎》《斗鸡》以来，每词人胜集，在在有之，然多以险韵相苦，殊乏自得之趣。"⑤王夫之也指出："若韩退之以险韵、奇字、古句、方言，矜其锢辖之巧，巧诚巧矣，而于心情兴会一无所涉，适可为酒令而已。"⑥翁方纲虽没有批评韩愈，却对梅尧臣表示了不满："一篇之中，步步押险，此惟韩公雄中出劲，所以不露韵痕。然视自然浑成、不知有韵者，已有间矣。至若梅宛陵以清瘦之笔，每押险韵，无韩之豪，而肖韩之劲，恐

---

① （清）沈德潜：《说诗晬语》，人民文学出版社 1979 年版，第 246 页。
② （明）谢榛：《四溟诗话》，人民文学出版社 1961 年版，第 100 页。
③ 郭绍虞：《清诗话续编》，上海古籍出版社 1983 年版，第 1996 页。
④ （清）王应奎：《柳南随笔》，中华书局 1983 年版，第 122 页。
⑤ （明）张凤翼：《处实堂集》，《续修四库全书》，第 1353 册，上海古籍出版社 2002 年版，第 622 页。
⑥ （清）王夫之：《姜斋诗话》，《清诗话》，中华书局 1963 年版，第 14 页。

未必然也。"①说明梅尧臣的"险韵"创作未能臻达韩诗的艺术高度。袁枚《何南园诗序》载:"予往往见人之先天无诗,而人之后天有诗。于是以门户判诗,以书籍炫诗,以叠韵、次韵、险韵敷衍其诗,而诗道日亡。"②这也是批评有的"险韵诗"作得太"敷衍",存在为作诗而作诗的倾向,削弱了其艺术水准。

第二节 "险韵诗"的多样价值

明清两代各类诗话、笔记、序跋、人物传记等材料中都不乏对"险韵诗"价值的评述。通过分析、归纳,会发现"险韵诗"的价值是多方面的:它既是评价诗才高下的标准,又是反映创作心态的镜子,还有助于刻画人物形象。由此可见,"险韵诗"的价值是不容忽视的,对它过分弹压有失公允。

首先,"险韵诗"是评价诗才高下的标准。清人张鉴《第一楼赋并序》详细地描绘了作家创作"险韵诗"的全过程:"于是争妍斗险,角韵分题。尖叉互作,竞病相齐。擘笺刻烛,落眉捻髭。兀如木槁,黯若冰澌。脣吻钟调,胸肶律吹。分析肌理,研核是非。莫不飞靡以弄巧,吐艳以炫奇。"③这段铺叙将"险韵诗"作家的创作动机、创作方法、创作过程、艺术效果等都表现了出来。要想做到"飞靡以弄巧,吐艳以炫奇",没有绝高诗才是很难办到的。所以,反过来说,要是"险韵诗"作得不好,就会显得这个人诗才有限。明人俞弁《逸老堂诗话》卷上载,"有能诗声,对客挥毫,敏捷无比"的邱吉,一日去拜谒同样以能诗闻名的钱永晖。名义上是拜访,实际上是挑战。钱也不示弱,"以险韵困之",邱"略不构思,一挥而就"作了一首押江韵的律诗。"永晖叹服不

---

① (清)翁方纲:《石洲诗话》,人民文学出版社 1981 年版,第 88-89 页。
② (清)袁枚:《小仓山房诗文集》,上海古籍出版社 1988 年版,第 1763 页。
③ (清)张鉴:《冬青馆集》,《续修四库全书》,第 1492 册,上海古籍出版社 2002 年版,第 78 页。

已，遂致上座，倾盖如故，酣饮倡和，留连数日而别。"①《逸老堂诗话》卷下又载，王鏊作了一首咏白莲的诗，"吴中搢绅能诗者和之甚众，勍敌殊罕"，唯祝枝山诗作得好，颈联"长恨六郎殊不肖，徒闻十丈亦何为"押"为"字"险韵"，其他各联也是"句句帖题"，因此王鏊对他是"独加称赏"。② 清齐学裘《见闻随笔》卷十二有"险韵"条，其文曰："高宗纯皇帝万寿时，御诗《自寿》系六麻韵，众大臣恭和韵时，惟中有一'嗟'字皆难设想，一江南布衣某因此事进谒某阁学，曰：'此何难，某已成一联矣！'曰：'帝典王谟三曰若，驺虞麟趾五于嗟。'莫不叫绝。进御时，上大称赏，阁学以实对，即召见，赐一知县，不受，固辞而归。"③与皇帝唱和，不是简单押个韵那么简单，要是诗作得不得体，就有因之获罪的可能。而这位江南布衣不仅韵押得妙，而且用典造句都切合皇帝的身份，所以能得到包括皇帝本人在内的满堂喝彩。从这些记载可以看出，"险韵诗"在明清交际中的重要作用之一，就是可以让名不见经传的小人物脱颖而出。

其次，"险韵诗"是反映创作心态的镜子。清张云璈《次韵周小濂赏菊八首·引》云："《阳春》属和，《下里》陈辞，非敢力追险韵，继杜陵《秋兴》之章，直欲自托幽怀，等庾信《小园》之赋。"④反映了一种借"险韵"创作"自托幽怀"的淡泊心境。但是这种心态并不是"险韵诗"创作心态的主流。文人创作"险韵诗"的一个重要心态就是想与别人在诗歌创作的技巧上争高下，将这种颇具雅趣的"争"视作一种切磋技艺、交流情感的重要手段。"因难见巧"很好地解释了大部分诗人的创作心理。

① （明）俞弁：《逸老堂诗话》，《续修四库全书》，第 1695 册，上海古籍出版社 2002 年版，第 241 页。

② 见(明)俞弁：《逸老堂诗话》，《续修四库全书》，第 1695 册，上海古籍出版社 2002 年版，第 254-255 页。

③ （清）齐学裘：《见闻随笔》，《续修四库全书》，第 1181 册，上海古籍出版社 2002 年版，第 96 页。

④ （清）张云璈：《简松草堂诗集》，《续修四库全书》，第 1472 册，上海古籍出版社 2002 年版，第 409 页。

例如，明陈有年在《葛公旦陈思恭过访萝岩读壁间杨宪副诗重其善用险韵既别公旦斐然有作……》一诗的小序中讲述了自己创作"险韵诗"的缘起。原来是友人作了"险韵诗"并让作者唱和，一开始作者"无以应"，谁知友人"索余诗转迫"，因此才作了此诗。作者"无以应"可能是觉得自己作得不好，羞于示人；友人"索诗转迫"则是急于看见朋友的大作，并创造交流学习的机会。这场围绕着险韵诗创作的"推就"与"促迫"，也很好地反映了创作者们的心态。还有更有趣的例子，清代小说《玉娇梨》第六回中有这么一个情节："穿白袍的说道：'老张这个枝字韵亏你押。'那个穿绿的说道：'枝字韵还不打紧，只这思字是个险韵，费了心了，除了我老张，再有那个押得来！'穿白的说道：'果然押得妙，当今才子不得不推老兄！'"①这则材料虽然不是来自现实生活，但它在表现"险韵诗"作者的创作心理时同样深切注明：只要"险韵"押得妙，就有极大可能被推为"当今才子"。此念一生，许多人作起"险韵诗"当然就更加不遗余力了。

再次，作家通过叙述某人的"险韵诗"创作情形，可以帮助刻画该人的形象。这一手段主要用来表现人物的性格、才华。为人物立传或写墓志的时候经常拿传主写"险韵诗"的本领来渲染一番，这对突出人物形象有很重要的作用。例如清人朱珪《上书房行走礼部左侍郎加二级金公墓志铭》载金氏："在直庐与陈勾山诸公倡和，限险韵数十叠，不懈益强。"②"限险韵数十叠，不懈益强"，其人之才华与要强之性格，跃然纸上。作家为别人的诗文作序时也存在类似情形。只是这种情况往往更偏重于表现其人的诗歌追求。当然，有什么样的诗歌追求与个人的性格也是密不可分的。总之，此举一方面能体现其人的诗学旨趣，另一方面又能更好地展现其人的个性特点。

---

① （清）荑秋散人：《玉娇梨》，中华书局 2002 年版，第 50 页。
② （清）朱珪：《知足斋文集》，《续修四库全书》，第 1452 册，上海古籍出版社 2002 年版，第 317 页。

第三节　"险韵诗"的理想形态

理想的"险韵诗"也许并不存在，但是人们心中却有一个标准在，这就是所谓"向上一路"。论者们在评论他人的作品时，有时仅仅是为了恭维，就将其作品吹捧为艺术典范的模样。然而，虽然被吹捧之人的作品可能并没有达到这样的标准，但标准一旦提出来了，也就表达了一种追求。一旦才大、学博的人出来，果真作出了符合这些标准的"险韵诗"，那他就能得到普遍的赞许。明人与清人的不少论述都能体现"险韵诗"的这种导向功能。

首先，理想的"险韵诗"要"稳"。谢榛评朱恬�《送月泉上人归南海得帆字》曰："此篇多使实字，奇崛有骨，善用险韵，譬如栈道驰马无异康衢，唐人不多见也。"①这里的"譬如栈道驰马无异康衢"正是险中求稳、求妥的文学性表达。要之，"险韵诗"只有达到以栈道作平地的艺术水平才能被视为成功之作。姚希孟《韩雨公燕市和歌序》曰："段柯古与客联句多押恶韵，然而涩者使之滑，拗者使之稳，固是诗家斫轮手。"②也明确指出段成式能使"恶韵"之"拗"者显得"稳"。

其次，理想的"险韵诗"要"自然"。顾炎武认为："宋齐以下韵学渐兴，人文趋巧，于是有强用一韵到底者，终不及古人之变化自然也。"③这里强调了"险韵"创作须有"自然"之美。这就进一步要求理想的"险韵"之作要"工密""当行"，如此方能显其自然之妙。胡应麟曾评一首摩崖刻诗："此篇整练宏富，非大才力不易到，押险韵尤工密。"④将押韵的"工密"与否作为判断"险韵"使用的成功与否的标准，是对"自然"这

① （明）谢榛：《四溟诗话》，人民文学出版社1961年版，第102页。
② 吴文治：《明诗话全编》，江苏古籍出版社1997年版，第7806页。
③ （清）顾炎武撰，张京华校释：《日知录校释》，岳麓书社2011年版，第834页。
④ （明）胡应麟：《诗薮》，中华书局1958年版，第287-288页。

一艺术标准提出的更具体的要求。因为技巧粗疏的"险韵"作品，是不可能产生"自然"之美的。

再次，理想的"险韵诗"还要"奇"。遇到"险韵"，通过"趁韵"对付过去，不算能事；能愈险愈奇、愈难愈妙，方显手段。《四库全书总目》评朱彝尊云："至其中岁以还，则学问愈博，风骨愈壮，长篇险韵，出奇无穷，赵执信《谈龙录》论国朝之诗，以彝尊及王士禛为大家。"①这里强调了朱彝尊"险韵"作品之"奇"，可见押"险韵"人人皆会，放笔强押就是了；能词笔敏妙、出奇无穷，方能显出他人所不逮的"大家"手段。

第四节 "险韵诗"价值研究之意义

综上所述，通过将明清时期留存下来的评点材料分类排比，我们发现"险韵诗"虽然屡遭弹压，但是仍具有鲜活的生命力。"险韵诗"的价值虽不必高估，但也绝不能轻视。更重要的是，达到理想状态的"险韵诗"还是内容和形式完美统一的。事实上，客观认识"险韵诗"的价值，不仅有助于加深对这一诗歌体裁本身的认识，还能为考察中国古典诗学中的一些重要问题提供参考。

首先，客观认识"险韵诗"的价值，有助于推进古典诗歌"学问化"研究的深入。魏中林先生曾指出："古典诗歌'学问化'最常见的形式——用典、用事、隐括，使用偏词奇字、叠韵、险韵，都可看作是对异质文本或同质文本具体而微的援用。"②可见，"险韵"是古典诗歌"学问化"最常见的表现形式之一。以宋诗为例，宋代的"尖叉"韵诗就是以"险韵"凸显创作者才学的典范之作，对后世诗歌的"学问化"产生了深远的影响。正如清人王培荀所言："自东坡用'尖叉'韵后，多踵之者，

---

① （清）永瑢等：《四库全书总目》，中华书局1965年版，第1523页。

② 魏中林、宁夏江：《论古典诗歌学问化》，《民族文学研究》2012年第5期，第21页。

欲因难见巧也。"①说明此类创作渐成风气。《唐宋诗醇》也指出："'尖叉'韵诗，古今推为绝唱。数百年来，和之者亦指不胜屈矣。"②也更加说明"尖叉"韵"险韵诗"的影响之大。此类"险韵诗"之创作，皆可视为研究古典诗歌"学问化"的典型样本。

其次，客观认识"险韵诗"的价值，可以为探索文体发展的内在动力提供例证。"险韵诗"作为一个独特的诗体，有属于它自己的文体发生动力。当押"险韵"仅仅作为构成诗歌这样一个有结构的系统中的一个不起眼的因素时，它自然没有资格被视为一种诗体，但随着诗歌的进化，它的位置在艺术手法的等级制度中由次要的、从属的地位逐渐"转移"到了主导的地位，那其他的"规范化样式"对它的规定作用就被淡化了。当这一主导特征被人们认可的时候，它也就具备了成为独立的诗歌体裁的合法性。众所周知，诗体对诗韵具有限制作用；但是，诗韵往往会突破体裁的限制，或迫使原有体裁适当地修订旧有的规则，或索性在原有体裁的经典形制之外，产生相对独立的"新体"。这种突围的动势，在诗歌发展史中是常有的。以押"险韵"为主导特征的"险韵诗"可以很好地说明这种诗体产生与发展的动势。

再次，客观认识"险韵诗"的价值，有助于正确理解古典诗学的艺术准则。赵宪章先生在论及西方古典诗学的艺术原则时曾指出："所谓'合式'，又译'得体'、'妥帖'、'妥善性'、'工稳'、'适宜'、'恰当'、'恰到好处'等，是贺拉斯对艺术形式的最高要求，体现了古典主义典雅方正的艺术原则。……('合式'也包括)诗格、韵律和字词句的安排要考究、要小心、要巧妙，绚烂的辞藻要运用得适得其所，家喻户晓的字句要翻出新意。总之，表达当'尽善尽美'。"③贺拉斯对艺术形式提出的"合式"这一最高要求说明，"得体""妥帖""工稳""适宜"等，

① （清）王培荀：《听雨楼随笔》，巴蜀书社1987年版，第387页。
② （清）乾隆等编：《唐宋诗醇》，中国文学出版社2000年版，第906页。
③ 赵宪章：《形式的诱惑》，山东友谊出版社2007年版，第24-25页。

是东、西方古典诗学共同追求的美学原则。韵律的安排要"考究""小心""巧妙"也都是这一美学原则的重要表现。需要强调的是，对某一艺术技法或艺术类型的片面排斥亦或是盲目推崇，都不利于这一艺术准则的实现。对"险韵诗"的价值进行考察，也有助于说明这一点。

中编 诗韵艺术的批评史研究

本编的学术点在于：第一，区别"声律"与"声韵"概念，为建构"声韵诗学"奠定基础，并将古代声韵诗学的自觉阶段确定为魏晋南北朝时期，"声韵诗学"概念的提出及对其自觉阶段的确认，在学界殆数首次。第二，押韵是诗学研究的冷门，险韵更是冷门中的冷门，通过考察宋代险韵诗创作的流行情况以及王安石、苏轼、黄庭坚等一流大诗人的热衷程度，证明"险韵"这个冷门中的冷门也与宋代诗歌创作史、诗学史消息相通。第三，阐述杨万里一方面抵制次韵唱和的"游戏"，另一方面却热衷创作同样具有游戏色彩的辘轳体、进退格的矛盾举动，将之与其创造"诚斋体"的意图相关联，并从这种对立统一现象中窥探"诚斋体"的生成路径。第四，论证杨维桢乐府诗风格的独特性与他不排斥"叶韵"的创作理念之间存在一定关联。第五，以李调元对声韵之学的系统建构为媒介，表明"文学意识与音韵意识相互贯注"这一命题的理论价值。

魏晋南北朝时期是古代声韵诗学的自觉阶段。这一时期的不少大家、名家，如曹植、陆机、范晔、沈约等人，身处声韵诗学意识觉醒的潮流中，既引导之又推动之，都发挥了重要作用。特别是刘勰，既高度重视"声律"问题又对押韵问题予以了深入阐发，在声韵诗学发展史上具有承上启下的关键意义。

宋代诗人对险韵诗的关注度之高，在其用韵上的造诣之深及其对后世同类创作的影响之广，几乎都是其他时代的诗人无法匹敌的。许多宋代诗人的险韵创作都体现了精湛的艺术技巧。其中王安石、苏轼、黄庭坚的创作更是个中翘楚，不仅取得了引人瞩目的艺术成就，对后人的影响也不容小觑。令人耳目一新的"尖叉"唱和，更是引发后人层出不穷的模拟和点评，成为历久弥香的诗学话题。

杨万里对诗歌用韵问题有独到见解，在诗歌创作中也有丰富的用韵实践。杨万里抵制次韵唱和，为"诚斋体"营造了自由的生长空间；而他有意识地坚持创作韵式新颖的辘轳体、进退格，则进一步拓展了"诚斋体"的容量，从而丰富了"诚斋体"的内涵。前者是基于反拨江西诗风的现实需要，后者是源自以"晚唐体"纠宋诗之弊的诗学理想，二者共同为"诚斋体"的生成路径规定了方向。

杨维桢乐府诗的用韵疏密有致、节奏感强，选用韵字不求生僻，以妥帖自然为准。杨维桢抓住了乐府诗押韵相对自由的特点，大胆地将叶韵方法广泛地运用到自己的创作中来，产生了良好的艺术效果。通过探讨杨维桢乐府诗之叶韵的用意、依据、艺术效果及影响等问题，不仅有助于客观认识叶韵在杨维桢乐府诗中所发挥的作用，也有助于纾解古典文学研究中可能存在的对叶韵的成见。

李调元是清代一位兼有文献学家、音韵学家、诗学家、诗人等多重身份的重要学者。他具有将传统小学中的音韵学与古典文学尤其是诗学加以沟通的明显意愿。一方面，他研究古音有着"供拈吟之用"的诗学考量，还明确提出将"通知声律"作为"咏歌太平之先资"的主张；另一方面，在他"与俗殊酸咸"的诗学观的建构过程中，声韵诗学也在其中发挥了重要作用。此外，调元的诗歌创作实践中也有丰富的押韵现象，其中尤以与同时人的次韵唱和及对前人诗作的次韵追和最具代表性。更为难得的是，调元在刊刻书籍时遇到于诗学有益的音韵著作，亦有强烈的推广传播意愿。

第六章 韵理自觉：魏晋南北朝声韵诗学

魏晋南北朝时期是古代声韵诗学的自觉阶段。这一阶段的作家虽然仍旧是按照中国语言天然的声韵规律来处理文学作品的声韵问题，但已逐渐萌生了从理论上对其加以总结、阐发并进而将之用于指导实际创作的意识与冲动。范文澜先生认为："流至东汉，儒林与文苑分途，文士制作，力有所专，制作益广。今其辞失传者众，考其篇目，固泰半有韵之文也。韵文既极恢宏，自须探求新境，以驭无穷。"①"探求新境"就是对前代的创作经验进行总结，再用总结出的规律指导创作。规律是有限的，创作的具体情形是无限的，用有限的规律指导无限的创作就是"以驭无穷"。古人对诗歌声韵从理论上进行总结的意识，之所以产生于魏晋南北朝时期，与当时声律论的深化、文人的创作实践密不可分。由于"永明声律论"一直是文学史与文学批评史研究的热点话题，故而关于魏晋南北朝的声韵批评问题学界不乏深入论述。但是，目前似乎尚无"以人为纲"进一步加以梳理并突出其声韵诗学意义的成果，本章拟尝试为之，以期为魏晋南北朝声韵诗学的研究提供参考。

第一节 独得胸衿：大家与名家的多样贡献

魏晋南北朝时期的不少大家、名家，如曹植、陆机、范晔、沈约等

---

① （梁）刘勰撰，范文澜注：《文心雕龙注》，人民文学出版社 1958 年版，第554 页。

人，都在声韵诗学自觉的进程中发挥了非常重要的作用。曹植（192—232）对声韵规律已经了然于胸。释慧皎《高僧传·经师论》云："始有魏陈思王曹植深爱声律，属意经音，既通般遮之瑞响，又感《鱼山》之神制；于是删治《瑞应本起》，以为学者之宗，传声则三千有余，在契则四十有二。"①又云："昔诸天赞呗，皆以韵入弦管，五众既与俗违，故宜以声曲为妙。原夫梵呗之起，亦肇自陈思。始箸《太子颂》及《睒颂》等。因为之制声，吐纳抑扬，并法神授，今之皇皇顾惟，盖其风烈也。"②对此，范文澜先生总结说："曹植既首唱梵呗，作《太子颂》《睒颂》，新声奇制，焉有不扇动当世文人者乎！故谓作文始用声律，实当推原于陈王也。"③笔者认为，曹植的确对声律之学颇有会心，但他还没有明确的理论表述，并未将其方法总结出来，上升到理论的高度。

陆机（261—303）是首先试图从理论上对声律问题加以阐发的文人学者。他在《文赋》中云："暨音声之迭代，若五色之相宣。……考殿最于锱铢，定去留于毫芒，苟铨衡之所裁，固应绳其必当。"④他的"音声之迭代，若五色之相宣"之论是从声律上对文学创作提出的明确要求。徐复观先生解释道："按此两句就文章的韵律所言。此时四声之说未出，但音声有高低、长短之不同，自有歌谣以来，即有自然的感觉。"⑤可见，陆机虽然尚未明确用四声概念来解释声律现象，但他已经从文学经验出发，产生了提出"声调配合原则"的自觉意识。

范晔（398—445）《狱中与诸甥姪书》曰："文章转进，但才少思难，

---

①　见（梁）刘勰撰，范文澜注：《文心雕龙注》，人民文学出版社1958年版，第554页。

②　见（梁）刘勰撰，范文澜注：《文心雕龙注》，人民文学出版社1958年版，第554页。

③　（梁）刘勰撰，范文澜注：《文心雕龙注》，人民文学出版社1958年版，第555页。

④　徐复观：《陆机〈文赋〉疏释》，《中国文学精神》，上海书店2004年版，第227页。

⑤　徐复观：《陆机〈文赋〉疏释》，《中国文学精神》，上海书店2004年版，第227页。

所以每于操笔，其所成篇，殆无全称者。常耻作文士文，患其事尽于形，情急于藻，义牵其旨，韵移其意，虽时有能者，大较多不免此累。政可类工巧图缋，竟无得也……性别宫商、识清浊，斯自然也。观古今文人，多不全了此处，纵有会此者，不必从根本中来。言之皆有实证，非为空谈。年少中，谢庄最有其分，手笔差易，文不拘韵故也。"①范晔将"宫商""清浊"等概念用于论文，说明它们已经不再是纯粹的音乐概念。他认为"古今文人，多不全了此处"，而自己则是"从根本中来"的天生解此，"言之皆有实证，非为空谈"。尤其是他的"韵移其意""文不拘韵"的批评表述，已经是带有鲜明理论色彩的诗韵观点，这些观点在后世比较常见，但在诗韵论的滥觞阶段却显得非常重要。

沈约（441—513）也深谙诗文的声韵规律。《梁书·沈约传》载其"撰《四声谱》，以为在昔词人累千载而不寤，而独得胸衿，穷其妙旨，自谓入神之作"②。说明沈约已经将一直"隐形"的汉语声韵规律显性化。不过他说"在昔词人累千载而不寤，而独得胸衿"就有点夸大自己的功劳，至少在他之前的范晔就已经试图从理论上对声韵规律予以揭橥。当然，沈约确实是将之外化为成果的第一人，也是与同好一起大肆宣传、实践的第一人。例如《南齐书·陆厥传》载："永明末，盛为文章。吴兴沈约、陈郡谢朓、琅琊王融以气类相推毂，汝南周颙善识声韵。约等文皆用宫商。以平上去入为四声，以此制韵，不可增减，世呼为'永明体'。"③可见当时已经形成了风气，而沈约在其中则发挥着关键作用。他在《答陆厥书》中针对陆厥的质疑仍坚持己见："自古辞人，岂不知宫羽之殊，商徵之别。虽知五音之异，而其中参差变动，所昧实多，故鄙意所谓'此秘未睹'者也。以此而推，则知前世文士便未悟此处。"④沈约认为，"五音之异"虽自古就有辞人了解，但这里面博大精深，还有

① （梁）沈约：《宋书》，中华书局 1974 年版，第 1830 页。
② （唐）姚思廉：《梁书》，中华书局 1973 年版，第 243 页。
③ （梁）萧子显：《南齐书》，中华书局 1972 年版，第 898 页。
④ （梁）萧子显：《南齐书》，中华书局 1972 年版，第 900 页。

许多茫昧不明之处，这就给了后人发挥创造性的机会。

萧子良（460—494）与曹植一样，对制作梵呗新声很有兴趣。陈寅恪先生《四声三问》指出："南齐武帝永明七年二月二十日，竟陵王子良大集善声沙门于京邸，造经呗新声。实为当时考文审音之一大事。在此略前之时，建康之审音文士及善声沙门讨论研求必已甚众而且精。永明七年竟陵京邸之结集，不过此新学说研求成绩之发表耳。此四声说之成立所以适值南齐永明之世，而周颙、沈约之徒又适为此新学说代表人之故也。"①所谓"新学说研求成绩之发表"正是从曹植等"建康之审音文士及善声沙门讨论研求"至萧子良"大集善声沙门于京邸，造经呗新声"这段时间所积累的声律经验的一次大总结。沈约等文士对声韵之学的情有独钟，既是受当时风气熏染，也与他们个人的诗学旨趣息息相关。"此四声说之成立所以适值南齐永明之世，而周颙、沈约之徒又适为此新学说代表人之故也"，也就是说，在这个时候，佛教声律论和文学声律论已实现正式的合流，汇成一股声势浩大、影响深远的潮流。

陆厥（464—499）由于曾致书沈约同他商榷声律问题，沈约又致书答辩，故而一直被视为声律论的反对者。实际上他不满的是沈约"自灵均以来，此秘未睹"的自负与偏颇。《南齐书·陆厥传》载，陆厥寄书与沈约云："但历代众贤，似不都暗此处，而云'此秘未睹'，近于诬乎？……意者，亦质文时异，古今好殊，将急在情物，而缓于章句。情物，文之所急，美恶犹且相半；章句，意之所缓，故合少而谬多。义兼于斯，必非不知明矣。"②陆厥不忽视前人的功劳，合理地分析了"情物"与"章句"的主次关系，他的论说步步为营，稳扎稳打，或许使沈约也差点理屈词穷。但沈约也坚持认为，"文章之音韵"同"管弦之声曲"其实是一个道理。"五音之异"自古就有辞人了解，但仍有许多茫昧不明之处，这就给了后人发挥创造性的机会。音韵之学前代有诗人触及，

---

① 陈寅恪：《金明馆丛稿初编》，上海古籍出版社 1980 年版，第 329 页。
② （梁）萧子显：《南齐书》，中华书局 1972 年版，第 898 页。

但并不全面，更不系统，其中许多规律性的东西需要探讨。

甄琛（？—524）与沈约的争论则更侧重于就声律问题本身展开。《魏书·甄琛传》："所著文章，鄙碎无大体，时有理诣，《磔四声》……颇行于世。"①可见，史书对甄琛的文学成就评价并不太高。日人遍照金刚《文镜秘府论》之《四声论》则云："魏定州刺史甄思伯，一代伟人，以为沈氏《四声谱》，不依古典，妄自穿凿，乃取沈君少时文咏犯声处以诘难之。"②甄琛之所以反对四声论，是因为他觉得："若计四声为纽，则天下众声无不入纽，万声万纽，不可止为四声也。"③可见甄琛对沈约的四声论，似乎未得其趣。他说"天下众声无不入纽"还可，说"万声万纽"就不对了。按照中国语音发展的实际，把语音分为平、上、去、入四声，在很长一段时间内，是符合语音发展规律的。因此，遍照金刚评价说："甄公此论，恐未成变通矣。"④针对甄琛的指责，沈约也作了答辩，他强调四声并不违反"古典"，而且有助于写出符合美学原则的好作品。沈约认为，五声是音乐的必备要素，四声是诗歌的必备要素，如在诗歌创作中"善用四声"，就能收到"讽咏而流靡"的艺术效果。

钟嵘（约468—约518）也是声律探讨的重要一家，但他也是作为反对者出现。他在《诗品》中认为："昔曹、刘殆文章之圣，陆、谢为体贰之才，锐精研思，千百年中，而不闻宫商之辨，四声之论……今既不被管弦，亦何取于声律邪……余谓文制本须讽读，不可蹇碍，但令清浊通流，口吻调利，斯为足矣。至平上去入，则余病未能；蜂腰、鹤膝，间

---

① （北齐）魏收：《魏书》（点校本二十四史修订本），中华书局2018年版，第1649页。

② ［日］遍照金刚撰，卢盛江校考：《文镜秘府论汇校汇考》，中华书局2006年版，第285页。

③ ［日］遍照金刚撰，卢盛江校考：《文镜秘府论汇校汇考》，中华书局2006年版，第285页。

④ ［日］遍照金刚撰，卢盛江校考：《文镜秘府论汇校汇考》，中华书局2006年版，第285页。

里已具。"①由此可见，钟嵘的反对立场是非常明确的。但是与刘勰相比，刘勰已经通过提出"外听""内听"等概念将音乐之声律与文学之声律截然分开，而钟嵘仍然停留在音乐之声律上，认为乐府、古诗如果不谱曲入乐其声律就无从谈起。其实乐府、古诗即便不入乐而仅是纯文学文本，那其字句章法之间也是可以有声律的，这个声律就是文学的声律。但钟嵘对这种声律是极为反对的，他说："王元长创其首，谢朓、沈约扬其波，三贤或贵公子孙，幼有文辩，于是士流景慕，务为精密，襞积细微，专相陵架，故使文多拘忌，伤其真美。"②在当时文坛和理论界一味推崇声律的大环境中，钟嵘对声律论的反对有一定的扶弊纠偏作用。但文学从"原生态"创作走向规律指导下的创作是历史的必然，后来的唐诗、宋词所取得的高度艺术成就也证明了声律论的科学性和艺术价值。钟嵘对这一历史发展的必然规律不以为然，就显得有些落伍了。

第二节　同声相应谓之韵：刘勰押韵论的独特贡献

学界在谈及"声韵"与"声律"时，很少对二者进行比较严格的区分，时常是一带而过，笼统混用。之所以会如此，是因为二者在概念内涵上确实有较大的重叠面。需要声明的是，笔者在使用这两个概念时，却有明显的区别倾向：用"声律"时强调"律"，即强调文本在声调、音律、格律等声音层面的规范和要求；用"声韵"时则强调"韵"，即强调文本所达到的声音上的和谐状态。这种和谐状态既可以来自文本的外在音乐性，又可以来自文本的内在音乐性，更可以来自二者的结合；押韵正是文本获得内在音乐性的核心结构要素之一，也是文本内在音乐性与外在音乐性相呼应的媒介，故而押韵在"声韵"范畴中具有更为特殊的地位。

---

① （梁）钟嵘撰，曹旭集注：《诗品集注》，上海古籍出版社 2011 年版，第438-452 页。

② （梁）钟嵘撰，曹旭集注：《诗品集注》，上海古籍出版社 2011 年版，第452 页。

刘勰既高度重视"声律"问题又对押韵问题予以了深入阐发，这是远远超越了同时代其他人的独特贡献，在声韵诗学史上具有承上启下的关键意义。

刘勰（约 465—约 520）在《文心雕龙》中专设《声律》一篇阐发文学声律问题。从某种程度上说，他的探讨比沈约等人的表述更精密、更系统，堪称魏晋南北朝以来声律探索的集大成。他在该篇开头就指出："夫音律所始，本于人声者也。声含宫商，肇自血气，先王因之，以制乐歌。故知器写人声，声非学器者也。故言语者，文章（关键），神明枢机，吐纳律吕，唇吻而已。"①通过简明扼要的语言，论证了声律客观存在于作为"文章神明枢机"的言语之中；接下来对"古人教歌"之法的论述也不再是简单地借音乐概念来比附文学概念，其目的则是通过音乐歌唱离不开声律来论证文学创作同样离不开声律。刘勰所质疑的"今操琴不调，必知改张，摘文乖张，而不识所调"的奇怪现象也是源于人们对音乐声律和文学声律所持不同态度的反思，这一反思同样也是意在说明文学创作需要讲求声律。刘勰对这一奇怪现象产生的原因也有所思考："响在彼弦，乃得克谐，声萌我心，更失和律：其故何哉？良由内听难为聪也。故外听之易，弦以手定，内听之难，声与心纷，可以数求，难以辞逐。"②他认为音乐的声律是外在的，而文学的声律是内在的，外在的东西好把握，"故外听之易，弦以手定"，而内在的东西难把握，故"内听之难，声与心纷，可以数求，难以辞逐"。接着他又强调："凡声有飞沉，响有双叠；双声隔字而每舛，叠韵杂句而必睽；沉则响发而断，飞则声飏不还：并辘轳交往，逆鳞相比；迂其际会，则往

---

① （梁）刘勰撰，范文澜注：《文心雕龙注》，人民文学出版社 1958 年版，第 552 页。

② （梁）刘勰撰，范文澜注：《文心雕龙注》，人民文学出版社 1958 年版，第 552 页。

蹇来连，其为疾病，亦文家之吃也。"①可见文学声律的规律性非常强，如果不能遵循这些规律，就会出现文病，造成诗文的蹇吃窒碍。

刘勰《文心雕龙·声律篇》对押韵问题的探讨，充分表明了他在这一问题上所达到的理论高度。在《声律篇》中，刘勰认为文章窒碍的原因在于："夫吃文为患，生于好诡，逐新趣异，故喉唇纠纷。"②其解决的办法是："将欲解结，务在刚断。左碍而寻右，末滞而讨前，则声转于吻，玲玲如振玉，辞靡于耳，累累如贯珠矣。"范文澜注引《文镜秘府论》四曰："若文系于韵，则量其韵之多少，若事不周圆，功必疏阙。与其终将致患，不若易之于初。"范文澜认为"此说颇可推畅彦和之意"，说明刘勰的解决办法也适用于韵的安排。接下来刘勰更是详细地介绍了具体操作办法，其中就明确对押韵提出了要求："是以声画妍蚩，寄在吟咏，吟咏滋味，流于字句。(字句)气力，穷于和韵。异音相从谓之和，同声相应谓之韵。韵气一定，故余声易遣；和体抑扬，故遗响难契。属笔易巧，选和至难；缀文难精，而作韵甚易。虽纤意曲变，非可缕言，然振其大纲，不出兹论。"范注曰："和与韵为二事，下文分言之。范晔《狱中与诸甥姪书》曰：'常耻作文士文，患其事尽于形，情急于藻，义牵其旨，韵移其意，虽时有能者，大较多不免此累。'又曰：'手笔差易，于文不拘韵故也。'"按注引范晔"韵移其意""文不拘韵"诸论，与刘勰之论并列，正可起到互相阐发的作用。一则能说明刘勰之论乃渊源有自，一则可以说明押韵问题早在范晔时就有精辟阐发。范注又曰："异音相从谓之和，指句内双声叠韵及平仄之和调；同声相应谓之韵，指句末所用之韵。韵气一定，故余声易遣，谓择韵既定，则余韵从之；如用东韵，凡与同韵之字皆得选用。和体抑扬，故遗响难契，谓一句之中，音须调顺，上下四句间，亦求合适。此调声之术，所以不可忽

---

① (梁)刘勰撰，范文澜注：《文心雕龙注》，人民文学出版社1958年版，第552-553页。

② 本段6条引文分别见(梁)刘勰撰，范文澜注：《文心雕龙注》，人民文学出版社1958年版，第553、553、559、553、559、559页。

略也。"此注对刘勰押韵之论的阐发非常准确，也进一步说明押韵之法是"调声之术"中不可或缺的一个部分。

刘勰接着又总结说："若夫宫商大和，譬诸吹籥；翻回取均，颇似调瑟。瑟资移柱，故有时而乖贰；籥含定管，故无往而不壹。陈思潘岳，吹籥之调也；陆机左思，瑟柱之和也。概举而推，可以类见。"①范注曰："此谓陈思、潘岳吐言雅正，故无往而不和。士衡语杂楚声，须翻回以求正韵，故有时而乖贰也。左思齐人，后乃移家京师，或思文用韵，有杂齐人语者，故彦和云然。"刘勰的这段话有些抽象，范文澜结合所论诸家的用韵训释之，其义乃粲然大明。刘勰接着又就用韵问题补充道："又诗人综韵，率多清切；楚辞辞楚，故讹韵实繁。及张华论韵，谓士衡多楚，《文赋》亦称知楚不易，可谓衔灵均之声余，失黄钟之正响也。凡切韵之动，势若转圜；讹音之作，甚于枘方；免乎枘方，则无大过矣。"范注引陆云写给陆机的论韵诸书信，指出："观此诸语，知当时无标准韵书，故得正韵颇不易也。"又注云："《札记》曰'此言文中用韵，取其谐调，若杂以方音，反成诘诎。今人作文杂以古韵者，亦不可不知此。'自陆法言撰《切韵》，方言虽歧，而诗文用韵，无不正矣。"这些都相当准确地捕捉到了刘勰的本意，并透露了系统的声韵知识之于诗歌创作的价值。

此外，《文心雕龙》除在《声律》篇中系统讨论押韵，在其他篇章中对押韵也多有提及。《明诗》篇云："孝武爱文，柏梁列韵；严马之徒，属辞无方。"②又云："至于三六杂言，则出自篇什；离合之发，则明于图谶；回文所兴，则道原为始；联句共韵，则柏梁余制。"《铨赋》篇曰："至如郑庄之赋《大隧》，士蒍之赋《狐裘》，结言短韵，词自己作，虽合赋体，明而未融。"《颂赞》篇曰："及景纯注《雅》，动植必赞，义兼美

---

① 本段5条引文分别见（梁）刘勰撰，范文澜注：《文心雕龙注》，人民文学出版社1958年版，第553、561、553-554、561、561页。

② 本段9条引文分别见（梁）刘勰撰，范文澜注：《文心雕龙注》，人民文学出版社1958年版，第66、68、134、158-159、241、394、571、655、701页。

恶，亦犹颂之变耳。然本其为义，事生奖叹，所以古来篇体，促而不广。必结言于四字之句，盘桓乎数韵之辞，约举以尽情，昭灼以送文，此其体也。"《哀吊》篇曰："扬雄吊屈，思积功寡，意深文略，故辞韵沉膇……夫吊虽古义，而华辞未造，华过韵缓，则化而为赋。"《封禅》篇曰："至于邯郸受命，攀响前声，风末力寡，辑韵成颂，虽文理顺序，而不能奋飞。"《章句》篇云："若乃改韵从调，所以节文辞气：贾谊枚乘，两韵辄易；刘歆桓谭，百句不迁；亦各有其志也。昔魏武论赋，嫌于积韵，而善于资代。陆云亦称四言转句，以四句为佳。观彼制韵，志同枚贾；然两韵辄易，则声韵微躁；百句不迁，则唇吻告劳；妙才激扬，虽触思利贞，曷若折之中和，庶保无咎。"《总术》篇曰："今之常言：有文有笔，以为无韵者笔也，有韵者文也。夫文以足言，理兼诗书，别目两名，自近代耳。"《才略》篇曰："曹摅清靡于长篇，季鹰辨切于短韵，各其善也。"以上诸论皆是刘勰对押韵问题的思考，尤其是《章句》篇中所论之换韵理论、制韵方法，其精深程度丝毫不亚于《声律》篇。因此说刘勰《文心雕龙》一书在广泛吸收前代及同时人的声律论成果基础上，既丰富了声律论又深化了押韵论，从而集该历史阶段的声韵诗学之大成，殆不为过。

第三节　关于王斌其人

还有一点值得补充，即王斌其人对声律学的发展应当也有贡献。但文献既已不足征，近年来学界对王斌的研究又出现较大的争议，故笔者不敢有固必之论。杜晓勤先生在《六朝声律与唐诗体格》一书中专辟"'王斌首创四声说'辨误"一章对相关问题进行了探讨，最终结论认为："齐梁时期至少有三个王斌：一为曾任吴郡太守之琅琊王斌（一作琅邪王份），一为曾任吴兴郡太守之琅邪王彬，一为'反缡向道'之洛阳（或略阳）王斌，三人生年均晚于沈约，其中前二人未见有论四声之作，沙门王斌虽撰有声病著作，然生年可能比刘勰、钟嵘还晚，更遑论周颙、沈约了……归根结底，对于'四声之目'的首创者，笔者还是相信《文境秘府论》中所引隋刘善经《四声指归》：'宋末以来，始有四声之目。沈氏乃著其谱、论，云起自周颙。'当如沈约夫子自道，周颙才是四声之目的首创者。至于沈约，功在首倡诗文创作中四声调谐之法，而非创立四声之目。"①所论具有条理，值得参考。

随着声律探讨与押韵批评的深化，声韵诗学理论与实践也愈加清晰地显示出其深度与广度。吴光兴先生曾指出："诗歌以语言为载体，语言含声音一端，本是客观的因素，但是，在齐梁时代之前，古人对于诗歌之声音自觉的意识，大致只停留在对于句式整齐、韵脚节奏方面。对于汉语汉字平、上、去、入四声的认识，是齐梁人的新发现；而将之推广至诗歌文章，更是文学史上的一大创新。"②可以想见，随着声律规则被越来越广泛地运用到诗歌创作中，押韵技巧的变化也势必呼唤新的经验总结与理论归纳，而声韵诗学由魏晋时期的开始自觉走向南北朝时期的初步集成，正是这一潮流向前涌进的必然结果。在这一潮流中，魏晋南北朝文人群体身处其中，既引导之又推动之，最终作出了不可磨灭的贡献。

---

① 杜晓勤：《六朝声律与唐诗体格》，北京大学出版社 2017 年版，第 103 页。

② 吴光兴：《八世纪诗风：探索唐诗史上"沈宋的世纪"（705—805）》，社会科学文献出版社 2013 年版，第 582 页。

第七章　韵艺造极：北宋险韵诗创作

正如魏中林等先生的研究所示，宋诗是古典诗歌"学问化"的典型。①而"险韵"创作正是宋诗"学问化"迈向高峰的重要表现之一。宋代诗人对险韵诗的关注度之高，在其用韵上的造诣之深及其对后世同类创作的影响之广，都是其他时代诗人无法相比的。许多宋代诗人的险韵创作都体现出精湛的艺术技巧。北宋大诗人王安石、苏轼、黄庭坚等人的创作更是既继承前人又影响后人的典型。令人耳目一新的"尖叉"唱和，在当时以及后世引起热烈的反响。探究宋代诗人在险韵诗创作上所取得的艺术成就，对考察宋人的诗学旨趣、宋诗的独特风貌都不无裨益。

第一节　宋人对险韵诗的普遍兴趣

在宋代，险韵诗几乎引起社会各阶层人士的普遍兴趣。皇帝、士大夫、普通文士、女性作家等，都有创作险韵诗的记录流传下来。例如宋太宗就喜欢作险韵诗。叶梦得《石林燕语》卷第八载：

> 太宗当天下无事，留意艺文，而琴棋亦皆造极品。时从臣应制赋诗，皆用险韵，往往不能成篇；而赐两制棋势，亦多莫究所以，

---

① 魏中林等先生《古典诗歌学问化研究》(中国社会科学出版社 2012 年版)一书认为，中国古典诗学的形成和发展当中，始终存在着"学问化"的现象，并伴随着古典诗学的历程，总体上呈现出由弱渐强、踵事增华的持续性过程，其中宋诗是古典诗歌学问化的第一座高峰。

故不得已，则相率上表乞免和，诉不晓而已。王元之尝有诗云："分题宣险韵，翻势得仙棋"；又云："恨无才应副，空有表虔祈。"盖当时事也。①

宋太宗作险韵诗让臣子们来和，许多人甚至根本和不出来。正所谓上有所好，下必甚焉。且不说其诗作水平如何，仅就他对险韵诗的特别兴趣来说，已对险韵诗在宋代的流行起到很大的促进作用。与宋太宗不同，宋太祖自己不作却让别人作。据陈师道《后山诗话》载：

> 太祖夜幸后池，对新月置酒，问："当直学士为谁？"曰："卢多逊。"诏使赋诗。请韵，曰："些子儿。"卢即吟曰："太液池边看月时，好风吹动万年枝。谁家玉匣开新镜，露出清光些子儿。"太祖大喜，尽以坐间饮食器赐之。②

卢多逊请韵，太祖说"些子儿"，其实就是让他以"儿"字押韵，但"些子儿"作为一个词汇也要在诗句中出现。这是一个口语色彩极为浓厚的词，就是"一星半点儿"的意思。"儿"又没有实际意义，是个儿化音的标志。卢多逊之作，不仅将该词巧妙地融入诗句中，还切合了新月初升的时机和皇家的身份，确是佳作。这说明当时的皇帝有用险韵诗娱情的兴趣，而文臣更有即兴创作巧妙险韵诗的才华。

至于士大夫阶层好以"险韵"赋诗的例子则更多，胡仔《苕溪渔隐丛话》中便著录两例：

> 王文公兄弟在金陵《和王微之皆登高斋诗》押筵字韵，平甫云："当时徐氏擅笔墨，夜围梦堕空中筵。"此事奇谲，而盘屈就强韵，

---

① （宋）叶梦得：《石林燕语》，中华书局 1984 年版，第 117 页。
② （清）何文焕辑：《历代诗话》，中华书局 1981 年版，第 313-314 页。

可谓工矣。(《前集》卷三十六引《西清诗话》)①

公(王安石)在金陵，又有《和徐仲文犨字韵咏梅》诗二首，东坡在岭南有《瞭字韵咏梅》诗三首，皆韵险而语工，非大手笔不能到也。(《后集》卷二十一引《遁斋闲览》)②

上述两则材料提到王安石兄弟、苏轼等人赋险韵诗的例子，亦说明士大夫在当时作险韵诗较为普遍。

普通文士和女性诗人作险韵诗的例子，宋人也多有记载。洪迈《夷坚支志》壬卷五《醉客赋诗》条记一醉客即兴赋"吞"字险韵诗语惊四座，被当作"神仙者流"的事。《渔隐丛话》引许彦周《诗话》云："作诗押韵是一巧，中秋夜月诗，押尖字，数首之后，一妇人云：'蚌胎光透壳，犀角晕盈尖。'"③李清照也在自己的词作中说过："险韵诗成，扶头酒醒，别是闲滋味。"(《念奴娇·春情》)④这都是宋代女性作险韵诗的佳例。

宋人用"险韵"时不再只集中于江韵等某一两个"险韵"韵部，其他许多"险韵"韵部都有大量的作品出现。值得重视的是，就连仄声韵的"险韵"也有许多诗人尝试。⑤"险韵"及其相关概念在诗作中大量出现，

---

① (宋)胡仔纂集，廖德明校点：《苕溪渔隐丛话前集》，人民文学出版社1962年版，第241页。

② (宋)胡仔纂集，廖德明校点：《苕溪渔隐丛话后集》，人民文学出版社1962年版，第147页。

③ (宋)胡仔纂集，廖德明校点：《苕溪渔隐丛话后集》，人民文学出版社1962年版，第337页。

④ 刘扬忠：《宋词十讲》，江苏文艺出版社2015年版，第177页。

⑤ 例如：(1)"足弱老态增，颠仆人共骇。无趾真吾师，天刑乌可解。"(姜特立《足弱》，《梅山续稿》卷十三，《宋集珍本丛刊》本，第123页)；(2)"欲结爱山人，共了寻山债。未有买山钱，愁闻有山卖。"(卢襄《隐天阁》，厉鹗编《宋诗纪事》，上海古籍出版社1981年版，第957页)；(3)"寂寂华严堂，富贵佛境界。何须九九编，吾有艮一卦。"(姚勉《感山十咏·其五·华严堂》，《雪坡舍人集》，影印傅增湘校《豫章丛书》本，第323页)；(4)"忆昔屏山翁，示我一言教。自信久未能，岩栖冀微效。"(朱熹《云谷二十六咏·其十四·晦庵》，《晦庵先生朱文公文集》，上海古籍出版社2010年版，第440页)：等等。这些仄韵诗的篇幅虽短，韵字的难度也有程度上的差异，但其对诸多"险韵"的尝试意图已十分明显。

几乎成了一种门面语、口头禅。若想赞扬一个人诗才高，则说他爱押"险韵"、善押"险韵"；若是想感叹自己诗思匮乏、才力衰颓，只需说自己押"险韵"觉得吃力或不再能作。① 总而言之，"险韵"作为丈量诗才高下、学问有无的别致标尺，在有宋一代已经受到普遍重视。宋以前诗人多在创作上尝试押"险韵"，然其时尚未认识到险韵诗的相关作用。

第二节 "角立苏黄"的荆公险韵诗

宋孙觌《押韵序》曰："本朝王荆公、苏东坡，以道德文学师表一世，诗律精深，句法高妙，固以追配《商那》《鲁颂》。而其著论，尤难于用韵。"②孙氏对苏轼、王安石的诗学成就进行了不分轩轾的称赞，并强调他们的作品"难于用韵"的特点。清王礼培则将王安石在决定自己诗学取向时的考量很好地揭示出来：

> 荆公处苏黄两大国之间，争衡坛坫，将何途之从？则毅然学唐。苏黄在能变易唐人面目，荆公则不欲遽离唐人面目。沉酣经子，自出机杼。……古体五言善押险韵、善使奇字，一线追入，从昌黎来。……举儒、释、老、庄、凡将、急就、医卜、星象之属，无不牢笼挢揉，幻其形神。故能深密精严，角立苏黄两家。③

---

① 例如：(1)谷口先生好出词，韵险致高俱足给(曹勋《和郑康道喜雪》)；(2)韵险落鬼胆，语妙破天悭(释道璨《题源虚叟庐山行卷》)；(3)招来倦客同赍载，韵险令我窘见挤(程公许《和使君王子坚游邓氏天开图画韵》)；(4)韵险语怪绝，窃读惊汗下(冯山《题澧州石门县塞周辅蟠翁太傅三爱堂》)；(5)句敲金玉声名远，韵险车斜心胆寒(胡宿《谢叔子杨丈惠诗》)；(6)连得新诗照尘几，调高韵险不易和(楼钥《又次韵》)；等等。以上诗例依次见《松隐集》卷八，《柳塘外集》卷一，《沧洲尘缶编》卷七，《安岳集》卷一，《文恭集》卷五，《攻媿集》卷三。

② (宋)孙觌：《鸿庆居士集》，《四库全书》，第1135册，上海古籍出版社1987年版，第314页。

③ 王礼培：《小招隐馆谈艺录初编》，《中国诗话珍本丛书》影印民国铅印本，第770-773页。

王礼培的这段论述解释了王安石是如何选择自己诗学路径的，更重要的是，他指出王安石"古体五言善押险韵、善使奇字"的艺术特色，乃是"一线追入，从昌黎来"。这说明王安石在身处"苏黄两大国之间"、努力"争衡坛坫"之际，有意对韩愈"押险韵"的艺术成就进行吸收，并最终使之成为形成自己"深密精严"诗风的重要手段之一。

宋诗的"学问化"，也常借助"押险韵"的艺术手法表现出来。具体到王安石诗歌的"学问化"，"押险韵"也是其重要表现之一。正如清人马星翼所言："王介甫诗体格不一，其险韵诸篇，力摩韩退之，浅学固莫能效也。"①的确，王安石诗作"浅学莫能效"的"学问化"特征，在其"险韵诸篇"的创作上表现得非常突出。

例如他的《和董伯懿咏裴晋公平淮西将佐题名》一诗，即押佳韵这一典型的险韵韵部。全诗共 58 句，上下古今，一气呵成。开篇数句就颇具韩诗磅礴的气势：

> 元和伐蔡何危哉，朝廷百口无一谐。盗伤中丞偶不死，利剑白日投天街。裹疮入相议军旅，国火一再更檀槐。上前慷慨语发涕，誓出按抚除睽乖。指撝光颜战洄曲，阚如怒虎搏貙豺。愬能捕虏取肝鬲，护送密乞完形骸。②

诗人一开篇就将唐元和年间讨伐吴元济之役的前因后果描写得精彩生动。虽然佳部的韵字很少，在诗歌开篇伊始，完全可以回避一部分难押的韵字，但诗人并未这样做，而是凭借自己深厚的学养赋予像"槐"这类的植物意象以及"豺"这类的动物意象以符合自己叙事需要的文化色彩和情感色彩，这均与韩愈的"押险韵"之作有异曲同工之妙。诗人

---

① （清）马星翼：《东泉诗话》，《中国诗话珍本丛书》影印清刻本，第110页。
② （宋）王安石撰，（宋）李壁笺注：《王荆文公诗笺注》，上海古籍出版社2010年版，第223页。

接下来又对韩愈的《平淮西碑》加以品评："退之道此尤俊伟，当镂玉牒东燔柴。"这也更直接地说明此诗在艺术上力追韩愈的意图。马星翼在《东泉诗话》中指出王安石的"险韵诸篇"已经接近韩愈的水平，还强调荆公"平生意气自负，诗亦多戛戛独造"，这一点亦像极韩愈。马氏的评论足以说明王安石和韩愈的险韵创作均达到较高的艺术水平。

第三节 "冥搜至此"的东坡险韵诗

宋人魏了翁在《程氏东坡诗谱序》指出："矧惟文忠公之诗益不徒作，莫非感于兴衰治乱之变，非若唐人'家花车斜'之诗，竞为庾辞险韵，以相胜为工也。"①魏氏为了推崇苏诗，反而把东坡的路数看得过狭了。他不是道学家诗人，他乐于多方尝试、创新，甚至不乏游戏之作，这是不必讳言的，当然更不能无视。实际上，就拿险韵诗的创作而言，苏轼在自己的诗作中数次提到"险韵""恶韵"。如在《次韵舒尧文祈雪雾猪泉》中说："怪词欲逼龙飞起，险韵不量吾所及。"②在《再和二首》中说："衰年壮观空惊目，险韵清诗苦斗新。"③在《和田仲宣见赠》中说："好诗恶韵那容和，刻烛应须便置觥。"④说明他对作诗押"险韵"有明确的自觉意识。宋陈岩肖《庚溪诗话》卷下云：

> 元祐间，东坡与曾子开肇同居两省，扈从车驾赴宣光殿。子开有诗，其略曰："鼎湖弓剑仙游远，渭水衣冠辇路新。"又云："阶除翠色迷宫草，殿阁清阴老禁槐。"诗语亦佳。坡两和其断句"辛"

---

① 吴文治：《宋诗话全编》，江苏古籍出版社1998年版，第7973页。
② （宋）苏轼撰，（清）冯应榴合注：《苏轼诗集合注》，上海古籍出版社2001年版，第874页。
③ （宋）苏轼撰，（清）冯应榴合注：《苏轼诗集合注》，上海古籍出版社2001年版，第1409页。
④ （宋）苏轼撰，（清）冯应榴合注：《苏轼诗集合注》，上海古籍出版社2001年版，第1253-1254页。

字韵皆工。云："辇路归来闻好语,共惊尧颡类高辛。"又云："最后数篇君莫厌,捣残椒桂有余辛。"按《楚辞》:"昔三后之纯粹兮,固众芳之所在。杂申椒与菌桂兮,岂维纫夫蕙茝。"盖以椒桂蕙茝,皆草木之香者,喻贤人也。诗人押险韵,冥搜至此,可谓工矣。①

通过上述材料可进一步加深对东坡险韵诗创作背景及创作过程的认识。而且,陈岩肖针对东坡的险韵诗创作而下的"诗人押险韵,冥搜至此,可谓工矣"的论断,对学者研究及评价其险韵诗的艺术价值更是提供了重要的参考。

苏轼最有名的险韵诗是他的诗作《雪后书北堂壁二首》,元代方回就给予其颇为充分的关注。《瀛奎律髓》卷二十一云:"苏轼《雪后书北台壁》,'叉'、'尖'二字和得全不吃力,非坡公天才,万卷书胸,未易至此。"②二诗乃苏轼守密州时作:

　　黄昏犹作雨纤纤,夜静无风势转严。但觉衾裯如泼水,不知庭院已堆盐。五更晓色来书幌,半夜寒声落画檐。试扫北堂看马耳,未随埋没有双尖。

　　城头出日始翻鸦,陌上晴泥已没车。冻合玉楼寒起粟,光摇银海眩生花。遗蝗入地应千尺,宿麦连云有几家。老病自嗟诗力退,空吟冰柱忆刘叉。③

这两首诗之所以被称为"尖叉"韵诗,是由于二诗的最后一句分别押了"尖"字韵和"叉"字韵,这两个字是非常难以组成词汇或短语的"险

---

①　曾枣庄:《苏诗汇评》,四川文艺出版社 2000 年版,第 1206-1207 页。

②　(元)方回:《瀛奎律髓》,黄山书社 1994 年版,第 525 页。

③　(宋)苏轼撰,(清)查慎行补注:《苏诗补注》,凤凰出版社 2013 年版,第 363 页。

韵"，因此人们就用它们来代指这两首诗，意在凸显它们所体现出的诗人在用韵上的高超艺术技巧。《瀛奎律髓》又云："苏东坡《雪后书北台壁二首》诗……偶然用韵甚险，而再和尤佳。或谓坡诗律不及古人，然才高气雄，下笔前无古人也。观此雪诗亦冠绝古今矣，虽王荆公亦心服，屡和不已，终不能压倒。"①同书卷二十二还说："存此以见'花''叉''盐''尖'之难和，荆公、澹菴、章泉俱难之，况他人乎？"②从方氏的上述评论及感叹中可以看出，东坡这组诗所达到的艺术水平之高、所引起的反响之大。综上可见，陈岩肖以"冥搜至此"之语来赞叹东坡善押"险韵"，并非浮泛的溢美之词。

第四节　"妙不可言"的山谷险韵诗

黄庭坚也以善押"险韵"出名，他对险韵诗也有较为自觉的关注。他在《戏答仇梦得承制》诗中曾说："仇侯能骑矍铄马，席上亦赋竞病诗。"③山谷的险韵诗在后代同样有很高的关注度。刘壎《隐居通议》卷八《山谷诸作》条引孙瑞语曰："山谷作诗有押韵险处，妙不可言。……奇健之气，拂拂意表。"④孙氏此处所论山谷的诗作"有押险韵处，妙不可言"，可视为对黄庭坚险韵诗整体艺术水平的准确概括。

清人觉罗崇恩有诗云："险韵苏黄最善押，盛名元白亦飞跨"（《……称许过情感愧交至叠韵奉报》），⑤ 该句能够体现出他对苏黄险韵诗的推崇。将苏黄险韵诗创作放在一起来谈论，不是觉罗崇恩等人的独创，而是后代许多诗人的共识。因为从苏黄的创作实际来看，他们往往是在彼

---

① （元）方回：《瀛奎律髓》，黄山书社 1994 年版，第 524 页。
② （元）方回：《瀛奎律髓》，黄山书社 1994 年版，第 540 页。
③ （宋）黄庭坚著，郑永晓整理：《黄庭坚全集辑校编年》，江西人民出版社2008 年版，第 416 页。
④ 傅璇琮：《黄庭坚与江西诗派卷》，中华书局 1978 年版，第 194 页。
⑤ 徐世昌：《晚晴簃诗汇》，中华书局 1990 年版，第 5773 页。

此唱和中并驾齐驱的。黄庭坚有《子瞻诗句妙一世乃云效庭坚体盖退之戏效孟郊樊宗师之比以文滑稽耳恐后生不解故次韵道之》一诗，押江韵：

> 我诗如曹郐，浅陋不成邦。公如大国楚，吞五湖三江。赤壁风月笛，玉堂云雾窗。句法提一律，坚城受我降。枯松倒涧壑，波涛所舂撞。万牛挽不前，公乃独力扛。诸人方嗤点，渠非晁张双。但怀相识察，床下拜老庞。小儿未可知，客或许敦庬。诚堪婿阿巽，买红缠酒缸。①

此诗即是次苏轼《送杨孟容》诗之韵的。赵次公指出苏轼曾自言《送杨孟容》乃效黄庭坚体，因此黄庭坚才有此次韵之作，以示回应。这样一来，苏诗题中的"乃云效庭坚体……以文滑稽耳"的谦让之语也有了着落。山谷的次韵之作和东坡的原唱之作一样，都体现出气力雄厚、因难见巧的艺术风貌。胡仔《苕溪渔隐丛话前集》卷三十九还提到黄庭坚与苏轼的一次"险韵"交锋：

> 苕溪渔隐曰："东坡送子敦诗有'会当勒燕然，廊庙登剑履'之句，山谷和云：'西连魏三河，东尽齐四履。'或云：'东坡见山谷此句颇忌之，以其用事精当，能押险韵故也。'然东坡复自和云：'我以病杜门，商颂空振履。'盖诸公饯子敦，以病不往，押韵用事岂复不佳？山谷亦再和，有'发政恐伤民，天步薄冰履'之句，押韵又似牵强也。"②

这则材料中一共提到四首诗，其中苏轼的二首，名为《送顾子敦奉

---

① （宋）黄庭坚著，郑永晓整理：《黄庭坚全集辑校编年》，江西人民出版社2008年版，第436页。

② 吴文治：《宋诗话全编》，江苏古籍出版社1998年版，第3788页。

使河朔》《诸公饯子敦轼以病不往复次前韵》，黄庭坚其诗名为《次韵子瞻送顾子敦河北督运二首》。这四首诗从所押韵部来看，不能算是险韵诗，而它们之所以受到关注，主要还是在押"履"这个险字时高超技巧的运用上。诚然，山谷将"履薄冰"倒置成"薄冰履"，从正常的语序来看，确实是"押韵又似牵强"，然而黄庭坚本就是一个爱在诗歌句法上翻新出奇的人，他如此做使得这句诗充满拗峭生新的味道，别有风致。正如莫砺锋先生所言："显然，黄诗的用法比苏诗更为奇特。……押险韵而能稳妥精当，正是这两首黄诗的过人之处。"①

黄庭坚的险韵诗对后人影响很大，但也有对其此类创作表示不满的。如王夫之认为："松陵体永堕小乘者，以无句不巧也。然皮陆二子差有兴会，犹堪讽咏，若韩退之以险韵、奇字、古句、方言，矜其饾辏之巧，巧诚巧矣，而于心情兴会一无所涉，适可为酒令而已。黄鲁直、米元章益堕此障中，近则王谑庵承其下游，不恤才情、别寻蹊径，良可惜也。"（《姜斋诗话》卷二）②当然，即便是指摘，也能反映出山谷的影响之大，后人"承其下游"，从而"别寻蹊径"，用略显保守的眼光看是不走"正路"，用略微前卫的眼光看就是根据自身性灵所钟而进行的创新尝试。平心而论，孙瑞用"妙不可言"之语来评价黄庭坚诗歌的"押韵险处"，从艺术技巧的角度而言，还是相当准确的。

第五节 反响热烈的"尖叉"险韵诗

苏轼的《雪后书北台壁二首》是有名的"尖叉"险韵诗的首创之作。清梁绍壬曰："王荆公极其佩服长公，见'尖叉'雪诗，诧曰：'东坡使事乃能如此神妙耶？'指'冻合玉楼寒起粟，光摇银海眩生花'二句以示其壻蔡卞。卞曰：'此不过形容雪色耳。'公曰：'尔何知？玉楼肩名，

---

① 莫砺锋：《以俗为雅：推陈出新的宋诗》，辽海出版社 2007 年版，第 156 页。

② 丁福保辑：《清诗话》，中华书局 1963 年版，第 14 页。

银海眼名，并见道书，故佳也。'”(《介甫东坡》)①因为二人同是学富五车、无书不读，所以王安石才更能体会苏诗的妙处。王安石有和作《读眉山集次韵雪诗五首》皆"叉"字韵。这五首足见王安石诗才，但他仍意犹未尽，又作《读眉山集爱其雪诗能用韵复次韵一首》。

王安石意欲与东坡争个高下的"尖叉"险韵组诗的创作，是"尖叉"险韵诗反响热烈的重要表现。荆公这组诗共六首，即《读眉山集次韵雪诗五首》及《读眉山集爱其雪诗能用韵复次韵一首》，依次为：

若木昏昏未有鸦，冻雷深闭阿香车。抟雪忽散筵为屑，剪水如分缀作花。拥幂尚怜南北巷，持杯能喜两三家。戏接乱掭输儿女，羔袖龙钟手独叉。

神女青腰宝髻鸦，独藏云气委飞车。夜光往往多连璧，白小纷纷每散花。珠网缠连拘翼座，瑶池淼漫阿环家。银为宫阙寻常见，岂是诸天守夜叉。

惠施文字墨如鸦，于此机缄漫五车。蠋若易缁终不染，纷然能幻本无花。观空白足宁知处，疑有青腰岂作家。慧可忍寒真觉晚，为谁将手少林叉？

寄声三足阿环鸦，问讯青腰小驻车。一一照肌宁有种，纷纷迷眼为谁花？争妍恐落江妃手，耐冷疑连月姊家。长恨玉颜春不久，画图时展为君叉。

戏珠微缟女鬟鸦，试咀流苏已频车。历乱稍埋冰揉粟，消沉时点水圆花。岂能舴艋真寻我，且与蜗牛独卧家。欲挑青腰还不敢，直须诗胆付刘叉。②

靓妆严节曜金鸦，比兴难工漫百车。水种所传清有骨，天机能

---

① (清)梁绍壬：《两般秋雨庵随笔》，上海古籍出版社1982年版，第225页。

② (宋)王安石撰，(宋)李壁笺注：《王荆文公诗笺注》，上海古籍出版社2010年版，第671页。

织皴非花。婵娟一色明千里，绰约无心熟万家。长此赏怀甘独卧，
袁安交戟岂须叉？①

荆公这组诗全是押"叉"字韵，虽然总体上仍属"尖叉"韵诗的范围，
但由于未作"尖"字韵诗，难度实则已被降低。又，东坡曾以"忆刘叉"
词组押"叉"字，荆公则用"付刘叉"词组押之，虽略有变化但却与东坡
诗句的押法大体相同，未能实现超越。这次竞赛的结果，从后人的裁判
也能看出，荆公是略逊一筹的。方回曾评东坡之作曰："偶然用韵甚
险，而再和尤佳。或谓坡诗律不及古人，然才高气雄，下笔前无古人
也。观此《雪》诗亦冠绝古今矣。虽王荆公亦心服，屡和不已，终不能
押倒。"②方回确实觉得这组诗较东坡之作逊色。因为他在评价这组诗时
也说："和险韵、赋难题，此一诗已未易看矣。"③对于具体的押韵又用
"深僻难晓""不可晓""无关涉也""亦勉强矣"等语反复指摘，可见其艺
术上确实存在一定的不足。④《唐宋诗醇》卷三十四在评东坡《雪后书北
台壁二首》时又曾总结道："尖叉韵诗古今推为绝唱。数百年来，和之
者亦指不胜屈矣。然在当时，王安石六和其韵，用及'诸天夜叉''交戟
叉头'等字支凑勉强，贻人口实。即轼《谢人见和因再用韵》二诗亦未能
如原作之精采，方回谓再和尤佳者，非也。"⑤这个评价是中肯的。除王
安石外，苏辙见东坡诗作后也曾作《次韵子瞻赋雪二首》：

麦苗出土正纤纤，春早寒官令尚严。云覆南山初半岭，风干东
海尽成盐。来时瞬息平吞野，积久欹危欲败檐。强附酒樽判熟醉，

① （宋）王安石撰，（宋）李壁笺注：《王荆文公诗笺注》，上海古籍出版社
2010 年版，第 679 页。
② （清）乾隆等编：《唐宋诗醇》，中国文学出版社 2000 年版，第 907 页。
③ （元）方回：《瀛奎律髓》，黄山书社 1994 年版，第 525 页。
④ 见（元）方回：《瀛奎律髓》，黄山书社 1994 年版，第 525-526 页。
⑤ （清）乾隆等编：《唐宋诗醇》，中国文学出版社 2000 年版，第 906 页。

更须诗句斗新尖。

点缀偏工乱鹊鸦，淹留亦解恼船车。乘春已觉矜余力，骋巧时能作细花。僵雁堕鸥谁得罪？败墙破壁若为家。天公爱物遥怜汝，应是门前守夜叉。①

东坡见自己的作品反响颇多，又作《谢人见和前篇二首》进一步将这次竞技推向高潮。其诗曰：

已分酒杯欺浅懦，敢将诗力斗深严。鱼篓句好真堪画，柳絮才高不道盐。败屦尚存东郭足，飞花又舞谪仙檐。书生事业真堪笑，忍冻孤吟笔退尖。

九陌凄风战齿牙，银杯逐马带随车。也知不作坚牢玉，无奈能开顷刻花。得酒强欢愁底事，闭门高卧定谁家。台前日暖君须爱，冰下寒鱼渐可叉。②

可见，"尖""叉"二字本身就难押不说，由于多次唱和，使一些常见的词汇、典故几乎被用尽，就显得更为难押，这便是一种动态的"险韵"，即韵字在次韵唱和的动态过程中显得越来越"险"。

到南宋时，"尖叉"险韵诗已经出现拟作成风的趋势。陆游《跋吕成叔〈和东坡尖叉韵雪诗〉》指出："今苏文忠集中，有《雪诗》用'尖'、'叉'二字。王文公集中，又有次苏韵诗。议者谓非二公莫能为也。通判澧州吕文之成叔，乃顿和百篇，字字工妙，无牵强凑泊之病。"③说明

---

① （宋）苏辙撰，高秀芳、陈宏天点校：《苏辙集》，中华书局1990年版，第93页。

② （宋）苏轼撰，（清）查慎行补注：《苏诗补注》，凤凰出版社2013年版，第365页。

③ （宋）陆游撰，马亚中校注：《渭南文集校注》，浙江教育出版社2011年版，第257页。

像吕成叔这样"顿和百篇"的情况也已出现。清人王培荀也说过："自东坡用尖叉韵后，多踵之者，欲因难见巧也。"①这一论断符合实际。《唐宋诗醇》卷三十四在评《雪后书北台壁二首》时也提道："尖叉韵诗，古今推为绝唱。数百年来，和之者亦指不胜屈矣。"②马星翼《东泉诗话》卷七不仅抄录了苏、王等人的险韵诗作品，还记载数十首他人及自己的拟作，由此可见"尖叉"唱和的影响之大。此外，"尖叉"险韵诗作为诗才高低的衡量标准也被诗人们反复提及，俨然成为险韵诗这种独特诗歌类型的代称。

综上所述，宋人对险韵诗创作表现出极大的热忱，不仅社会各阶层人士都试图参与其中，而且他们也积极地对险韵诗的押韵范围进行了开拓。其中王安石、苏轼、黄庭坚的险韵创作更是个中翘楚，这些文豪不仅取得了引人瞩目的艺术成就，且他们对后人的影响也不容小觑。著名的"尖叉"唱和，更是引发后人层出不穷的模拟和点评，成为历久弥香的诗学话题。

① （清）王培荀：《听雨楼随笔》，巴蜀书社 1987 年版，第 387 页。
② （清）乾隆等编：《唐宋诗醇》，中国文学出版社 2000 年版，第 906 页。

第八章 韵格拓容："诚斋体"的生成之路

　　杨万里凭借别具一格的"诚斋体"诗歌，突破江西诗派藩篱，为宋诗注入了新鲜血液，因而一直享有南宋"中兴四大诗人"之一的盛誉。可以说，研究宋代诗歌创作史与诗学发展史，杨万里及其"诚斋体"是一个无法绕开的重镇。正如王水照先生所言："对杨万里的研究深入了以后，可以对南宋文学特别是诗歌的发展作一新的认识。"①然而耐人寻味的是，杨万里诗歌与诗学研究实际长期处于偏冷状态。即便有所创获，也主要集中在对其交游的考证、思想的探究及诗歌接受史的梳理等方面。诚如有论者业已指出的那样，在杨万里研究中存在的一个突出问题是"研究对象和方法还存在静止、孤立的倾向"②。显然，造成这一问题的重要原因之一是缺乏从具体创作手法、诗歌体裁及其文本入手的研究。但是这样的研究也有其困难，如果没有恰当的切入视角与明确的问题导向，很容易止步于文本的分析与鉴赏。而从用韵视角切入或不失为一个可行路径。杨万里对诗歌用韵问题有独到见解，在诗歌创作中也有丰富的用韵实践。最典型表现是，他一方面极力反对次韵唱和，一方面又在辘轳体、进退格诗歌创作中反复探索诗歌押韵艺术，并极大地拓展了二者的艺术表现力。这种现象并非出于偶然，而是源于杨万里开创"诚斋体"诗歌的自觉意识。故而以杨万里的诗韵观、押韵实践为切入

---

　　① 王水照：《杨万里的当下意义和宋代文学研究》，《江西师范大学学报》2010年第3期，第55页。

　　② 肖瑞峰、彭庭松：《百年来杨万里研究述评》，《文学评论》2006年第4期，第202页。

点,以用韵如何展示、何以能展示"诚斋体"的生成路径为问题导向,来展开杨万里诗歌与诗学的本体研究,或许可以成为弥补当前杨万里研究之不足的有益尝试。

第一节 次韵诗的消长与"诚斋体"的形成

宋代诗人对次韵唱和的热衷,可谓前无古人。不过杨万里对次韵唱和的态度异于流俗,他在《答建康府大军库监门徐达书》与《陈晞颜和简斋诗集序》中曾旗帜鲜明地反对次韵唱和,在个人创作中对次韵诗也进行了颇为有力的抵制。然而,次韵唱和虽有弊端,但也有积极功能,例如至少可以锻炼押韵技巧。即便其最通俗的交际功能,杨万里也不可能完全无视。实际上,次韵诗基本上贯穿了杨万里诗歌创作始终。从其消长之势中正好可以见出杨万里抵制的努力。不妨将杨万里的次韵创作与其创作历程(参考辛更儒先生《杨万里集笺校》作品编年)结合起来,分析其消长之势,以见杨万里为"诚斋体"营造生存空间的具体情形。

绍兴三十二年(1162)至淳熙四年(1177)是《江湖集》创作时期,诗分七卷,共有次韵诗95题145首。其中卷一为绍兴三十二年秋迄隆兴元年(1163)夏作,时长不足一年,诚斋共作次韵诗11题21首;卷二为隆兴元年秋迄乾道元年(1165)春作,时长近两年,诚斋共作次韵诗16题19首;卷三为乾道元年春迄乾道二年(1166)秋作,时长一年半多,诚斋共创作次韵诗35题44首;卷四为乾道二年秋迄乾道三年(1167)秋作,时长约一年,诚斋共作次韵诗11题26首;卷五为乾道三年冬迄乾道六年(1170)春作,时长两年多,诚斋共作次韵诗14题25首,创作数量与频率开始有所下降;卷六为乾道六年夏迄淳熙二年(1175)春作,时长近五年,仅有次韵诗3题4首,平均下来,一年尚不足一首;卷七为淳熙二年夏迄淳熙四年(1177)夏作,时长两年,有次韵诗5题6首,平均一年仅3首,创作频率亦颇低。

本期以淳熙二年为界可分为两个阶段,第一阶段次韵诗较多,第二阶段创作频率明显下降。卷一与张材唱和最多，达 15 首。材亦能诗，与诚斋趣味相合，故投赠虽多，诚斋亦乐于和之。卷二唱和形式丰富多样，如《再和错综其韵》诗并非对原唱亦步亦趋，而是将其所用韵字的顺序打散重排，颇有新意。诚斋诗集中，频繁出现次韵诗的卷帙是前五卷，皆为其前期作品，此后诸卷或偶见次韵，或竟无次韵，再无前五卷的创作频率。次韵诗虽可联络感情、切磋诗艺，但对欲自成一家的人而言却必然嫌其束缚手脚，难以自出机杼。此后诚斋次韵诗急剧减少，表明他已经有明确的创作追求。乾道六年至淳熙二年，诚斋历任国子博士、太常博士、太常丞及将作少监诸职，既在朝中为官，唱和机会应当颇多。然而近五年时间中，诚斋平均一年所作次韵诗尚不足一首，肯定是有意在回避这种创作方式。

淳熙四年（1177）至淳熙九年（1182）为《荆溪集》《西归集》《南海集》创作时期，《荆溪集》分五卷，共有次韵诗 14 题 24 首。其第一卷为淳熙四年夏迄淳熙五年（1178）春作，时长近一年，诚斋无次韵诗创作；第二卷为淳熙五年春夏作，共有次韵诗 4 题 12 首；第三卷为淳熙五年夏秋作，共有次韵诗 3 题 3 首；第四卷为淳熙五年冬作，共有次韵诗 7 题 9 首；第五卷为淳熙五年冬迄淳熙六年（1179）春作，无次韵诗。结合具体篇目可见，诚斋唱和或不唱和，几乎已经做到随心所欲。首先，为避免往来无穷的次韵竞赛，他不主动唱和；其次，即便别人投赠，能不和的就不和；再次，偶有兴之所至唱和一首，也是点到为止，不挑起别人的“战斗欲”。这成了以后诚斋对待唱和诗的一贯态度。

此期原是杨万里诗歌创作的旺盛期，但次韵诗却很少。《荆溪集》第一卷、第五卷俱无次韵诗。第二卷虽有 12 首次韵诗，但《和李子寿通判曾庆祖判院投赠喜雨口号》组诗一题就有 8 首，乃是李、曾二人先投赠，并非诚斋主动唱和。第三卷创作用时甚短，诗作已足一卷，而仅有次韵诗 3 首。第四卷有次韵诗 9 首，已是频率较高者，其中贺雪、喜雪诗共 3 首，是赵鼎辅因瑞雪初降喜而有作，投赠诸友，而诚斋适卷入此次唱和小浪潮中。又诚斋与范成大交好，一生引为同道知己，故此期有《和范至能参政寄二绝句》，此种情况不在单纯应酬之列。《西归集》的创作历时一年，仅有次韵诗 2 题 6 首，且皆为李与贤投赠、来访时所作。《南海集》的创作历时两年半，更是只有 3 题 4 首次韵诗，其中 2 题 3 首皆是与范成大唱和。

淳熙十年（1183）冬至淳熙十五年（1188）秋是《朝天集》创作时期。诗分六卷，创作用时近五年，共有次韵诗 39 题 81 首。第一卷为淳熙十年冬迄十三年（1185）春作，此期诚斋于朝中历任吏部郎中、枢密院检详诸房公事等职。两年多时间里，共作次韵诗 12 题 13 首，为早年以后次韵诗创作的一个小高潮。此因在朝中为官，应酬本多，而诚斋诗名已成，故投赠者愈多，更兼此时尤袤、陆游等至交皆在朝为官，故唱和较频。然两年多时间，仅有 12 首，亦可见其自制颇力，否则当时当地可谓次韵诗生长的绝佳土壤。第二卷用时大半年，有次韵诗 2 题 3 首；第三卷用时一个季度，有次韵诗 5 题 19 首；第四卷用时也接近一个季度，有次韵诗 2 题 9 首；第五卷用时大半年，有次韵诗 9 题 15 首；第六卷用时大半年，有次韵诗 9 题 22 首。这一时期诚斋次韵诗创作数量和频率有所回升。

淳熙十五年至绍熙四年（1193）是《江西道院集》《朝天续集》《江东集》创作时期。《江西道院集》二卷，历时一年多创作次韵诗 3 题 3 首；《朝天续集》四卷，历时近两年创作次韵诗 16 题 17 首，其时诚斋以秘书监充金使接伴使，社交活动再度频繁；《江东集》四卷，历时两年多创作次韵诗 6 题 8 首。绍熙四年（1193）至开禧二年（1206）为《退休集》创作时期，《退休集》七卷，历时十余年，只创作次韵诗 9 题 17 首。从诚斋整个创作历程来看，次韵诗数量与频率大致呈现出逐渐下降趋势，《退休集》展示的是其长期在最低位运行的最后状态。在《退休集》之前，《江湖集》《朝天集》时期次韵诗创作较多且较频繁，前者可能是因前期创作理念尚未固定，后者则是因在朝中为官应酬较多且友朋相得。至于在地方为官或徒旅、居家期间，诚斋次韵诗创作越来越少，甚至在相当长的时段内彻底不作。也就是说，只要是能够自己掌控创作主动权的时间、场合，诚斋都尽量不创作次韵诗。"诚斋体"最大的特色就是有诚斋本人的个性与风格，如欲突出一种个性、形成一种风格，绝非一时之功。诚斋用大半生时间来抵制次韵诗，做到了能少作就少作，能不作就不作，从而为"诚斋体"腾出了充分的生长、生存空间。

第二节　辘轳体、进退格与"诚斋体"的包容性

杨万里的辘轳体与进退格都有构思新巧、语言明畅的风格特点，因而也是"诚斋体"的重要组成部分，反映了其诗体包容性。辘轳体、进退格最重要的艺术特征是它们押韵规则的新颖别致，这正是努力探索诗体可能性的杨万里热衷创作的原因所在。考《诚斋集》中共有辘轳体诗作9首、进退格诗作18首。辘轳体要求诗歌押韵得像井上汲水的辘轳一样，可以不停旋转，具体而言就是要求押韵须符合"双出双入"原则；而进退格则要求押韵要符合"一进一退"原则。《荆溪集》有辘轳体诗3首，《南海集》有2首，《朝天集》有1首，《江西道院集》有1首，《退休集》有2首，表明诚斋对辘轳体的创作兴趣一直存在。诚斋的进退格创作始于《江西道院集》时期，有进退格诗4首；《朝天续集》有5首，《江东集》有3首，《退休集》有6首。进退格的创作虽晚于辘轳体，但诚斋的创作兴趣也一直存在，且逐渐超过辘轳体。杜爱英先生在《关于辘轳体、进退格》一文中曾指出："宋代有不少人使用'辘轳体'、'进退格'的方式来写近体诗，其中以杨万里为最。"①所论甚确。文章还征引了《诗话总龟》《诗人玉屑》《瓮牖闲评》《沧浪诗话》《四溟诗话》《石洲诗话》《诗学纂闻》等文献介绍了辘轳体、进退格的历代接受情况及其押韵规则等问题，富有启发性。但杜文所见也有与笔者不尽相同之处。为突出自己的研究所得并避免重复，下面着重对诚斋的辘轳体、进退格具体

---

① 杜爱英：《关于辘轳体、进退格》，《古典文学知识》2000年第2期，第32页。

押韵情形加以分析，并论述它们是如何体现"诚斋体"包容性的。

诚斋符合五律平仄规则的辘轳体有 3 首。《城上野步用辘轳体》曰："寒劲无遗暖，晴行失老怀。叶飞枫骨立，萍尽沼奁开。路好仍回首，泥残敢放鞋。登临不须尽，留眼要重来。"①本诗四个韵字（首句是否押韵不论）及所属《广韵》韵部依次为：怀（皆韵）、开（咍韵）、鞋（佳韵）、来（咍韵）。《广韵》规定皆韵与佳韵可通用，故二者实可视为一个韵部，如此一来，开、怀二字为一组，鞋、来二字为一组，特点是第一个韵字与第三个韵字、第二个韵字与第四个韵字同韵。一组为出，一组为入，两组构成一次重复，是为"双出双入"。这一押韵规则之所以被喻为"辘轳"，是因为按照这一规则押韵可以一组又一组地循环下去。《霜塞辘轳体二首》的用韵也符合这样的"双出双入"规则。

符合七律平仄规则的辘轳体有 6 首，其中 4 首较为典型。《中秋病中不饮二首后一首用辘轳体·其二》曰："无风无雨并无云，今岁中秋尽十分。毕竟冰轮谁为转，碾穿玉宇不生痕。坐看儿辈纷然饮，也遣先生半欲醺。自是清樽负明月，不关明月负清樽。"②本诗四个韵字及所属韵部依次为：分（文韵）、痕（痕韵）、醺（文韵）、樽（魂韵）。《广韵》魂痕同用，故本诗用韵构成"双出双入"。《碧落堂暮景辘轳体》的四个韵字及所属韵部依次为：虚（鱼韵）、无（虞韵）、书（鱼韵）、扶（虞韵），完全符合"双出双入"规则，为典型的辘轳体。《谢襄阳帅杨侍郎用辘轳体》《夏日小饮分题得菱用辘轳体》的用韵也都能构成"双出双入"。

另有 2 首与辘轳体的押韵规则不尽相符，《重九日雨仍菊花未开用辘轳体》的四个韵字及所属韵部依次为：稀（微韵）、枝（支韵）、衣（未韵）、诗（之韵）。《广韵》规定支之同用，但微韵、未韵只能独用，诚斋既以此诗为辘轳体，则本以稀（微韵）、衣（未韵）同韵，与《广韵》押韵

① （宋）杨万里著，辛更儒笺校：《杨万里集笺校》，中华书局 2007 年版，第565 页。
② （宋）杨万里撰，辛更儒笺校：《杨万里集笺校》，中华书局 2007 年版，第701 页。

规定不符。《寄题刘凝之坟山壮节亭用辘轳体》的四个韵字及所属韵部依次为：山（山韵）、闲（山韵）、间（山韵）、寒（寒韵）。本诗第二个韵字当亦用寒韵，方可构成"双出双入"，但却押山韵，与辘轳体规则不符。但二诗题目既明言为辘轳体，其本意乃是欲遵循辘轳体"双出双入"的押韵规则。可能是诚斋所据韵书与《广韵》有所出入，或者只是诚斋一时误记，故导致押韵紊乱。另，诚斋为江西吉水人，《广韵》韵部是上承《切韵》的旧系统，既不尽合江西方音，又不尽合当时通语语音，故诚斋偶有误押，亦在情理之中。其所押或为当时江西方音，或为通语语音，用其语音系统分析之，定是符合辘轳体"双出双入"规则的。

诚斋符合五律平仄规则的进退格有 5 首，其中 4 首较为典型。《小憩土坊镇新店进退格》曰："下轿逢新店，排门得小轩。中间一棐几，相对两蒲团。椽竹青留节，檐茅白带根。明窗有遗恨，接处纸痕班。"① 本诗四个韵字及所属韵部依次为：轩（元韵）、团（桓韵）、根（痕韵）、班（删韵）。根据各韵次序，二十二元韵到二十六桓韵，为一进；二十六桓韵到二十四痕韵，为一退；二十四痕韵到二十七删韵为又一进。正合进退格"一进一退"的押韵规则。《过若山坊进退格》《自金陵得郡西归晓发梅根市舟中望九华山进退格》《再入城宿张氏庄早起进退格》的用韵，也都符合"一进一退"规则。至于《明发生米市西林寺进退格》一诗的韵字及所属韵部依次为：残（寒韵）、门（魂韵）、村（魂韵）、温（魂韵），用《广韵》分析，三个魂韵无法构成进退格，这种特殊用韵现象的成因与辘轳体类似。

符合七律平仄规则的进退格有 13 首。《送颜几圣龙学尚书出守泉州》（自注：右一用进退格）曰："听履星辰北斗寒，三能（当作"台"字）只隔寸云间。周家冢宰均四海，汉制尚书本百官。鵷鹭班齐瞻进步，凤

_____

① （宋）杨万里撰，辛更儒笺校：《杨万里集笺校》，中华书局 2007 年版，第 1321-1322 页。

凰池近却飞还。河图冠出西清上，莫作寻常五马看。"①本诗韵字及所属
韵部依次为：间（山韵）、官（桓韵）、还（删韵）、看（寒韵）。第二十八
山到第二十六桓，为一退；第二十六桓到第二十七删，为一进；第二十
七删到第二十五寒，为又一退。《过霅社诸湖进退格东西长七十里南北
阔五十里》《与长孺共读东坡诗前用唐律后用进退格·其二》《嘲淮风进
退格》《过淮阴县题韩信庙前用唐律后用进退格·其二》《题龟山塔前一
首唐律后一首进退格·其二》《咏绩溪道中牡丹二种·重台九心淡紫进
退格》《万花川谷海棠盛开进退格》《四月二十八日祠禄秩满喜罢感恩进
退格》《雪后寄谢济翁材翁联骑来访进退格》《九日招子上子西尝新酒进
退格》《进退格寄张功父姜尧章》《雨霁看东园桃李行溪上进退格》诸诗也
都符合"一进一退"押韵规则。

　　如果用英文字母来表示韵式，辘轳体与进退格都以 ABAB 式为主，
从韵式看似乎区别不大，实则进退格是一种对押韵规则要求更高的辘轳
体，进退格虽然也是"双出双入"，但更重要的是得进一步考虑"一进一
退"的次序。倘若没有这种区别，郑谷等人是不必将其分为两类的。这
正是辘轳体、进退格在押韵规则上的"构思新巧"之处。所谓"诚斋体"，
主要是就其风貌特征而言，指的是"构思新巧，语言通俗明畅"②的杨
万里诗。"构思新巧，语言通俗明畅"几乎可以涵盖杨万里的所有诗作，
当然尤以其律诗、绝句为代表。但是，不能就此认为杨万里的"诚斋
体"只指他的律、绝，特别是绝句。实际上，杨万里所有具备"构思新
巧，语言通俗明畅"风貌特征的诗作都应被视为"诚斋体"。"诚斋体"的
"体"既主要指风貌而言，则可包含多样性的诗歌体裁，其中既可以有
古体也可以有近体，既可以有律诗也可以有绝句，当然也可以有辘轳
体、进退格这样的"新式"律体。诚斋的辘轳体、进退格诗作不仅构思

　　①　（宋）杨万里撰，辛更儒笺校：《杨万里集笺校》，中华书局 2007 年版，第
1370-1371 页。
　　②　郑永晓：《南宋诗坛四大家与江西诗派之关系》，《南都学坛》2005 年第 1
期，第 78 页。

新巧、语言明畅，韵式也比经典形制的律体要新巧灵活得多，故而它们
能够很好地展示"诚斋体"的包容性。

第三节 反对次韵唱和与反拨江西诗风

大多数宋代诗人对次韵唱和投入巨大热情，这是显而易见的事实。
既然整个诗坛都对这一诗歌创作形式乐此不疲，更遑论江西诗派。杨万
里力求创辟以"构思新巧，语言通俗明畅"为主要风貌特征的"诚斋体"，
故对次韵唱和进行了颇为有力的抵制，这是从江西诗风内部展开的反
拨。从构思上说，和诗需屈己从人，焉能做到构思新巧？从语言上说，
次韵需步人原韵，若原唱者爱押险韵，赓韵者又如何能做到语言明白晓
畅？杨万里在《答建康府大军库监门徐达书》中曾明确表达过对赓和诗
的反对：

> 诗甚清新，第赋、兴二体自己出者不加多，而赓和一体不加
> 少，何也？大氐诗之作也，兴上也，赋次也，赓和不得已也。我初
> 无意于作是诗，而是物、是事适然触乎我，我之意亦适然感乎是
> 物、是事。触先焉，感随焉，而是诗出焉，我何与哉？天也！斯之
> 谓兴。或属意一花，或分题一草，指某物，课一咏，立某题，征一
> 篇，是已非天矣，然犹专乎我也，斯之谓赋。[1]

据于北山先生《杨万里年谱》知，此文乃诚斋七十三岁时所作，故
堪称晚年定论。诚斋先是对徐达之诗"体自已出者不加多，而赓和一体
不加少"的不良倾向表示了担忧，接着说明了之所以应该警惕这一苗头
的原因。他认为"赓和不得已也"，不仅会丧失兴体的"天然"，甚至连
赋体的"自我"也无法保全。因为和韵既缺乏感触性又具有很强的束

---

① （宋）杨万里：《诚斋集》卷六十七，四部丛刊景宋写本，第 5b-6a 页。

缚力:

> 至于赓和,则孰触之?孰感之?孰题之哉?人而已矣!出乎
> 天,犹惧戕乎天;专乎我,犹惧强乎我。今牵乎人而已矣,尚冀其
> 有一铢之天、一黍之我乎?盖我未尝规是物,而逆追彼之规,我不
> 欲用是韵,而抑从彼之用,虽李、杜能之乎?而李、杜不为也!是
> 故李、杜之集,无牵率之句,而元、白有和韵之作,诗至和韵而诗
> 始大坏矣!故韩子苍以和韵为诗之大戒也。①

从诗韵视角而言,诚斋"我不欲用是韵,而抑从彼之用,虽李、杜
能之乎?而李、杜不为也"的论断,是对次韵这一艺术形式的深刻反
思。接着他借韩驹之口感慨"诗至和韵而诗始大坏矣",明确表达了对
和韵的反对态度。至于他特举韩驹之论,则体现了与江西诗派的渊源。
韩驹,字子苍,乃两宋之际有名的江西派诗人,连他都"以和韵为诗之
大戒",可谓意味深长。须知被江西诗派奉为开山之祖的黄庭坚就有大
量和韵诗,其次韵唱和据说因能押险韵连苏轼都忌之三分。这表明江西
诗派传承到韩驹时代,次韵唱和很可能已经泛滥成灾,所以韩驹不得不
从内部肃清之。而诚斋深会其论之精要,亦可反映出他对江西诗派的态
度。他的《陈晞颜和简斋诗集序》也俨然一篇和韵专论,多鞭辟入里
之言:

> 古之诗,倡必有赓,意焉而已矣。韵焉而已矣,非古也,自唐
> 人元、白始也,然犹加少也,至吾宋苏、黄倡一而十赓焉,然犹加
> 少也,至于举古人之全书而尽赓焉,如东坡之和陶是也,然犹加
> 少也,盖渊明之诗才百余篇尔。至有举前人数百篇之诗而尽赓焉,如
> 吾友敦复先生陈晞颜之于简斋者,不既富矣乎?昔韩子苍《答士友

---

① (宋)杨万里:《诚斋集》卷六十七,四部丛刊景宋写本,第6a-6b页。

书》谓：诗不可赓也，作诗则可矣。故苏、黄赓韵之体不可学也。
岂不以作焉者安，赓焉者勉故欤？不惟勉也，而又困焉，意流而韵
止，韵所有，意所无也，夫焉得而不困？①

诚斋认为古之诗和意不和韵，和韵之诗产生较晚。唐代元、白次韵
唱和为一个阶段，宋代"苏、黄倡一而十赓"为一个阶段，东坡和陶诗
百余篇为一个阶段，陈从古和陈与义诗数百篇为一个阶段，后一阶段都
比前一阶段在数量上加多。但诚斋对和韵并不赞同，他强调"苏、黄赓
韵之体不可学"，因为赓韵之体押韵勉强，又会被韵脚牵困，要么是诗
意未竟韵脚却已用完，要么是韵字的意思并非诗人想表达的意思，总之
都很难达到自由挥洒的状态。既然和韵有明显弊端，为什么还有众多诗
人乐此不疲？诚斋对他们的创作心理进行了深入剖析：

　　大抵夷则逊，险则竞，此文人之奇也，亦文人之病也，而诗人
此病为尤焉。惟其病之尤，故其奇之尤，盖疾行于大逵，穷高于千
仞之山、九嶷之蹊，二者孰奇孰不奇也？然奇则奇矣，而诗人至于
犯风雪、忘饥饿，竭一生之心思，以与古人争险以出奇，则亦可怜
矣。然则险愈竞，诗愈奇，诗愈奇，病愈痼矣。②

很多人认为平易的艺术形式没有挑战性，只有奇险的形式才能勾起
竞争求胜欲望，这是文人创造力的体现，但也是一种非正常的心理状
态。对于那些绞尽脑汁、不辞劳苦要"与古人争险以出奇"的诗人，诚
斋深表同情。诚斋知道"险愈竞"确实能使"诗愈奇"，但是这样得来的
"奇"，恰好表明诗人的"病愈痼"。可见，相比于"穷高于千仞之山、九
嶷之蹊"之奇，诚斋更欣赏以平易为奇。诚斋此文有两处论及陈从古的

① （宋）杨万里：《诚斋集》卷七十九，四部丛刊景宋写本，第 3a-3b 页。
② （宋）杨万里：《诚斋集》卷七十九，四部丛刊景宋写本，第 3b-4a 页。

和作，虽无一言贬损，但大有主文谲谏之意，能清晰感觉到诚斋在通过赞赏方式将陈从古往正确创作道路上引导：

> 今晞颜是诗，赓乎人者也，而非赓乎人者也，宽乎其不逼也，畅乎其不塞也，然则子苍之所艰，晞颜之所易，岂惟易子苍之所艰，又将增和陶之所少也。①

> 今是诗也，韵听乎简斋，而词出乎晞颜，词出乎晞颜，而韵若未始听乎简斋者，不以其争险故欤？使晞颜不与简斋竞于险以挛其奇，此其心必有所郁于中而不快，而其词必有所湮于蕴而不决也，然晞颜与简斋争言语之险以出其奇，则题矣。②

在诚斋的这两段话中可以提炼出两个创作和韵诗的基本原则与两个前提条件。两个原则是：第一，要做到明明是和人之诗，却看不出是和人之诗；第二，要做到韵脚虽依循原唱之作，词句却别出心裁。两个条件是：第一，要有易人之所艰、增人之所少的诗歌发展史意识；第二，必须到"心必有所郁于中而不快"时才作。诚斋的这些主张既有反拨江西诗风的现实针对性，又有对主流宋诗的纠偏意识，更有为整个诗学发展指示合理路径的方向性。

杨万里虽以"诚斋体"诗歌突破了江西诗派藩篱，但他对江西诗派绝非弃之如敝屣。江西诗派许多后起诗人，因过于执着"江西诗法"，使诗歌创作失去鲜活生命力，从而被视为"江西末流"。然而不得不承认，他们所固守的"江西诗法"确是主流宋诗得以成就骄人实绩的法宝。即便是"破茧化蝶"的杨万里，身上依旧带着与旧茧相同的细胞。关于杨万里与江西诗派的关系，郑永晓先生曾指出："杨万里受黄庭坚和江西诗派影响之深，甚至他自己都没完全意识到。……黄庭坚和江西诗派

---

① （宋）杨万里：《诚斋集》卷七十九，四部丛刊景宋写本，第3b页。
② （宋）杨万里：《诚斋集》卷七十九，四部丛刊景宋写本，第4a-4b页。

的'情结'在杨万里心中很深，并非轻易能够斩断，事实上也从未断绝。"①可见，杨万里从未与江西诗风一刀两断。个中缘由不外乎以下二点：第一是客观上无法断绝，"江西诗法"虽然一度走进死胡同，但其中蕴含的许多艺术经验乃至普遍规律却无法抛弃；第二是主观上不愿断绝，"江西诗法"虽然苛碎陈旧，但它的立法精神却与锐意创新的杨万里诗学消息相通。

第四节　热衷辘轳体、进退格与推崇晚唐诗

杨万里反对次韵诗，是想从内部净化江西体；而他推崇晚唐诗，则是想从外部"另找门路"。正如钱锺书先生所言："假如他学腻了江西体而要另找门路，他也就很容易按照钟摆运动的规律，趋向于晚唐诗人。"②诚斋《新晴读樊川诗》曰："江妃瑟里芰荷风，净扫痴云展碧穹。嫩热便嗔疏小扇，斜阳酷爱弄飞虫。九千刻里春长雨，万点红边花又空。不是樊川珠玉句，日长淡杀个衰翁。"③此诗前六句极似樊川，尾联露出诚斋本相，用自然通俗、风趣幽默的语言着意表达了对樊川诗的喜爱，是其揣摩晚唐风格并注入自己风格的典型作品。另《读笠泽丛书》一诗向来被视作诚斋推崇晚唐诗的重要证据，诗曰："笠泽诗名千载香，一回一读断人肠。晚唐异味同谁赏？近日诗人轻晚唐。"④对陆龟蒙诗有深切体会，对晚唐诗的特异风味也别有会心，表达了对晚唐诗的推崇之意。又《读唐人于濆刘驾诗》有"刘驾及于濆，死爱作愁语。未必真

---

① 郑永晓：《南宋诗坛四大家与江西诗派之关系》，《南都学坛》2005 年第 1 期，第 79 页。

② 钱锺书：《宋诗选注》，人民文学出版社 2005 年版，第 159 页。

③ (宋)杨万里撰，辛更儒笺校：《杨万里集笺校》，中华书局 2007 年版，第 1022 页。

④ (宋)杨万里撰，辛更儒笺校：《杨万里集笺校》，中华书局 2007 年版，第 1377 页。

许愁，说得乃尔若"①之句，拈出了晚唐诗人于濆、刘驾诗爱作"愁语"
的特点。于、刘二人本非唐诗名家，杨万里却对他们予以特别关注，若
非对晚唐诗有独特偏嗜，很难深入到这一层。但这些还只能算作杨万里
在话语表达层面对晚唐诗的推崇，他到底是怎样在具体诗歌创作中吸收
晚唐诗歌、诗学经验的，还不容易看出。

辘轳体、进退格则提供了一个切实可行的切入视角。因为辘轳体、
进退格正是晚唐诗人的遗产，最初就是由晚唐诗人郑谷、齐己、黄损等
所定。郑谷是晚唐名家，被四库馆臣许为"晚唐之巨擘"②，论者对其
五七言诗的艺术造诣也多有肯定。最有趣的是欧阳修《六一诗话》谓：
"郑谷诗名盛于唐末……诗极有意思，亦多佳句，但其格不甚高。以其
易晓，人家多以教小儿。"③这与杨万里诗歌在后世的遭际极为类似，很
容易使人联想到二者之间的关联。僧齐己与郑谷为诗友，郑谷在袁州
时，齐己曾往谒之，得谷嘉赏。陈应行《吟窗杂录》载其《风骚旨格》一
卷。薛雪《一瓢诗话》评是书曰："唐释齐己作《风骚旨格》，六诗、六
义、十体、十势、二十式、四十门、六断、二格，皆系以诗，不减司空
表圣。"④可见，郑谷之所以会与他一起"共定今体诗格"，或与他颇谙
"诗格"之学有关。黄损亦甚为郑谷所重，谷曾称其诗"殆夺真宰所有
也"⑤。《苕溪渔隐丛话·前集》卷三十一载：

《缃素杂记》云："郑谷与僧齐己、黄损等，共定今体诗格云：
'凡诗用韵有数格：一曰葫芦，一曰辘轳，一曰进退。葫芦韵者，

---

① （宋）杨万里撰，辛更儒笺校：《杨万里集笺校》，中华书局 2007 年版，第
1830 页。
② （清）永瑢等：《四库全书总目》，中华书局 1965 年版，第 1301 页。
③ （清）何文焕辑：《历代诗话》，中华书局 1981 年版，第 265 页。
④ （清）薛雪：《一瓢诗话》，人民文学出版社 1979 年版，第 140 页。
⑤ （清）梁廷楠著，林梓宗校点：《南汉书》，广东人民出版社 1981 年版，第
53 页。

先二后四；辘轳韵者，双出双入；进退韵者，一进一退。'失此则
缪矣。"①

所谓"今体诗格"是指近体诗的格律而言，本来近体诗的平仄、对
仗、押韵早有成规，尤其是押韵仅限同一个韵部的韵字相押，郑谷诸人
并不是要以"新格"取代"旧格"，而是想在"旧格"之外另添"别格"，其
最主要新意就在使近体诗押韵规则变得更加多样化。《缃素杂记》述三
种"今体诗格"时分别称之为"葫芦韵""辘轳韵"与"进退韵"，俱以"韵"
字名之，正是突出了它们以押韵规则定体的独特性。"葫芦韵"的押韵
规则是"先二后四"，就像上小下大的葫芦，故以"葫芦"喻之，与辘轳
体、进退格的命名异曲同工。郑谷等三人既俱有诗名，且为亲密诗友，
故共同商略所定的近体"别格"，也一度引起诗人的重视。《缃素杂记》
还特意分析了一首宋人进退格诗：

> 余按《倦游杂录》载唐介为台官，廷疏宰相之失，仁庙怒，谪
> 英州别驾。朝中士大夫以诗送行者颇众，独李师中待制一篇为人传
> 诵，诗曰："孤忠自许众不与，独立敢言人所难。去国一身轻似
> 叶，高名千古重于山。并游英俊颜何厚，未死奸谀骨已寒。天为吾
> 君扶社稷，肯教夫子不生还。"此正所谓进退韵格也。按《韵略》难
> 字第二十五，山字第二十七，寒字又在二十五，而还字又在二十
> 七，一进一退，诚合体格，岂率尔而为之哉。近阅《冷斋夜话》载
> 当时唐、李对答语言，乃以此诗为落韵诗。盖渠伊不见郑谷所定诗
> 格有进退之说，而妄为云云也。②

---

① （宋）胡仔纂集，廖德明校点：《苕溪渔隐丛话》，人民文学出版社 1962 年
版，第 215 页。
② （宋）胡仔纂集，廖德明校点：《苕溪渔隐丛话》，人民文学出版社 1962 年
版，第 215 页。

从《缃素杂记》的论析可见，李师中的进退格押韵方法与笔者从杨万里作品中分析出的方法一致。如果认同这样的今体诗格，那么按照其规则创作的诗歌也应该是近体诗，不能认为它们是"落韵诗"。由于葫芦、辘轳、进退诸格定名甚晚，前此诸唐大家既不及有作，在杨万里之前，用这两种诗体进行创作的宋代诗人也极少。北宋时期，除《缃素杂记》所举李师中的一首外，还见韦骧等人的《雨后城上种蜀葵效辘轳体联句》（五排）一篇，都不过是诗人兴之所至的偶然创作。连一些北宋人都以此体为"落韵诗"，可见流行程度并不广。黄朝英的疏证与胡仔的辑录，对包括杨万里在内的南宋诗人创作当不乏启发作用。

杨万里之所以乐于将本来就未曾流行、一度几近湮没的辘轳体、进退格发掘出来，并付诸较大规模实践，与两种诗体押韵规则的灵活新颖有关，而这正是最吸引杨万里的地方。从杨万里辘轳体、进退格的创作来看，杨万里对两种诗体的规则是了然于胸的。虽然 9 首辘轳体中有 2 首、18 首进退格中有 1 首用韵与《广韵》韵部不合，但不足以证明杨万里不懂它们的押韵规则，只能说明杨万里押韵比较自由，有时并不完全依照《广韵》韵部。杨万里一向持较为自由的诗韵观，这也为他接受辘轳体、进退格奠定了基础。他自己即曾明确主张作诗押韵不当为《礼部韵略》所拘。罗大经《鹤林玉露》丙编卷六"诗不拘韵"条曰：

> 杨诚斋云："今之《礼部韵》，乃是限制士子程文，不许出韵，因难以见其工耳。至于吟咏情性，当以《国风》《离骚》为法，又奚《礼部韵》之拘哉！"魏鹤山亦云："除科举之外，闲赋之诗，不必一一以韵为较，况今所较者，特《礼部韵》耳。此只是魏晋以来之韵，隋唐以来之法，若据古音，则今麻马等韵元无之，歌字韵与之字韵通，豪字韵与萧字韵通，言之及此，方是经雅。"①

---

① （宋）罗大经撰，王瑞来点校：《鹤林玉露》，中华书局 1983 年版，第 339 页。

可见杨万里与魏了翁的押韵观都甚为通达，二人俱将科举用韵与
"吟咏情性"的"闲赋之诗"的用韵明确区分开来。杨万里主张不必拘泥
于《礼部韵略》的押韵规定，就是在创作中不介意借韵、出韵。从对杨
万里辘轳体、进退格诗的用韵分析来看，即便在这两种诗体内部，它们
的借韵、出韵现象也同样存在。当然，所谓"借韵""出韵"是就《切韵》
系韵书的韵部划分规则而言。杨万里诗押韵既然比较自由，其用韵所本
当然不止《广韵》《集韵》《礼部韵略》这些《切韵》一系的"老旧"韵部，他
完全可以使用方音或通行语韵部。杜爱英先生《杨万里诗韵考》一文曾
用系联法将杨万里的近体诗作归纳为 14 个韵部，表明其近体诗用韵比
《广韵》韵部规则宽泛，其"近体诗用韵宽缓，广泛运用辘轳体、进退
格，并有诸多不分借、本、出韵者，这与其不受诗律拘束的诗歌理论正
好相符"之结论①，可以作为笔者观点的佐证。

在南宋，杨万里之前几乎未见明确标为辘轳体、进退格的诗作，杨
万里同时及之后一个时期竟蔚然成风。例如，辘轳体有陆游《东山避暑
用辘轳体》、项安世《任以道总干生日辘轳体》、周文璞《辘轳体》、方岳
《餐雪辘轳体》、柴望《重到都门效辘轳体》等，进退格有周必大《廷秀用
进退韵格赋奉祠喜罢感思诗次韵》、方岳《次韵赵同年赠示进退格》（二
首）、刘子寰《教袿偶作进退格》、徐集孙《雨中用进退格》、金履祥《进
退格送苏金华解官东归》等。诚斋诸友中，除陆游外，范成大也有相关
创作，很可能都是受杨万里带动。至于周必大的一首进退格是直接次诚
斋之韵，明显是受其影响。当然这一风气的影响范围和持续时间都相当
有限。可以断言，像杨万里这样大量创作的绝无仅有。而南宋诗人的创
作基本都集中在杨万里之后，表明杨万里将辘轳体、进退格大力实践
后，诗坛一度出现学习、尝试的潮流。两种诗体在平水韵诞生之后，境
遇更加落寞，不仅创作者绝少，甚至多数人对其名义已不得要领。清人
顾堃《觉非盦笔记》卷四曰：

---

① 杜爱英：《杨万里诗韵考》，《中国韵文学刊》1988 年第 2 期，第 82 页。

今世通行之一东、二冬、三江、四支之类，乃宋理宗时平水刘渊并旧韵之二百六部为一百七部而成之者也……自平水韵行，而北宋《礼部韵》，诗家名公俱未经目，界、部、通、转、叶之法俱未之讲，唐人葫芦、辘轳、进退之法，何可考哉？①

可见自金元时期平水韵流行之后，"唐人葫芦、辘轳、进退之法"已经逐渐失考。不过这样的趋势并非全由平水韵的流行导致，而是近体诗押韵规则在宋代本来就越来越固化，"界、部、通、转、叶之法"宋人讲之已少，更何况清代的"诗家名公"。顾堥又曰：

唐韵视今之平水韵，冬分锺，支分脂，似乎狭矣，而葫芦、辘轳、进退韵用法，有嫌韵、兼韵，有通用、转用、叶用，作者犹为辗转，言平水韵似宽，而葫芦等诸法俱废，则实狭矣。②

杨万里正是想反抗这种固化的潮流。他发现郑谷等人的"今体诗格"在押韵上相当灵活，故而别具只眼地大力创作。诚斋本意是想通过自己的创作，使这两种诗体引起诗界重视，让它们重新焕发生命力。后来平水韵出，《广韵》及《礼部韵略》的韵部规则不复流行，致使辘轳体与进退格的韵部基础不复存在，使"葫芦等诸法俱废"，这是杨万里始料未及的。然杨万里的集中创作既表现了他对新诗体探索的热衷，也反映出他试图通过对晚唐诗学的实践拓展"诚斋体"的努力。

综上所述，对于宋代甚嚣尘上的次韵唱和，杨万里以大半生时间坚持抵制，基本做到了少作甚至不作，从而为"诚斋体"营造了充分的生存空间。对于不甚流行而体制方面具有创新特质的辘轳体、进退格，他

① （清）顾堥：《觉非盫笔记》卷四，清光绪八年（1882）刻本，第18a-19a页。
② （清）顾堥：《觉非盫笔记》卷四，清光绪八年（1882）刻本，第17b-18a页。

却有意识地坚持创作，进一步扩大了"诚斋体"的诗体包容性。而反拨江西诗风的现实需要与以"晚唐体"纠宋诗之弊的诗学理想则为"诚斋体"的生成路径规定了方向，彰显了杨万里诗韵主张与诗韵实践背后丰富的诗学意蕴。这些都是"诗韵"在"诚斋体"生成过程中发挥的作用。如果再推开一层，将"诗韵"视作一个观照"诚斋体"生成路径的窗口，那么杨万里在剥离诗歌有害质素、为诗歌注入新鲜活力方面的努力与解决现实诗学问题、实现高远诗学理想的探索，将通过这个窗口得到清晰展示。这又使我们联想到钱锺书先生的论断："在当时，杨万里却是诗歌转变的主要枢纽，创辟了一种新鲜泼辣的写法，衬得陆和范的风格都保守或者稳健。因此严羽《沧浪诗话》的《诗体》节里只举出'杨诚斋体'，没说起'陆放翁体'或'范石湖体'。"①正是因为"诚斋体"有这样的独特性，才使得对其生成路径的探讨具有别样的意义。

---

① 钱锺书：《宋诗选注》，人民文学出版社 2005 年版，第 158 页。

第九章　韵法新变：杨维桢乐府叶韵

　　众所周知，杨维桢的乐府创作在乐府诗史上具有重要地位。《四库全书总目》称维桢有"横绝一世之才"且"以乐府擅名"，评其乐府诗的艺术成就曰："根柢于青莲、昌谷，纵横排奡，自辟町畦，其高者或突过古人"；对于其中的典范之作，更是赞许它们"与《三百篇》风人之旨，亦复何异"，可谓推崇备至。① 的确，若仔细涵泳铁崖的乐府作品，读者一定会被其格调之高古、音节之和谐而感染。铁崖乐府之所以能具有如此强大的艺术感染力，原因有很多，但其独特的用韵技法定是不可忽视的要因之一。总体来说，铁崖乐府的用韵疏密有致、节奏感强，选用韵字不求生僻，一以妥帖自然为准。铁崖不愧为深谙用韵之道的乐府大家。

　　然而，铁崖在用韵时的一个特殊现象需要予以特别关注，那就是他好用叶韵。"叶韵"说自两宋之际的吴棫在《韵补》《毛诗补音》诸书中倡言之，南宋朱熹复颇采吴氏之说以注《诗经》《楚辞》，遂使这种在为先秦韵文注音时所采用的改读字音的方法风靡一世。但是自明人陈第指出这一学说的理论缺陷后，后世音韵学家踵尔辨之，愈演愈烈，又使其最终走上了几乎被彻底否定的道路。铁崖在元末明初将叶韵广泛地运用到诗歌创作中，具有开风气之先的"新变"意义。因此，如果不能合理地看待铁崖乐府中为数众多的叶韵用例，而依据传统古音学研究的结论，将之一概斥为"不科学"，那将不利于正确评价铁崖乐府的艺术成就，

---

① 　见(清)永瑢等：《四库全书总目》，中华书局 1965 年版，第 1462 页。

甚至也不利于正确评价其他诗人的同类乐府创作。

第一节　杨维桢对叶韵的使用在元代具有代表性

叶韵在创作中的流行也有一个过程。它在宋代还不多见。像李新《跨鳌集》中《祭先农》一诗用了 3 次叶韵，已经算是极为少见的了。元代比宋代的情况好些，但也没有流行起来。元人蒋易曰：

> 叶韵，近代用之者鲜。独于五峰屡见之，如前诗生与央叶，舟耜台芽并与壶叶，东与翔叶，邱沙淮者求并与思叶，鱼驹并与游叶。飒风乎《骚》《选》之遗音，然欲效之者必考据《诗》《骚》及才老《叶音》《补韵》而用之，斯为善矣。不然如闽人以高叶歌韵，浙人以篮叶山韵，适为抵掌之资，亦可不慎欤？①

可见，元代叶韵尚不流行，虽有李孝光在其诗歌创作中数次使用，但仍被当作特例看待。其实与其并称"杨李"的杨维桢在其《铁崖古乐府》和《东维子集》中，对叶韵的使用更为普遍，尤其是其《铁崖古乐府》中的乐府诗，为了追求古雅的高格调，使用叶韵的情况更是较为普遍。像集中的《箕山操》《独禄篇》《平原君》《易水歌》《宿瘤词》《虞美人行》《大难日》《毛女》《李夫人》《登华顶峰》《贸易词》《地震谣》《金溪孝女歌》《杨佛子行》《金处士歌》《寿岩老人歌》《钟藤辞》《义鸽三章·其一》《览古·其三十一》等诗，都至少使用 1 次叶韵，其中《李夫人》使用 3 次，《金处士歌》使用 4 次。现举篇幅较短的《箕山操》为例，以见一斑：

> 箕之山兮，可耕而樵(叶囚)。箕之水兮，可饮而游。牵牛何

---

① （元）蒋易：《元风雅》，《宛委别藏》，江苏古籍出版社 1988 年版，第 114 册，第 668-669 页。

来兮，饮吾上流。彼以天下让兮，我以之逃（叶投）。世岂无尧兮，应尧之求，吾与尧友兮，不与尧忧。①

此诗格调高古，音韵和谐，是杨维桢乐府诗中的杰作，在古人的叶韵创作中也当属艺术造诣较高者。由于杨氏热衷于乐府诗的创作，为了使自己的作品在体制、格调、声韵上都能臻于高古，所以他就比其他的元代诗人更热衷于将叶韵运用到自己的诗歌创作中去。当然，虽然杨维桢个人使用的较多，但若从整个元代诗坛来看，仍以蒋易"叶韵，近代用之者鲜"的论断更为符合实际。

笔者认为，叶韵在文学领域自有其独特价值。叶韵从诞生之初即主要被用于为经典韵文文本注音，它具有辅助韵文文本阅读的重要功能，能够有效地疏通由于古今发音的演变而造成的押韵窒碍。叶韵在经典韵文文本的讽诵涵泳中也发挥着重要作用，它有助于使众多经典韵文文本更流畅地讽诵于人口。叶韵还被许多诗人运用到诗歌创作中，并逐渐受到批评家的关注，成为一种较为普遍的文学现象。对铁崖乐府的叶韵用例加以考释，说明其叶韵之用意，探索其叶韵之依据，既有助于加深对铁崖乐府诗用韵艺术的认识，也有助于进一步明确叶韵方法在文学领域的独特价值。

第二节　杨维桢乐府诗叶韵举证

基于上述考量，笔者拟选取铁崖较具代表性的十首使用叶韵的乐府作品加以考释，并在此基础上探究铁崖乐府之叶韵在诗史上的地位。如此一来，或可对合理认识铁崖乐府诗之叶韵、客观评价叶韵作为一种诗歌创作技法在文学领域的特殊价值有所裨益。有一点需要指出：铁崖乐

---

① （元）杨维桢撰，（清）楼卜瀍注：《铁崖乐府注》卷一，《四部备要·集部》，第 72 册，第 3a 页。

府诗中的叶韵是其乐府诗的有机组成部分，基本上都是诗人自己所加，并非后人所添。就拿其门人吴复所编的《铁崖古乐府》十卷来说，其中所收作品基本是铁崖中年所作，在编集时师徒二人多有交流，而且吴复去世早于铁崖，因此该集中的叶韵基本都是铁崖原作就有。

(一)《平原君》(一作《平原君斩美人歌》)

> 平原君，起朱楼。美人盈盈楼上居(叶鸠)。槃珊跛汲彼何叟，美人一笑槃珊愁。门下士，引去不可留。美人高价千金直，千金不惜美人头。君不见帷中妇女观跛者，一笑五国生戈矛。①

按本诗中"居"叶韵"鸠"。查《广韵》，"居"属鱼韵②，与本诗中属尤韵的"楼""仇""留""投""矛"诸韵字不押韵，由于"鸠"亦属尤韵，"居"叶韵"鸠"后，即可与其他韵字押韵，此乃杨氏以"居"叶"鸠"之本意。

查郭锡良《汉字古音手册》，在上古音系中"居"属鱼部③，"鸠"属幽部，二字既不属一部，可见其叶韵所本并非古音；又查元周德清《中原音韵》，"居"属鱼模部④，"鸠"属尤侯部，二者既不相押，可见亦非依据元代北方现实语音。杨氏以"居"叶"鸠"所据为何，尚待详考。相比之下，朱熹《诗集传·蟋蟀》："无已大康，职思其居"之"居"叶音"据"⑤，"据"古音亦属鱼部，从古音学角度来说，比杨氏此处之叶韵更为"科学"。

---

① (元)杨维桢撰，(清)楼卜瀍注：《铁崖乐府注》卷一，《四部备要·集部》，第 72 册，第 8a-8b 页。
② (宋)陈彭年等编：《钜宋广韵》，上海古籍出版社 1983 年版，第 33 页。本章多次参考，不再出注。
③ 郭锡良：《汉字古音手册》，商务印书馆 2010 年版，第 182 页。本章多次参考，不再出注。
④ (元)周德清：《中原音韵》，上海古籍出版社 2011 年版，第 170 页。本章多次参考，不再出注。
⑤ (宋)朱熹撰，赵长征点校：《诗集传》，中华书局 2017 年版，第 103 页。

(二)《易水歌》(一作《荆卿失匕歌》)

> 风潇潇，易水波，高冠送客白峨峨。马嘶燕都夜生角，壮士悲歌刀拔削(叶朔)……①

按本诗中"削"叶韵"朔"。查《广韵》，"削"属药韵，"角"属觉韵，二字不相押；而"朔"属觉韵，"削"叶韵"朔"后，即可与"角"相押，此乃杨氏以"削"叶"朔"之本意。

查郭锡良《汉字古音手册》，"削"古音属药部，"朔"古音属铎部，其叶韵所本并非古音；又查《中原音韵》，"削"属萧豪部，"朔"亦属萧豪部，且同归"入声作上声"一类，可见二字叶韵与元代北方现实语音相符。又明郝敬《毛诗原解》卷九"鲁道有荡，齐子发夕"(《载驱》)之"夕"叶"削"，"夕"古音属铎部，郝氏之以药部叶铎部，与杨氏之以铎部叶药部，二者思路相同，然皆不合古音。当时古音未明，此举或是通行做法。

(三)《大难日》

> 来日大难君不知，焦心弊力欲何为。早知大难学安期，炼煮丹石服灵芝。大药误死世所嗤，不如美酒千日可辟饥。美酒醉饱，一日以为老。美酒不畅(叶昌)，千岁亦为殇。②

按本诗"畅"叶韵"昌"。查《广韵》，"畅"属漾韵，"殇"属阳韵，二者不相押，而"昌"则属阳韵，以"昌"叶韵"畅"，则"畅""殇"可押，此乃杨氏之本意。

---

① (元)杨维桢撰，(清)楼卜瀍注：《铁崖乐府注》卷一，《四部备要·集部》，第72册，第9a页。

② (元)杨维桢撰，(清)楼卜瀍注：《铁崖乐府注》卷二，《四部备要·集部》，第72册，第6b页。

查《汉字古音手册》，"畅""昌"古音皆属阳部，本诗叶韵与古音相符。又据《中原音韵》，"昌""殇"皆属江阳部阴声韵，而"畅"则属江阳部去声韵，本诗以"昌"叶韵"畅"，亦与元代北方现实语音相符。

(四)《毛女》

沙邱腥风吹腐龙，华阴毛女藏双鱼(叶农)。宫中雨露不可食，餐松啖柏留春容。桃花流水迷红雾，十二峰头度朝暮。自是婵娟有仙骨，入海徐郎岂知故。衣沐雨，鬓梳风，槲叶楚楚山花红。秦楼旧镜掩明月，咸阳目送双飞鸿。①

按本诗"鱼"叶韵"农"。据《广韵》，"鱼"属鱼韵，与属锺韵的"龙""容"不相押；"农"属冬韵，《广韵》规定冬韵与锺韵可通用，如此一来，以"鱼"叶韵"农"，则可与"龙""容"相押，此乃杨氏叶韵之本意。

查《汉字古音手册》，"鱼"古韵属鱼部，"农"古韵属冬部，其叶韵所本并非古音；又查《中原音韵》，"鱼"属鱼模部，"农"属东锺部，则"鱼"叶韵"农"与元代北方现实语音亦不相符。

(五)《李夫人》

绝代一佳人，美色如洛妃(叶呼)。春月为作眉上縠，秋水为作眼中波(叶遁)。歌琼蕤，舞玉枝，君王有情不自持。玉枝一夜摧，琼蕤一朝落，君王之心何以乐。若有人兮有若无，来迟迟兮去促促(叶呼)。芙蓉叶上清露结，晴光倒射金虹灭。山为雨，海为雨，何得分明梦中语。落蛾影灭百子池，灵风一阵彩云飞。②

---

① (元)杨维桢撰，(清)楼卜瀍注：《铁崖乐府注》卷三，《四部备要·集部》，第72册，第2a页。
② (元)杨维桢撰，(清)楼卜瀍注：《铁崖乐府注》卷三，《四部备要·集部》，第72册，第6a-6b页。

按本诗有三处叶韵，分别是：以"呼"叶"妃"，以"逋"叶"波"，以"呼"叶"促"。查《广韵》，"妃"属微韵，"波"属戈韵，二者不相押，而"呼"属模韵，"逋"亦属模韵，则可相押；又"促"属烛韵，"无"属虞韵，二者不相押，而"呼"属模韵，《广韵》规定虞模同用，则"促"叶韵"呼"后，即可与"无"相押。

查《汉字古音手册》："妃"古音属微部，"呼"古音属鱼部；"波"古音属歌部，"逋"古音属鱼部；"促"古音属屋部。三个叶韵组合在古音中皆不同部，说明其叶韵所本并非古音。又查《中原音韵》："妃"属齐微部，"呼"属鱼模部；"波"属歌戈部，"逋"属鱼模部；"促"属鱼模部，"呼"属鱼模部。三组叶韵虽各自两两不相押，但"呼""逋"作为叶韵用字却同属一部，可见本诗叶韵与元代北方现实语音有关。

(六)《登华顶峰》

……翩然迎老仙，笑语风云从。冰桃琥珀碗，霞液玻璨锺，陶然一醉三千霜(叶春)。酡颜相暎扶桑红。归来笠泽成小隐，林屋洞访浮丘翁。下视东蒙尘土濛，蓬科万冢眠英雄。[1]

按本诗"霜"叶韵"春"。据《广韵》，"霜"属阳韵，"春"属锺韵，以"春"叶"霜"之后，即与同属锺韵的"从""锺"二字押韵，此乃杨氏叶韵之本意。

然"霜""春"相叶有没有什么依据呢？查《汉字古音手册》，"霜"古韵属阳部，"春"古韵属东部，说明此处叶韵所本非古音；又查《中原音韵》，"霜"属江阳部，"春"属东锺部，可见此处叶韵与元代北方现实语音无关。

既然"霜""春"相叶与古音、时音俱不合，铁崖何故邃以二者相叶？

① (元)杨维桢撰，(清)楼卜瀍注：《铁崖乐府注》卷三，《四部备要·集部》，第72册，第9b-10a页。

考《小雅·大东》有"大东小东，杼轴其空。纠纠葛屦，可以履霜"之句，铁崖或见《诗经》中有"霜"与"东""空"同见之例，遂以为三字押韵，因取与"空""东"在元代实际语音中同部的"春"字叶韵。然铁崖此举有两误：其一，"空""东"与"春"虽在元代实际语音中同部，实则在《广韵》中并不同部；其二，"纠纠葛屦，可以履霜"之句并非与之前的"大东小东，杼轴其空"之句押韵，而是与其后的"佻佻公子，行彼周行"之句押韵。据王力《诗经韵读》，"东""空"属古音东部，"霜""行"属古音阳部①，正好两两押韵，明人陈第《毛诗古音考》卷三取"大东小东，杼轴其空。纠纠葛屦，可以履霜"四句作为"本证"以证"东"古音"当"②，似与铁崖犯了相同的错误。

(七)《金溪孝女歌》

　　金溪石，石生银。凿石石有尽，银令无时磷。昨夜银官下（叶户），山头点银户。葛家父，无丁惟二女，葛家父楚苦，苦楚与死邻。二女痛父关一身，骈首跳冶裂焰闇（叶音）。裂焰焚身，不焚二女心。天惨惨，神森森，化作双白金。双白金，盛龙锦，愿作万寿卮，以奉天子饮。一饮银鬼泣，再饮银令寝。③

　　按本诗以"户"叶"下"，以"音"叶"闇"。据《广韵》，"下"属祃韵，"户"属姥韵，以"户"叶"下"，则与下句"山头点银户"之"户"押韵；"闇"属勘韵，"音"属侵韵，以"音"叶"闇"，即可与同属侵韵的"心""金"相押，此乃杨氏叶韵之本意。

　　查《汉字古音手册》，"下"古音属鱼部，"户"古音亦属鱼部，二者相叶与古音相符；"闇"古音属侵部，"音"古音亦属侵部，二者相叶亦

----

① 王力：《诗经韵读》，中华书局 2014 年版，第 279-280 页。
② （明）陈第：《毛诗古音考》，中华书局 2011 年版，第 116-117 页。
③ （元）杨维桢撰，（清）楼卜瀍注：《铁崖乐府注》卷六，《四部备要·集部》，第 72 册，第 1a 页。

与古音相符。陈第《屈宋古音义》卷一云："下，音虎。陆德明云：'《毛诗》—十有七下，叶韵皆当读如户。'夫谓之如户近之，以为叶音，失之矣。详见《毛诗古音考》。"①又引《离骚》"纷总总其离合兮，斑陆离其上下。吾令帝阍开关兮，倚阊阖而望予"四句以证，复云："又《离骚》二下，及《九歌》《九章》《九辩》《招魂》《高唐》《风赋》，凡下皆此读。"②又《毛诗古音考》卷一云："下，音虎。陆德明云：'当读如户。'魏了翁云：'《六经》凡下皆音虎，舍亦音暑。'不特六经，古音皆然。"③书中复从古代文献中搜罗本证、旁证各 12 则，以证其说。可见杨维桢此诗以"户"叶"下"，既与古音相符，又有前代的文献作为依据。

(八)《杨佛子行》

诸暨县北枫桥溪，枫桥溪水上接颜乌栖。其下一百二十里合万和水，万和孝子庐父墓，墓上芝生薿。杨生佛子与万和孝子齐。六岁怀母果，二十为母尝百药，药弗医（叶）。啖母以肉将身刲，母病食肉起，其神若刀圭。母死返九土，常作婴儿啼……④

按"医"在《广韵》属之韵，与属齐韵的"溪""栖""薿""齐""刲""圭""啼"诸韵字不押韵，标注一"叶"字，意为使之韵叶音为齐韵，如此一来即可相押，此乃杨氏之本意。

查《汉字古音手册》，"医"古韵属之部，"溪""刲""圭""啼"古音属支部，"栖""薿""齐"，古音属脂部。考《古今韵会举要》卷二平声上四支释"医"字曰："医，于其切，音与漪同……又止韵"⑤；且注明支

① （明）陈第：《屈宋古音义》，中华书局 2011 年版，第 186 页。
② （明）陈第：《屈宋古音义》，中华书局 2011 年版，第 186 页。
③ （明）陈第：《毛诗古音考》，中华书局 2011 年版，第 25 页。
④ （元）杨维桢撰，（清）楼卜瀍注：《铁崖乐府注》卷六，《四部备要·集部》，第 72 册，第 1b 页。
⑤ （元）黄公绍、熊忠：《古今韵会举要》，中华书局 2000 年版，第 46 页。

韵与脂、之韵通。说明杨氏此处叶韵亦有所本。

(九)《金处士歌》

苏州古隐君，实始虞仲，隐居放言，中乎清与权。次曰澹台氏，言不枝，行不径，未尝蹈走诸侯前。五噫之夫，将其匹联。耕织为业，不废诵与弦。亦有天随仙配鸱夷子，理钓船。去之五百年，求继者孰贤。阊闾古城阴，曰有处士氏曰金。长身而美髯（叶壬），风局孤以古，古貌疏且沉。家不失箴，里不失任。有余推与人，矧肯爵禄入吾心。心阙下，足终南（叶吟）。贫贱易屈，贵富易淫。故大隐在关市，不在墅与林。凤皇不能引高，神龙不能引深（叶沁）。人呼为处士，更加逸与贞之号，焉知古不如来今。吾嗟今之士，既隐邱园，复事王侯，行无补阙，言无裨谋，惟禄食是媒（叶牟）。诡贞而隐，诡逸而休，以为吾人忧。放而返涧，恚岳陇羞。闻处士风，其不泚然在颡，岂吾人俦。①

按本诗"髯"叶韵"壬"，"南"叶韵"吟"，"深"叶韵"沁"，"媒"叶韵"牟"。据《广韵》，"髯"属盐韵，叶属侵韵的"壬"后，即与同属侵韵的"金""沈""任""心"等字押韵；"南"属覃韵，叶属侵韵的"吟"后，即与同属侵韵的"任""心""淫""林"等字押韵；"媒"属灰韵，叶属尤韵的"牟"后，即可与同属尤韵的"丘""谋""休""忧""羞""俦"诸字押韵。

查《汉字古音手册》："髯"古音属谈部，"壬"古音属侵部，二字相叶不合古音。"媒"古音属之部，"牟"古音属幽部，二者相叶与古音不合；朱熹《诗集传》注《氓》篇云"匪我愆期，子无良媒（叶谟悲反）"②，"悲"古音属微部，与"媒"亦非同部，说明朱熹此处叶韵亦不合古音规律。"南"古音属侵部，"吟"古音亦属侵部，二字相叶与古音合；朱熹

---

① （元）杨维桢撰，（清）楼卜瀍注：《铁崖乐府注》卷六，《四部备要·集部》，第 72 册，第 2a-2b 页。

② （宋）朱熹撰，赵长征点校：《诗集传》，中华书局 2017 年版，第 57 页。

《诗集传》注《燕燕》篇云"之子于归，远送于南（叶尼心反）"①，正好与杨氏此诗叶韵同例。

本诗中"深"叶韵"沁"一条有误，当删。因为"深"本来即属侵韵，不必叶韵即可与前后韵字相押。而所叶"沁"字在《广韵》中属沁韵，与诗中前后韵字皆不相押，明显错误。不仅《四部备要》内的楼氏注本叶"沁"，《四部丛刊》内的吴复编本也叶"沁"。可见本处误添之叶韵出现甚早，甚至可能是铁崖在创作之初既已误添；当然，也不排除本诗有错简、讹脱的情况。

（十）《寿岩老人歌》

　　寿岩老人宋都督，不肯新朝食周粟。水晶国里七宝山，别有天地非人间。山中黄石眠怒虎，圯上传书曾有语。归来牧羊寻赤松，万年枝上盘冬龙。冬龙万年与石斗，老人一杯持自寿。炼石未补南天孔（叶空），坐见瀛洲生软红。呜呼寿岩之人兮元不死，南斗化石齐崆峒。②

按本诗"孔"叶韵"空"。据《广韵》，"孔"属东韵上声，与属东韵平声的"红""峒"不押韵，"空"属东韵平声，"孔"叶"空"后，即可与"红""峒"押韵。又查《汉字古音手册》，"孔""空"古音俱属东部，二者相叶与古音合。

第三节　杨维桢乐府诗叶韵的文学意义

综上，铁崖乐府诗中的叶韵，都属于为了押韵和谐而临时改读字音

---

① （宋）朱熹撰，赵长征点校：《诗集传》，中华书局 2017 年版，第 26 页。
② （元）杨维桢撰，（清）楼卜瀍注：《铁崖乐府注》卷六，《四部备要·集部》，第 72 册，第 13a 页。

的情况。经杨氏所改读的字音，有的与古音相合，有的与当时通行的口语音相合；有的虽与此二者皆不相合，但在前代诗歌文献中却能找到依据，这种情况可以看作是拟古。拟古有时候也就是创新，有助于营造诗歌古色古香的风貌。当然，铁崖乐府诗中的叶韵还有一些暂时看不出来它们有什么依据的。在运用叶韵法时，这一部分看不出依据的叶韵是最被古音学者们诟病的，因为这种临时转叶的随意性，会给古音研究带来极大的不便。

但是，若以文学为本位来审视之，即便是"随意转叶"，只要符合叶韵本身的规则，就无可厚非。因为当叶韵被运用于诗歌创作中时，它已经不再是语音研究的语料，而成了一种独特的诗歌创作方法。熟悉诗歌创作的人都有这样一种体会，有时候一个最适合表达诗意的字却是一个无法与前后诗句押韵的字。而叶韵正好解决了这个矛盾。律诗的用韵极为严格，自然不能如此随意，而乐府诗就自由多了。杨氏抓住了乐府诗押韵相对自由的特点，大胆地将叶韵方法广泛地运用到自己的创作中来，确实产生了良好的效果。就拿上述十首乐府诗来说，若是不采用其中的叶韵，虽然依旧不妨碍它们成为语义完足、情感充沛的好诗，可是朗读起来总觉得没有那么顺口，要是配上音乐歌唱大概也没那么动听；可是一旦采用了其中的叶韵，则它们整个的文气和音响效果就都显得更加通透而和谐了。叶韵在诗歌创作中的这种权宜之妙，被铁崖很好地发挥了出来。

毋庸置疑，叶韵在一定程度上强化了铁崖乐府诗的艺术效果。在铁崖乐府诗日渐广播于人口的同时，叶韵也与之一道，被越来越多的人所效法，逐渐运用到自己的诗歌创作中去。在铁崖生活的元末明初，将叶韵广泛地运用到诗歌创作中，尚属开风气之先；到了明清时期，使用叶韵进行创作的诗人就不胜枚举了。例如，明代的史鉴（1434—1496）《西村集》，邵宝（1460—1527）《容春堂集》，刘宗周（1578—1645）《刘蕺山集》，清代的陈兆仑（1700—1771）《紫竹山房诗文集》，程晋芳（1718—1784）《勉行堂诗集》，毕沅（1730—1797）《灵岩山人诗集》等等，都收录了不少使用叶韵的诗作。他们在创作时使用叶韵的具体方法与铁崖基本一致，即模仿《诗集传》《楚辞集注》等经典文本的注音方式，在自己所作的诗句韵脚处标注"叶"或"叶音某"的字样。其中明史鉴《西村集》所录此类创作在数量上较为突出，例如其《灵芝歌》：

> 灵芝生(叶)，粲若英(叶)。来百福，世其昌。灵芝生，光且奕。庆斯锺，象乃德。灵芝生(叶)，铜池中(叶)。和致祥，寿无疆。灵芝生，气之粹。配庆云，象华盖(叶)。灵芝生，受天祜。祜维何，锡尔祚。灵芝生(叶)，何轮囷。子孙兮，宜振振。①

由此可见，明人在将叶韵用于自己的诗歌创作中时，不仅篇目的数量多，每篇之中使用的次数也多。当然，这一文学现象之所以在明清时期更为普遍地流行起来，与朱熹及其《诗集传》《楚辞集注》的学术地位越来越高、流传越来越广有关；同时，与明清时期中国古典文学逐渐走上总结期且其时的文献尚足征也有关。但无论如何，铁崖在其乐府创作中大胆地广泛使用叶韵方法而产生的引领、开拓作用，是不容忽视的。

当叶韵逐渐被引入诗赋创作领域，它就不再仅仅是古音学研究的对象了。它作为一种文学现象，也逐渐开始被古代批评家所关注、探讨。例如清陈仅《竹林答问》就曾专门探讨之：

> 问："音韵或叶或通，其用之之道有分别否？"
> "叶韵只可用之乐府，若施之古诗，终嫌聱牙。盖古诗主于读，乐府主于歌，古人分通叶二法，名义固自厘然。"
> 问："古诗声韵当何从？"
> "作古诗，声调须坚守杜韩苏三家法律，至用韵当以杜韩为宗

---

① （明）史鉴：《西村集》，《四库全书》，第 1259 册，上海古籍出版社 1987 年版，第 701-702 页。

主。韩诗间溢入叶韵，苏诗则偶有牵强处，不可为典要也。"①

陈氏强调"韩诗间溢入叶韵"，"不可为典要也"，说明他仅将叶韵法视作诗歌正道边上一条旁逸斜出的小径。但是他"叶韵只可用之乐府"的论断，又指明了叶韵与乐府诗的密切关联，这也为杨维桢诸人热衷于在乐府创作中使用叶韵方法提供了一种理论上的解释。由于"乐府主于歌"，因而其声韵是否和谐，是否能令歌者感到口吻调利、令听者感到悦耳动听就显得至为重要。总体来看，陈氏虽不赞同在诗歌创作中运用叶韵，但也并未完全否定之，事实上，他更关心的似乎是：如果诗人非得在诗歌创作中使用叶韵方法的话，该如何有针对性地使用它，以便将它的负面作用降至最低。在这一点上，铁崖的乐府诗也提供了艺术上相当成功的典范。

其实，有些当代学者已经逐渐发现了"叶韵"说在文学领域的独特价值。例如，刘晓南先生《试论宋代诗人诗歌创作叶音及其语音根据》一文就曾指出："文章家主要关注是否词能达意，言之不文则行而不远，除在庄重的场合、典雅的文体中要关注韵律的入格外，其他更多关注的则是是否口耳谐叶。"②这也就从文人的实际创作心理、艺术追求出发揭示了叶韵方法的合理性。邹其昌先生《"讽诵涵泳"与"叶韵理论"——论朱熹《诗经》诠释学美学诠释方式之二》一文在论证叶韵的文学价值方面有进一步的突破。作者体会到朱子的"叶韵"注音之用意在讽诵，并从诠释学、美学角度肯定了其合理性。③ 可见，当"叶韵"说与文学创作联系起来之后，它就具有了与古音研究不同的"文学性"，对于其特殊价值，就应该从文学的角度进行重新审视。不必也不可仍然

---

① （清）陈仅：《竹林答问》（1 卷），清镜滨草堂钞本，第 37 页。

② 刘晓南：《试论宋代诗人诗歌创作叶音及其语音根据》，《语文研究》2012年第 4 期，第 9 页。

③ 见邹其昌：《"讽诵涵泳"与"叶韵理论"——论朱熹〈诗经〉论释学美学论释方式之二》，《湖北师范学院学报》2005 年第 1 期，第 5-10 页。

受语音学领域的主流意见之束缚，不敢明确地为"叶韵"说的文学价值正名。

正所谓"横看成岭侧成峰，远近高低各不同"，对于叶韵应该具体问题具体分析。从语音学内部看，由于许多叶韵本来就与古音相合，尚且不能将其一概否定；更何况，语言学与文学有本质的不同，若将前者的研究结论不加别择地移植于后者更是不妥。总而言之，叶韵在文学领域自有其独特意义。通过探讨铁崖乐府诗之叶韵的用意、依据、艺术效果及影响等问题，不仅有助于客观认识叶韵在铁崖乐府诗中所发挥的作用，也有助于纾解古典文学研究中可能存在的对叶韵的成见。

第十章　韵学集成：李调元的建构尝试

在清代学术史上，李调元是一位兼有文献学家、音韵学家、诗学家、诗人等多重身份的重要学者，因而他对声韵之学的建构具有明显的集成性质。由于学科间固有壁垒的存在，如果单从某一学科门类入手，很难体会李调元学术的丰富意蕴。作为其学术成就典型代表的音韵学与文学，自然也都会遭到严重遮蔽。在对李调元的音韵学加以文学观照的同时，对其文学加以音韵学的观照，不失为一种突破壁垒的可行路径。蒋寅先生在论述清代诗歌声韵研究的前驱李因笃时曾指出，李因笃并没有像顾炎武那样对音韵学"做许多专门的研究"，而是"更多的是在诗歌评点中贯注了音韵研究的意识"，并指出李因笃"将汉诗音注放置到一个科学的基础之上"的努力，"无论在理学内部还是诗学中甚至在音韵学史上或许都是有历史意义的，值得音韵学史加以考察"。① 就这一点而言，李调元与李因笃的学术路径颇为类似。不同的是，李调元不止是在文学研究的某一方面"贯注了音韵研究的意识"，而是在文学研究、文学实践、图书刊刻等多个方面都"贯注了音韵研究的意识"；不仅如此，即便其音韵学研究本身也具有明确的文学考量。

从广义上说，李调元的声韵之学可以分为四类：第一类是与文字、训诂相伴而生的字音训释之学，属于严格意义上的音韵学；第二类是其诗学著作对历代诗歌押韵艺术的总结，不妨称之为李调元的声韵诗学；

---

① 见蒋寅：《清代诗学史》(第一卷)，中国社会科学出版社2012年版，第398页。

第三类是李调元本人诗歌创作的押韵实践，是对其声韵诗学的具体运用；第四类是对前人音韵著作的校订刊刻，通过有选择性的校订刊刻他人音韵著作来展示自己的音韵理念，也是李调元声韵之学的一大特色。这四类具体表现形态构成了李调元声韵之学的完整体系，并彰显了其音韵意识与文学意识双向贯注的鲜明学术特征。

第一节　李调元音韵学的文学考量

李调元在文字学、音韵学、训诂学领域都有很高的造诣。所撰《通诂》二卷、《方言藻》二卷、《六书分毫》三卷、《十三经注疏锦字》四卷、《奇字名》十二卷等都是文字、训诂专书，而《卍斋璅录》（十卷）、《勦说》（四卷）、《燃犀志》（二卷）、《粤风》（四卷）、《淡墨录》（十六卷）等笔记著作中也包含大量的文字、训诂内容。李调元训释文字经常从字音入手，诠解各类词汇也经常综合运用各种音韵知识，因之李调元的音韵学造诣也能在这些文字、训诂著作中得到较为充分的展示。不仅如此，李调元还有一部音韵学专著，即《古音合》二卷，专门研究古代的多音字。通观这些著作会发现，李调元具有沟通传统小学与文学的强烈意识，尤其注意发掘传统小学的文学价值。

首先，李调元认为"深于训诂"有益于"词章之学"。他在《十三经注疏锦字序》中指出：

> 训诂之文非词章之学也，而深于训诂者，词章亦不外是焉。汉、唐儒者一生精力悉耗之注疏中，至有一字一言之微，累千百言解之而不能尽者，学者病其繁重，兼谓治经之外无所复施，几于高阁度之。不知其诠释名物，研芳撷艳，洵屈、杨（扬）、班、马无以过，岂专讲经而已乎？①

----

① （清）李调元：《童山文集》，《丛书集成初编》，第 2515 册，商务印书馆 1936 年版，第 46 页。

调元深知训诂与词章各有专门，但他同时又强调"词章亦不外是"，表明他对"训诂之文"之于"词章之学"的积极作用也有独特的理解。汉、唐儒者解经固有繁重、寡用之弊，但在调元看来，汉、唐注疏之学的价值是多元的，并非只是"专讲经而已"，它们还具有"研芳撷艳"的文学特征与"淘屈、杨(扬)、班、马无以过"的文学成就。所谓"锦字"，就是十三经注疏中的"标新领异之语"，调元认为将之摘出"与词章作料"，对文学创作十分有益。

不仅如此，李调元还认为文字学与文学密切相关，故而主张"能作文必先识字"。他在《六书分毫序》中说：

> 唐颜元孙作《干禄字书》……以"干禄"名者，以其取便临文，为应举者所资也。惜其文不广，中多纰漏，余庚寅间以丧居家，家弟子咸来问字，余教以能作文必先识字，因时摘其舛误为之辨正，遂推类以及其余，作《六书分毫》一册。①

调元认为《干禄字书》以"干禄"命名，是因为它具有"取便临文，为应举者所资"的作用，所言便临文、资应举都是就这部著名字书的文学功能而言。而其"能作文必先识字"的心得更是将文字之学看作文学创作的基本前提。

此外，李调元对于方言与诗词创作关系的认识也特别值得注意。他在《方言藻序》中对二者的关系进行了详细的阐述：

> 方言藻者，古今诗词中所用之方言也。方言不可以言文，而文非方言则又不能曲折以尽意。故不知方言者，不可以言文也。……扬子《方言》炳于世矣，而兹复从诗词中求所谓方言藻者，何也？

---

① (清)李调元：《六书分毫》，《丛书集成初编》，第 1075 册，商务印书馆1936 年版，第 1-2 页。

方者鄙俗之谓，方言而适于文之用，则谓之藻也故宜。①

　　相较于扬雄以训释字义为主的正统方言之学，调元的方言之学可谓
别具一格。他的关注点并不在于方言的解诂，而在于方言的华藻，亦即
方言的文学性。故而他所谓的"方言藻"，实际就是"古今诗词中所用之
方言"。他认为方言虽与文学不同，但方言的巧妙使用却有助于文学表
达的成功实现。只要方言的使用能够做到"自然流露""天籁自鸣"，那
么它就与"文言"无异。据此可见，调元的方言之学主要立足于诗词之
学的基础上。
　　既然李调元已经充分认识到传统小学的文学价值，并对之抱有浓厚
的研究兴趣，那么他将传统小学中的音韵学与古典文学中的诗学加以沟
通，并在音韵学的研究中注入诗学的考量也就顺理成章。
　　首先，李调元研究古音有着"供拈吟之用"的诗学考量。一般而言，
古音研究的主要目的是为了探寻古代语音演变的规律，但调元《古音
合》一书的编撰目的却与之不尽相同，他还想借之为文学的创作与研究
服务。正如调元在自序中所言：

　　经术兴，小学废，缙绅先生有不误'蹲鸱'而解读'雌霓'者，
曾有几人？字一也，音则随所用而为之变，若执此字以读彼音，则
音义俱失，甚且误以押韵而不觉者，虽在通人不免焉。余暇日辄取
韵书之一字而音韵相借者，合而录之，名《古音合》，非止供拈吟
之用，亦使初学者知所考焉。②

　　调元所言之"误以押韵而不觉"的现象，正是基于诗赋创作时对韵

① （清）李调元：《方言藻》，《丛书集成初编》，第 1182 册，商务印书馆
1937 年版，第 1 页。
② （清）李调元：《古音合》，《丛书集成初编》，第 1254 册，中华书局 1991
年版，第 1 页。

字的使用。对此李调元还有进一步的说明，他自言《古音合》的编撰目的有二，一是"供拈吟之用"，一是"使初学者知所考"。所谓"供拈吟之用"即是供拈韵吟诗之用，明确表达了《古音合》一书为诗歌创作服务的目的。调元又强调诸字都是从韵书中搜罗而来，而韵书本来就是诗人作诗押韵的重要参考，这也从侧面反映出此书的编撰是出于指导作诗押韵的诗学考量。

其次，李调元对字词音义的训释有浓厚兴趣，尤其关注字词音义的"临文"使用之道。他在《卍斋璅录序》中指出："夫古人虽远，而古人之字书、韵书具在，可考而知也。"①在这里调元将文字的形与声视作文字学研究的主要内容，主张由"古人之字书、韵书"入手来考订"古文之道"，表明他对字学、音学及二者的密切关系有着明确的认知，而这样的认知主要是基于对前人文学实践的总结。调元在序中详叙自己对"卍"字的关注曰：

> 卍字不入经传，惟释藏中有之。释家谓佛再世生，胸前隐起卍字文，后人始识此字。宣城梅氏不入《字汇》，自钱塘吴任臣作《元音统韵》，末卷始行补入。然后人临文用之者绝鲜，五代和凝始入诗云："卍字阑干菊半开。"而苑咸诗亦有"莲花卍字总由天"句。近见朝鲜人《村居》诗，有"卍字柴门宛古文"之语，心喜之，每作书斋，辄作卍字窗棂，障以碧纱，为其宛似古文，而因以名斋也。②

可见调元不仅关注文字的源流，还关注它们被诗人"临文用之"的情况。如果纯粹为了研究文字学，大可不必关注文字在诗歌创作中的使用情况，李调元由文字转入诗歌的思路表明，他对文字与诗歌创作的关

---

① （清）李调元：《卍斋璅录》，《丛书集成初编》，第353册，商务印书馆1936年版，第1页。

② （清）李调元：《卍斋璅录》，《丛书集成初编》，第353册，商务印书馆1936年版，第1页。

系有着浓厚的兴趣。序文中的理念贯穿于《卍斋璅录》全书。例如，书中释"釭"字音义不仅引谢朓诗句"但愿置樽酒，兰釭当夜明"为证，还指出以金釭为灯"乃诗人误用"，都表明李调元对"釭"字音义的诗学兴趣；① 又如，书中释"搪犁"之"搪"曰"按搪与搪同，韩愈《月食》诗'赤龙黑乌烧口热，翎鬣倒侧相搪樘'是也。"②亦在对"搪"字的训释中显示了其诗学的兴趣。

再次，李调元在音义训释过程中引名家诗句为证并不是偶发现象，而是一种带有明显诗学趣向的论述模式。在《卍斋璅录》中，李调元引谢朓诗句证"釭"字音义，引韩愈诗句证"搪"字音义，体现了他字音之学中的诗学质素。类似的例子笔者在《卍斋璅录》中共觅得 60 余处，所引诗句多出自历代名家名作，除广泛征引《诗经》《楚辞》外，还引证了张衡、陶渊明、张说、王维、李白、杜甫、白居易、刘禹锡、李绅、李贺、李商隐、苏轼、苏辙、陈与义、范成大、赵孟頫等 20 多位诗人的诗句。在征引的历代诗句中，唐人诗句居多，其中尤以杜甫、白居易的诗句最夥，列举如下：

　　1. 杜甫："今朝汉社稷，新数中兴年""白花檐外朵，青柳槛前梢""青袍也自公""花妥莺梢蝶""堑抵公畦棱""苔卧绿沉枪""天吴及紫凤""天子呼来不上船""乘兴还来看药阑"；③

　　2. 白居易："弥得纵疎顽""户大嫌甜酒""红阑三百九十桥""四弦不似琵琶声，乱写真珠细撼铃""忽闻水上琵琶声，主人忘归

---

① （清）李调元：《卍斋璅录》，《丛书集成初编》，第 353 册，商务印书馆 1936 年版，第 6 页。

② （清）李调元：《卍斋璅录》，《丛书集成初编》，第 353 册，商务印书馆 1936 年版，第 5 页。

③ 见(清)李调元：《卍斋璅录》，《丛书集成初编》，第 353 册，商务印书馆 1936 年版，第 9-10 页、第 11 页、第 29 页、第 31 页、第 31 页、第 40 页、第 41 页、第 62 页、第 74 页。

客不发""飓风千里黑，莠草四时青"。①

这些诗句多数是用于作为字音、用韵研究的证据，还有一些更是直接以解决相关诗句内的字音为目的。综合这些诗例可见，调元除非常推崇《诗经》《楚辞》之外，对唐、宋诗人诗作最为关注，唐代诗人杜甫、白居易的诗作引用频率最高，宋代引用频率最高的则是苏轼。至于其他唐宋诗人如韩愈、刘禹锡、范成大的诗句也不止一次出现。可见，李调元对字词音义的兴趣，有相当一部分是来自他阅读历代诗歌文本的实际经验。至于不同诗人的不同引述频率，则反映了调元的诗歌欣赏品位与诗学取法路径。

最后，李调元对音韵原理与韵学历史的探讨也具有明确的诗学追求，甚至还明确提出将"通知声律"作为"咏歌太平之先资"的主张。调元《童山文集》卷二收录策论五篇，其五就是一篇韵学专论。在这篇韵学专论中，调元对"韵"字的起源，韵学与上古诗歌的关系，四声、七音、等韵、反切等概念的内涵，都进行了较为细致的剖析，并最终将韵学的现实功能与清朝的"道一风同之化"结合起来：

> 如以都为猪，以得为登，五方之风土使然。吴楚轻清，燕赵重浊，关陇去声似入，梁蜀平声似去，故昔人谓音、语当以中州为极则者，亦非定论也。我朝同文之盛，凡殊方异域莫不审音知义，以归道一风同之化，生斯世者，其可不通知声律，以为咏歌太平之先资欤！②

李调元从政生涯主要是担任学官，在策论中详述韵书的历史与韵学

---

① 见(清)李调元：《卍斋璅录》，《丛书集成初编》，第 353 册，商务印书馆 1936 年版，第 12 页、第 19 页、第 36 页、第 46 页、第 61 页。
② (清)李调元：《童山文集》，《丛书集成初编》，第 2515 册，商务印书馆 1936 年版，第 28 页。

的原理，表明他对通盘地知晓声律之学的现实意义有清醒的认识，基于这样的认识他就更想通过自己的努力使更多人"通知声律"，这也是这篇策论的主要创作动机。李调元认为之所以要"通知声律"，是因为声律之学作为音韵学的一种文学表现形态，可以成为"咏歌太平之先资"；"咏歌"云者，主要指的就是诗歌这一中国古典文学的代表体裁。这表明调元对音韵原理与韵学历史的探讨具有明确的诗学追求。

第二节 李调元诗学的声韵建构

李调元不仅有一系列的传统小学著作，还有《诗话》二卷、《赋话》十卷、《词话》四卷、《曲话》二卷等一系列诗学或泛诗学著作；此外，他纂辑的《全五代诗》一百卷中也多有前人及自己的论诗之语，《淡墨录》等笔记著作也包含大量诗坛掌故与诗学见解。可见李调元不仅精通文字、音韵、训诂之学，在诗学方面也有很高的造诣。他在《诗话序》中谓："古人诗话，类多摘句，以备采取，唐宋而降，指不胜屈矣。余非敢然也。但自念生平于诗有酷嗜，而以日为月，总觉前此之非。……今择摘可以为法者，略举一二以课儿，与俗殊酸咸，在所不计也。"①可见，调元"生平于诗有酷嗜"是他所以能够宣称自己的诗学观"与俗殊酸咸，在所不计"的信心源泉。在调元"与俗殊酸咸"的诗学观的建构过程中，声韵诗学在其中发挥了重要作用。

李调元在《重刻太白全集序》中曾就李白诗歌的艺术成就提出自己的独到见解：

　　以太白之仙才，文质炳焕，发为诗歌，无体不备，无体不精。当其时，使无子美，则后之人寻思玩绎，于摆脱骈俪、轶荡不群之

---

① （清）李调元：《诗话》，《丛书集成初编》，第 2597 册，商务印书馆 1935 年版，第 1 页。

外，求其声律，固自有轨辙之可遵，亦何至怖如河汉也。①

李白诗歌向以一片天机、想落天外见长，与杜甫诗歌重视声律不同，这是普遍的看法，但是调元认为如果没有杜甫的诗歌，后人"寻思玩绎"李白诗歌，"求其声律，固自有轨辙之可遵"，这确实是一个易被忽视的事实，而李调元之所以能在重刻《李太白集》时提出来，与他一贯重视诗歌声律之学的态度分不开。

对赋体声韵的探讨是李调元诗学声韵建构的一个重要维面。赋者，古诗之流也。赋体作为介于诗文之间的一个特殊文体，其与诗歌最相近的一点就是讲求声律，尤其在押韵技法上更是可通之于诗。因之，李调元在《赋话》中屡屡谈及赋体押韵问题，既是其赋学的重要内容，也是其诗学体系的重要方面。调元在《赋话序》中曾言：

> 予视学粤东，经义之外，与诸生讲论，尤津津于声律之学。凡岁试月课之余，有兼工赋者，莫不击节叹赏，引而启迪之，而苦未有指南之车也。因于敝箧中，见杭郡汤稼堂前辈刻有《律赋衡裁》一书，颇先得我心。爰出予少时芸窗所艺习者，并列案头，以日与诸生相指示。②

李调元自言"尤津津于声律之学"，这正是他深厚的音韵学殖与浓厚的声韵兴趣的典型表现。赋体尤其是律赋之体对声律的要求极为严格，熟谙声律是律赋创作的基础，所以他才会在论及声律之学后转而就谈"工赋"之事。当然，李调元也深知熟谙声律并不等于就能够创作出真正优秀的律赋作品，所以他对仅限于作为"帖括之津梁"的前人赋选

① （清）李调元：《童山文集》，《丛书集成初编》，第 2515 册，商务印书馆1936 年版，第 58 页。
② （清）李调元：《赋话》，《丛书集成初编》，第 2622 册，商务印书馆 1936年版，第 1 页。

并不满意。可见，在李调元的赋学建构过程中，声律之学具有基础性的地位。

据笔者统计，仅李调元《赋话》的"新话"编就有 30 余处论及赋体声律特别是押韵问题。例如李调元对赋体押韵规则的历史源流有着系统深入的研究，对律赋限韵的变化情形，更是进行了细致归纳：

> 唐人限韵，有云以题为韵者，则字字叶之，以题中字为韵者，则就中任用八字，不必字字尽叶也。唐郑锡《正月一日含元殿观百兽赋》率用题字，而独遗"月"字不叶，于两者皆不合。至其典丽而雄伟，则律赋中煌煌大篇矣。①

李调元将唐人律赋的限韵规则分为二类：一类是"以题为韵者"，要求是"字字叶之"；另一类是"以题中字为韵者"，要求是"就中任用八字，不必字字尽叶"。李调元不仅总结出了唐人律赋用韵的一般规则，对于不符合规则的特例也别为留心，所举郑锡《正月一日含元殿观百兽赋》"率用题字，而独遗'月'字不叶，于两者皆不合"，即是其例。更可贵的是，李调元并未因此赋不符合一般规则就弃之不顾，对于其"典丽而雄伟"的艺术特征，他同样给予了高度赞赏。律赋多有以题为韵者，但题中字的使用顺序也有不同的情形。对此调元也进行了详细的归纳：

> 唐人赋韵，有云次用韵者，始依次递用，否则任以己意行之。晚唐作者取音节之谐畅，往往以一平一仄相间而出，宋人则篇篇顺叙，鲜有颠倒错综者矣。唯唐无名氏《望春宫赋》，无"次用韵"三字，而后先不紊。其做"望"字警句云："伟凤阙之楼台，万邦仰

---

① （清）李调元：《赋话》，《丛书集成初编》，第 2622 册，商务印书馆 1936 年版，第 29 页。

止；盼龙鳞之原隰，五稼惟时。"①

李调元结合唐宋律赋的具体实践，将"以题为韵"的韵字顺序分为三种情形：第一种情形是唐人的一般规则，即"有云次用韵者，始依次递用，否则任以已意行之"；第二种情形是晚唐出现的变例，即"往往以一平一仄相间而出"；第三种情形是宋人约定俗成的一般规则，即"篇篇顺叙，鲜有颠倒错综者"。如此归纳，可谓要言不繁。

对于敢于打破规则，勇于创体的名家，李调元也予以了特别的关注。例如他认为"唐时律赋，字有定限，鲜有过四百者"，而元稹与白居易则"驰骋才情，不拘绳尺"，创作出了一系列"踔厉发扬，有凌厉一切之概"的律赋杰作，这与他们"沾沾自喜，动辄百韵"的排律创作趣味是一贯的。② 李调元又指出赋体押韵的"一韵到底"之格创自苏轼：

> 古人作赋，未有一韵到底，创之自坡公始。《老饕赋》题涉于游戏，而篇幅不长，偶然弄笔成趣耳。元人于《石鼓》等作，动辄学步，刺刺数百言不休，直如跛鳖之追骐骥矣。③

李调元认为是苏轼首先将一韵到底的古诗押韵之法引入赋体，但其游戏之作《老饕赋》篇幅并不长，尚有"偶然弄笔成趣"之妙；至于元人的模仿之作"刺刺数百言不休"，难免拙劣之讥。至于将诗歌创作中习见的次韵追和之法引入赋体，调元认为始于李纲：

---

① （清）李调元：《赋话》，《丛书集成初编》，第 2622 册，商务印书馆 1936 年版，第 18 页。
② （清）李调元：《赋话》，《丛书集成初编》，第 2622 册，商务印书馆 1936 年版，第 31 页。
③ （清）李调元：《赋话》，《丛书集成初编》，第 2622 册，商务印书馆 1936 年版，第 40 页。

宋李纲《浊醪有妙理赋》次东坡韵云："醇德可美，颂瓢觚于刘子；醉乡不远，记风土于无功。"又云："霞散冰肌，谢仙人之石髓；潮红玉颊，殊北苑之云腴。"可与原唱竞爽，而豪荡之气，微不逮矣。通篇次韵到底，创见于忠定此篇。①

李调元认为，李纲《浊醪有妙理赋》次东坡赋韵，这种"通篇次韵到底"的押韵形式，"创见于忠定此篇"，对探索次韵追和手法在赋体中的运用情况有重要参考价值。调元还特别擅长文本分析，往往能够结合具体文本对前人成功的押韵经验进行总结。例如他对"赋押虚字"特别重视，曾多次论及：

唐高郢《冏偻丈人承蜩赋》云："期于百中，则啼猿之射乎？曾不子遗，殊慕鸿之弋者。"无名氏《垓下楚歌赋》云："两雄较武，焉知刘氏昌乎？四面闻歌，是何楚人多也？"一点一拂，摇曳有神，皆因韵限虚字而然，非故作折腰龋齿之态也。宋范仲淹《铸剑戟为农器赋》云："前王锋镝，不得已而用之；此日锱基，有以多为贵者。"以子对经，铢两悉称，流丽之至，倍见庄严，押虚字者，此叹观止矣。②

李调元认为即便赋作限以难押的虚字，只要押得巧妙，就能收到"一点一拂，摇曳有神"的艺术效果，甚至还能达到"流丽之至，倍见庄严"的艺术极致。针对具体的虚字使用情况，调元既认为"赋押虚字，惟亦字最难自然"，又进一步指出"赋押於字最难生别"：

---

① （清）李调元：《赋话》，《丛书集成初编》，第 2622 册，商务印书馆 1936 年版，第 42 页。
② （清）李调元：《赋话》，《丛书集成初编》，第 2622 册，商务印书馆 1936 年版，第 7 页。

赋押虚字，惟亦字最难自然。如侯喜《秋云似罗赋》以"兰亦堪采"为韵，赋末押"一言有以，千秋只亦"之类。又赋押於字最难生别，相於、所於之外，不见可用者。唐陈章《水轮赋》"鳖折而下随毖彼，持盈而上善依於"，生别而弥复自然也。①

可见李调元认为，"亦""於"字虽难押，但只要善于构思，同样能做到"生别而弥复自然"。上述诸例足以表明李调元对赋体押韵问题特别重视，至于对名作名句押韵稳惬的鉴赏更是屡见不鲜，不再赘述。李调元重视赋体声律一方面与赋体的科举实用性有关，但主要的是由其宏观的诗学建构意图所决定。李调元在《赋话序》中曾开宗明义地指出"古有诗话、词话、四六话而无赋话"，可见他对赋体的探索正是出于弥补学术空白的考虑，这正是他努力建构"与俗殊酸咸"的诗学观的体现。

当然，李调元在《诗话》中并不是没有涉及声韵问题，比如他说"三代以前，诗即是乐，乐即是诗"，将"识字"与"易诵读"视作诗歌的基本功，评诗重"声如律吕，气若江河"之作等，都是涉及声韵问题的重要见解。更为重要的是，李调元对诗歌声韵问题的重视虽未在《诗话》中有集中的体现，但是却通过其他撰述形式展示了出来。这些撰述形式典型的代表有二：一是《全五代诗》，一是《淡墨录》。《全五代诗》中有20余处关于诗人诗歌声韵问题的记载。例如，卢多逊《新月应制》诗以"儿"字作韵脚，李调元引《后山诗话》介绍其创作背景曰："太祖夜幸后池，对新月，置酒，召使赋诗。请韵。曰：'些子儿。'其诗云云。太祖大喜，尽以坐间饮食器赐之。"②比较《苕溪渔隐丛话》所引《后山诗话》可知，李调元并不是简单的抄录，而是既有隐括又有根据总集体例的调整。李调元为了与《全五代诗》的体例相搭配，有意对所引材料中的诗

---

① （清）李调元：《赋话》，《丛书集成初编》，第 2622 册，商务印书馆 1936 年版，第 32 页。
② （清）李调元编：《全五代诗》，《丛书集成初编》，第 1769 册，商务印书馆 1937 年版，第 256 页。

歌进行了省略。对其他陈述性语句也进行了改写，无论这种改写是出于有意的隐括还是出于无意的误记，都表明李调元对这些材料是先理解后转述，这其中就有一个前代文献在自己的知识体系中重新熔铸的过程。如此一来，这些材料就可以用于从侧面反映调元自己的诗学观。

至于《淡墨录》一书，涉及声韵知识的亦有 20 余处，涵盖语音、韵书、音韵学家、限韵、次韵唱和、科举声律等诸多方面。例如卷五"潘耒"条引《制科杂录》曰：

> 潘耒，字次耕，吴江人，师事顾炎武，故诗文皆有原本。康熙十七年己未，以博学鸿词试，取五十人，上上卷为一等，上卷为二等。及拆卷，上问众大臣曰："诗、赋韵，亦学问中要事，何以都不检点？赋韵且不论，即诗韵在取中者，亦多出入。有以冬韵出宫字者，此何说也？"众答曰："此缘功令久废，诗、赋非家弦户诵，所以有此。然亦大醇之一疵也，今但取其大焉者耳。"上是之，仍取中二等第二名。拆卷即耒卷也。①

本则材料讲述了师事顾炎武的潘耒因应试诗押韵不合辙仍被康熙皇帝取中的故事。其中康熙皇帝与大臣的问答，显示了"诗、赋韵"的重要性与研究的迫切性。尤其是康熙帝"诗、赋韵，亦学问中要事"的观点，有力地支持了李调元对诗赋押韵之学的研究。或许正是因此，调元在卷十四"丁丑会试始去表用诗"条才能颇有会心地解读乾隆二十二年（1757）功令的价值：

> 乾隆二十二年，上以乡试二场，止试经文四篇，而会试则加表文一道，良以士子名列贤书，将备明廷制作之选，声韵对偶，自宜

---

① （清）李调元：《淡墨录》，《丛书集成初编》，第 3997 册，商务印书馆 1939 年版，第 75-76 页。

研究。今思表文篇幅稍长，难以责之以风檐寸晷，且所拟不过数题，不无倩代强记，究非核实之道。①

本条材料是李调元对乾隆二十二年正月庚申上谕的转述，论中"声韵对偶，自宜研究"体现了乾隆皇帝的诗学观，这种自上而下的重视态度使研究声韵对偶一时成为风气。据沈德潜为徐商徵、沈文声所辑《唐人五言长律清丽集》所作之序记载："丁丑春，皇上念科场论判雷同之弊，命改试五言八韵唐律，作人雅化，云汉昭回，海宇喁喁，讲求声韵之学。"②这种研究声韵的风气与李调元诗学重视声韵的建构是一致的。调元在《淡墨录》中特意详细记述"丁丑会试始去表用诗"的重大科举调整，主要是因为他看出了这个事件对于声韵诗学的发展具有推动作用。正如蒋寅先生所言："乾隆二十二年功令试诗不仅激发了清代诗歌创作的普遍风气，同时也以对试帖诗艺的细致揣摩促进了诗学的全面繁荣和加速发展。"③对试帖诗艺的细致揣摩自然离不开对声韵问题的探讨，而一直致力于声韵诗学研究的李调元，既已敏锐地发现了这一研究的学术价值，同时也清楚地认识到了这一研究为科举服务的现实意义。

第三节　李调元诗歌的押韵实践

虽然李调元"生平于诗有酷嗜"，但是由于对学术有着广泛的兴趣，故而诗歌创作于他而言更多是被当作一种将生活艺术化的工具。这一点与致力于创造一种新诗体或提倡一种风格类型的诗人不同。例如致力于

---

① （清）李调元：《淡墨录》，《丛书集成初编》，第 3997 册，商务印书馆 1939 年版，第 216 页。

② （清）徐商徵、沈文声辑：《唐人五言长律清丽集》，清乾隆二十二年（1757）刊本，卷首。

③ 蒋寅：《科举试诗对清代诗学的影响》，《中国社会科学》2014 年第 10 期，第 154 页。

"诚斋体"创作的杨万里，就明确反对步人原韵的和韵之作："李、杜之集，无牵率之句，而元、白有和韵之作，诗至和韵而诗始大坏矣！故韩子苍以和韵为诗之大戒也。"①杨万里如此反对次韵唱和与"诚斋体"追求语言与构思的独创性是一贯的。而提倡神韵诗学的王士禛，也同样反对次韵唱和："王士源序孟浩然诗云：'每有制作，伫兴而就。'余生平服膺此言，故未尝为人强作，亦不耐为和韵诗也。"②渔洋既然推崇"伫兴而就"的创作方法，自然不喜束缚手脚的和韵诗，这与他推崇神韵的态度也是一贯的。调元则不同，他不仅不反对次韵唱和，由于他对音韵学的兴趣、对诗歌声律的关注，使他对次韵唱和反而更有兴趣。《童山诗集》四十二卷，各体兼具，形式多样，与同时人的次韵唱和之作及对前人诗作的次韵追和之作所占比重颇高，这些都是其诗歌押韵实践的典型表现。

李调元的诗歌创作中有丰富的押韵现象。据笔者统计，李调元与时人的次韵唱和之作共有 290 余首，次韵追和前代诗人之作有近 70 首，分韵赋诗之作有 30 余首。可大致细分为以下数类：（一）用己韵，如《喜晴二首》，自注"仍用前韵"，指用之前的《苦雨》二首韵；（二）和人韵，如《雨夜和郭秀才韵》《新春苦雨次陆渔六韵赠天宁寺僧》《沧州署中和同年检讨张鹤林见怀元韵》等都是和友人之韵，其中可再细分出和人题壁诗韵一类，如《过良乡县驿馆和吴白华使黔回京题壁韵》《北峡关和大司寇钱香树先生题壁韵》等皆是；（三）往复叠韵，如《奉和祝芝塘移居接叶亭诗》《芝塘有诗再叠前韵》《三叠前韵》《四叠前韵》为与同一友人一次性叠韵唱和的组诗；（四）分韵、拈韵、限韵赋诗，如《六月初一日雨后偕侍讲周稚圭成进士邀集舍人沈南雷斋中分韵作歌得灯字》《喜什邡宁湘维明府枉驾见过分韵牌集诗二首》《王荔裳将之赵州送别得来

---

① （宋）杨万里撰，辛更儒笺校：《杨万里集笺校》，中华书局 2007 年版，第 2841-2842 页。

② （清）王士禛：《渔洋诗话》，《清诗话全编》（康熙期六），上海古籍出版社 2018 年版，第 4230 页。

字》《春初与玉溪同赋梨花限鱼字》等皆是；（五）百韵长诗，如《送别王梦楼先生由翰林侍读出守临安一百韵》《哭陈蕴山一百韵》等作皆是；（六）用前人韵，如《杂忆诗十首用元微之韵》《登八境台用东坡韵八首呈虔州吴蓥堂太守》《峡中二首用范石湖韵》等皆是。此外，《奉和相国尹望山先生晚香园杂咏用杜工部游何将军山林韵十首》《和编修祝芷塘同年留题醒园用杜少陵游何将军山林韵十首》等诗既是和时人韵又是用前人韵。

赋诗分韵的发生环境一般是文学聚会，须有一定规模的参与者。可以直接从韵书中选不同的韵字分派给不同的创作者，也可以从前人成句中选择一个字作为韵脚字分派给创作者。要求诗作必须以该字作为韵脚字，同时其他韵脚字要和该字同属一个韵部。这种具有合作性、临时性、随机性的创作方式，既可以将作者与他人联系起来，对作者本人的才情也有很高的要求。即便才情不高的人，也能在这种形式中磨炼诗艺。《王敏亭以韵扇见遗作诗谢之并和其韵序》介绍了这种艺术形式的一次有趣实践：

> 韵扇者，内府铜版所刻《佩文斋诗韵》也，字如蝇头，粘于便面，以便作诗检韵。一日，同游北郊福建馆小酌，孟石轩以松笺乞余书，敏亭创逐字限韵法，余遂随指锋、饕、供三韵，限茶罢各成七绝。敏亭诗先成，余诗亦就，遂以书笺。既而敏亭以扇见赠。①

此处所言韵扇是指便面上印有诗韵的纸扇，所印内容即"内府铜版所刻《佩文斋诗韵》"，其用途是"以便作诗检韵"。友人所创"逐字限韵法"，是指在韵扇上随意检出按顺序排列的一组韵字，要求在作诗时必须依次用上这些韵字。李调元依此法"遂随指锋、饕、供三韵"，这就

---

① （清）李调元：《童山诗集》，《丛书集成初编》，第 2313 册，商务印书馆 1936 年版，第 451 页。

规定了所作之诗只能是首句入韵的绝句，所以才有"限茶罢各成七绝"的进一步规定。李调元所作七绝为："笔扫千军未脱锋，昨宵深愧饱官饔。韵虽便取诗才退，只恐难将筋力供。"①诗正是依次押锋、饔、供三个韵字。诗中"韵虽便取诗才退，只恐难将筋力供"之句虽是李调元自谦之言，但也表现了他通达的诗韵观：韵扇虽能为取韵提供便利，但能否作出好诗关键还是得靠作者的"诗才"。关于次韵唱和的情形，调元《红梅八首序》也有详细的展示：

> 陆生见麟家，有红梅一株，大可拱把，色分深浅，盖燕支、点绛二种接成也。每年春开，烂若赤雪，生曾分二本贻余，余红梅书屋所由名也。今年乙卯人日，自携家乐，邀何九皋同观，主人置酒其下，听演《红梅传奇》，为作一律。异日州尊庐陵王云浦，首以诗寄和，既而绵竹令清江杨实之，什邡令会稽宁湘维，彰明令河阳马海门，陆续继和。于是远近闻之，自仕宦、缙绅，以致释道、女媛，和者不下百余人。余亦自和，叠至八首，遂成红梅诗社，可为此花生色矣。②

可见，这次轰动一时的次韵唱和活动实际的发起人正是李调元。仅他一人前后就用同一组韵字创作了八首诗，其他和者更是"不下百余人"，可谓盛况空前。在反复的次韵唱和中，原本不难押的韵字也会变得越来越难，因为参与者必须力求翻新出奇，避免与前作出现语义的重复，这对诗人的才学是很大的考验，在这一动态的创作过程中，对诗人的诗艺也是一种强化锻炼。

用前人韵作诗是一种借助次韵与前人对话的艺术形式，体现了诗人

---

① （清）李调元：《童山诗集》，《丛书集成初编》，第 2313 册，商务印书馆 1936 年版，第 451 页。

② （清）李调元：《童山诗集》，《丛书集成初编》，第 2313 册，商务印书馆 1936 年版，第 459-460 页。

对前人典范作品押韵技艺进行揣摩的意愿，能使诗人在自觉地与前人作品的对话中提高自己的诗歌创作水平，尤其是押韵水平。据笔者调查，李调元用前人韵诗共19题66首：其中用王勃诗韵1题1首（《同王敏亭游圣泉用王勃韵》），用杜甫诗韵5题24首（《奉和相国尹望山先生晚香园杂咏用杜工部游何将军山林韵十首》《清明（自注：二首用杜工部韵）》《和编修祝芷塘同年留题醒园用杜少陵游何将军山林韵十首》《中江斗山山长王敏亭邀游玄武山用杜甫题玄武禅师屋壁韵》《再游泰山题泰安令何瑞菴草书杜少陵望岳碑遂用其韵》），用元稹诗韵1题10首（《杂忆诗十首用元微之韵》），用苏轼诗韵8题26首（《哭亡儿汪官用东坡哭干儿韵二首》《再用东坡次叶涛见和诗韵》二首、《登黄楼（自注：用苏东坡韵简唐芝田）》《登八境台用东坡韵八首呈虔州吴翥堂太守》《赣州总戎吴梯岑明府卫松崖招登八境台再用东坡韵》八首、《再游峡山飞来寺赠禅乐长老用东坡韵》《谒南海庙登浴日亭用东坡韵二首》《二月初一日蒙恩发伊犁当差是日出狱再用东坡韵寄墨庄二首》），用范成大诗韵1题2首（《峡中二首用范石湖韵》），用陆游诗韵1题1首（《玉书送至武连废县同游觉苑寺看诸碑刻用陆放翁旧韵赋别》），用胡滢诗韵1题1首（《祥符寺读明胡滢诗碑因和其韵》），用杨慎诗韵1题1首（《游丹景山用杨升庵韵赠圆密大师》）。这些作品在诗歌经典化与诗歌接受史方面的价值是不言而喻的；就押韵技巧而言，揣摩前人典范作品的用韵，有助于提升押韵技能。通观上述诗作，以用唐、宋诗人诗作之韵最多，唐代以用杜甫诗韵最多，宋代以用苏轼诗韵最多。用杜甫诗韵《何将军山林十首》两次都是被动和人之作，而用苏轼诗韵8题26首多是主动追和，可见在用杜韵与用苏韵中，后者更受青睐。不妨就以用苏韵之作为例分析之。苏轼曾作《清远舟中寄耘老》一首：

小寒初度梅花岭，万壑千岩背人境。清远聊为泛宅行，一梦分明堕乡井。觉来满眼是湖山，鸭绿波摇凤凰影。海陵居士无云梯，岁晚结庐苔水湄。山腰自悬苍玉佩，野马不受黄金羁。门前车盖猎猎走，笑倚清流数鬈丝。汀洲相见春风起，白蘋吹花覆苕水。万里飘蓬未得归，目断沧浪泪如洗。北雁南来遗素书，苦言大浸没我庐。清斋十日不燃鼎，曲突往往巢龟鱼。今年玉粒贱如水，青铜欲买囊已虚。人生百年如寄耳，七十朱颜能有几？有子休论贤与愚，倪生枉欲带经锄。天南看取东坡叟，可是平生废读书。①

全诗共 28 句，首四句一个韵段，两个韵脚"境"字、"影"字俱属梗韵；第二个韵段共 6 句，换韵后第一句用韵，所以本韵段共 4 个韵字及所属韵部分别为："梯"字属齐韵，"湄"字、"羁"字、"丝"字，属支韵，齐韵与支韵属于邻韵通押；第三个韵段共四句，韵字及所属韵部分别为："起"字、"水"字属纸韵，"洗"字属荠韵，纸韵与荠韵邻韵通押；第四个韵段共 6 句，"书""庐""鱼""虚"四个韵字同属鱼韵；第五个韵段只有 2 句，"耳"字属纸韵，"几"字属尾韵，亦是邻韵通押；最后一个韵段共 4 句，三个韵字及所属韵部分别为："愚"字属虞韵，"锄"字、"书"字属鱼韵。此诗押韵的特色有：换韵时多次邻韵通押，自由、新颖；第五个韵段只有两句，节奏富于变化；但求表情达意，不惮两用"书"字押韵。李调元《再游峡山飞来寺赠禅乐长老用东坡韵》一诗正是次东坡此诗之韵，用韵形式一依东坡原作：

昔年曾度大庾岭，二禺峡中得幽境。刺天碧有万巑岏，仰视苍苍如坐井。恍疑误入佛仙国，手探苍龙佩含影。凌云欲步无飞梯，禅老迓我江之湄。千岩万壑量筋力，尻轮坤马无需羁。仙山无缘留不得，归来两鬈嗟成丝。竭朝羊角搏风起，吹动曹溪半篙水。至德不到今三年，峰色依然翠如洗。故人喜见须眉舒，相邀直上山头庐。潺潺鸣泉响笙筑，飒飒涧风香木鱼。袖出新诗为洛诵，仿佛环

①　王文诰辑注，孔凡礼点校：《苏轼诗集》，中华书局 1982 年版，第 2557 页。

珮闻步虚。人间蓬瀛妄语耳，访道崆峒能有几。采芝服药何其愚，不如荒圃时携锄。倦来高卧松间石，草屩蓬头读道书。①

细读可见，此诗虽严格次东坡诗原韵，但立意、句式都力求创新，在所有的以韵字为中心组合而成的短语中，除"访道崆峒能有几"句的"能有几"短语与东坡诗"七十朱颜能有几"句相同外，其他短语都能别出机杼，不受东坡原有诗句的束缚。像"湄"字、"丝"字这样相对难押的韵字，虽然李调元的"江之湄""两鬓嗟成丝"与东坡的"苕水湄""数鬓丝"在语义上相似度较高，但也努力在句式上做到了突破。这表明李调元在诗歌创作中不仅乐于尝试各式各样的押韵形式，而且也有意在与前人诗作的次韵对话中提升自己的诗歌技艺。

第四节　李调元刻书的诗韵选择

李调元编辑刊刻的大型丛书《函海》共收书一百五十种，所刻直接与音韵学相关的著作除自己的《古音合》二卷外②，还有明人杨慎的《升庵韵学七种》《古音骈字》五卷、《古音复字》五卷、《石鼓文音释》三卷、《均藻》四卷、《古文韵语》一卷和杨贞一的《诗音辩略》二卷。杨慎的《升庵韵学七种》包括《转注古音略》五卷（附《古音后语》一卷）、《古音丛目》五卷、《古音猎要》五卷、《古音附录》一卷、《古音余》五卷、《奇字韵》五卷、《古音略例》一卷。李调元蜀人，故对蜀地文献有特殊的感情，对于同为蜀人的明代大学者杨慎的著作更是刻意搜罗，正如他在

---

① （清）李调元：《童山诗集》，《丛书集成初编》，第 2313 册，商务印书馆 1936 年版，第 267 页。

② 按《清续文献通考》《八千卷楼书目》皆著录李调元撰《汇音》二卷，《八千卷楼书目》复注明为《函海》本，查《函海》中似只有《古音合》二卷，而无《汇音》，"合"与"汇"同义，疑为同书之异名，否则《清续文献通考》《八千卷楼书目》俱属误录，待考。

《函海序》中所言：

> 余蜀人也，故各书中于锦里诸耆旧著作，尤刻意搜罗，梓行者
> 居其大半。而新都升庵，博学鸿文，为古来著书最富第一人。现行
> 世者，除《文集》《诗集》及《丹铅总录》而外，皆散轶不传，故就所
> 见已刻、未刻者，但睹足本，靡不收入。书成，分为三十函。自第
> 一至十，皆刻自晋而下，以至唐、宋、元、明诸人未见书；自十一
> 至十六，皆专刻明升庵未见书。①

李调元刻书首选"锦里诸耆旧著作"，在此之中"为古来著书最富第
一人"的杨慎著作又是首选中的首选，他刻书时对于杨慎的著作是"但
睹足本，靡不收入"。这种存理乡邦文献尤其是促成著名乡贤著作流传
的强烈愿望，李调元在《升庵著书总目序》也进行了集中表达，其所以
如此孜孜不倦，是由于"恐千载而下，终归散失，并此而不可得也"的
强烈使命感。② 李调元特别重视杨慎的著作，一方面固然是出于仰止先
贤的浓厚情节，一方面更是因为他非常认同杨慎的学问路径。例如，他
在《均藻跋》中对杨慎的韵学有很高的评价，对《均藻》一书的编纂目的
也有深入的体会：

> 杨升庵《说文先训》云："古字无韵字，均即韵也，从禹愠切。
> 按《鹖冠子》曰：'韵，均也，均不同声也。'"升庵平生精于韵学，
> 而此书则虽依韵编次，单为词翰设，不言韵也。大抵非词藻古艳者
> 不录，故曰《韵藻》。与《哲匠金桴》书异而体同，但彼则摘其对偶，
> 此则摘其散句，彼取之各人文集，此取之经、史、子各书。故彼以

---

① （清）李调元：《童山文集》，《丛书集成初编》，第 2515 册，商务印书馆
1936 年版，第 36 页。

② 见（清）李调元：《童山文集》，《丛书集成初编》，第 2515 册，商务印书馆
1936 年版，第 39 页。

人名注，此以书注，微不同也。每条亦小有注释，或别引书以为
证，皆先生原本云。①

李调元准确地指出"平生精于韵学"是杨慎学术的一大特征。《均
藻》即《韵藻》，其宗旨是"大抵非词藻古艳者不录"，与调元的《十三经
注疏锦字》《方言藻》的编纂理念如出一辙，表明李调元校刻杨慎著作的
确与其对杨慎学术本身的认同有密切关系。此跋中所提及的杨慎另一部
著作，即与《均藻》"书异而体同"的《哲匠金桴》一书也是一部"韵书型
类书"，《四库全书》即收入"类书类"存目中，并谓其乃是"采摘汉魏以
后诗隽句及赋颂之类，分韵编录"而成。(见卷一百三十七子部四十七)
调元不仅刊刻了此书，还亲自撰序揄扬:

> 《哲匠金桴》，抉艳词林，搜奇笔海，上遡《邱》《索》纬书，旁
> 及释老小说，凡可入韵语者，靡不罗括殆尽。在先生著述中，虽沙
> 界之一沤，实泛诗涛者之仙槎也。向有焦竑刊本，原序谓得之先生
> 手录，复加釐正，最称善本，惜传布不广，学者恨之。余从周书仓
> 太史斋头获见焦本，因亟借刊之，以广其传。②

李调元将是书视为"泛诗涛者之仙槎"，正是基于其作为一部"韵书
型类书"在诗歌创作方面独特的价值。前此虽有焦竑刊本，但流传不
广，学者罕觏，所以李调元才从周永年处"亟借刊之，以广其传"，这
也表明李调元刊刻杨慎此书并非仅仅出于保存乡邦文献目的，而是对其
本身的诗学价值有着深刻的认识。

调元为所刻之书作序时，不只是介绍概述的版本与体例，往往还借

---

① (清)李调元:《童山文集》，《丛书集成初编》，第 2515 册，商务印书馆
1936 年版，第 162 页。
② (明)杨慎:《哲匠金桴》，《丛书集成初编》，第 183 册，商务印书馆 1939
年版，第 1 页。

机表达自己的文艺观。例如他在《古音略例序》中曰：

> 天地有自然之文章，即有自然之声韵，故六经中多韵语，不独
> 《诗》为然也。第古今风土异宜，出语发声有迟速、清浊、轻重之
> 差，是以古韵容有不合于今者。①

论中"天地有自然之文章，即有自然之声韵"之说，将声韵与自然
规律相联系，对声韵原理研究颇具启发意义。对于无视古音演变规律的
后人"率改古韵以就沈韵"的现象，杨慎力排众论，而证其说之无征，
得到调元的高度赞扬。调元认为循《古音略例》以求，不仅"可以探古人
声韵之元（原）"，还能不"为后起之说所愚"②，不仅是对《古音略例》
价值的判断，也体现了调元本人追本溯源、求实求真的学术理念。

李调元刻书有时会亲自撰序，有时则径用原序。《函海》所收明杨
贞一《诗音辨略》有凌一心《刻诗音辩略序》一篇，调元就是全文收录而
未另作序，序中有云：

> 夫古人于《书》云读，而于《诗》云诵，明乎可歌可咏，要之理
> 性情而声调未谐，意味何有？深笑世人以今韵读古诗，而一二述作
> 名流，犹余尽善者以待今日，今日其或有兴乎？③

如此重视声调、诗韵的态度，李调元一定是颇为认同的。既然前人
已经说出自己想说的话，自然没有另外作序的必要。如果说刊刻杨慎的

---

① （明）杨慎：《古音略例》，《丛书集成初编》，第 1242 册，商务印书馆
1936 年版，第 1 页。
② （明）杨慎：《古音略例》，《丛书集成初编》，第 1242 册，商务印书馆
1936 年版，第 2 页。
③ （明）杨贞一：《诗音辩略》，《丛书集成初编》，第 1240 册，商务印书馆
1937 年版，第 1 页。

一系列韵书与杨慎著作宏富有关，那么刊刻杨贞一《诗音辨略》则主要是出于对该书研究《诗经》用韵的成就的赞赏。《诗音辨略》一书与一般音韵学著作考而不论的呈现方式不同，它是论、辨结合，颇具理论色彩。例如卷上《干旄》条曰：

> 沈韵分析过严，唐人任意合并数部，一时文人墨士，尽囿其中，民可使由，不可使知，于同文亦得矣。然经典具存，声律未泯，古今谐否，识者自明。而况触类引申，又有不容尽泥者。①

类似的通达之论在书中比比皆是，往往能够追源溯流。所论多不局限于《诗经》用韵本身，而是就韵学的关键问题给出自己的意见。对此，李调元肯定是欣赏的，书中又频繁征引杨慎的观点：

> 杨用修尝慨世儒尊今卑古，谓《春秋》，《三传》之祖也，反以《三传》疑《春秋》，《孟子·班爵禄》章，《王制》之祖也，反以汉人《王制》、刘歆《周礼》而疑之，《诗》《楚辞》，音韵之祖也，反以沈约韵而改古音以合之。②

书中像这样以杨慎之说为据的例子不胜枚举，这理当也是李调元选择刊刻此书的原因之一。杨贞一与调元一样，既对韵学有独到理解，又推崇杨慎韵学，二人可谓异代同调，可见李调元将其《诗音辨略》刻入《函海》有着鲜明的学术意识。

综上所述，李调元在音韵学方面颇有创获，他像别的音韵学家一样，能将音韵学与文字学、训诂学结合起来，解决传统小学中的诸多难

---

① （明）杨贞一：《诗音辨略》，《丛书集成初编》，第1240册，商务印书馆1937年版，第9页。
② （明）杨贞一：《诗音辨略》，《丛书集成初编》，第1240册，商务印书馆1937年版，第10页。

题；更可贵的是，他还能在音韵学中融入文学的考量。由于他对音韵学有浓厚的兴趣，且有丰富的积累，所以在他的文学研究与诗歌创作中时时能看到音韵素养的影响。不仅如此，即便是在刊刻书籍时，遇到音韵著作，特别是那些于诗学有益的音韵著作，他也有着强烈的推广传播意愿。这些都可以从整体上彰显其声韵之学的独特价值。可以说，李调元的声韵之学不仅具有完整的体系，更体现了音韵意识与文学意识双向贯注的鲜明学术特征，这与局限于某一学科门类的学者大有不同。无论是在音韵学、文学领域还是在二者的交叉领域，李调元的学术贡献都值得进一步深入研究。

下编　诗韵文献的文化诗学研究

本编的学术点在于：第一，突破从语音史角度研究《广韵》的传统做法，将《广韵》视作文献的渊薮和知识的宝库，以探究其植物文化学价值为切入点，凸显《广韵》在语音学价值之外的文学、文化价值。第二，通过勾勒宋代诗学研究专著、专论中的诗韵热点问题，表明诗韵只是形式问题而已这种偏见与诗韵研究是语言学的专利这种误解的非科学性质。第三，通过考察平水韵的产生条件与前期传播情况，表明即便没有颠覆性的"新材料"面世，平水韵研究也能取得某些新进展。第四，还原元刊本王文郁《平水韵略》横空出世后，在清代平水韵研究领域掀起波澜的历史细节，并展示由此打开的平水韵研究新局面。第五，将《佩文韵府》的纂修与传播置于清代话语生态视域下加以观照，发掘话语生态发挥影响的积极模式，从而证明权力话语的施受关系并非绝对二元对立，而是具有相对性和流动性。

从文学、文化视角来研究诗韵文献，其优势在于，犹如深不可测的渊薮一般的历代各类文献中收纳着大量的诗韵材料，几近于取之不尽用之不竭。无论从何种视角来进行探讨，总会有令人惊讶的收获。例如，《广韵》《集韵》中有大量训释语，涉及历代典章制度、风土民情、动物文化、植物文化等，都有很大的研究价值；又如，《广韵》《集韵》因其涵盖知识的丰富性，对古人的诗歌创作与诗学研究产生了不容小觑的影响。至于诗话类著作中各式各样的诗韵素材、围绕平水韵的创制与利用而产生的大量讨论，更是具有鲜明的文学、文化阐释价值。

诗韵研究并不是语言学的专利，更是诗学的题中应有之义。诗人的押韵技巧、用韵艺术等文学性特点是以文学为本位的诗韵研究的重要内容。相对于语言学视域下的诗韵研究而言，文学视域下的诗韵研究显得异常薄弱。从当代学者的宋代诗学研究论著中可归纳出四个宋代诗韵研究的热点问题，即对宋代次韵唱和诗的研究、对宋诗"以押韵为工"的创作特点的研究、对宋人"押险韵"的批评与实践的研究与对宋人"押韵之文"说的研究。这些热点问题一方面反映了诗韵的文学研究范式的现实存在样态，另一方面也表明了这种研究范式的合法性与可行性。

研究平水韵的产生条件与前期传播，有助于反映宋代诗韵学的影响。由于平水位于江北，金人入主中原后又属于金朝辖区，金亡后又为元军实际控制，嗣后又并入元朝版图。平水韵产生于这一复杂的历史时期，故研究平水韵，不可忽略南北文献交流之影响。平水韵经黄公绍采入《韵会》，熊忠复删《韵会》成《韵会举要》，《韵会举要》既行于世，平水韵的分部方法遂同时广为人知，此乃平水韵初期传播的关键一步。

清代学者对平水韵的认识具有明显的转变过程。清初学者基本沿袭前代观点，认为平水韵的初创者是刘渊。自元刊本王文郁《平水韵略》出，平水韵源流史又起波澜，清人遂多有一改前说而明确认为平水韵实乃创于王文郁者。继而又有学者质疑此说，王韵与刘韵之先后遂成为争论的焦点。其实，平水韵的最大特点与价值，不在于韵字的增删诠解，而在于韵部的归并简化。这一归并简化工作并非是王文郁、刘渊二人的独创，乃是自《切韵》诞生以来，诗赋用韵的内在要求。

《佩文韵府》的纂修提供了一个观照清代话语生态的合适场域。它在清初复兴的对知识进行"撏撦荟萃"的文化浪潮下展开，既是这一浪潮的产物，又是对这一浪潮的强化。其展开过程也是多重诗学话语融合过程，其中尤以康熙皇帝与查慎行的诗学话语融合最具代表性。纂成的《佩文韵府》作为一个官方诗学话语的载体，颇为集中地体现了私家诗学话语的官方化。《佩文韵府》的纂修是一种话语生态发挥影响的积极模式。

第十一章 《广韵》：植物文化学之维

目前学界对《广韵》的研究，主要集中在音韵学领域；实则《广韵》的内容十分丰富，它的阐释空间应当是多维的。正如宗福邦先生所言："就研究而言，从音韵这个层面探讨《切韵》系列韵书的论著，可谓汗牛充栋，珍品迭出；而从文字、词义训释、字书编纂、文化习俗这些角度去进行探索的，与前者相比，无论是广度还是深度，都大为逊色，不可同日而语。这恰恰说明后者正是有待开拓的领域。"①《广韵》正是"《切韵》系列韵书"的代表性著作，它体例详备，内容丰富，具有极大的"文字、词义训释、字书编纂、文化习俗"研究的价值。与《广韵》的研究仍集中于语音学领域形成对比的是，目前学界对植物学的研究已经出现了向"文化诗学"转向的势头，植物文化学、植物审美学都方兴未艾。② 而

---

① 见熊桂芬：《从〈切韵〉到〈广韵〉》，商务印书馆 2015 年版，第 1 页。

② 例如：程杰先生撰写了大量关于花卉文化研究的论文，其中既有对某一种花卉的微观研究，又有对中国花卉文化的宏观思考，在当代植物文化、植物审美研究领域颇具代表性，主要成果有：《梅花象征生成的三大原因》(《江苏社会科学》2001 年第 4 期)，《林逋咏梅在梅花审美认识史上的意义》(《学术研究》2001 年第 7 期)，《论中国古代文学中杨柳题材创作繁盛的原因与意义》(《文史哲》2008 年第 1 期)，《论中国花卉文化的繁荣状况、发展进程、历史背景和民族特色》(《阅江学刊》2014 年第 1 期)，《论花卉、花卉美和花卉文化》(《阅江学刊》2015 年第 1 期)，《论梅子的社会应用及文化意义》(《阅江学刊》2016 年第 1 期)，《中国国花：历史选择与现实借鉴》(《中国文化研究》2016 年第 2 期)，《论花文化及其中国传统——兼及我国当代的发展及面临的问题》(《阅江学刊》2017 年第 4 期)，等等。渠红岩先生对桃文化也进行了细致、多维的研究，主要论文有：《先秦至魏晋时期民俗中的桃》(《青海民族研究》2007 年第 3 期)，《唐代咏桃诗歌的发展轨迹》(《名作欣赏》2008 年第 4 期)，《先秦时期"桃"的文化形态及原型意义》(《中国文化研究》(转下页)

《广韵》一书正好收录了大量的植物名称及与植物相关的词汇，并配有相应的训释，这些训释虽繁简不一，但若加以综合归纳，会发现它们实则与被训释词一起构成了一门《广韵》特有的"植物文化学"。本章即拟对《广韵》中所隐含的"植物文化学"加以探索，一方面或许能为拓展《广韵》的研究空间贡献一点力量，一方面或许也能为植物文化、审美研究这一颇具前沿性的领域提供一点参考。

第一节 《广韵》与植物的种类、性状与用途

《广韵》中收录的植物名称异常丰富繁多，在《广韵》体例规整而又不失灵活的训释语中对这些植物的种类、性状、用途、产地等都有相应的介绍，这就奠定了《广韵》的"植物文化学"得以存在的基础。在《广韵》的植物文化学中，根据植物的种类，又可粗分为：树文化、草文化、竹文化、菜文化、果文化、药文化、农作物文化，等等。在诸多植物种类中，《广韵》收录的树名最多，因之《广韵》中树文化也最具代表性。不妨以《广韵》收录的树名及其对各类树木的解释为样本，来观照《广韵》是如何对植物的种类、性状与用途等信息进行介绍的，并藉以初步说明《广韵》是如何构建起属于它自己的植物文化学的：

在《广韵》中，直接以"木名"二字训释各种树木名称的情况最为

(接上页)2009 年第 1 期)，《宋代文学与桃花民俗》(《云南社会科学》2016 年第 1 期)，等等。此外，曾丹的《以草木瓜果为例谈植物类词语的文化内涵》(《语言研究》2002 年 S1 期)，苏昕的《诗经植物母题的文化人类学阐释》(《山西大学学报》2003 年第 5 期)，赵志军的《植物考古学及其新进展》(《考古》2005 年第 7 期)，高明乾、卢龙斗的《古籍中的植物资源》(《生命世界》2013 年第 1 期)，冯广平的《植物文化研究的回顾与展望》(《科学通报》2013 年 S1 期)等论文，分别从语言学、文化人类学、考古学、文献学等诸多视角对植物文化学进行了深入研究。近年来植物文化、植物审美研究的成果还有许多，限于篇幅，不再列举。然凭此简单综述，已足以说明近年来植物学研究已出现向"文化诗学"转向的势头。

常见。例如柊、檽、枞、梛、杝、梾、杋、椐、楷、楮、楸、栜、楹、槿、椿、楯、榆、樗、檀、杆、梿、榯、榣、桦、椋、楸、榾、棁、桵、栭、枯、杞、椙、楮、栉、椨、桄、橎、梗、枳、楾、檽、椭、杻、槚、槎、橞、橑、櫔、棑、杒、橉、楟、楈、杇、柘、槤、櫹、穀、槲、楋、桴、楣、柞、棟、槆、棌等近百种树木，《广韵》皆是直接以"木名"二字训释之。由于这样的训释过于简略，故而无法从中得出太多的文化信息。其训释之所以简略，或不出以下两种原因：一则可能是由于许多树种不太常见，训释者们亦难以凿凿言之，只是其他典籍记载它们是树名，故而《广韵》纂修者沿袭前人成说一并录入；一则可能是由于有些树木比较常见，即便不详加训释，人们也能知道它们的形态，像椿、檀、桦、楸、柛、梗、杞、棣等，都是古人日常生活或习见典籍中经常出现的树种，故而不言自明。今人虽然无法从这类训释形式中获取更多的关于上述树种的详细认知，但是这类训释语在《广韵》中的大量存在本身，恰恰可以直观地反映出古人明确而自觉的植物类型学观念，这是其值得引起重视的一大价值。

以上树木的名称都是一字单名，如果是二字双名的话，《广韵》一般先说出其双名为何，然后再以"木名"二字确定其类型。例如栘、栜、枌、樟、桹、枰、栟、楟、榍、棟、桺、槛、椐等字，由于它们都是某二字双名树种的名称中的一个字，故而《广韵》在列出该字之后，继而会在训释语中复指明其全称。上述树种的全称依次为：扶栘、栜椋、白枌、豫樟、桃桹、枰仲、栟榈、山梨、榍常、赤棟、桺栗、木槛、椐櫹。当然，《广韵》的训释语言有时候也比较灵活，同样属于此类情况，训释者们在表述方式上会略有变化。例如释"椴"字为"白椴木也"，释"栘"字为"棠栘木也"，释"梧"字为"梧桐木"，至于"槤"字，则径释为"柜柳"（《钜宋广韵》作"桺柳"），因为"柜（槤）柳"即为柳树之一种，其为木名自不待言。《广韵》对二字双名树种的训释，虽亦相当简略，但其能反映出的相关树种的性状讯息已经远远超过一字单名树种，像白枌、赤棟，即可知其外表色泽一偏白一偏赤，像山梨、栵栗，亦可知其一为梨树别种，一为栗树别种，尤其是山梨之名亦可说明此种梨树乃是生长在山地丘陵地带而非平原、洼地之中。

有时候同一种树木有不同的异名，《广韵》往往会随文诠解。有时是先列出某树种之甲名，接着直接以其乙名释之，例如《广韵》释"檟"为"山楸"，释"㮡"为"山桑"，释"栵"为"栭栗"，释"蕣"为"木槿"，释"杽"为"杽桑"（《钜宋广韵》作"初桑"），释"莖"为"刺榆"，皆属此例。有时会先指出某字为木名，接着指出其即是某种树木。例如释"梫"曰"木名，桂也"，释"栲"曰"木名，山樗也"，即属此例。有时《广韵》也会直接指出某字为某树之异名，例如释"欃"曰"檀木别名"，释"檳"曰"枰仲木别名，出《埤苍》"，但这类情况不多，出于简洁的需要，《广韵》多数情况下要么是直接以乙名释甲名，要么是在引用典籍或前人成说时点出其异名，属于后一种情况的例子也有不少。例如释"栺"曰："木名，《尔雅》云：'栺，山榎，今山楸也'"，释"櫙"曰："木名，《尔雅》曰：'櫙莖，今之刺榆'"，释"柳"曰："木名，《说文》作桺，小杨也"，释"桱"曰："木名，《说文》云河柳也"，这些都是引用《尔雅》或《说文》释其别名；至于《广韵》释"栋"曰："吴人曰刺木曰栋也"，释"槿"曰："木槿，櫬也，又名蕣，一曰朝华，一曰及，亦曰王蒸，又曰赤堇"，则是直接将生活中业已形成的各种异名汇为一处。从这些训释语中可以发现，同一种树木之所以会有一种乃至数种异名，其原因大概不外乎两点：一是由于时间的演变，使先前的树木产生出了旧名之外的新名；一是由于空间的不同，使种植范围较广的树木在不同的地域产生了不同的称呼。这类树文化现象对研究词汇史、方言史乃至地域文化都具有重要价值。①

《广韵》在解释某字为树木名称时，有时为了更形象地说明其形貌，会以其他树木为参照。这种训释形式较之前二种训释形式，所反映的相

---

① 本段引文皆出自《广韵》，依次见（宋）陈彭年等编：《宋本重修广韵》，《古逸丛书》，华东师范大学出版社 2017 年版，第 49、86、77-78、31、302、328、372、389、446、487、322、297、224、104、150、207、315、185、162、273 页。

关树种的外貌形态信息更加丰富。例如《广韵》释"椹"字曰："木名，似檀"，释"楔"字曰："楔苏，木名，似檀"，释"梽"字曰："梽梽，木名，似檀。齐人谚云：'上山斫檀，梽梽先碎。'"以上椹、楔苏、梽梽三种树木并非完全相同，但是它们在外貌形态上却有一个共性，即皆与檀树相似。尤其是在释梽梽树时还附带一则齐人谚语，其意为本欲上山砍伐檀树，而梽梽树反倒先被砍伐殆尽，这正好充分说明檀树与梽梽树的相似度很高，即便是产地周边的伐木者有时也难以分辨。又如，《广韵》释"枞"字曰："木名，松叶柏身"，释"桧"字曰："木名，柏叶松身"，释"樱"字亦曰："木名，似松"，可见这三种树木都与松树在外形上有较大的相似性，而枞树与桧树由于与松、柏俱有相似性，则表明二者之间相似度也极高。再如，《广韵》释"柑"字曰："木名，似橘"，释"枳"字亦曰："木名，似橘"，释"橼"字仍曰："拘橼树，皮可作粽。《埤苍》云：'果名，似橘。'"可见，柑、枳、橼三种树木，皆与橘树外形相似，细味《埤苍》之语，三种树木的果实与橘子的外形亦当相似。《广韵》中的这类训释例子还有很多，例如释"机"字曰："木名，似榆"，释"桵"字曰："木名，似橦"，释"枏"字曰："木名，似槐"，释"櫾"字曰："木似柚也"，释"椅"字曰："木名，梓实桐皮"，释"栭"字曰："木名，似栗而小"，释"莎"字曰："草名，亦树，似桄榔，其树出麫"，释"梂"字曰："木名，实似柰，可食"，释"莓"字曰："莓子，木名，似葚"，等等。如此众多的案例背后，其实隐藏着一个非常有趣的植物文化学现象，即古人在试图了解比较陌生的植物时，往往是以比较熟悉的植物来比拟之，这一方法贯穿于中国传统的植物命名学与解释学之中，是一个非常值得深入研究的文化现象。①

　　有时候《广韵》还会在训释树名时指出树木的产地。例如在训释梣椤树、梛树、柒棠树时，皆指出它们出自昆仑山。此外，释"橄"曰：

① 本段引文依次见(宋)陈彭年等编：《宋本重修广韵》，《古逸丛书》，华东师范大学出版社2017年版，第31、83、267、32、375、521、218、241、134、47、122、211、385、43、55、156、321、381页。

"橄榄，果木名，出交阯"，释"刘"曰："……刘子，木名，实如梨，核坚，味酸美，出交阯"，释"椰"曰："椰子，木名，出交州，其叶背面相似"，释"杬"曰："木名，出豫章，煎汁藏果及卵不坏"。以上诸例或指出它们的果实的独特形味，或指出其枝叶的独特形貌，或指出其在日常生活中特殊的功用，但都无一例外地强调了其产地。如果前代典籍中有关于树木生长地域的记载，《广韵》往往将其一并列出，例如其释"枳"曰："木名，《周礼》曰：'橘踰淮北而为枳'"，释"楷"曰："模也，式也，法也，《说文》曰木也，孔子冢盖树之者"，释"楩"曰："木名，似梓，《荆州记》曰：'宜都出大楩'，潘岳《闲居赋》云：'乌椑之柿'"，这些训释语，由于引用了典籍，故其反映的文化信息往往相当丰富，而且无一例外地都强调了相关树种的原产地或种植区域。将这些信息综合起来，可以为某一地域的生态环境及因之衍生的生活习俗等具有地域色彩的专题研究提供参考。

有时候《广韵》的训释还会指出树木的用途。这些用途几乎可以完全覆盖人们生活的方方面面。例如《广韵》释"楠"曰："乌楠木，中箭笴"，释"椆"曰："木名，堪作弓材"，释"楛"曰："木名，堪为矢干，《书》云荆州所贡，《诗疏》云东夷之所贡"，可见上述三种树木可以作为制作弓箭的材料。《广韵》释"檏"曰："檏榆，堪作车毂"，释"枋"曰："木名，可以作车"，可见这两种树的木材可以用于制作大车；释"柗"曰："木，皮可以为索"，释"枇"曰："木名，皮可为索"，可见这两种树的树皮可以用于制作绳索。又如，释"荆"曰："荆楚，又木名，可染"，释"檀"曰："木名，灰可染也"，释"栀"曰："栀子木，实可染黄"，可见上述三种树木只需稍作加工，即可成为染料；释"楄"曰："木名，食之不噎"，释"栭"曰："木名，服之不妬"，释"橘"曰："木名，汁可食"，释"梡"曰："木名，出苍梧，子可食"，释"枸"曰："木名，出蜀，子可食，江南谓之木蜜，其木近酒能薄酒味也"，释"檈"曰："檈木，皮中有如白米屑，捣之可为面"，可见上述树木它们本身乃至果实、汁液、树皮等，或可以直接食用，或可用于制作食品。①

以上所述是《广韵》在训释树木名称时采用的主要方法，除此之外，还有许多灵活多样的具体手段，不再赘述。《广韵》训释树木是如此，训释其他植物名称如草名、竹名、药名乃至蔬果名、花卉名时亦是如此，对了解中国古代植物的种类、性状与用途、产地等基本信息具有重要价值。这也是《广韵》的植物文化学得以构建起来的基础，其重要性不言而喻。

第二节 《广韵》是植物文化研究的"索引"

《广韵》是一部按韵编排的"辞书"，它的体例决定了它包罗万象的性质，但也正是因为这样的性质，使它不可能对每一种植物所蕴含的植物文化意蕴进行详细解读。它的可贵之处在于，将所有与古人日常生活发生关联的植物囊括殆尽，若沿着它提供的线索，对这些植物与中国古代文化的关系——加以寻绎，则得以构建起一门在全备程度上远远高于其他任何专门的植物文化研究著作的植物文化学。例如，即便是像《本草纲目》这样的专门研究药文化的巨著也仅仅是在草药这一个领域内空前完备，对于其他的植物文化研究则只能付之阙如，而以《广韵》为"索引"进行的植物文化研究，则可以勾连起各种植物类型、深入到植物文化的各个层面。下面略举数例，以反映《广韵》在植物文化研究上的"索引"作用：

例一，《广韵》收录的第一个韵字是"东（東）"，我们都知道这是一个方位词，但大概很少有人知道它还是一种蔬菜的名字。《广韵》释"东"字曰："春方也。……亦东风菜。《广州记》云：'陆地生，茎赤，

① 本段引文依次见（宋）陈彭年等编：《宋本重修广韵》，《古逸丛书》，华东师范大学出版社 2017 年版，第 326 、197、159、107 、19、265 、41、29 、44、261 、85、169、225 、417 、180 、215、34 、133、315、59 、117、257、169 页。

和肉作羹，味如酪，香似兰。'《吴都赋》云：'草则东风、扶留。'"①从《广韵》的训释我们知道，由于东风代表着春天的到来，所以"东"又被称为"春方"，同时"东"又是"东风菜"的简称，这种蔬菜之所以有此名称，可能是因为它正好生长在东风到来的春季，是一种时令菜蔬的缘故。据《广韵》所引《广州记》的记载，"东风菜"是一种陆地生植物，茎是赤色的，最佳的食用方法是把它同肉类掺在一起做成羹，这种东风菜肉羹，味道如同奶酪，香气如同兰花。同时也可以知道，广州是"东风菜"的一个著名产地；《广韵》还引了《吴都赋》来补充说明它的产地，由此也可知这种蔬菜在吴地也很受欢迎，它和"扶留"一样都是"吴都"的代表性植物。虽然《吴都赋》称之为"草"，但蔬菜本就多是草本植物，它之所以能成为吴地的代表性植物，大概主要还是因为它是一种能做成美食的蔬菜。从《广州记》和《吴都赋》都记载了这种蔬菜，可知这种蔬菜大概盛产于南方，是一种南方人喜爱的食材。《广韵》收录的第二个韵字是"菄"，就是在"东（東）"字上多加了个草字头。《广韵》释曰："东风菜，义见上注，俗加艹。"②意思是说这个字还是东风菜的名字，只是它是一个加了草字头的俗体字，其含义和上面指"东风菜"的"东（東）"是一样的。人们又专门造一个字来为这种蔬菜命名，也从侧面反映了它在日常生活中的地位。

例二，《广韵》释"橦"字曰："木名，花可为布。出《字书》。"可见"橦"这种树木它的花可以做布料。《广韵》中收录可以做布料的植物还有不少。例如《广韵》曰："木棉，树名。《吴录》云：'其实如酒杯，中有棉如蚕绵，可作布。'"可知木棉这种树，它的果实像酒杯，这个"酒杯"中结有棉实，就像蚕吐出的"丝绵"一样，可以缫成丝，织成布。木棉树虽然是木本植物，但其果实的形状、用途倒和今天仍被广泛种植的

---

① （宋）陈彭年等编：《宋本重修广韵》，《古逸丛书》，华东师范大学出版社2017年版，第16页。

② （宋）陈彭年等编：《宋本重修广韵》，《古逸丛书》，华东师范大学出版社2017年版，第16页。

草本的经济作物棉花很相似。又例如，《广韵》释"樆"字曰："樆，青木，皮叶可作衣，似绢，出西域乌耆国。"这种原产于西域乌耆国的青木，它的树皮和树叶都可以做衣服，而且做出的衣服其质感和中土的绢做出的衣服很相似。当然并不是直接用其树皮和树叶做衣服，而是需要加工。再例如，《广韵》释"栜"字曰："藤属，蜀人以织布。出《埤苍》。"可知《广韵》所引《埤苍》记载的"栜"这种植物，是藤的一种，蜀地人常用它来织布。不过再细的藤直接拿来织布大概很难，笔者推测可能"栜"的皮很有韧性，纤维很柔韧，揉搓加工之后可以做成织布的线绳，即便如此，其细软程度大概很难与棉布、丝绸同日而语。此外，《广韵》释"纸"曰："《释名》曰：'纸，砥也，平滑如砥石也。'后汉蔡伦以鱼网、木皮为纸。"①蔡伦用渔网、木皮作纸的原材料，也是由于其纤维有韧性。可见，只要在《广韵》中任意选择一个植物名称，将它的某一方面的特点视为研究重心，就可以在《广韵》中寻觅出大量与之具有相同特点的植物，若将它们骈列一处加以比勘，就可以归纳出许多颇具"类型化"特点的文化现象。这是《广韵》中的植物在《广韵》内部的"索引"作用，若是将研究视域拓展到《广韵》之外，《广韵》的"索引"作用则更为明显。

例三，《广韵》释"桐"字曰："木名。《月令》曰：'清明之日，桐始华。'"②需要注意的是，这里的"始华"并不是说梧桐开始开花，《吕氏春秋》卷三《季春纪第三》曰："季春之月……桐始华。"高诱注云："桐，梧桐也。是月生叶，故曰'始华'。"③可见"桐"就是"梧桐"，"桐始华"是指梧桐开始长出叶子。从《月令》和《吕氏春秋》的记载来看，梧桐这

---

① 本段引文依次见(宋)陈彭年等编：《宋本重修广韵》，《古逸丛书》，华东师范大学出版社 2017 年版，第 17、133、403、378、235 页。

② (宋)陈彭年等编：《宋本重修广韵》，《古逸丛书》，华东师范大学出版社 2017 年版，第 17 页。

③ (战国)吕不韦编，许维遹集释：《吕氏春秋集释》，中华书局 2017 年版，第 58 页。

种树木具有记录节候的作用。而人们之所以会用梧桐长出叶子的时间来记录节候，是因为它从很早的时候就成为人们身边常见的、与人们的生活息息相关的树种。《韩非子》卷十九《显学第五十》曰："墨者之葬也，冬日冬服，夏日夏服，桐棺三寸，服丧三月，世主以为俭而礼之。"①人们经常用"桐棺三寸"来形容墨家的尚俭，但主要目光都放在棺木仅有"三寸"的厚度上，其实"桐棺"之"桐"对表现墨家的尚俭同样具有重要作用。所谓物以稀为贵，正是因为梧桐是人们广泛种植的常见树种，取材方便，价格低廉，故而墨家以之作棺，且厚度仅限"三寸"，很好地显示了其尚俭的理念。正是因为梧桐是常见的树木，人们经常以之做各类器物、用具。做棺可用之，做手杖也可用之。《广韵》在释"杖"字时引《礼》曰："苴杖，竹也；削杖，桐也"，② 即是其证。当然，梧桐虽然常见，但也并非"恶木"，从其被用来做棺、做杖即可反映人们是将之视为"良木"的。还可以举两个著名的例子说明之。《庄子》卷六《外篇·秋水第十七》曰："南方有鸟，其名为鹓鶵，子知之乎？夫鹓鶵，发于南海而飞于北海，非梧桐不止，非练实不食，非醴泉不饮。"③可见梧桐乃凤凰所栖之木。《后汉书》卷六十《蔡邕列传第五十》："吴人有烧桐以爨者，邕闻火烈之声，知其良木，因请而裁为琴，果有美音，而其尾犹焦，故时人名曰焦尾琴焉。"④可见梧桐虽家常至被用来烧火，但遇良工裁而为琴，可发美音。由此可见《广韵》引《月令》的记载来训释梧桐是非常恰当的，这样一来既能让读者了解到它记录时令的功能，又能体现它与人们日常生活紧密的关系。也正因为它与人们的日常生活关系密切、为人们所熟知，故而《广韵》在训释其他相对陌生的树种时就以

---

① （战国）韩非撰，（清）王先慎集解：《韩非子集解》，中华书局 2013 年版，第 500 页。

② （宋）陈彭年等编：《宋本重修广韵》，《古逸丛书》，华东师范大学出版社 2017 年版，第 306 页。

③ （战国）庄周撰，（清）郭庆藩集释：《庄子集释》，中华书局 2004 年版，第 605 页。

④ （南朝宋）范晔：《后汉书》，中华书局 1965 年版，第 2004 页。

梧桐作比。例如《广韵》在训释"椅"字时曰："木名，梓实桐皮。"这样人们一下子就知道椅树的树皮是什么样子了。又例如《广韵》在训释"棉"字时曰："木棉，树名。……《广州记》云：'枝似桐枝，叶如胡桃叶，而稍大也'。"这样人们一下子就知道木棉树的树枝是什么样子了。

例四，《广韵》释"菘"字曰"菜名"①。《毛诗正义》曰："葑……《草木疏》云：'芜菁也。'郭璞云：'今菘菜也'。案江南有菘，江北有蔓菁，相似而异。"②《诗经》"采葑采菲"句中的"葑"，《草木疏》认为是芜菁，郭璞注认为就是菘菜，实际上菘菜与蔓菁相似却又不同。这里出现了四个植物名：葑、芜菁、菘、蔓菁，《广韵》中都有解释。《广韵》释"葑"字曰"菜名，《诗》云：'采葑采菲'，释"菁"字曰"芜菁，菜也"，又释"薹"字曰"芜菁苗也"，释"蔓"字曰"蔓菁，菜也"③，可见上述四种植物都是蔬菜。这还只是提供了一个线索，它们的形态及相互关系仍无从得知。细味《正义》之文，大概"芜菁"就是"蔓菁"，而"蔓菁"就是"葑"，这三个名称指的是同一种产于北方的蔬菜，而"菘"则跟它们"相似而异"，"菘"产于南方。晋人嵇含《南方草木状》曰："芜菁，岭峤已南俱无之，偶有士人因官，携种就彼种之，出地则变为芥，亦橘种江北为枳之义也。至曲江方有菘，彼人谓之秦菘。"④可见芜菁这种植物会因不同地域的不同气候，而发生形态上的变化，"岭峤已南俱无之"，表明南方的气候不适合它的生长，即便"携种就彼种之"，也会"出地则变为芥"。陆游《蔬园杂咏》其一《菘》曰："雨送寒声满背蓬，如今真是荷

---

① 此则及前二则引文依次见（宋）陈彭年等编：《宋本重修广韵》，《古逸丛书》，华东师范大学出版社 2017 年版，第 43、13、319 页。

② （汉）毛亨传，（汉）郑玄笺，（唐）孔颖达疏：《毛诗正义》，上海古籍出版社 1990 年版，第 88 页。

③ 此则及前三则引文依次见（宋）陈彭年等编：《宋本重修广韵》，《古逸丛书》，华东师范大学出版社 2017 年版，第 29、184、21、120-121 页。

④ （晋）嵇含：《南方草木状》，《丛书集成初编》，第 1352 册，中华书局 1985 年版，第 4 页。

锄翁。可怜遇事常迟钝，九月区区种晚菘。"①其二《芜菁》："往日芜菁不到吴，如今幽圃手亲锄。凭谁为向曹瞒道，彻底无能合种蔬。"②陆游二诗分咏菘与芜菁，说明它们不是同一种植物，陆诗中说"往日芜菁不到吴"，表明它是新近移栽到吴地。现在一般认为芜菁是一种叶子介于萝卜叶子和雪里蕻叶子之间的蔬菜，它的叶子和露在土外的根部都可食用，但主要是食用其蒜头状的根部。至于菘，现在一般认为就是大白菜，实际上菘与大白菜又不尽相同。杨万里有《进贤初食白菜，因名之以水精菜云》诗二首，其一云："新春云子滑流匙，更嚼冰蔬与雪茅。灵隐山前水精菜，近来种子到江西。"③可见白菜首先在杭州栽种，后来江西亦有种植。其二云："江西菜甲带霜栽，逗到炎天总不佳。浪说水菘水芦菔，硬根瘦叶似生柴。"④可见原产江西的水菘与白菜不同，杨万里觉得它跟白菜相比，"硬根瘦叶似生柴"，显得根硬叶瘦，不如似云如冰的白菜口感好。

例五，《广韵》释"蔜"字曰："蔜葵，繁露也"⑤，释"露"字曰："蔜葵，繁露"⑥，可见"蔜葵"就是"繁露(露)"，"繁露(露)"就是"蔜葵"，可是蔜葵或繁露到底是一种什么样的植物？从《广韵》中未能发现更多的信息。但是沿着《广韵》提供的线索，再去其他文献中寻找，我

---

① (宋)陆游：《剑南诗稿》，《陆放翁全集》，中国书店1986年版，第233页。

② (宋)陆游：《剑南诗稿》，《陆放翁全集》，中国书店1986年版，第233页。

③ (宋)杨万里撰，辛更儒笺校：《杨万里集笺校》，中华书局2007年版，第1334页。

④ (宋)杨万里撰，辛更儒笺校：《杨万里集笺校》，中华书局2007年版，第1335页。

⑤ (宋)陈彭年等编：《宋本重修广韵》，《古逸丛书》，华东师范大学出版社2017年版，第19页。

⑥ (宋)陈彭年等编：《宋本重修广韵》，《古逸丛书》，华东师范大学出版社2017年版，第362页。

们有了更多的发现。例如，《尔雅》曰："蔠葵，蘩露。"①这与《广韵》的训释如出一辙，可见《广韵》的训释虽未明言出自《尔雅》，实际上就是承袭《尔雅》而来。《尔雅》此处郭璞注曰："承露也。大茎，小叶，华紫黄色。"②郭璞的注又给我们提供了更多的信息。据此可知，蔠葵还有一个异名，叫"承露"，它茎大、叶小，开紫黄色的花。《集韵》引用了《尔雅》及郭璞注进行训释，但在其前首先说"蔠"是一种"草名"，这就使我们知道蔠葵是一种草本植物。邢昺在为《尔雅》作疏时，也提供了一个新信息，说蔠葵是"葵类"，这使我们明确，蔠葵并不只是一种名字恰巧带"葵"的草本植物，而确确实实就是一种葵类植物。那么"葵"又是一种什么样的植物呢？可以再回到《广韵》去寻找线索。《广韵》释"葵"字曰："《说文》曰：'菜也。常倾叶向日，不令照其根。'"③可见葵是一种蔬菜，它有明显的向阳性。《齐民要术》在释"承露"时，既征引了《尔雅》正文和郭璞注的内容，紧随其后又补充了一个新信息，说它"实可食"，可见它的果实具有食用价值。孙思邈《千金要方》中则记载了多种葵类植物的药用价值，例如："落葵，味酸寒，无毒，滑中散热，实悦泽人面。一名天葵，一名蘩露。"④这又提供了更多的信息量，据此可知蔠葵（蘩露、承露）还有另外两个异名：落葵、天葵。它具有药用价值，其中药学性状是"味酸寒，无毒"，其药用价值是"滑中散热"，尤其是"实悦泽人面"的功效，说明其果实还具有由内而外调理身体机能的"美容"效果，可见蔠葵是一种食疗佳品。《太平御览》在释"承露"时也引用了《尔雅》正文及郭璞注，另外还提供了一个有趣的故事："《陈留耆旧传》曰：'梁垣牧为郡功曹，与君归乡，为赤眉所得，贼将啖之，牧求

---

① （清）郝懿行：《尔雅义疏》，上海古籍出版社1983年版，第1018页。

② （清）郝懿行：《尔雅义疏》，上海古籍出版社1983年版，《尔雅义疏》，第1018页。

③ （宋）陈彭年等编：《宋本重修广韵》，《古逸丛书》，华东师范大学出版社2017年版，第49页。

④ （唐）孙思邈：《备急千金要方》，《四库全书》，第735册，上海古籍出版社1989年版，第812页。

先，贼长义而释牧，送繁露实一斛。'"①可见在战乱饥荒的年代，菟葵还是珍贵的口粮，"送繁露实一斛"成了嘉奖义举的奖品。菟葵还有被简称为"葵"的情况，这就有与作为种属名的"葵"混淆的危险，需要具体问题具体分析。宋人陆佃《埤雅》卷十七释草"葵"条曰："《齐民要术》曰：'今世葵有紫茎、白茎二种。'春必畦种、水浇，而冬种者，有雪勿令从风飞去，每雪辄一劳之，劳雪令地保泽，叶又不虫。掐必待露，解收必待霜降，伤晚则黄烂，伤早则黑涩也。《诗》曰：'七月烹葵及菽。'即此是也。……菟葵一名繁露，此又葵之一种也。"②根据这一则记载可知，葵这种植物有多个别种，而菟葵则是其中一种；此外，这则材料还详细地介绍了葵的种植方法，也可以补充《广韵》之未详。

综上可见，《广韵》确实具有植物文化研究的"索引"价值。就单个植物来说，《广韵》的训释往往没有其他典籍的解读详尽，但由于它收录的植物名称数量巨大，以之为线索来研究古代的植物文化学，则可以获得其他典籍无法具备的强烈的"集群效应"，并因之获得其他典籍无法提供的"全局视野"。

第三节 《广韵》是植物文化典籍的"枢纽"

在《广韵》中的大量植物文化训释语中，往往将最早或者较早记录该植物名称的典籍征引在后，这样既可以表明著录的依据，也可以反映该植物的文化渊源、文化特征及其主要发生影响的领域等问题。《广韵》所引典籍主要是先前的文字专书、训诂专书、经（按小学类著作亦属经部，此处单独列出）、史、子典籍及其相关的训释著作。总括言之，主要有：《周易》《尚书》《周书》《诗经》《诗传》《诗疏》《周礼》《周礼

---

① （宋）李昉等编：《太平御览》，河北教育出版社1994年版，第8册，第999页。

② （宋）陆佃：《埤雅》，《丛书集成初编》，第1173册，中华书局1985年版，第431-432页。

注》《春秋说题辞》《春秋元命包》《左氏传》《礼记》《礼注》《五经通义》
《庄子》《吕氏春秋》《淮南子》《淮南王说》《论衡》《史记》《汉书》等经学、
子学、史学著作，《尔雅》《尔雅注》《广雅》《博雅》《释名》《埤苍》等训
诂学著作，《说文》《方言》《字林》《文字音义》《正名》《玉篇》《韵略》等
文字音韵学著作，《山海经》《神异经》《十洲记》《广州记》《博物志》《邺
中记》《临海异物志》《荆州记》等地理类著作，《楚辞》《子虚赋》《吴都
赋》《闲居赋》等文学类著作；《汉官仪》《古今注》《古瑞命记》《广志》
《玄中记》《齐民要术》《本草》等杂著亦时有征引。这些著作虽然很少有
专门研究植物的，但由于它们所涉范围极广，故而它们所涉及的植物文
化学的面向也是多维的。要而言之，它们都是植物文化研究不可或缺的
重要典籍，《广韵》将它们融入自己的纂述中，起到了明显的"串联"众
作的"枢纽"作用。

《尔雅》是中国现存最早、影响最大的一部训诂学专书，内中记载
了大量的植物名称，加之郭璞又对其进行了更为详细的注解，使之成为
一部重要的植物文化学典籍。《广韵》征引甚多，藉此可以很好地反映
《广韵》的"枢纽"作用。例如《广韵》在训释以下植物名称时曰：

1. 枫：木名。子可为式。《尔雅》云："枫有脂而香。"
2. 櫰：《尔雅》云："槐，大叶而黑曰櫰。"
3. 枹：《尔雅注》曰："树木丛生，枝节盘结。"
4. 綸：《尔雅·释草》曰："綸，似綸。东海有之。"
5. 莲：《尔雅》云："荷，芙蕖，其实莲。"①

可见《广韵》在训释植物名称时，有时候是先自行训释，再引述《尔
雅》为佐证，有时候就径直引用《尔雅》或《尔雅注》的内容进行训释。

———————————

① 此处5则引文依次见《宋本重修广韵》，《古逸丛书》，华东师范大学出版
社2017年版，第20、89、147、123、128页。

《广韵》引用《尔雅》及其相关或同类著作进行植物名称训释的情况非常普遍。这就提示我们，《尔雅》是一部重要的植物文化典籍，寻着《广韵》提供的线索，去寻找《尔雅》及其相关或同类著作，即可发现大量的植物文化研究素材。更何况，像上引的枫树、槐树、荷花等植物，不但时至今日仍与中国人的日常生活密切相关，尤其是它们的文化意蕴、审美意蕴，经过中国人千百年的品鉴、开拓，已经渗透到诗歌、绘画等几乎所有的艺术门类中。而这些植物类型在《广韵》中都有训释，不仅可以从其征引的典籍中寻绎它们的文化、审美意蕴，即便是仅仅凭借自己的生活经验以及对诗歌、绘画等艺术的欣赏而积累的"前理解"就已经可以体会到它们的文化、审美价值。《广韵》的价值就在于，它既指示了深入研究的线索，又提供了"绘制"完整的植物文化、植物审美画卷的便利。

《说文解字》是中国现存最早、影响最大的一部文字学专书，内中也记载了大量的植物名称，故而它在《广韵》植物训释语中被征引的频率几乎与《尔雅》不相上下。同样的，它也可以很好地反映《广韵》的"枢纽"作用。例如：

> 1. 芪：药草，《说文》曰："芪母也。"
> 2. 蒉：蒺藜，《诗》作茨，《说文》又作薺。
> 3. 蓍：蒿属，筮者以为策。《说文》云："蓍生千岁，三百茎。《易》以为数，天子蓍九尺，诸侯七尺，大夫五尺，士三尺。"
> 4. 䄪：《说文》曰："草木实䄪䄪也。"
> 5. 葭：葭芦也。《说文》曰："苇之未秀者。"①

可见《广韵》有时候也是先自行训释，再引述《说文》为佐证，有时

---

① 此处 5 则引文依次见 (宋) 陈彭年等编：《宋本重修广韵》，《古逸丛书》，华东师范大学出版社 2017 年版，第 38、47、48、49、160 页。

候也是径直引用《说文》的内容进行训释。《广韵》引用《说文》及其同类著作进行植物名称训释的情况也非常普遍。这也就提示我们，《说文》是一部重要的植物文化典籍，寻着《说文》提供的线索，去寻绎《说文》及其同类著作，同样可发现大量的植物文化研究素材。尤其值得一提的是，《广韵》所释之"猴"字，并不是植物的名称，据所引《说文》知其乃"草木实猴猴"之意，也就是指草木繁多的果实下垂、摇摆之貌，可见这个字虽不是植物名称，但也是专门用于描写植物形态的，研究植物的丰富形态当然也是植物文化学的题中之义。"猴猴"所蕴含的这样一幅具有动态的视觉效果的优美画卷，非常具有诗意。《广韵》收录了大量的像这样描写植物形态尤其是植物动态美的词汇，将中国古典语言的强大表现力显露无遗。若以《广韵》的记载为线索，去文学典籍中寻找这类词汇的诗意表达，往往会有令人惊喜的收获。例如宋濂《哀志士辞》曰："商颜有芝，晔晔猴猴。可以保（涵芬楼抄本作"葆"）神，可以乐饥。"①这里"晔晔猴猴"就是对"商颜之芝"形态的描述，"晔晔"描写其色泽，"猴猴"则描写其下垂摇摆的动态，非常形象。

《广韵》对《山海经》也引用颇多，与《尔雅》《说文》等典籍讲求客观性、实证性不同，《山海经》由于出现时代更早，故而带有浓厚的巫术、神话等"原始思维"色彩。这使得《山海经》中的植物文化别具一格，书中所涉及的许多植物，虽然存在于现实生活中，但却具有现实中并不具备的奇异功能。《广韵》的大量引用，一方面反映了中国古代植物文化学的丰富性，一方面也反映了文人学士们强烈的"猎奇"心理。例如：

1. 机：……《山海经》曰："族圆之山，多松柏机桓。"
2. 莊：杜衡，香草，似葵。《山海经》云："可以治瘿，带之令人便马，马亦善走都。似细辛而气小异。"
3. 桂：木名，丛生合浦巴南山峰间，无杂木，叶长尺余，冬

① （清）黄宗羲：《明文海》，中华书局1987年版，第5093页。

夏常青，其花白。《山海经》曰："八树成林。"

4. 櫰：《山海经》云："中曲山有木，如棠而圆，叶赤，实如木瓜，食之多力。"又音怀。

5. 枫：木名。子可为式。……《山海经》曰："黄帝杀蚩尤，弃其桎梏，变为枫木，脂入地千年，化为虎魄。"

上述《广韵》所引出现于《山海经》中的植物，亦有现实生活中常见者，杜蘅即是一例，但《山海经》说佩戴杜衡能提高人骑马的技术、马闻到杜衡的香气也能更善于跨越障碍物，这就有些不可思议了。可见《山海经》所述诸多植物的奇特功用，即便不能断言其绝无科学性，至少尚有待验证。但是这些奇特的记载，却在后代很受欢迎，遂导致不少模仿《山海经》的著作应运而生。像《神异经》《十洲记》等书中所记载的植物，有很多在现实世界很难觅其踪迹，其奇异的功能，更是没有科学依据，可能完全出于传说或虚构。例如《广韵》释"魂"字曰：

> 魂：……又，反魂树名，在西海中聚窟洲上，花叶香闻数百里，状如枫香，煎其汁可为丸，名曰震灵丸，亦名反生香，又名却死香。尸在地，闻气（《钜宋广韵》作"闻香"）乃活。出《十洲记》。①

据《广韵》所引，知此则材料出自《十洲记》。此书又名《海内十洲记》，传为西汉武帝时东方朔所撰，书中多载异域奇谭。所记由反魂树"煎其汁"而制成的"震灵丸"有起死回生的神奇效果，甚至"尸在地，闻香乃活"，这实在是没有任何科学依据。《十洲记》今尚存，沿着《广韵》提供的线索，查寻原书，发现《广韵》所引知识约略言之（上引《尔雅》

---

① 此则及前 5 则引文依次见（宋）陈彭年等编：《宋本重修广韵》，《古逸丛书》，华东师范大学出版社 2017 年版，第 241、259、367、91、20、110 页。

《说文》《山海经》等书亦多如此），原书所述更为详细，也更为神异：

> 聚窟洲在西海……洲上有大山，形似人鸟之象，因名之为神鸟
> 山。山多大树，与枫木相类，而花叶香闻数百里，名为反魂树，扣
> 其树亦能自作声，声如群牛吼，闻之者皆心震神骇。伐其木根心，
> 于玉釜中煮取汁，更微火煎如黑饧状，令可丸之，名曰惊精香，或
> 名之为震灵丸，或名之为反生香，或名之为震檀香，或名之为人鸟
> 精，或名之为却死香，一种六名。斯灵物也，香气闻数百里，死者
> 在地，闻香气乃却活，不复亡也。以香薰死人，更加神验。征和三
> 年，武帝幸安定，西胡月支国王遣使献香四两，大如雀卵，黑如桑
> 椹，帝以香非中国所有，以付外库。①

可见，叩击反魂树，其发出的声音"如群牛吼"，能使"闻之者皆心
震神骇"；震灵丸不仅另有反生香、却死香二异名，尚有惊精香、震檀
香、人鸟精三异名，实是"一种六名"。震灵丸的功效不仅在于"尸在
地，闻香乃活"，还表现为"以香薰死人，更加神验"。这虽然是中土人
士的记载，想必并不是凭空捏造，而是根据西域传说加工，对于研究西
域的植物文化、巫医文化乃至神话传说的存在样态都具有重要的参考价
值。《广韵》对此类典籍中的此类植物名称加以收录、训释，也强化了
其沟通众作的"枢纽"价值。当然，这则材料也说明，《广韵》既为"枢
纽"，对其所引述典籍内容的完整程度，就应该保持警惕，在使用其材
料时，最好是以之为"枢纽"去查索原典，而不是直接引以为据。

以上所论都是《广韵》在其直接引用的前代典籍中所发挥的"枢纽"
作用，可以说这种"枢纽"作用表现出来的形式是"承上"；即便是出现
于《广韵》之后的、看似与《广韵》无直接承袭关系的典籍，《广韵》也可

---

① 王根林等点校：《汉魏六朝笔记小说大观》，上海古籍出版社 1999 年版，
第 67 页。

以起到"枢纽"作用，这种"枢纽"作用表现出来的形式则是"启下"。以北宋中晚期人陆佃对"菘"的研究为例：

> 菘性陵冬不彫，四时长见，有松之操，故其字会意，而《本草》以为交耐霜雪也。旧说菘菜北种，初年半为芜菁，二年菘种都绝。芜菁南种，亦然。盖菘之不生北土，犹橘柚之变于淮北矣。芜菁似菘而小，有台，一名葑，一名须，《尔雅》曰须，蕦芜也。今俗谓之台菜，《方言》曰陈楚之间谓之丰，赵魏之郊谓之大芥，其紫华者谓之芦菔，一名来菔，所谓温菘是也。来菔，言来麰之所服也。(《埤雅》卷十六释草"菘"条)①

菘是一种蔬菜，其性状、文化等特点上文已经有较为细致的引证，可见这种蔬菜在宋人的日常饮食结构中发挥着重要作用。《广韵》中既已出现，表明它进入人们的日常生活的时代甚早，到陆佃所处的时代，对它的解释更加详细，表明它不仅没有淡出人们的饮食领域，反而在人们的饮食生活中占据了更重要的作用。以《广韵》为"枢纽"，将其前后的相关记载串联起来，菘这种蔬菜与古人饮食文化的"关系史"即可以被梳理出一个清晰的脉络。至于像《集韵》《大广益会玉篇》《太平广记》《太平御览》等与《广韵》同时或稍后的宋代"大书"中的大量植物文化素材，更可藉《广韵》为"枢纽"加以比堪研究。

综上所述，《广韵》记载的大量植物名称及其训释语中的大量植物文化信息，既可为研究中国古代植物的种类、性状与用途、产地等问题提供便利，又可被视作植物文化研究的"索引"，进一步将中国古代植物文化学构建为体系完备的专业领域，还可视之为其他植物文化典籍研究的"枢纽"，将大量记载、研究植物文化的古代典籍串联起来，为植

---

① (宋)陆佃：《埤雅》，《丛书集成初编》，第 1173 册，中华书局 1985 年版，第 400-401 页。

物文化学研究提供坚实的文献基础。相信在植物学的研究已经出现"文化诗学"转向势头的当下，《广韵》在植物文化学、植物审美学研究方面的价值将会日益凸显。

第十二章　韵话：宋代诗学热点议题

当前学界对诗韵的研究大致有两种视角：第一种是以语言学为本位的研究，这类研究或考察某个诗人(有时是诗人群体)的诗歌用韵情况，或考察某部韵书(有时是韵书系列)的语音系统，二者的研究目的虽各有偏重，但主要都是为了给探讨某个时期的语音发展状况或各时期间的语音演变规律提供依据；第二种是以文学为本位的研究，主要考察某种诗体的押韵特征或各个诗人的押韵技巧、诗歌用韵特色及其与该诗人的诗歌风格间的关系。这两种视角的研究成果在数量上极不均衡，第一种视角的成果远远多于第二种。

以语言学为本位的诗韵研究，主要以探讨韵文"用韵"为主，即探讨韵文文本所使用的韵字属于哪些韵部，反映了哪些语音特点，能够为语音史的研究提供哪些帮助，等等。本来"用韵"一词既可以指诗人的押韵技巧、用韵艺术等文学性特点，也可以指诗人作品的具体韵部划分及语音史特征等情况。但经过一大批以语言学为本位的诗韵研究者的长期努力，使它几乎成为一种语言学研究的专用范式。

在这种情况下，从文学视角出发审视当前诗韵研究的成果与空间就显得尤为迫切，这样既可以表明诗韵研究原本天然具有的文学性，也可以指示出以文学为本位的诗韵研究的不足与进一步研究的方向。要言之，诗韵研究并不是语言学的专利，也是诗学的题中应有之义。最有力的证明就是不仅历代诗话中有大量"韵话"，今人的诗学论著中也有大量"韵话"。本章拟以当代学者的宋代诗学研究论著为主要调查对象，对其中关涉到诗韵问题的论述加以爬梳，归纳出几个宋代诗韵研究的热点问题，藉以反映诗韵的文学研究范式的现实存在样态及这种研究范式的合法性与可行性。

第一节　次韵唱和诗研究

次韵唱和诗与次韵唱和活动是宋代诗学的重要研究对象，它关联到宋代诗学的很多关键问题。例如莫砺锋认为："由于次韵是元祐诗人唱和时最常用的方式，所以当他们切磋诗艺并力争上游时，首先便在押韵方面倾注心力，黄庭坚与苏轼更是争胜于毫厘之间。"[1]强调了次韵诗在元祐(1086—1094)诗歌中的地位与著名诗人苏轼、黄庭坚对次韵诗的态度。

周裕锴认为："宋人不仅在实践上追步王、苏、黄等人，而且在理论上对次韵诗的争奇斗险表示相当的理解和赞赏……可见，次韵诗的风气是符合宋诗学的基本精神的。"[2]对宋代次韵诗代表作家、发展情况、理论和实践价值也都进行了强调。内山精也指出："从量的多寡、影响力的大小以及当事人次韵意识的强弱这几点来看，'元白'(尤其是元稹)对次韵(和韵)的确立及普及无疑是最有贡献的。"[3]此论也有助于认识元稹、白居易次韵诗对宋代次韵诗的影响。

胡建次、邱美琼认为："(次韵)使诗人改变'自说自话'的传统方式而有了具体的交流对象，使诗歌成为一种互动的表现形式……富有创新精神的宋人喜爱这一形式。"[4]从理论视角分析了次韵诗功能的独特性，并强调其是宋人喜爱的艺术形式。王术臻认为："对待次韵诗问题的不

---

① 莫砺锋：《唐宋诗歌论集》，凤凰出版社 2007 年版，第 406 页。

② 周裕锴：《宋代诗学通论》，上海古籍出版社 2007 年版，第 539 页。

③ ［日］内山精也(早稲田大学)：《苏轼次韵词考——以诗词间所呈现的次韵之异同为中心》，见《第三届唐宋诗词国际学术研讨会论文集》，中国社会出版社 2004 年版，第 268 页。

④ 胡建次、邱美琼：《宋代诗学的多维观照》，商务印书馆 2017 年版，第 352 页。

同态度，其实关系到对整个宋诗的评价，也关系到对诗歌发展史的认识。以不利于抒情言志为由，遂将次韵诗的价值一笔抹杀，并不是一个客观的批评态度。"①可见对次韵诗的价值评判关乎整个宋诗的评价问题。吕肖奂认为："苏轼诗中次韵、和韵之作达三分之一，是宋调'以押韵为工'的代表诗人之一，宋人对其用韵之妙非常佩服。"②也强调了苏轼在宋代次韵诗创作中的重要地位。

姜斐德认为："为了适应当时历史状况创造一种彼此之间可以秘密沟通的隐语，北宋士大夫选用了次韵唐诗这种文学艺术形式。"③将次韵诗视为诗人间"秘密沟通的隐语"，是一个颇为新颖的诗学视角。综上可见，宋代的次韵唱和诗及次韵唱和活动一直是学术界关注的诗韵热点之一。

第二节　宋诗"以押韵为工"的创作特点研究

宋诗"以押韵为工"的创作特点，也一直是宋代诗学研究的热点。例如张海鸥在论及宋初三体及其诗学思想时指出，在推动宋初"白体"发展中起到关键作用的宋太宗，之所以喜君臣唱和，正是模仿白居易。著者引《石林燕语》卷八所载"太宗当天下无事，留意艺文……时从臣应制赋诗，皆用险韵，往往不能成篇……故不得意则相率上表乞免和"云云以证之，说明宋太宗不仅喜作唱和诗，尤喜作险韵诗与群臣唱和。④其实太宗喜唱和诗是受白居易影响，喜以险韵求工斗奇也是受白居易影响。

---

① 王术臻：《沧浪诗话研究》，学苑出版社 2010 年版，第 546 页。
② 吕肖奂：《宋诗体派论》，四川民族出版社 2002 年版，第 109 页。
③ ［美］姜斐德（普林斯顿大学）：《略说次韵诗作为秘密的对话——兼论其对墨梅画的影响》，见《首届宋代文学国际研讨会论文集》，复旦大学出版社 2001 年版，第 319 页。
④ 参见张海鸥：《北宋诗学》，河南大学出版社 2007 年版，第 7 页。

白集中与元稹唱和的"瘘絮四百字"，与元稹、刘禹锡唱和的"车斜二十篇"皆是著名的险韵诗。白居易《和微之诗四十三首·序》曰："微之又以近作四十三首寄来，命仆继和。其间瘘絮四百字、车斜二十篇者流，皆韵剧辞殚，瑰奇怪谲。"①这说明"以押韵为工"与宋代诗学中的流派风格问题密切相关，同时也说明"以押韵为工"还有一个更高级的形态，即"押险韵"。

王锡九在阐述刘克庄的"锻炼"精神时指出："用典、押韵、对偶三点，虽然都是诗歌的作法问题，但是刘克庄在谈论时，显然都贯穿着'锻炼'的精神"②；在论及戴复古对严羽诗学体系的影响时，也指出严羽批评"近代诸公"的"押韵必有出处"，主张"押韵不必有出处"，并反对宋人的次韵诗，提出"和韵最害人诗"等观点，都是从艺术大判断上回到了戴复古的元祐"误人"说。③

吕肖奂认为王安石从嘉祐元年（1056）前后就显露出"以押韵为工"的才力，"在此后的创作上，王安石一直表现出对窄韵险韵的爱好，开宋调'以押韵为工'的风气"④；作者对苏轼的"以押韵为工"也有强调："苏轼诗中次韵、和韵之作达三分之一，是宋调'以押韵为工'的代表诗人之一"⑤；此外，对朱熹诗的"以押韵为工"作者也特别予以了关注："朱熹甚至像苏轼、黄庭坚一样'以押韵为工'……他的诗集中律诗不少，而且分韵、和韵、次韵的各体诗不在少数，几乎占全部诗作的三分之二"⑥。陈静认为："在声律模式上，宋人显然比唐人走得更远：一方面是在韵上进一步求难；一方面是在平仄规则上进行有意的破坏。简

① （唐）白居易撰，谢思炜校注：《白居易诗集校注》，中华书局 2006 年版，第 1721 页。
② 参见王锡九：《刘克庄诗学研究》，黄山书社 2007 年版，第 205 页。
③ 王术臻：《沧浪诗话研究》，学苑出版社 2010 年版，第 116 页。
④ 吕肖奂：《宋诗体派论》，四川民族出版社 2002 年版，第 88 页。
⑤ 吕肖奂：《宋诗体派论》，四川民族出版社 2002 年版，第 109 页。
⑥ 吕肖奂：《宋诗体派论》，四川民族出版社 2002 年版，第 296 页。

单说，就是押韵求工，律句求破。"①指出"押韵求工"是宋人比唐人在声律模式上走得更远的表现之一。

综上可见，宋诗"以押韵为工"的特点是学界关注的另一个诗韵热点。

第三节 "押险韵"的批评与实践研究

"押险韵"也是宋代诗学关注的热点问题。莫砺锋在探讨"王荆公体"的诗体特征时指出："王安石在押韵上也很下功夫，尤其喜欢在险韵上争奇斗巧。"②说明"押险韵"是"王荆公体"的重要特征之一。在探讨苏黄对韩愈诗歌的态度时，莫砺锋又指出："韩诗中大发议论及运用古文句法、章法等'以文为诗'的表现手段和以奇字险韵、竭力刻画等手法造成的奇险狠重的风格特征都带有'时见斧凿痕迹的缺点'。这种强弓硬弩的诗风曾给苏、黄以启迪……"③说明韩诗的爱"押险韵"给了苏黄很大的启发。

郑永晓在论证尤袤与江西诗派的关系时指出："如《次韵德翁苦雨》一诗能化俗为雅，又押险韵，也受到方回的赞誉，指出'尤遂初押韵用事神妙如此，敬叹敬叹'。"④说明尤袤善"押险韵"与江西诗派一脉相承，引起方回的高度重视。周裕锴指出："六朝唐的声律说提倡音韵的和谐协调，而宋人却有意识破坏这种和谐协调，下拗字，押险韵，力图超越唐诗完美的声律系统，以拗捩生涩的声韵来体现一种奇峭劲健的风格。"⑤从宋人对声律的独特追求视角强调了"押险韵"的重要意义。

---

① 陈静：《唐宋律诗流变研究》，齐鲁书社 2009 年版，第 68 页。
② 莫砺锋：《唐宋诗歌论集》，凤凰出版社 2007 年版，第 240 页。
③ 莫砺锋：《唐宋诗歌论集》，凤凰出版社 2007 年版，第 390 页。
④ 郑永晓：《南宋诗坛四大家与江西诗派之关系》，《南都学坛》2005 年第 1 期，第 78 页。
⑤ 周裕锴：《宋代诗学通论》，上海古籍出版社 2007 年版，第 528 页。

谷曙光认为"宋诗讲究锻炼字句，律对精切，追求奇字险韵，句法上则生新深远，章法方面看重布置命意"。从宋诗"追求奇字险韵"等方面论证了其在写作手法方面较唐诗更为精细。① 胡建次、邱美琼也认为："作为一种诗型，宋诗的一些特色如平淡、老劲、瘦硬的风格，押险韵、造硬语、以议论为诗、以文为诗、以才学为诗等手法，在苏、黄手中得到了成熟和拓展。"②强调了苏黄"押险韵"具有重要的诗学意义。

吕肖奂在分析了苏轼多首以"押险韵"著称的作品后，指出："欧阳修倾倒于韩愈的用韵，而苏轼以及黄庭坚在用韵上的才能技巧比韩愈有过之而无不及。苏轼的创作已经达到了'技进于道'、炉火纯青的境地，这使人很难区分他的哪些方面属于'技'，哪些方面属于'道'。"③说明苏轼的"押险韵"诗作达到了极高的艺术水准。王顺娣认为刘克庄虽然在《晚觉翁稿序》中说"六篇险韵，窘狭处运奇巧，平易中见光怪"，表现得对"押险韵"颇为推崇，但这正是矛盾双方辩证统一的体现，与其对"平淡"的追求是一致的。④

综上可见，宋人"押险韵"的批评与实践也是学界关注的一个诗韵热点。

第四节 "押韵之文"说的研究

诗文体性之异同是宋代诗学与文论都热衷于讨论的话题，在这中间"有韵"与"无韵"尤其是"押韵之文"说往往是论者无法绕开的一个关键问题。例如，杜集中的"无韵者"到底可不可读，成为一大公案。《后村

---

① 参见谷曙光：《贯通与驾驭：宋代文体学述论》，人民文学出版社 2016 年版，第 28 页。

② 胡建次、邱美琼：《宋代诗学的多维观照》，商务印书馆 2017 年版，第 156 页。

③ 吕肖奂：《宋诗体派论》，四川民族出版社 2002 年版，第 109-110 页。

④ 王顺娣：《宋代诗学平淡理论研究》，巴蜀书社 2009 年版，第 250 页。

诗话》曰:"前人谓杜诗冠古今,而无韵者不可读……李、杜是甚气魄,岂但工于有韵者及古体乎?"王锡九认为刘氏此论意在"强调李白、杜甫有韵无韵均擅,古诗律诗兼工"。① 魏景波也认为,刘克庄对于流俗论杜的一些观点比如秦观说"杜子美诗冠古今,而无韵者殆不可读",林希逸说"子美无韵者难读",等有不同的看法:"前人谓杜诗冠古今,而无韵者不可读……如《大礼三赋》,沉着痛快,非钩章棘句者所及。"② 说明刘克庄对杜集中的"无韵者"颇能够辩证地对待。

又例如,韩诗是不是"押韵之文"也成为一大公案。对于《临汉隐居诗话》所载宋人对韩诗的争议,谷曙光总结得比较详备:"沈括、王存批评韩愈'以文为诗'背离了传统轨道,是押韵之文;而吕惠卿、李常则赞赏韩诗破体相参的变革之功,双方争的不亦乐乎。最后记载此事的魏泰表示赞同沈括。"③王术臻认为:"魏泰从否定韩愈的以文为诗开始,顺势否定了宋人欧阳修、苏舜钦等人的庆历诗学,实际上是否定了欧、苏、黄开创的有宋一代的诗学。"④吕肖奂认为吕惠卿、沈括的争议反映出:"新变派学习韩孟诗派所作的以文为诗的尝试,至少在治平年间已经成为人们谈论的话题,而且一部分人已经能够接受如'押韵之文'的诗了。"⑤胡建次、邱美琼则认为:"沈括更明确地从规范诗体的角度否定韩诗,界定它虽气势劲健,辞采富赡,但不属诗体,只不过是押韵之文罢了。"⑥

再例如,刘克庄提出的"经义策论之有韵者""语录讲义之押韵者"诸论也是宋代诗学关注的一大热点。刘克庄序《竹溪诗》云:"唐文人皆

---

① 参见王锡九:《刘克庄诗学研究》,黄山书社2007年版,第9页。

② 魏景波:《宋代杜诗学史》,中国社会科学出版社2016年版,第241页。

③ 谷曙光:《贯通与驾驭:宋代文体学述论》,人民文学出版社2016年版,第287页。

④ 王术臻:《沧浪诗话研究》,学苑出版社2010年版,第131页。

⑤ 吕肖奂:《宋诗体派论》,四川民族出版社2002年版,第61页。

⑥ 胡建次、邱美琼:《宋代诗学的多维观照》,商务印书馆2017年版,第114页。

能诗，柳尤高，韩尚非本色，迨本朝则文人多，诗人少。三百年间，虽人各有集，集各有诗，诗各自为体，或尚理致，或负材力，或逞辨博，少者千篇，多至万首，要皆经义策论之有韵者尔，非诗也。"①他在跋《恕斋诗存稿》时又云："近世贵理学而贱诗，间有篇咏，率是语录讲义之押韵者耳。"②他在跋《陈天定漫稿》时也说过："散语峻洁无冗长，有韵者亦简淡有义味。"③谷曙光认为，刘克庄"要皆经义策论之有韵者耳"之论"和沈括'押韵之文'的恶评如出一辙"。④ 说明刘克庄反对宋诗在此方向走得过远的倾向。也正如周裕锴所指出，刘氏"要皆经义策论之有韵者耳"之论，反映出"南宋中后期，颇有一批诗人倡言唐律，对宋诗言理的倾向痛加针砭"。⑤ 对于刘克庄"语录讲义之押韵者"之论，石明庆则认为其反映出"理学与诗学并非截然相对，深于理学者同样可以写出优秀作品"，并认为"这就为诗歌留下了生存空间"。⑥

综上可见，宋人"押韵之文"说是学界关注的又一个诗韵热点。

第五节　文学本位的诗韵研究

上述研究动态表明，对宋代次韵唱和诗的研究、对宋诗"以押韵为工"的创作特点的研究、对宋人"押险韵"的批评与实践的研究、对宋人"押韵之文"说的研究，是当前宋代诗韵研究的四个论述最集中的热点问题，不少宋代诗学研究专著从不同的视角对这些热点问题进行了阐释。

---

① 刘克庄：《后村集》卷九十四，《四部丛刊》影旧钞本，第14a页。
② 刘克庄：《后村集》卷一一一，《四部丛刊》影旧钞本，第1b页。
③ 刘克庄：《后村集》卷九十七，《四部丛刊》影旧钞本，第3a页。
④ 谷曙光：《贯通与驾驭：宋代文体学述论》，人民文学出版社2016年版，第290-291页。
⑤ 周裕锴：《宋代诗学通论》，上海古籍出版社2007年版，第100页。
⑥ 参见石明庆：《理学文化与南宋诗学》，中国社会科学出版社2006年版，第274页。

　　但也不得不承认，不少研究是零碎的、不成系统的，甚至只是在论证其他问题时的顺带提及。若不经过一番细致地搜寻、排比，许多吉光片羽式的论述将会轻而易举地被淹没在各种专题的诗学著作的宏大体系之中。既然诗学专著对宋代诗韵的研究尚不理想，那么专题论文方面的成绩如何呢？情况同样不理想。

　　据笔者所见，目前学界相关的学术论文仅有李子君《宋代诗赋取士的官韵》(《北方论丛》2012 年第 4 期)、吕肖奂《宋代诗歌分题分韵创作的活动形态考察》(《徐州工程学院学报(社会科学版)》2013 年第 4 期)与《论宋代分题分韵——更有意味和意义的酬唱活动形式》(《社会科学战线》2014 年第 3 期)、孙亚男《宋代词调〈满江红〉的格律用韵分析》(《湖北科技学院学报》2013 年第 9 期)、赵瑞华《宋代词调〈青玉案〉格律用韵研究》(《湖北科技学院学报》2013 年第 9 期)、连国义《"尖叉韵"考论》(《江西社会科学》2014 年第 4 期)、莫砺锋《苏轼诗歌的用韵》(《江淮论坛》2019 年第 1 期)等数篇。可见，相比于经久不衰、势头正旺的以语言学为本位的诗韵研究而言，以文学为本位的诗韵研究显得异常荒凉。

　　经笔者统计，以文学为本位的诗韵研究近 10 年的论文数量大致仅与以语言学为本位的诗韵研究的某一个成果较丰硕的年份相当，这还是放宽了统计标准后得出的结论。这种悬殊是惊人的，个中缘由也是很耐人寻味的。笔者认为，造成这一局面的原因主要有两个：其一是由于偏见，有些学者认为诗韵只是死板的形式而已，不值得研究；其二是由于误解，有些学者把以语言学为本位的诗韵研究完全等同于诗韵的研究，认为除此之外就没有诗韵研究了。希望本章可以略微反映出这种偏见和误解的非科学性质。

第十三章 平水韵(上)：初创与初传

当前平水韵研究面临的最迫切问题既不是坐等新史料的发现，也不是刻意提出某种吸引眼球的"新说"，而是在充分发掘现有史料的阐释空间与整合借鉴前人研究成果的基础上，尽可能地对某些可能存在争议的关键性问题给出切实可从的"新"回应。而重新探讨平水韵产生初期与前期传播的相关情况，则显得尤为重要。因为惟有明确其最初的源流，才能为后来衍生出的诸多问题提供答案。针对上述情况，本章拟围绕"平水韵初创的文献源头"与"平水韵初传的地理脉络"两个问题，在梳理相关史料与前人成果的基础上，对前人未甚注意而实则颇为重要的细节予以关注，以期进一步阐明平水韵初创与初传的具体情况。

第一节 "金人旧韵"：平水韵初创的文献源头

平水韵的韵部划分模式早期的文献源头在何处，这是探讨平水韵起源问题应该首先予以关注的。张守中先生在解读王文郁《平水新刊礼部韵略》的许古《序》时指出："这说明王书并非首创，只是在'旧本'基础上'精加校雠，又少添注语'而成。……那末这旧本为何人所创？王国维先生曾见到过一部《草书韵会》，金人张天锡编，也分106韵。书前载有赵秉文在金正大八年(公元1231年)二月写的序，说明其成书时间只比王书迟一年半多一点。"①这里述及的王国维曾见一部《草书韵会》，

① 张守中：《〈平水韵〉考》，《山西大学学报》1982年第1期，第94页。

出自王国维《书金王文郁新刊韵略张天锡草书韵会后》一文，略曰：

> 自王文郁《新刊韵略》出，世人始知今韵一百六部之目不始于刘渊矣。余又见金张天锡《草书韵会》五卷。前有赵秉文《序》，署正大八年二月。其书上、下平声各十五韵，上声廿九韵，去声三十韵，入声十七韵，凡一百六部，与王文郁《韵》同。王《韵》前有许古《序》，署正大六年己丑季夏，前乎张书之成才一年有半。又，王《韵》刊于平阳，张书成于南京，未必即用王《韵》部目。是一百六部之目，并不始于王文郁，盖金人旧韵如是。王、张皆用其部目耳。何以知之？王文郁书名《平水新刊韵略》，刘渊书亦名《新刊礼部韵略》，"韵略"上冠以"礼部"字，盖金人官书也。①

杨春俏先生对王国维此文的引申值得参考："王文郁不可能私自合并韵部……官韵韵部合并是了不得的大事，如果王氏所做工作涉及整个方面，序文中不可能无一语提及。张天锡《草书韵会》及书序亦可提供佐证：此书系张天锡集古名家草书而作，赵秉文作序，依韵编次；国家图书馆所藏四卷本《草书韵会》，'后附金正大辛卯年（按：即正大八年）樗轩老人跋尾'。作序的赵秉文被誉为'金土巨擘'，曾知贡举，对金代官韵自是非常熟悉。写跋的'樗轩老人'是完颜璹，金世宗之孙，与文士赵秉文、元好问等人交善，被元好问谓为'百年来宗室中第一流人物'。二人在序跋中对《草书韵会》韵部皆未表示意见，可见与金朝官韵并无差别。"②据杨文注释，此处引用了石光明《残缺古籍对著录的影响》一文对国图藏本《草书韵会》的描述和元好问在《中州集》中对完颜璹的评价，比较有说服力地进一步论证了王国维"是一百六部之目，并不始于王文郁，盖金人旧韵如是"的观点。但文中"王文郁不可能私自合

---

① 王国维：《观堂集林》，中华书局 1959 年版，第 392-394 页。
② 杨春俏：《关于"平水韵"若干问题的再考辨》，《西北民族大学学报》2009年第 3 期，第 144 页。

并韵部"之说，若理解为最早私自合并韵部的不是王文郁尚可，若理解为任谁都不能"私自"合并韵部则失于绝对。自北宋初年以降，除了《广韵》《集韵》与《礼部韵略》早期的修纂是"自上而下"的外，后来的增补修订都是个人行为。由于《礼部韵略》要用于科场，一些人想让自己的学术成果能为现实服务，于是就上书呈献自己的修订本，一旦政府层面审核通过，就由个人行为转化成了国家行为，本来的"私韵"也就成了具有官方效力的"官韵"。在官方认可之前当然允许存在个人进行大胆的学术创新的可能性与行为，一旦这种个人学术创新适应了时代需求，为大多数人认可，官方很可能就会顺水推舟，赋予其官方效力。将206韵合并为107韵或106韵，虽然是一种大胆的举措，但也只是在206韵原本"同用"规定的基础上迈出了一步而已。更何况，原本《礼部韵略》的规则是宋人的规定，金人出于简化的实际需要与建立本朝特色的心理需求，将其加以合并，是非常有可能的。对于这样既顺应民心又表达忠心的行为，金朝政府是没有理由出面加以禁止的。

王国维虽然大胆地推断"盖金人旧韵如是"，但并没有进一步指出是谁在什么时候将"宋人旧韵"改造为"金人旧韵"的。学界有人提出是平水人毛麾在金大定年间首先做了这个工作，笔者比较倾向于认同这一说法。这一说法由墨遗萍先生在《漫话古"平水"》一文中较早提出，但没有具体论证。张守中先生以清曾国荃等人修撰的《山西通志》光绪刻本"《平水韵》，金毛麾撰"等记载为基础，结合《金史》的毛麾史料，进一步作了如下推论：

> 查《山西通志》光绪十八年刻本卷八十七《经籍记》目录载有："《平水韵》，金毛麾撰。"……毛麾何许人也，有无首创平水韵的可能？《金史·世宗纪》提到此人："壬寅，上谓宰臣曰：'近览资治通鉴，编次累代废兴，甚有鉴戒，司马光用心如此，古之良史无以加也。校书郎毛麾，朕屡问以事善于应对，真该博老儒，可除太常职事，以备讨论。'"校书郎是精通经史的，太常不仅掌宗庙礼仪，

还掌选试博士。世宗赞为"该博老儒"的毛麾，可除太常以掌选试博士，其人编平水韵是最合适不过了。①

结合王国维的考察来看，既然"盖金朝旧韵"在王文郁、张天锡、刘渊之前就已"如是"。那么肯定有一个"最早吃螃蟹的人"，把宋朝的韵书改成了具有金朝特色的韵书。而这位毛麾在时间、地点、生平经历、学问造诣等方面都具备这一条件，而《山西通志》又明确记载他曾撰过一部《平水韵》，故研究者没有理由不对其重要意义特加留意。张文的推论相当严密，但最薄弱的环节在于，关于毛麾曾撰《平水韵》的史料只有一条孤证，而且还是出自甚晚近的《山西通志》。这就大大削弱这一说法的可信度。但是根据《山西通志》编纂按语知这条关键史料的来源是"旧通志著录"，由于古人特重乡邦文献，其保存、记录往往渊源有自，即便只是一条孤证，若没有明确证据表明其记载有误，也不能过度质疑其可能性。故而在没有发现其他史料之前，笔者也倾向于认同毛麾是在王文郁、张天锡、刘渊之前，对平水韵的产生有关键贡献的人。张文又推断曰："毛麾的《平水韵》创于何时，确切年月尚难考定，但就以金大定十六年（1176）为准来推算，不论是与刘渊的平水韵相比，或与王文郁的平水韵相比，都要早半个世纪以上，无怪乎许古在王书序中发出'私韵岁久'的慨叹！近世有金代官韵的说法，尚属推测。金代有无钦定的官韵？按照许古'私韵岁久'的提法，似乎在金正大六年以前尚未颁发过这样的诏令，否则不会有那么多私韵行世吧？所以毛麾的《平水韵》即为王文郁所'校雠'的私韵。"②认为毛麾的《平水韵》就是许古序中引述王文郁之语时所言的"私韵"，难免有些武断。参照宋人递修《礼部韵略》的情况来看，官韵一般不止一版，私韵往往不止一家，直接将可能是半个世纪以前问世的毛麾韵与王文郁所说的"私韵"相对

① 张守中：《〈平水韵〉考》，《山西大学学报》1982年第1期，第95-96页。
② 张守中：《〈平水韵〉考》，《山西大学学报》1982年第1期，第96页。

应，忽略了半个世纪中很可能存在的更多的其他"私韵"，肯定是不妥的。另外，毛麾既然得到金世宗赏识被除以"太常职事"，使其具备了编创平水韵的条件，那么他编创完毕之后再征得官方认可（太常本身就是掌管选试的"官方"），同样也是"既轻而易举又方便可行的"。因此毛麾的《平水韵》更可能是已经得到许可的"官韵"，至少也具有强烈的官方色彩，与出于纯粹学术兴趣而修纂的"私韵"肯定不同。

第二节　"北韵南来"：平水韵初传的地理脉络

由于平水位于"江北"（江北是一个政治地理概念，而非纯粹的自然地理概念），金人入主中原后属于金朝辖区，金亡后又被蒙古军控制，嗣后又并入元朝版图。在金王朝灭亡后的较长一段时间内，南宋政权仍然存在，南北之间的对峙与交流的格局并未被颠覆。平水韵产生于这一复杂的历史时期，故研究平水韵，不可忽略南北文献交流之影响。关于其时南北文献之交流，清人亦已关注，例如陆心源《仪顾堂题跋》卷二《宋椠汉隶分韵跋》曰："《汉隶分韵》七卷，不著撰人名氏，宋椠元修本。惇字缺笔，赵寒山旧藏，后归拜经楼，乱后乃归于余。案《宋史·艺文志·小学类》有马居易《汉隶分韵》七卷，卷数与今本合，则是书乃居易所著也。惟分韵与大定六年王文郁《平水韵略》同，不用《礼部韵略》，则居易当是金人，非宋人矣。辽、金人著述，往往有南宋覆本，如辽释行均《龙龛手鉴》，金成无已《伤寒论》皆是，不然元人所著，不得收入《宋史》，金人所刊不得避宋讳也。"[1]此处陆氏借助王文郁《平水韵略》的韵部划分来推断宋椠《汉隶分韵》的刊行时限，似未可遽以为确，其所见王文郁《平水韵略》乃影元钞本，此本反倒可能是借鉴了刘渊书，此宋椠《汉隶分韵》之分部既与元本《平水韵略》同，则亦与刘渊

---

① （清）陆心源：《仪顾堂题跋》，《清人书目题跋丛刊》（二），中华书局1990年版，第23页。

《壬子新刊礼部韵略》同，安知此本非据刘书韵部？若是据刘书分部，则刘氏虽为北人其书却是刊于金亡之后，如此则似不当视为金人所撰。至于陆氏"辽、金人著述，往往有南宋覆本"的论断，则是符合历史实际的，具体可参见胡传志先生《南北文献交流考论》。① 可以补充的是，记录韵书由北方传入南方的材料，当数刘辰翁（1232—1297）《须溪集》卷六《北韵序》一篇最为重要，其文略曰：

> 字出于声，声制于气，皆物之自然者，所谓天命，非意之也……世道反古，横行倒置，蹄远亥午。乃有北韵南来，简便同文，又胜昔之《韵略》，函三于一，事省物备。夫文者不以律次，则亦何不可者。东平朱簿刻而布之。②

按刘氏此序虽为"北韵"而作，然大段在论文字之起源、创制，惟文末方入正题，虽仅数句，透露信息却颇丰富。刘辰翁生于宋理宗绍定五年（1232），王文郁书撰成于金正大六年（1229），其时当辰翁出生前三年，刘渊书刊行于宋淳祐十二年（1252），其时辰翁已二十岁，从时间上说二书辰翁皆及见。"北韵南来"之语说明此韵书定是来自北方，宋人习惯上称的北是指金朝领土，但其出生后第二年金朝既灭亡，其所谓"北"当是指金朝旧土，"简便同文，又胜昔之《韵略》，函三于一，事省物备"之语，非平水韵无足以当之者，知所谓"北韵"定指平水韵无疑。然此部平水韵是王文郁的《新刊韵略》，还是刘渊的《壬子新刊礼部韵略》，甚至或是毛麾的《平水韵》却不得而知。辰翁卒于元成宗大德元年（1297），亦及见黄公绍《韵会》，巧合的是，明刊本《古今韵会举要》卷首正好录有刘辰翁《序》一篇，据此知刘辰翁不仅及见《韵会》而且还

---

① 参见胡传志：《宋金文学的交融与演进》，北京大学出版社 2013 年版，第241-261 页。

② （宋）刘辰翁：《刘辰翁集》，江西人民出版社 1987 年版，第 181 页。

与《韵会》的作者黄公绍有交往，由于黄公绍撰《韵会》多引刘渊书，则辰翁当日所见北韵，公绍亦能见之，若公绍见之引入《韵会》，则此北韵即是刘渊书，这一可能最大。如果黄公绍得见王文郁或毛麾书，不可能于纂《韵会》大引刘渊书而于王文郁、毛麾书只字未提。当然也有一种可能，王文郁书虽名《平水新韵》，毛麾书虽名《平水韵》，然只是对旧本《礼部韵略》的小规模修订，而未合并韵部，故黄公绍虽有可能得见此二书，仍将其与旧韵一并视之。笔者以为可能性最大的一种情况是：刘辰翁所序北韵即是刘渊《壬子新刊礼部韵略》，此书当时既然经由"东平朱簿刻而布之"，则作为辰翁友人的黄公绍不难得见，公绍既得见，亦认同辰翁"北韵南来，简便同文，又胜昔之《韵略》，函三于一，事省物备"的评定，故顺理成章地于自纂《韵会》时借鉴之，《韵会》纂成后又请辰翁作《序》。至于王文郁书原本，辰翁、公绍俱未得见，其书最有可能已被刘渊承袭入己书。以上皆属推断，然据辰翁《北韵序》一篇，断定平水韵传于南方正当其时，则毋庸置疑。辰翁《韵会序》作于"壬辰十年望日"，其时当元世祖至元二十九年（1292），距宋亡（1279）仅隔13年。《韵会》一书卷帙庞巨，以公绍一人之力，非十数年乃至数十年亦无法成书，其初纂时间或在南宋未亡之时，初纂时既已决定采用刘渊书，若此"北韵"即为刘渊书，则刘渊书在南方（即金未亡时之"南北"之"南"）有刻本亦当在南宋未亡之时。平水韵经黄公绍采入《韵会》，熊忠复删《韵会》成《韵会举要》，《韵会举要》既行于世，平水韵的分部方法遂同时广为人知。"北韵南来"乃平水韵初期传播最关键的一步，值得研究者予以特别关注。

最后需要强调的是，平水韵的产生与早期传播反映了不同民族政权治理下的居民兼收并蓄、相互学习的情形，具有研究民族文化融合历史的"标本"意义。正如郑永晓先生所言："由于社会与文化背景明显的差异，元初南方士人因为国破家亡，遗民情结相对而言更为浓厚，文学上则依旧延续南宋以来的诗文观念，在创作方面克服了此前的若干弊端，取得了阶段性的文学辉煌。"①这一论述指明了在宋金元时期政权对峙、更迭之际,文学与文艺思想演进之大势。在这个大的背景下,平水韵也拥有同样的烙印。将平水韵引入《韵会》的黄公绍就是一位宋朝的遗民。他倾力于《韵会》的编纂,实际上也是在维护宋代诗韵学的传统。当然,由于其时北方韵学大有后来居上之势,对北方韵学的借鉴,也体现了他宏阔的视野和宽广的胸怀,这也与元代逐渐统一寰宇的时代背景有关。

---

① 郑永晓:《多民族文化的交融与元代文艺思想的独特性》,《文学遗产》2018 年第 3 期,第 4 页。

第十四章　平水韵（下）：新材料与新局面

有清一代，韵学尤为昌明，故论平水韵源流甚备。溯其源则由金元而唐宋，由唐宋而魏晋六朝乃至先秦两汉；讨其流，则由金至元，由元及明。大要皆能沿波讨流，正本清源，并且往往能在前辈研究基础上，做到后出转精，不少卓见时至今日仍有较高参考价值。本章拟以元刊本《平水韵略》为中心，对清代学者的论述做一番学术史的梳理，以期为相关研究提供参考。

第一节　旧认识：平水韵为刘渊所创

平水韵之名，自明清以来广播于人口，一般认为其名源自平水人刘渊。刘渊的《壬子新刊礼部韵略》虽已不存，但由于《古今韵会举要》的大量采撷，依旧引起了学界的广泛重视。《古今韵会举要》卷一曰：

> 近平水刘氏《壬子新刊韵》，始并通用之类，以省重复。上平声十五韵，下平声十五韵，上声三十韵，去声三十韵，入声一十七韵，今因之。①

按此书在平水韵前期传播过程中作用重大，其"近平水刘氏《壬子新刊韵》，始并通用之类以省重复"之说，几成定论。其书不仅沿用平

---

① （元）黄公绍、熊忠：《古今韵会举要》，中华书局2000年版，第23页。

水韵的韵部划分，还大量用刘氏韵书增添的韵字，自此之后，刘氏《壬子新刊韵》遂逐渐扬名天下。嗣后阴时夫、阴中夫兄弟辑注《韵府群玉》亦参考平水韵，例如《韵府群玉》卷五"四豪"曰："璬，平水韵增。"①《韵府群玉》卷十六"二十六宥"曰："廇，中庭也……《监韵》在尤韵，惟《平水匀(韵的通假字)》又收在此中。"②可见其书对平水韵亦有采摭。

明人著述言及平水韵多将著作权归为刘渊，例如《说略》卷十五即著录有"刘渊平水韵"③；《续文献通考》卷一百八十八"六书考·书评下·书目"亦著录曰："《平水韵》，刘渊撰"④；并亦认同从刘渊《平水韵》到《韵会》的传袭脉络，例如卷一百八十五"六书考·韵学"著录"黄公绍《古今韵会举要》"并引述曰："江南监本免解进士毛氏晃《增修礼部韵略》，江北平水刘氏渊《壬子新刊礼部韵略》，互有增字，今逐韵随音附入，注云毛氏韵增，平水韵增，凡二千一百四十二字"⑤；皆是其证。

清初学者在论及平水韵的分部时，仍认为创始者即是刘渊，例如费经虞《雅伦》卷二十六曰："古二百六韵，黄公绍会刘渊、毛晃并为一百七韵"⑥。清儒首先以洪钟之响发韵学之奥者当然要首推顾炎武。其《音学五书·音论》卷上"唐宋韵谱异同"曰：

> 平声三十韵，上声三十韵，去声三十韵，入声一十七韵，乃元初黄公绍所纂，其目录云："依平水刘氏《壬子新刊礼部韵略》，并通用之韵，为一百七韵。"刘氏名渊，壬子是宋理宗淳祐十二年。

---

① (元)阴时夫辑，(元)阴中夫注：《韵府群玉》，《四库全书》，第 951 册，上海古籍出版社 1987 年版，第 203 页。

② (元)阴时夫辑，(元)阴中夫注：《韵府群玉》，《四库全书》，第 951 册，上海古籍出版社 1987 年版，第 634 页。

③ (明)顾起元：《说略》，《四库全书》，第 964 册，上海古籍出版社 1987 年版，第 620 页。

④ (明)王圻：《续文献通考》，现代出版社 1986 年版，第 2839 页。

⑤ (明)王圻：《续文献通考》，现代出版社 1986 年版，第 2796 页。

⑥ (清)费经虞：《雅伦》卷二六，清康熙四十九年(1710)刻本，第 13a 页。

自元至今，词人相承用之。

公绍元人，乃独从刘氏所并而次之为书，后代词人因仍莫觉。夫学唐诗而用宋韵，又宋末年刘氏一人之韵，岂不甚谬，而三四百年无能辨其失者，又可与言三代、秦、汉之文乎？①

亭林于韵学主张复古，故于"平水刘氏，师心变古，一切改并"，颇有微词，然于《唐韵》分部与刘氏《壬子新刊礼部韵略》之异同已经论述颇详。又，亭林《音学五书叙》所论，亦堪称一篇简明的韵书史，于魏晋以下至清初的韵书演变源流甚了然，除其复古意愿过于强烈外，几无可议者。要而言之，亭林对平水韵的初创者为刘渊也并无异词。

以顾炎武的论述为代表的韵书发展观可谓主流的、教科书式的意见，有清一代相当数量的学者都始终未能越其藩篱，这些学者也都一直认为平水韵的初创者为刘渊。例如，冯辰《李恕谷先生年谱》卷三曰："癸未四十五岁……冯钦南问四声，先生答之曰：'古无四声之说……迄宋有《广韵》《集韵》等书，至理宗朝，平水刘渊定为韵本，颁行于淳祐壬子，名《壬子新刊礼部韵略》，今世所用者是也。'"②方东树《考槃集文录》卷三《佩文广韵汇编序》曰："自平水刘渊首并《广韵》之部，逮于黄氏公会，阴氏野夫，今韵盛行……"③陈庆镛《籀经堂类稿》卷十八《小学策对》："黄公绍《古今韵会》曰：江南监本免解进士毛氏晃《增修礼部韵略》，江北平水刘氏渊《壬子新刊礼部韵略》，互有增字，旧二百六韵，刘渊始并为一百七韵是也……"④陈其元《庸闲斋笔记》卷四："嗣有平水刘渊仍《礼韵》而通并其部分，至元黄公绍仍《刘韵》而广其笺注，最后有阴氏兄弟著《韵府》，取各韵书大加刊削，颇多遗漏，当时

---

① （清）顾炎武：《音学五书》，上海古籍出版社2012年版，第50页。
② （清）冯辰：《李恕谷先生年谱》，《丛书集成初编》，第3431册，中华书局1985年版，第78-79页。
③ （清）方东树：《考槃集文录》卷三，清光绪二十年（1894）刻本，第13a页。
④ （清）陈庆镛：《籀经堂类稿》卷十七，清光绪九年（1883）刻本，第22b页。

并不推为善本，然自明初到今，相沿用之。"①；等等。诸公或因年辈较早，或因信息不发达，虽于韵书史之纲目了然于胸，但均未言及平水韵诞生过程中的另一个重要人物，即王文郁。

第二节 新材料：发现王文郁《平水韵略》

黄汝成为《日知录》作集释，在"古诗用韵之法"条后引《音学五书·序》作佐证，对《音学五书·序》的内容又引"钱氏"说申述之，其中论及韵书史已经非"教科书式"的纲目所能容纳：

> 元初黄公绍《古今韵会》始并为一百七韵，盖循用平水韵次第，后人因以并韵之咎归之刘渊。今渊书已不传，据黄氏《韵会凡例》称，"江南监本免解进士毛氏晃《增修礼部韵略》、江北平水刘氏渊《壬子新刊礼部韵略》，互有增字。"而每韵所增之字，于毛云"毛氏韵"，于刘云"平水韵"。则渊不过刊是书者，非著书之人矣。予尝于吴门黄孝廉丕烈家，见元椠本《平水韵略》，卷首有河间许古序，乃知为平水书籍王文郁所撰，后题"正大六年己丑季夏中旬"，则金人，非宋人也。考己丑在壬子前，廿有三年，其时金犹未亡，至淳祐壬子则金亡已久矣。意渊窃见文郁书，刊之江北，而去其《序》，故公绍以为刘氏书也。②

钱氏即著名学者钱大昕，其说出自《十驾斋养新录》卷五"平水韵"条。钱氏断言"渊不过刊是书者，非著书之人矣""文郁在刘渊之前，则谓并韵始于刘渊者非也""今考文郁韵，上声拯等已并于迥韵，则亦不

---

① （清）陈其元：《庸闲斋笔记》卷四，清同治十三年（1874）刻本，第27b页。
② （清）顾炎武撰，（清）黄汝成集释：《日知录集释》，上海古籍出版社2013年版，第1178-1179页。

始于时夫矣"①，可谓惊人。平水韵乃刘渊所刊，阴时夫复略加归并，
这是数百年普遍流行的看法，钱氏有何凭据，竟能断言并非始于刘渊，
即便进一步归并之功亦不能独属阴时夫？虽有此疑问，及见其论证乃涣
然冰释，原来因其"尝于吴门黄孝廉丕烈家见元椠本《平水韵略》"。可
知钱大昕所以敢于下此论断，乃是有幸得见他人未见之秘籍，即元椠本
《平水韵略》(今国家图书馆藏有元至治间刊刻、大德丙午重刊本)。宁
忌浮认为王文郁的《新刊韵略》乃钱大昕发现，未确，更早的发现者当
是黄丕烈。② 钱大昕《潜研堂集》卷二十七《跋平水新刊韵略》曰：

> 向读昆山顾氏、秀水朱氏、萧山毛氏、毗陵邵氏论韵，谓今韵
> 之并始于平水刘渊，其书名曰《壬子新刊礼部韵略》。访求藏书家，
> 邈不可得，未审刘渊为何许人，平水何地。顷吴门黄莞圃孝廉得
> 《平水新刊韵略》元椠本，予假读之，前载正大六年己丑季夏中旬
> 河间许古道真序，其略云……是此《韵》为文郁所定也。卷末有《墨
> 图记》二行，其文云"大德丙午重刊新本平水中和轩王宅印"，是此
> 书初刻于金正大己丑，重刻于元大德丙午，其云中和轩王宅，或即
> 文郁之后耶？③

可知钱氏见书之后，内心产生了很多疑问，做了很多推测，但并没
有下很绝对的结论，因为文献不足征，很多问题只能暂付阙如。钱氏于
此文后又附余论曰："《许序》称平水书籍王文郁，初不能解，后读《金
史·地理志》，平阳府有书籍，其倚郭平阳有平水，是平水即平阳也。
史言有书籍者，盖置局设官于此，元太宗八年用耶律楚材言，立经籍所

---

① (清)钱大昕：《十驾斋养新录》，上海书店1983年版，第96-97页。

② 参见宁忌浮：《汉语韵书史》(金元卷)，上海人民出版社2016年版，第61
页。

③ (清)钱大昕：《潜研堂文集》卷二十七，清嘉庆十一年(1806)瞿中溶刻本，
第19a-20b页。

平阳，当是因金之旧，然则平水书籍者，文郁之官称耳。刘渊亦题平水，而黄公绍《韵会·凡例》又称为江北刘氏，平阳与江北相距甚远，何以有平水之称？是又可疑也。"①钱氏又提出刘渊既是江北人，然江北与平水的距离很远，为什么刘书会题平水？考《古今韵会举要》卷一有"近平水刘氏壬子新刊韵"之语，"平水刘氏"乃是单独出现，显是指刘渊的籍贯或郡望。至于平水远在黄河以北，距长江甚远，何以其前会被冠以"江北"二字，大概是由于黄公绍乃南方邵武（今属福建）人士，对北方地理不甚熟悉之故，故而将文化意义上的北方笼统视为"江北"。钱氏自言见此书于"吴门黄孝廉丕烈家"，又言"顷吴门黄尧圃孝廉得《平水新刊韵略》元椠本，予假读之"，则新发现者中，黄丕烈当是更早之人。按黄丕烈号尧圃、佞宋主人等，乃乾嘉时期著名藏书家，考《黄尧圃先生年谱》卷上曰："乾隆六十年乙卯，三十三岁……四月廿八日，匪石至先生家，见刘平水《新韵》，宋本《新序》（《匪石日记》）。"②此则记载乃是据钮树玉《匪石日记》录入，知尧圃确藏有"新韵"（平水韵相较于宋礼部韵而言为新韵）一部。

第三节　新焦点：王、刘韵书之先后

自黄丕烈藏元椠本《平水韵略》出，平水韵源流史又起波澜。清人遂多有一改前说，而明确认为"平水韵"乃实创于王文郁者，例如李慈铭《白华绛柎阁诗集》卷癸《题岷樵枌东老屋校韵图》诗有"疵议丛刘渊，创始实文郁"之句，自注曰："金王文郁平水《新刊韵略》出，于正大六年已并二百六部为一百六部，先于南宋刘渊淳祐《新刊礼部韵略》二十

---

①　（清）钱大昕：《潜研堂文集》卷二十七，清嘉庆十一年（1806）瞿中溶刻本，第 19a-20b 页。

②　（清）江标辑：《黄尧圃先生年谱》，《丛书集成初编》，第 3453 册，中华书局 1985 年版，第 11 页。

四年，又上声已去拯韵亦非始阴时夫也。"①此亦是略承钱大昕说。顺带一提，刘渊是江北人，即便长江以北仍有南宋疆土，但李慈铭却直接说他是南宋人，还有不少清代学者似乎也这么认为。这可能都是受顾炎武影响，因为他多次提及刘渊都是以宋理宗作为时间标记，这难免给人留下刘渊就是南宋人的印象。当时金朝已经灭亡，元朝还没正式建立，所以后人就从情感上或者说是从大概时间上将刘渊说成是南宋人，其实并没有史料根据。钱大昕所言许古《序》乃判断平水韵著作权是属于王文郁还是属于刘渊的重要依据。陆心源《皕宋楼藏书志》卷十七"《新刊韵略》五卷，影元抄本，金王文郁撰"条录此《序》全文，中曰：

> 近平水书籍王文郁，携《新韵》见颐庵老人曰：稔闻先《礼部韵》，或讥其严且简，今私韵岁久，又无善本，文郁累年留意，随方见学士大夫，精加校雠，又少添注语，既详且当，不远数百里敬求《韵引》。仆尝披览，贵于旧本远矣，仆略言之。正大六年己丑季夏中旬，中大夫前行右司谏致仕，河间许古道真书于嵩郡隐者之中和轩。②

此《序》撰于正大六年己丑（1229），据中"近平水书籍王文郁，携《新韵》见颐庵老人"云云，知王文郁确为金人，且其书定稿于正大六年己丑（1229）之前不久。《皕宋楼藏书志》著录之本为"影元抄本"，当即是出自黄丕烈所藏之元椠本。陆心源在录此序全文之后，复录有《圣朝颁降贡举三试程序》《壬子新增分毫点画正误字》二题，虽未录其正文，据此可知元椠本《平水韵略》收有此二篇文字。《壬子新增分毫点画正误字》题曰"壬子"，考正大六年己丑前一壬子，当金章宗明昌三年暨宋光

---

① （清）李慈铭：《白华绛柎阁诗集》卷癸，清光绪十六年（1890）刻越缦堂集本，第3b页。
② （清）陆心源：《皕宋楼藏书志》，《清人书目题跋丛刊》（一），中华书局1990年版，第192页。

宗绍熙三年（1192），后一壬子当宋理宗淳祐十二年（1252），前一壬子
未见金朝有修韵之事，而后一壬子正是刘渊韵书刊印之时。此本既为元
椠本，知并非王文郁生前之本，乃是元人重新刊印，故得以将后出的刘
渊韵书中的《壬子新增分毫点画正误字》录入书中。故此本的价值在证
明王文郁在刘渊之前曾撰《平水韵略》一书，但不能反映王文郁书的原
貌。郭尚先《郭大理遗稿》卷八《书吴修龄围炉诗话六卷后》曰：

> 其论古韵，殊昧昧，盖未见顾亭林《音学五书》，又菲薄明人
> 过甚，于陈第、杨慎之推寻古音，亦概置之，又数言平水韵，不知
> 刘渊乃书估，窃金源王氏书也。①

郭氏认为"不知刘渊乃书估，窃金源王氏书也"，亦认为王文郁书
在前，刘渊书在后，在这一点上其立论依据与钱大昕相同。但其认为刘
渊乃书商，窃《平水新韵》，更名为《壬子新刊礼部韵略》，言外之意，
刘氏未有建设，不知何据。瞿镛《铁琴铜剑楼藏书目录》卷七"《新刊韵
略》五卷，影钞元本"解题，于此本之意见值得重视：

> 此书不著撰人姓氏，简首有许古道真《序》，作于正大六
> 年……卷末有墨图记二行，云：大德丙午重刊新本，平水中和轩王
> 宅印，是出王氏后人所刻，已非文郁之旧矣……未可谓刘氏袭是书
> 也，要之刘书虽不传，而《韵会》所引可据，王氏书经后人重刻，
> 增易不足据为定证，安知非文郁后人当阴氏既并一百六部之后，因
> 删减刘书以成之者耶？②

---

① （清）郭尚先：《郭大理遗稿》卷七，清道光二十五年（1845）刻本，第 10b
页。
② （清）瞿镛：《铁琴铜剑楼藏书目录》，《清人书目题跋丛刊》（三），中华书
局 1990 年版，第 115-116 页。

按瞿镛所见《新刊韵略》五卷，亦是影钞元本，当亦是出自黄丕烈元椠本。其《铁琴铜剑楼藏书目录》在陆心源《皕宋楼藏书志》之前，其言此本不著撰人姓氏，较之陆《志》径题作"金王文郁撰"更为慎重且符合实情，参考钱大昕"予尝于吴门黄孝廉丕烈家见元椠本《平水韵略》，卷首有河间许古《序》，乃知为平水书籍王文郁所撰"之语可见，此本原未题撰人名氏，据卷首许古《序》方知为平水书籍王文郁所撰，大昕所见为元椠本，瞿镛、陆心源所见俱为影元本，而瞿氏所述与钱氏所述相合，可知其所述更接近实际情况。瞿镛的看法是，元本《平水韵略》可能是出自王文郁后人改定，并参考了刘渊的《壬子新刊礼部韵略》，也就是说，不是刘渊窃取此本，而是此本参考了刘渊本。然此本即非王文郁旧本，则刘渊《壬子新刊礼部韵略》是否参考过王文郁旧本即无从据此本推定。

本来《礼部韵略》就因是考试必备参考书而具有递修性质，每逢考试前夕，必出新版，需要改动之处则刊削替换之，不需要改动之处则仍旧保留之。如此则刘渊书即便承袭王文郁书，亦不得谓之剽窃，观《壬子新增分毫点画正误字》一篇，可知此当为王文郁旧本所无，而刘渊壬子刊书时新增，后复经王文郁后人收入元椠本《平水韵略》中。另外，许古《序》称王文郁为"平水书籍"，则"书籍"或是官名，其书具有官修性质，在当时应已产生一定影响；许古《序》又言王文郁"携新韵见"，"新韵"者，新《礼部韵略》也，宋、金虽是不同政权，但金代科举亦使用《礼部韵略》，而此书在金代必定亦曾经过屡次递修，故而王文郁所撰得以称"新韵"，其书名为《平水韵略》，"韵略"者，显为《礼部韵略》之简称，则此书之名亦可称为"正大平水新刊礼部韵略"，与刘渊的"壬子平水新刊礼部韵略"，惟刊印时间先后有别，或许正是因此，郭尚先断言"刘渊乃书估，窃金源王氏书也"，刘渊既有新创，则为承袭，非窃也。

既然有平水人王文郁"新韵"(《平水韵略》之名亦不排除乃文郁后人或元人所加)在先，则"平水韵"之名不当首属刘渊。本来，刘渊书亦未自称"平水韵"，此名乃《古今韵会举要》为行文方便约"平水人刘渊《壬子新刊礼部韵略》"而成，因后人大谈"平水韵"，此名遂扬于天下。历史既已波谲云诡，后人又何必绳之一律，更不必厚此薄彼，既然"平水韵"之诞生，王文郁、刘渊二家皆有贡献，何不一并归入二人名下？清儒即已有如此行之者，刘毓崧《通义堂文集》卷四《全韵玉篇跋》曰："《全韵玉篇》，上下二卷，不署撰人名氏，亦不言刊书岁月。据书中辽字下注云：契丹，国名；汴字下注云：宋京。则作书者必在辽、宋以后矣。又据注中所言之韵，皆与王文郁、刘渊之《平水韵略》部分相同，则作书者必在王氏、刘氏以后矣。"①刘毓崧"王文郁、刘渊之《平水韵略》"之表述方式已经将"平水韵"并归王、刘二家名下，既不失通达又符合实际。

综上所述，清人通过对新材料的比勘和对新焦点的热议，最终倾向于认为平水韵的诞生并非一人之力、一时之功，而是得益于长时期的文化积累与历史传承。这是颇具启发意义的科学倾向。事实上，平水韵最大特点与价值，并不在于韵字之增删诠解，而在于韵部的归并简化。韵书韵部归并的社会需求与历代韵书编纂经验的积累，才是促使平水韵诞生的主导因素。这一归并简化工作并非是王文郁、刘渊二人之独创，乃是古人逐渐总结诗赋用韵经验和语音演进规律的结果。换言之，平水韵的诞生是古人集体智慧的结晶。清人通过对新发现的元刊本《平水韵略》的研讨，逐渐认识到这一学术规律，这不仅推进了平水韵研究，也推进了古典学术的科学化。

---

① （清）刘毓崧：《通义堂文集》卷四，清光绪十六年（1890）刻本，第17b-18a页。

第十五章 《佩文韵府》：话语权力之场

作为清代官修图书重要代表的《佩文韵府》，其纂修活动发生、完成于康熙朝后期这个具有承前启后意义的关键历史节点，提供了一个观照清代话语生态的绝佳场域。加之《佩文韵府》与类书、韵书、诗学等领域同时具有天然的独特关系，故而通过观察它的纂修、刊布过程，可以发现清代话语生态的诸多有趣细节。具体而言，如下问题都颇具探究价值：《佩文韵府》的纂修活动是在什么样的话语环境中发生的？它对传统的私人化的诗学话语表达方式有何改造？纂修过程中是否实现了多重诗学话语的成功调和？成书之后的推广、流传方式有何积极意义？考察学界现有《佩文韵府》研究成果，尚无对上述问题进行系统探讨者。本章拟尝试讨论，以期为《佩文韵府》及清代同类书籍的研究提供一个新视角。

第一节 "撏撦荟萃"的文化语境

中国古代文化史发展到清代康熙朝（1661—1722），文化领域又兴起一场对知识进行"撏撦荟萃"的浪潮，《佩文韵府》就是在这一浪潮中纂成的一部大书。该书的纂修始于康熙四十三年（1704），成于康熙五十年（1711），全书四百四十三卷。书成数年之后，康熙五十五年（1716）又加以增修，至康熙五十九年（1720）增修工作完成，由于原书已经雕成刊出，无法将增修成果添入已经成型的书版，故另成《佩文韵府拾遗》一部一百十二卷。《佩文韵府》与《拾遗》虽然在形式上是先后纂成的两部书,实际上只是一部书。可以说《佩文韵府》的真正成书时间不是康熙五十年,而是康熙五十九年。此时康熙朝即将进入最后阶段,《佩文韵府》在这个时段正式完工,向世人展示了康熙朝"攟摭荟萃"浪潮的最后一个波峰。

关于康熙朝对知识进行"攟摭荟萃"的具体情况,可以从官修书籍的命名方式中看出。例如《书经传说汇纂》《诗经传说汇纂》《春秋传说汇纂》《大清会典》《朱子全书》《广群芳谱》《佩文韵府》《渊鉴类函》《骈字类编》《分类字锦》《古文渊鉴》《全唐诗》《全金诗》《历代题画诗》等书题名中的"汇纂""会""全""广""府""渊""类""历代"等字词,都指示出对相关专题内容进行穷尽式容括的宗旨。上述图书涵盖经史子集四部,编纂时间从最早的康熙二十四年(1685)至最晚的康熙六十年(1721),有36年左右的时间跨度,编纂形式无论是题作敕撰、敕编还是敕刊,都是直接受命于康熙皇帝,属于名副其实的官修书籍。由于具体内容不同,编撰诸书的具体目的自然不同,但编撰诸书的终极目的却有高度的一致性,即力图通过"攟摭荟萃"为相关研究领域提供思想、体量正大的官方权威版本。这一终极目的在诸书的序文中基本都有直接的披露。这些"宣言"主要反映出康熙朝复兴的"攟摭荟萃"文化浪潮的三个基本面向:

第一,它们直接反映出康熙朝对知识"求全责备"的主观意图。散见于诸序中的"广大悉备"(书经传说汇纂序))①、"无所不隶"(《大清会典序》)、"攟摭荟萃"(《广群芳谱序》)、"千有余年而集其大成"(《渊鉴类函序》)、"蔚然萃群书之秀"(骈字类编序))、"成册府之钜观,极图书之大备"(《古今图书集成序》))、"考稽古昔,蒐采缺逸"(《历代赋汇序》))、"咸采撷荟萃于一编之内,亦可云大备矣"(《全唐诗序》))、"凡两间之名象,庶类之夥错,无不该载于中"(《历代题画诗类

---

① 本节所及诸篇"御撰序"皆引自清张廷玉等编《清文献通考》(文渊阁四库全书本),为省篇幅,下文不重复出注。

序》）、"欲极赋学之全，而有《赋汇》，欲萃诗学之富，而有《全唐诗》刊本"（《历代诗余序》）、"缀撦荟萃，钜细不遗，使观者弗厌其详"（《御定全金诗序》）等一众关键词汇或语句表明，康熙朝的确出现了一场知识的"撦撦荟萃"浪潮，而且这一浪潮对雍正、乾隆这两位继承人都产生了重要影响。仔细分析上述关键词汇或语句，能够发现它们都具有通观全局的眼界，单纯用封建帝王的好大喜功来解释之无疑会把问题简单化。

第二，它们表明康熙朝对知识的"撦撦荟萃"并不是一般理解上的"寓目辄书"式的穷尽，而是有选择、有目的地进行穷尽。康熙朝对知识的"撦撦荟萃"分两步，第一步是对某一领域或专题的知识进行全面调查，第二步是在尽可能全面掌握知识的基础上进行筛选，标准是看其是否符合官方立场，只有符合官方立场的知识才会被真正地加以"撦撦荟萃"。诸书序文中可以佐证上述"两步走"战略的关键词句有："参考折中，亲加正定"与"援今据古，靡不精核"（《书经传说汇纂序》）；"与传合者存之，其义异而理长者，别为附录"与"折衷同异，间出己见"（《诗经传说汇纂序》）；"惟择其言之当于理者"与"辨之详，取之慎"（《春秋传说汇纂序》）；"删其支冗，补其缺遗"（《广群芳谱序》）；"增其所无，详其所略；参伍错综以摘其异，探赜索隐以约其同"（《渊鉴类函序》）；"亲加鉴定，令校刊焉"（《历代赋汇序》）；"参互校勘，蒐补缺遗"（《全唐诗序》）；"辑其风华典丽、悉归于正者"（《历代诗余序》）；等等。以上关键语句固然有提供文献学意义上的善本这一层含义，但对官方来说真正的"善本"还要符合两个条件，一是不能对官方不利，二是最好对官方有利。所以官修书籍命名时标举的"汇纂""广""渊""历代""全"等词汇，并不是单纯材料意义上的穷尽，而是对经过过滤后的"正确"内容的穷尽。换言之，"全"中隐含着"选"，求第一步的"全"，是为了在"选"中更好地实现第二步的"全"。

第三，它们显现出清代官方将知识进行"撦撦荟萃"的终极目的。以康熙皇帝为代表的"官方"为什么如此热衷于对知识进行穷尽式的集中？如果从话语理论视角展开思考，那么对这一问题可以如是回答：谁穷尽式地掌握了知识话语，谁就是将话语权力最大化地集中于自己的手中。当然，清朝官方不会讲得如此显露，他们有一套话语来解释将知识进行"攡撦荟萃"的终极目的。例如"尊崇经学、启牖万世"（《书经传说汇纂序》）、"右文稽古，表章圣经"（《诗经传说汇纂序》）、"微言既绝，大义弗彰"（《春秋传说汇纂序》）、"治法心法，表里兼赅"（《大清会典序》）、"非此不能知天人相与之奥，非此不能治万邦于袵席"（《朱子全书序》）、"贯三才之道而靡所不该，通万方之略而靡所不究"（《古今图书集成序》）等，都是这套话语中的典型表述。上述关键话语表明清代官方的文化行为具有强烈的政治意涵，其话语表达中所使用的启牖万世、范围古今、贯彻天人、通究万方等"大词"，直接表达了他们掌控并运用文化终极力量的强烈意图。

一方面，启牖万世、贯彻天人等终极文化理想，并非个人凭一己之力能够实现。个人的能力必然会受到个体生命本身带有的局限性的限制，在时间、空间、物质条件等许多方面都不可能超过群体的力量。而能够充分调动各方面资源的官方则不同，往往能够相对轻松地克服物理条件的限制。从这一角度来说，清代的知识"攡撦荟萃"浪潮，只有官方才能发动，也只有官方才能最好地去实行。另一方面，从学术研究的视角而言，知识的"攡撦荟萃"是学术研究一贯的目标，康熙朝的集中浪潮具有推进文化研究的正面价值。当然，清代官方不会耗费如此巨大的人力、物力去进行纯粹的学术探索，他们还有掌握文化话语权力的实际政治需要。即便康熙朝的官书修纂看似都是缘起于康熙皇帝的个人学术兴趣，但是当他一旦将纂书意图以"敕撰"的形式交付文官系统具体执行，那么他的个人兴趣就转化成了官方的集体行为，进而具有了官方效力。《佩文韵府》的纂修作为一个话语生态场域，不仅被清代官方文化建设的话语场域所涵盖，更被清朝统治权力合法性的巩固与维护的话语场域所涵盖。在这种逐渐放大的话语场域中观照《佩文韵府》的纂修，能得到的启发就不会仅限于这一图书修纂活动本身。

第二节 私家编纂传统的官方化

清初思想文化界涌动着一场争夺文化话语权的斗争，这场斗争的双方代表分别是清朝官方与明朝遗民。顾炎武提出"易姓改号，谓之亡国。'仁义充塞'，而至于'率兽食人，人将相食'，谓之亡天下"①之说，力倡"保国者，其君其臣，'肉食者谋之'。保天下者，匹夫之贱，与有责焉耳矣"②，显然是将矛头直指清朝入主之后对汉文化传统造成巨大冲击的现实。在文学思想上，他还明确主张文章须有益于天下："文之不可绝于天地间者，曰明道也，纪政事也，察民隐也，'乐道人之善'也。若此者有益于天下，有益于将来，多一篇，多一篇之益矣"③；他又呼吁汉族文士要重视文学的社会政治功能："'天下有道，则庶人不议。'然则政教风俗，苟非尽善，即许庶人议之矣。"④在《病起与蓟门当事书》中还慷慨激昂地宣称："今日者拯斯人于涂炭，为万世开太平，此吾辈之任也。"⑤可见，他极力地提倡对文学伦理道德内容的重视，实际上也是对文学直接突入现实的政治功利性的重视。

面对这样充满政治斗争意味与反抗民族压迫情感的话语，清朝官方必须有合适的应对之策。大力提倡科举、广开博学鸿词科与频繁纂修各类"大书"都是重要的手段。在修书方面清朝官方有着巨大的优势，无论是财富、人力还是藏书，都不是个人或某个群体能够对抗的，即便是

---

① （清）顾炎武撰，张京华校释：《日知录校释》，岳麓书社2011年版，第557页。

② （清）顾炎武撰，张京华校释：《日知录校释》，岳麓书社2011年版，第558页。

③ （清）顾炎武撰，张京华校释：《日知录校释》，岳麓书社2011年版，第775页。

④ （清）顾炎武撰，张京华校释：《日知录校释》，岳麓书社2011年版，第777页。

⑤ （清）顾炎武：《顾亭林诗文集》，中华书局1983年版，第48页。

博通古今的顾炎武，即便这个群体是学植深厚的江南士人集团。事实证明，康熙皇帝频繁地大规模组织人员纂修各种"大书"，不仅成功地抢夺了文化话语权，还在纂书过程中吸纳了大量有实力有影响的汉族文士，从内部瓦解了对手的阵营。

康熙皇帝对汉族传统文化话语的官方化是比较全面彻底的。首先，通过经学书籍的纂修，成功地将历代都具官方性质的经学话语进一步清朝化。其次，通过《明史》的纂修，将民间各种私修《明史》的行为官方化，同时也是对官方史学传统的清朝化；再次，通过多种文学总集、选集、工具书的纂修，对能够直接影响人心的文学进行官方化，当然这同时也是对文学的清朝化。清朝官方为什么会对字书、韵书、类书这样的工具书如此重视？主要是因为工具书是任何文化爱好者、工作者、考生都必须频繁使用的书籍。像《佩文韵府》这样的书籍，既有韵书功能又有类书功能，既能当作文学尤其是诗歌创作的工具书，又能当作考试的参考书，只要能够严格把关，过滤掉不利于统治的内容，注入利于统治的内容，其影响范围与力度都将是相当巨大的。在康熙皇帝已经将各类大书修纂完备之后，他必然想将这些成果综合起来，而《佩文韵府》这样具有类书体例特征的书籍，也能部分满足这些方面的要求。因此，《佩文韵府》纂修的最终目的是通过纂修这样一部"大书"来贯彻清朝官方的文学尤其是诗学话语。

康熙皇帝在《佩文韵府序》中说："尝谓《韵府群玉》《五车韵瑞》诸书，事系于字，字统于韵，稽古者近而取之，约而能博，是书之作，诚不为无所见也。然其为书，简而不详，略而不备，且引据多误，朕每致意焉。欲博稽众籍，著为全书。"①从这段自述看来，《佩文韵府》的纂修是由于康熙皇帝虽然对《韵府群玉》《五车韵瑞》诸书"约而能博"的体例非常欣赏，但并不满意于它们"简而不详，略而不备，且引据多误"

---

① （清）张玉书等：《佩文韵府》，上海古籍书店 1983 年版，第 1 册，第 1 页。

的缺陷。整个纂修活动好像都起源于康熙皇帝的一时灵感迸发，而灵感迸发的原因则是由于对于《韵府群玉》《五车韵瑞》诸书优缺点的认识。事实上，《佩文韵府》的整个纂修过程及渊源体现出的是清朝官方将传统私人诗学话语"官方化"的努力。《佩文韵府》在《韵府群玉》《五车韵瑞》的基础上纂修而成，这一事实体现的不仅是康熙皇帝对这一两部书"体例之善"的欣赏，更是对悠久的韵书型类书的编纂传统的靠拢。《五车韵瑞》是明代凌稚隆所编，而它是仿照元代阴时夫的《韵府群玉》纂成。其实在它们之前中国古代就出现了一系列类似体例的书籍，尤其是两宋时期，同类书籍的数量与规模已经蔚为壮观。

据笔者粗略考察，两宋时期已出现的同类书籍有：张孟《押韵》、刘義叟《刘氏辑历南北史韵目》、杨咨《歌诗押韵》、袁毂《韵类题选》、李滨老《李杜韩柳押韵》、传为孙觌所撰《杜诗押韵》、或云许冠所编《书林韵海》、郑漴《经语韵对》、钱讽《回溪先生史韵》、王百禄增辑《书林事类韵会》、裴良甫《十二先生诗宗集韵》、陈造《韵类坡诗》《韵类诗史》、楼君秉《三家诗押韵》、汪大猷《唐宋名公诗韵》等。可见，中国古代编撰韵书型类书的传统并不始于元人阴时夫的《韵府群玉》，两宋时期已经有很多的同类著作，而且动辄数十百卷的大部头书籍已经出现，它们与《佩文韵府》一样，主要是为诗歌创作的押韵、用典与句法锤炼服务。虽然两宋时期出现的这些著作大多已久佚不存，但是它们却对后来的同类著作产生很大影响，是构成韵书型类书传统的重要一环。宋濂《韵府群玉后题》曰："《韵府群玉》一书，元延祐间新吴二阴兄弟之所集也。……乃因宋儒王百禄所增《书林事类韵会》、钱讽《史韵》等书，会粹而附益之，诚有便于检阅。"①宋濂已看出宋代同类著作对阴时夫《韵府群玉》的纂修具有直接影响。但是，将这一传统上溯至两宋时期并未到达源头。

事实上，早在中唐时期颜真卿就组织同道编纂了一部影响甚大的同

---

① （明）宋濂：《宋濂全集》，浙江古籍出版社 1999 年版，第 1097 页。

类著作《韵海境源》。《封氏闻见记》卷二述之甚详："天宝末，平原太守颜真卿撰《韵海镜源》二百卷，未毕，属胡寇凭陵，拔身济河，遗失五十余卷。大历中为湖州刺史，重加补缉，更于正经之外，加入子、史、释、道诸书，撰成三百六十卷。……解释既毕，征九经两字以上，取其句末字编入本韵，爰及诸书，皆仿此。自有声韵以来，其撰述该备，未有如颜公此书也。"①可见，以"撰述该备"著称的《韵海境源》正是一部将众多书籍材料按韵编排的韵书型类书。在比唐代更早的南北朝时期已出现了《群玉典韵》等启发《韵海境源》的书籍。《群玉典韵》五卷，撰人不详，姚振宗曰："此则专为诗赋所须，与前《韵林》相似，亦如颜真卿《韵海镜源》之类。或谓排韵隶事始于《韵海》，窃谓始于是书。及张谅《韵林》、潘徽《韵纂》皆在唐以前，颜氏特以广博胜前人耳。元阴时夫《韵府群玉》，其名或本诸此。"②可见《群玉典韵》在当时的韵书中别出心裁、独树一帜，已经具备后世"韵藻"的内容，开始出现集韵书与类书于一体的特征。此书问世于唐前，远早于《韵海镜源》，其"专为诗赋所须"的"排韵隶事"之文学功能，更是对后世类书具有巨大的启发意义。又按《隋志》著录《四声韵林》二十八卷，张谅撰，另有《韵英》三卷，释静洪撰，二书体例、内容与《群玉典韵》接近。③ 可见，与《佩文韵府》性质相同的书籍编纂传统有着悠久而清晰的脉络，甚至一直可以上溯到韵学初创的南北朝时期。

康熙皇帝组织纂修的《佩文韵府》是历代同类著作中规模最大、精密程度最高的，它标志着此类书籍以"私修"为主的传统彻底官方化。从此，这类书籍从原本用于表达个人诗学兴趣的载体成为表现官方话语生态的载体。《佩文韵府》在康熙朝末期的纂成，标志着清朝官方在经

---

① 陶敏主编：《全唐五代笔记》，三秦出版社2012年版，第1册，第606页。

② 参见(清)姚振宗：《隋书经籍志考证》，《二十五史艺文经籍志考补萃编》（第十五卷，第一册），清华大学出版社2012年版，第470页。

③ （清)姚振宗：《隋书经籍志考证》，《二十五史艺文经籍志考补萃编》（第十五卷，第一册），清华大学出版社2012年版，第470页。

学、史学、文学等各领域建构系统的文化话语权目标的全面实现。随着包括《佩文韵府》在内的一系列官修书籍的纂成，清朝官方的文化话语已经成为当时整个文化界的强音，遗民团体拯救文化之天下的目标随之失效。由于他们心系的文化传统不仅没有沦亡，反倒变得比历史上更加强劲，故而他们为自己塑造出的"文化遗民"形象已消失于无形。当然，最终胜利的不是康熙皇帝，而是强大的华夏文化传统。当康熙皇帝将自己成功地打造成华夏文化传统的继承者，并借之来构建清朝的官方文化话语体系时，他的确成功地削弱了满汉文化的激烈冲突，但他作为满族文化代表的身份也随之黯淡。

第三节 主要参纂者诗学话语的调和

《佩文韵府》作为一部韵书型类书，主要是为诗歌创作服务，故而它的编纂必然体现着某种诗学话语。首先应该关注的是康熙皇帝的诗学观念，他的诗学观念作为话语生态的代表，势必会灌注到纂修的各个环节，每一个参修人员都不得不执行他的指示，甚至会主动迎合、放大他的观念。与此同时，虽然康熙皇帝的诗学观念会以压倒性的强制力量影响其他纂修人员，但必须注意的是，其他纂修人员也有自己的"主体性"。他们能够有资格进入纂修人员名单，本身就表明他们在诗歌创作或诗学研究领域有所造诣，并早已形成或基本形成自己的诗学观念。也就是说，作为一名纂修人员，忠于皇帝的意见是一个基本的客观要求，而具有自己的诗学观念又是一个必须具备的基本主观条件。如此一来，客观要求与主观条件之间就形成了一种张力。明确而出众的"主体性"是他们入选的基础，但在真正的纂修实践开始的时候，这种相对强烈的"主体性"又可能会造成主观上的痛苦与客观上的阻力。原因很简单，绝对的忠诚要求绝对的服从，而绝对的服从势必排斥丝毫的自我；相反的，再微弱的"主体性"也会渴望独立的思考，渴望表达自己独特思想的自由。在这种情况下，《佩文韵府》的纂修如果想要形成一个较为统一的理念，就必须在一定程度上实现参纂者的诗学话语融合；换言之，《佩文韵府》纂修实践的展开过程，实际上就是包括康熙皇帝在内的全体参纂人员的诗学话语融合过程。

通过敕撰书籍的形式，帝王可以凭借独有的居高临下的势位自上而下地贯彻自己的文学观念，有顺风吹毛、乘高决水之势。康熙皇帝的这些文学思想、诗学思想具体发生影响的过程，可以以身体机能比拟之：康熙皇帝是心脏，直接参与修书的官员是动脉，士人读者群是毛细血管，通过这样一个有机体可以将皇帝的文学观念传导至整个社会文化的神经末梢。它甚至还可以通过输入官方认为的健康的"文化血液"来抑制甚至消灭被官方认定为有害的"文化病毒"。当然，修书官并不是如人工智能一样只是机械地执行指令，他们的文学、诗学观念也会反过来影响皇帝，这种影响的具体情形又是怎样的？可以查慎行为例探讨之。查慎行在《佩文韵府》纂修过程中的作用颇为关键。他是康熙朝最著名的诗人之一，有很高的诗学造诣，诗歌创作深受康熙皇帝赏识。他不仅一度担任武英殿修书总裁官，在《佩文韵府》的编纂中，还担任"纂修兼校勘"的职责。可以说无论在诗坛声望与诗学水平上还是在实际的纂修工作中，他都堪为由数十人组成的纂修队伍的代表。

在《佩文韵府》的编纂过程中查慎行做出了关键贡献。《查慎行文集》中收录了三篇文章——《武英书局报竣奏折》《佩文韵府告成公请御制序文奏折》《武英书局报竣回奏折子》，都是专门向皇帝汇报《佩文韵府》纂修事宜的专门公文，这三篇奏折都由查慎行撰写，充分反映了查慎行在纂修中的重要作用。《武英书局报竣奏折》："《韵府》一书，尤宸衷所注意。钦颁体例，御定规模。每卷每帙，排日进呈，一字一句，遵旨定夺。其间繁简去留，尽由指授；源流本末，咸奉诲言。……去年四月二十三日，张常住、李国屏传旨，命查慎行、钱名世、汪灏住武英殿，分纂上、去、入三声，大约不过一半年间可以竣事。……臣慎行等三人凛遵圣训，将未经编辑自六语起至十七洽止，共七十一韵分为三股……合并校阅增删，于今八月二十四日所纂各韵，俱已告竣。"①《佩文韵府告成公请御制序文奏折》是"恭恳皇上御制序文，式冠简端"的，康熙皇帝阅后派人传话："所奏《佩文韵府》告成，知道了。这折内修书人员，谁修的多？谁修的少？走了几年？谁勤？谁惰？可令查慎行、钱名世、汪灏等查明，即注在名单之下，再奏。"(《武英书局报竣回奏折子》)②对于康熙皇帝关心的问题，查慎行等人又回复道："臣慎行等，伏念编纂此书，首尾今经七载，迁延岁月，仅获报竣。……虽经臣慎行等三人，编辑既定，派令缮写，各限页数，每日交收，其进呈写本、发刻宋字本及刻就样本，以暨进呈宋字写本，亦俱分派每日校对，不容推避偷安，亦不令此多彼少。"(《武英书局报竣回奏折子》)③在上述引文中，有五次提到编纂负责人时，都是以查慎行起首——"命查慎行、钱名世、汪灏住武英殿""臣慎行等三人""可令查慎行、钱名世、汪灏等查明""臣慎行等""经臣慎行等三人编辑既定"，可见查慎行确实是《佩文韵府》纂修的主要实际负责人。

　　虽然康熙皇帝对查慎行颇为赏识，查慎行本人在《佩文韵府》的纂修过程中也尽职尽责，并全力配合康熙皇帝的指挥，但是他们在诗学理念上其实是有冲突的。康熙皇帝非常推崇唐诗，不仅下令编纂了《全唐诗》，还组织人员编纂了一部体现自己唐诗品位的唐诗选本，即《御选唐诗》。然而对于宋诗，康熙皇帝并没有表现出这么大的热忱。在他敕撰的《御选四朝诗》中，只是将宋诗与金、元、明诗并列，虽然对宋诗的成就予以了肯定，但可以明显看出，在康熙皇帝看来，如果唐诗属于诗歌的第一等级的话，宋诗只能与金、元、明诗一起算作第二等级。查

---

　　①　(清)查慎行撰，范道济辑校：《新辑查慎行文集》，中州古籍出版社 2012 年版，第 19-20 页。

　　②　(清)查慎行撰，范道济辑校：《新辑查慎行文集》，中州古籍出版社 2012 年版，《新辑查慎行文集》，第 22 页。

　　③　(清)查慎行撰，范道济辑校：《新辑查慎行文集》，中州古籍出版社 2012 年版，《新辑查慎行文集》，第 22-23 页。

慎行则不然，他一向推崇宋诗。在宋代诗人中，他很推崇苏轼，历经三十载编成《补注东坡编年诗》五十卷，可见其对苏诗用力之深。查慎行对宋诗的推崇与学习，在他的诗学理念与诗歌实践上都有明显体现。对于这些，清人已经形成了共识。例如，四库馆臣认为他的诗"核其渊源，大抵得诸苏轼为多，观其积一生之力，补注苏诗，其得力之处可见矣。明人喜称唐诗，自国朝康熙初年寖曰渐深，往往厌而学宋，然粗直之病亦生焉。得宋人之长而不染其弊，数十年来，固当为慎行屈一指也"①；沈德潜认为他"所为诗得力于苏，意无弗申，辞无弗达，或以少蕴藉议之，然视外强中干，袭面目而失神理者，固孰得而孰失也"②；等等。清人的这些论述无不是对查慎行诗歌得力于宋诗的强调。当然，查慎行推崇宋诗，但他也不主张只学宋，不学唐，他在自己的诗歌中明确主张"唐音宋派何须问，大抵诗情在寂寥"（《得川叠前韵从余问诗法戏答之》）③，还曾告诫友人"知君力欲追正始，三唐两宋须互参"（《吴门喜晤梁药亭》）。④ 前者意在强调不要强分什么"唐音宋派"的畛域，后者则明显将"三唐两宋"放在同等重要的地位。

查慎行提倡"三唐两宋须互参"，有两点与康熙皇帝的主张冲突，首先康熙皇帝不主张在唐诗中分初盛中晚，而查慎行的"三唐"说显然有悖于康熙皇帝的观点，更大的冲突是康熙皇帝虽然不排斥宋诗却将它放在"第二等级"，而查慎行却将它放在了与唐诗一样的"第一等级"。查慎行提倡唐宋诗互参的目的很明显，不是像有些学者认为的那样是对唐宋诗的同时提倡，其实主要是为了提高宋诗的地位。当然这里有一个前提，就是查慎行确实也认为唐诗的地位非常高，事实也确是如此。他

---

① （清）永瑢等：《四库全书总目》，中华书局 1965 年版，第 1528 页。
② （清）沈德潜编：《清诗别裁集》，上海古籍出版社 2013 年版，第 785 页。
③ （清）查慎行：《查慎行集》，浙江古籍出版社 2014 年版，第 5 册，第 623 页。
④ （清）查慎行：《查慎行集》，浙江古籍出版社 2014 年版，第 3 册，第 85 页。

在《初白庵诗评》中评论宋诗名家的作品，经常将他们的诗法渊源上推至唐诗。这样一来，查慎行的诗学观念虽然与康熙皇帝有冲突，但是也有巨大的交集，他们的冲突不是"有唐诗无宋诗"或"有宋诗无唐诗"的绝对对立，而是对唐宋诗的重视程度问题。要而言之，有不同，是他们的诗学话语需要融合的原因；有重叠，是他们的诗学话语能够融合的前提。

从《佩文韵府》纂修项目成功结项，查慎行作为主要参与者收获了荣誉与物质等奖励的实际结果来看，查慎行与康熙皇帝的诗学观点事实上实现了融合。这在《佩文韵府》这部书里得到很好体现。郑永晓先生用大数据思维对《佩文韵府》引用诗人诗作的研究表明：唐代诗人中，被引用次数最多的是杜甫，其次为白居易、韩愈、李白、元稹，宋代诗人中被引用次数最多的是苏轼，其次为陆游、范成大、欧阳修、梅尧臣；被引用超过万次者，唐代三人，为杜甫、韩愈、李白，宋代一人为苏轼；同时，唐宋诗的影响度也被计算出来，唐诗的影响度为宋诗的近2倍。[①] 郑永晓先生总结说："唐诗优势明显。但是宋诗的个别作家如苏轼和陆游，在康熙时期的热度确实很高，尤其是苏轼的风头，甚至有比肩杜甫之势。"[②]这样的结果表明查慎行对宋诗，尤其是对苏轼、陆游诗歌的推崇，极有可能在《佩文韵府》的成书过程中发挥了非常关键的作用。这一结果虽然远没有达到查慎行欲令唐宋诗齐头并进的理想状态，但是宋诗的地位已经得到明显提升。

尤其是陆游的诗歌在其原本颇受争议的清初诗坛能够突然获得仅次于苏轼的"出场率"，已经是重大突破，其背后所隐藏的诗歌文本接受性质的转化颇值得注意。蒋寅先生曾指出，陆游诗歌在明末清初曾非常流行："从天启到康熙末年整整一百年，陆游诗风都长盛不衰，这不能

---

① 参见郑永晓：《〈佩文韵府〉的编纂与康熙朝后期的诗坛取向》，《文学遗产》2017 年第 3 期，第 131-132 页。

② 郑永晓：《〈佩文韵府〉的编纂与康熙朝后期的诗坛取向》，《文学遗产》2017 年第 3 期，第 132 页。

不说是个奇迹。"①并通过详实的考证,展示出其时陆游诗歌的流行已然达到"家置一编,奉为楷式"(李振裕语)与"人人案头无不有"(叶燮语)的具体情形。② 不过需要注意的是,这一情形所反映的仍主要是诗学发展史内部的诗学走向问题,而《佩文韵府》的大规模收录却使这种原本流行于文学群体间的话语转化为强有力的官方话语。当然,这肯定与陆游诗歌的体量巨大有关,但他的"出场率"依旧没有超过苏轼,表明《佩文韵府》收录诗句并不是完全取决于诗人作品的数量。况且,《佩文韵府》和其他官修"大书"一样,即便力争求"全",强大的官方话语依旧会对其进行过滤,如果明显不符合官方立场,艺术性再高的诗句也不会被收入。根据郑永晓先生列出的唐宋两代各自在《佩文韵府》中被引用数量位居前一百名的作家名单,会发现其中遗民诗人极少,再去翻检《佩文韵府》中的诗句,那些反映抵抗外族侵略、带有强烈民族情感的宋诗几乎都被过滤了。这也可以表明陆游诗歌的地位被提升并不完全取决于它的体量。可以想见,查慎行虽然没有直接与康熙皇帝的诗学观念发生冲突,但是他在实际执行《佩文韵府》纂修工作的过程中,却是悄悄地注入了自己的诗学观念。如此一来,推崇唐诗但不排斥宋诗的康熙皇帝的诗学话语就与推崇宋诗但又重视唐诗的查慎行的诗学话语实现了某种程度的融合。一旦这两个关键人物的诗学话语被证明能够融合,则其他参纂者的诗学话语即便有冲突基本也是达成了平衡。当然,这样的平衡过程肯定更复杂,值得继续深入细致地探索。

第四节　话语建构的积极模式

纵观有清一代,官方在文化领域施加影响的模式无外乎两种:一种

---

① 蒋寅:《陆游诗歌在明末清初的流行》,《中国韵文学刊》2006 年第 1 期,第 11 页。

② 参见蒋寅:《陆游诗歌在明末清初的流行》,《中国韵文学刊》2006 年第 1 期,第 11-12 页。

是对有利于统治的文化话语进行推广，典型的手段是拉拢文士组织修书，这不失为一种积极的影响模式；一种是对不利于统治的文化话语加以禁止，典型的手段是兴起文字狱并禁毁书籍，这则是一种消极的影响模式。《佩文韵府》的纂修、传播是清代官方诗学话语的一次集中表达，也很好地体现了官方诗学话语的积极影响模式。首先，《佩文韵府》的纂修活动作为一个"话语事件"，它本身就是对官方诗学话语的有力宣传。其次，通过赐书、鼓励民间翻刻刷印等手段，使《佩文韵府》逐渐打开流通渠道，这也就使官方诗学话语在流通过程中逐渐产生影响。根据现有材料来看，《佩文韵府》被世人关注的热点主要有三个，一是参纂《佩文韵府》既被视为一种荣誉也被视为对参纂者能力的认可，清代有相当数量的诗歌、传记、墓志、地方志都对相关人员参与编纂《佩文韵府》的经历津津乐道，这种行为本身就是对《佩文韵府》的一种宣传。二是康、雍、乾三朝，尤其是康熙朝为犒劳参纂者与乾隆朝为鼓励献书者而进行的赐书活动，也被视作一种荣誉为各种文献反复记载，这又是一种扩大《佩文韵府》影响的形式。三是不少文献都记载了《佩文韵府》的刊刻、销售情况，而刊刻、销售才是《佩文韵府》可能发挥广泛影响的最重要形式。

现在能见到的如曹寅《江宁织造曹寅奏〈佩文韵府〉已开工刊刻摺》与李煦《进〈佩文韵府〉部分样书摺》《进〈佩文韵府〉样书并请示刷钉部数摺》等反映《佩文韵府》从纸张采购、招募刻工到雕镂印刷、装箱呈样的刊刻全过程的文献，以及康熙皇帝对于《佩文韵府》刊刻的御批记录，都表明此书的刊刻得到从上到下的重视。据曹寅康熙五十一年四月初三日《开工刊刻摺》奏："《佩文韵府》已于三月十七日开工刊刻，正在遴选匠手，已得一百余人，愿来者众，好者难得，容俟遴选齐全……"①可见其态度之谨。李煦在十二月二十六日《部分样书摺》即奏："今上平声

---

① 故宫博物院明清档案部编：《关于江宁织造曹家档案史料》，中华书局1975年版，第96页。

之各韵共十七本，下平声之各韵共十九本，业经刻完。"①足见其进度之速。康熙五十二年九月初十，李煦《请示刷钉部数摺》中奏："窃臣煦与曹寅、孙文成奉旨在扬州刊刻御颁《佩文韵府》一书，今已工竣，谨将连四纸刷订十部，将乐纸刷订十部，共装二十箱，恭进呈样。"②刻成之后又立即进样御览，亦可见臣工之谨恪与皇帝之重视。康熙皇帝览后批复："此书刻得好的极处。南方不必钉本，只刷印一千部，其中将乐纸二百部即足矣。"③可知印好的《佩文韵府》南方只留下一千部，大部分则被运到京城。这些精心刊刻的初印本，到乾隆中叶尚有大量库存。乾隆三十九年（1774），永珹等在一份关于内府藏书的清查报告中说："惟预备查用陈设之书……现在存积甚多。又有自康熙年来臣工陆续奏进之书，向例不在通行之列。如《佩文韵府》，现存一千九十余部，此即外进之一种。"④福隆安在另一份报告中又提道："此项《佩文韵府》，原有一千九十六部。"⑤可见此书虽然名噪一时，但由于种种原因，初刊本的流传并不算广。

由于《佩文韵府》的初刊本流通并不顺利并导致大量的库存积压，乾隆皇帝遂命人进行细致的市场调查以便将这些书籍顺利出售。永珹等报告说："臣等公同商酌，请将前项书籍，无分外进内刊，凡数至一千部以上者，拟留二百部；一百五十部以上至六七百部者，拟留一百部；其一百五十部以下者，拟留五十部。……概予通行，俾海内有志购书之人，咸得善本。"⑥也就是说，他们准备把1096部《佩文韵府》分成两部分，只留200部继续收藏，剩下的896部预备全部卖给"海内有志购书之人"。但这样的大书造价既已不菲，售价当然不会太低。福隆安在报

---

① 故宫博物院明清档案部编：《李煦奏折》，中华书局1976年版，第134页。
② 故宫博物院明清档案部编：《李煦奏折》，中华书局1976年版，第145页。
③ 故宫博物院明清档案部编：《李煦奏折》，中华书局1976年版，第145页。
④ 翁连溪编：《清内府刻书档案史料汇编》，广陵书社2007年版，第191页。
⑤ 翁连溪编：《清内府刻书档案史料汇编》，广陵书社2007年版，第194页。
⑥ 翁连溪编：《清内府刻书档案史料汇编》，广陵书社2007年版，第191页。

告中算了一笔账："兹据英廉复称：查得此项《佩文韵府》，向来用台连纸刷印发售，每部价银十一两六钱二分九厘。今次所售，因系库存原板初刊，又系竹纸刷印，是以按照纸色工费，每部银十二两四钱六分，较台连纸书每部增价银八钱三分一厘。"①可见准备出售的 896 部《佩文韵府》由于版本、纸张俱佳，故而比之前用于流通的"台连纸刷印"本贵了"八钱三分一厘"。为什么库存本必须加价出售，福隆安又据金简的核算解释道："现在所售库存《佩文韵府》，因系初刊，字画明白，又系竹纸刷印，较旧时发售者，更为精好，是以未敢照台连纸旧价售变。公同酌核，遵照竹纸定旧例，每部作价十二两四钱六分，亦系散本散篇，并不装钉。"②从库存本的质量看，定价十二两四分六钱似乎是物有所值，但实际上已是相当高昂。之所以保持原来"散本散篇，并不装订"也是担心会进一步抬高售价，正如福隆安在报告中所说："若加以装钉做套，精致者约需银二十余两，其次亦需银十余两，即每部不下二、三十两以上，较外间书肆所售，装成纸本，其价转觉浮多。"③可见如果进行精装的话，售价将"较外间书肆所售，装成纸本"贵两三倍。虽然经过仔细的市场调查，但是乾隆皇帝手中的这批《佩文韵府》的销售情况并没有出现永瑢等人一开始设想的海内有志购书之人"必皆踊跃鼓舞"，争相购买的热潮："再，查此书共计八百九十六部，自本年五月奏准发售之日起，迄今仅售去四十四部。"④永瑢的第一份报告写于乾隆三十九年五月十一日，第二份报告写于乾隆三十九年六月二十六日，相隔一个半月，共卖出 44 部，永瑢用了一个"仅"字表达了这项生意的惨淡。

乾隆皇帝想把内府藏原刊本《佩文韵府》销售出去是后来的事，一开始还是以鼓励需要者自行印刷为主。据素尔讷《学政全书》卷四载：

---

① 翁连溪编：《清内府刻书档案史料汇编》，广陵书社 2007 年版，第 195 页。
② 翁连溪编：《清内府刻书档案史料汇编》，广陵书社 2007 年版，第 195-196 页。
③ 翁连溪编：《清内府刻书档案史料汇编》，广陵书社 2007 年版，第 196 页。
④ 翁连溪编：《清内府刻书档案史料汇编》，广陵书社 2007 年版，第 196 页。

"乾隆三年奉上谕：从前颁发圣祖仁皇帝御纂经史诸书，交直省布政使敬谨刊刻，准人刷印，并听坊间刷卖。……坊间有情愿翻刻者，听其自便，无庸禁止。……至武英殿、翰林院、国子监皆有存贮书版，亦应听人刷印。从前内务府所藏各书，如满、汉官员有愿购觅诵览者，概准刷印。"①可见乾隆皇帝非常鼓励民间自行刷印、翻刻。其中内府藏《佩文韵府》与《拾遗》也进行了重新刊刻："内务府书版，俱藏贮武英殿。其武英殿所有：……《韵府拾遗》……《佩文韵府》……书版，业经奏请重新刊刻。"②乾隆皇帝还命令将书版"存贮书局，准令士子购觅"："至内廷书籍，外间士子无不群思观览．照从前颁发《御选语录》等书之例，将武英殿各种书籍，交与崇文门监督存贮书局，准令士子购觅，以广见闻。其书版中，倘有损坏糢糊者，令各该衙门备细查明，奏请修补。"③另外，《学政全书》还载："武英殿有存贮书籍十九种，俱系从前臣工遵旨刊刻之书。其书版存贮各省臣工之家，亦应开单行文各省督、抚，转行各该处，听坊贾人等广为刷印。并准其翻刻，以广流传。"④以上种种推广、鼓励政策，可谓细密周详。如此一来，民间所见《佩文韵府》的版本也就日益增多。

据丁仁《八千卷楼书目》卷十三记载，八千卷楼所藏《佩文韵府》有苏州刊本、广州刊本、石印本三种，《韵府拾遗》有京板本、广东刊本、石印本三种。黄丕烈《士礼居藏书题跋记》卷五有云："余于五月杪自都门归，闻桐乡金氏书有散在坊间者，即访之，得诸酉山堂。书凡五种……索白镪六十四金，急欲归之，而议价再三，牢不可破，卒以京板

---

① （清）素尔讷等纂修，霍有明、郭海文校注：《钦定学政全书校注》，武汉大学出版社 2009 年版，第 19 页。
② （清）素尔讷等纂修，霍有明、郭海文校注：《钦定学政全书校注》，武汉大学出版社 2009 年版，第 19-20 页。
③ （清）素尔讷等纂修，霍有明、郭海文校注：《钦定学政全书校注》，武汉大学出版社 2009 年版，第 20 页。
④ （清）素尔讷等纂修，霍有明、郭海文校注：《钦定学政全书校注》，武汉大学出版社 2009 年版，第 20 页。

《佩文韵府》相易，贴银十四两，方得成此交易。"①从黄丕烈和丁仁的
记载可知《佩文韵府》和《拾遗》都有"京版"，这应该是指北京坊间印刷
的版本，不是指内府初刊本，因为内府初刊本由于相对更加珍贵难得，
清人提及时一般都会特意强调。

至于最早的广东刊本当是始于番禺人潘仕成，金武祥《粟香随笔》
卷六："广州城西半塘为荔支湾，即南汉昌华园故址，阮云台先生所云
'白荷红荔半塘西'是也。旧有潘氏海山仙馆……潘氏所刊有《佩文韵
府》《海山仙馆丛书》，又石刻、碑帖百数十种，皆称于时。"②史澄《广
州府志》亦载潘氏"好刻书帖，尝翻刻《佩文韵府》一百四十卷，《拾遗》
二十卷，集刻《海山仙馆丛书》一百一十八卷，共五十六种，中多秘
籍"。③ 邱炜萲也提及："《番禺县志》称潘德畲方伯重刻《佩文韵府》，
嘉惠士林，欲读中秘书者，皆得家置一编，洵巨观矣。亦其时沪上未传
泰西照相石印法，故殿版大集，难于赀购，若今时之《佩文韵府》不过
六十整册，藏之巾箱而已足矣。"④据上可知潘德畲重刻的《佩文韵府》
就是广州刊本，而所谓"石印本"乃是以"泰西照相石印法"印制的版本，
这种方法印制的书籍更易携带、价格也更低廉。

石印本的出现使《佩文韵府》的流传更为方便，据徐润《徐愚斋自叙
年谱》记载："石印书籍始于英商点石斋，用机器将原书摄影石上，字
迹清晰，与原书无毫发爽，缩小放大，悉随人意，心窃慕之，乃集股创
办同文书局，建厂购机，搜罗书籍，以为样本……陆续印出……《佩文
韵府》《佩文斋书画谱》《渊鉴类函》《骈字类编》《全唐诗》《文》《康熙字

---

① （清）黄丕烈著，（清）潘祖荫辑：《士礼居藏书题跋记》，书目文献出版社
1989 年版，第 190 页。
② 金武祥：《粟香随笔》，凤凰出版社 2017 年版，第 152 页。
③ （清）史澄等：《广州府志》，台湾成文出版社 1966 年版，第 3 册，第 331-
332 页。
④ （清）邱炜萲：《五百石洞天挥麈》卷七，清光绪二十五年（1899）邱氏粤垣
刻本，第 3a-3b 页。

典》……莫不惟妙惟肖，精美绝伦，咸推为石印之冠。"①可以想见，近代石印本的出现非常有利于《佩文韵府》的传播。虽然后来《佩文韵府》的价格已经下降，但还是有人因为各种原因不愿意购买，例如战乱。据吴仰贤《小匏庵诗话》卷五记载："同治甲子春适贵阳，值黔中久乱，无人购求书籍。《佩文韵府》价祇十金，客无顾问者，以其艰于驮载耳。"②此例表明由于战乱期间运输不便，导致《佩文韵府》这样的大书即便价格大降也无人愿意购买。

更重要的是，《佩文韵府》作为一部韵书型类书，它并不太受重视根柢之学的大学者所青睐。例如曾国藩在与袁芳瑛的书信中说："尊处广搜群籍，如遇有殿板诸善本及国朝名家所刊之书，凡初印者，概祈为我收买。惟《佩文韵府》、《渊鉴类函》等，向非所好，不必购之，此外殿板书初印者，多可取也。"③康、乾二帝非常重视的《佩文韵府》，一向谨慎的曾国藩却对其流露出轻蔑之意，主要是因为它属于与根柢之学相冲突的被视作"兔园册子"的类书。另外，《佩文韵府》作为一部韵书，由于部头太大，举子们真正用作参考书的却是《佩文诗韵》这样的简便易携的册子。正如《应试诗法浅说》所言："韵书所收字数，详略不同……《佩文诗韵》出，乃集韵学之大成，应举定本，恃此为指南矣，他本未可为据。"④因此，若是单从刊刻流传的情况来判断《佩文韵府》的影响，很自然会得出它的影响并不太大这样的结论。不过，通过刊刻流传情况来判断它的影响并不是全部目的，笔者更想通过这种考察进一步展示官方诗学话语发生影响的积极模式：这种积极模式除了通过将修书、赐书塑造为一种荣誉藉以达到宣传效果外，还主动将修成的书放进

---

① （清）徐润：《徐愚斋自叙年谱》，台湾商务印书馆 1981 年版，第 31 页。

② 张寅彭主编：《清诗话三编》，上海古籍出版社 2014 年版，第 9 册，第 6539 页。

③ （清）曾国藩：《曾国藩全集》，岳麓书社 2011 年版，第 22 册，第 691 页。

④ （清）叶葆：《应试诗法浅说》卷一，清乾隆五十四年（1789）悔读斋刻本，第 2a 页。

流通领域，让市场的供需来决定它的影响。这就与大兴文字狱与大肆禁毁图书这种消极的影响模式形成了鲜明对比。这两种影响模式在清代官方诗学话语十分强势的康、雍、乾三朝同时存在，而后者在乾隆朝曾一度达到近乎极端的地步，其情形与后果学界已经有较充分地讨论，毋庸赘言。

综上所述，《佩文韵府》的纂修活动在清初复兴的知识的"攟摭荟萃"浪潮下展开，这是《佩文韵府》产生时所面临的宏观话语环境，它既是这一浪潮下的产物，又是对这一浪潮的强化，它的问世是清朝官方文化话语全面渗透到文学尤其是诗学领域的有力证明。纂修《佩文韵府》作为一个实践活动其开展过程也是多重诗学话语的融合过程，其中以康熙皇帝与查慎行这个重要参纂者的诗学话语融合最为典型。纂成的《佩文韵府》作为一个官方诗学话语的载体，较为集中地体现了传统私人诗学话语的官方化。《佩文韵府》的纂修是一种官方诗学话语发挥影响的积极模式，它本身作为一个"话语事件"，已经对官方诗学话语产生了很好的宣传贯彻作用；是书的刊刻流传过程也并没有太多的官方权力的强制介入，官方在这里只是扮演一个鼓励者与推广者的角色，接受与否的主动权还是掌握在受众的手中。

第五节　关于"文化主体性"的思考

话语与权力的复杂关系经由福柯开创性的研究，虽然业已成为看待文化问题的新视角，但同时也使话语权力尤其是权力话语的论题带上强烈的解构意涵，使这一论题俨然成为消解一切官方价值的利刃。笔者赞赏福柯挑战西方权力话语的勇气，但并不认同他对权力话语本身的彻底否定倾向。在特定时代的特定语境下，当权力话语被拴上辔头奋力拉动文化之车的时候，它应该被视作温驯的良马而不是吃人的猛兽。更为关键的是，一旦深入话语运行的微观层面，就会发现官方和私家之间并没有严格的界限，权力话语的施受关系并不能机械地二分，甚至施受关系本身也具有相对性和流动性。发生于康熙朝后期的《佩文韵府》纂修活动正好提供了一个权力话语运行的微观"场域",加之《佩文韵府》与诗学具有天然的内在联系,故而对该"场域"的观照可以反映出清代官方诗学话语建构的诸多面相。

虽然权力与话语的研究日益丧失理论新鲜感,但这并不等于它不能被继续运用于文史领域来观照一些有趣的现象。例如,致力于明清以降思想史、学术史研究的王汎森先生就曾借助福柯的"权力的毛细管作用"观念来研究清代的政治与文化,其《从曾静案看18世纪前期的社会心态》《权力的毛细管作用——清代文献中"自我压抑"的现象》《道、咸以降思想界的新现象——禁书复出及其意义》等文都是努力探究"权力在微小的、隐秘的空间中作用的状况"的力作。[1] 不无遗憾的是,虽然这些力作面对的文化现象相对于福柯著作而言是全新的,但因其理论取向的"福柯化"而不可避免地倾向于强调话语权力对个人主体性的绝对压制,最典型的例子就是将"文化无主体性"视作"传统中国的常态"。[2]然而,清代官方话语是否只能带来"猜测"和"恐惧",彼时的个人话语是否只能"毫无主体性"的"随幡而动",[3] 仍是一个值得继续讨论的问题。

《佩文韵府》的纂修活动在清初兴起的知识的穷尽式集中浪潮下展

---

[1] 参见王汎森:《权力的毛细管作用——清代的思想、学术与心态》,北京大学出版社2015年版,第9页。

[2] 王汎森先生认为:"我的观察是国家不干涉你时,或国家不干涉的范域中,人们的文化活动可以非常繁华、非常绚丽,可是当国家要来干涉时,往往变得毫无主体性。"见《权力的毛细管作用——清代的思想、学术与心态》,第430页。从《佩文韵府》纂修人员尤其是查慎行维持主体性的努力与刊刻、销售时书商与购书人选择的自由度来看,即便是在清官方全程"干涉"的官修图籍范域,人们的文化活动仍然可以具有相当程度的主体性。所谓"干涉"应该包括消极阻碍与积极干预两种模式,在前一模式下个人仍可尽力坚守自我,而后一模式本身为文化主体性预留的空间更是可观的。

[3] 参见王汎森:《权力的毛细管作用——清代的思想、学术与心态》,北京大学出版社2015年版,第430页。

开，此时的官方话语客观上对传统诗学表达模式有整合、集成之功。纂修《佩文韵府》还是一种官方诗学话语发挥影响的积极模式，纂修活动本身作为一个话语事件，已经对官方诗学话语产生了很好的宣传贯彻作用，刊刻流传过程也并没有太多官方权力的强制介入，个体仍有选择刊印或不刊印、购买或不购买的主体性。从《佩文韵府》纂修所体现的官方诗学话语建构情形可以看出，官方话语本身也具有积极因素，而个人在多数情形下都有保持自身主体性的可能。这样的认识不是为了给清王朝的文化专制翻案，而是为了反思话语权力理论作为方法论的有限性。此举或许不仅或许可以作为王汎森先生传统文化"无主体性"说的补充，甚至或许也可以视作对福柯权力话语理论的修正，这与后期福柯对"合法—对抗"二元对立模式的自我反思也是一致的。①

---

① 关于后期福柯对"合法—对抗"二元对立模式的自我反思问题，参见陈怡含《福柯说权力与话语》一书，华中科技大学出版社 2017 年版，第 241 页。

参 考 文 献

一、古籍及整理本

[1]（战国）庄周撰，（清）郭庆藩集释：《庄子集释》，中华书局 2004 年版。

[2]（战国）吕不韦编，许维遹集释：《吕氏春秋集释》，中华书局 2017 年版。

[3]（战国）韩非撰，（清）王先慎集解：《韩非子集解》，中华书局 2013 年版。

[4]（汉）毛亨传，（汉）郑玄笺，（唐）孔颖达疏：《毛诗正义》，上海古籍出版社 1990 年版。

[5]（汉）班固：《汉书》，中华书局 1962 年版。

[6]（汉）许慎撰，（宋）徐铉校：《说文解字》，中华书局 2013 年版。

[7]（晋）陈寿撰，（南朝宋）裴松之注：《三国志》，中华书局 1982 年版。

[8]（晋）陆云：《陆士龙集》，《四部丛刊》本。

[9]（晋）嵇含：《南方草木状》，《丛书集成初编》本。

[10]（晋）陶渊明：《宋本陶渊明集》，国家图书馆出版社 2018 年版。

[11]（晋）陶渊明：《陶渊明集》，中华书局 1979 年版。

[12]（南朝宋）范晔：《后汉书》，中华书局 1965 年版。

[13]（南朝宋）刘义庆撰，余嘉锡笺疏：《世说新语笺疏》，中华书局 2015 年版。

[14]（北齐）魏收：《魏书》，中华书局 1974 年版。

[15](北齐)颜之推撰,王利器集解:《颜氏家训集解》,中华书局1993年版。

[16](梁)沈约:《宋书》,中华书局1974年版。

[17](梁)刘勰撰,范文澜注:《文心雕龙注》,人民文学出版社1958年版。

[18](梁)钟嵘撰,曹旭集注:《诗品集注》,上海古籍出版社2011年版。

[19](梁)何逊撰,李伯齐校注:《何逊集校注》,中华书局2010年版。

[20](梁)萧子显:《南齐书》,中华书局1972年版。

[21](梁)释慧皎撰,汤用彤校注,汤一玄整理:《高僧传》,中华书局1992年版。

[22](梁)萧统编,(唐)李善注:《文选》,中华书局1977年版。

[23](梁)萧统编,(唐)李善、吕延济等注:《六臣注文选》,中华书局1987年版。

[24](唐)孙思邈:《备急千金要方》,《四库全书》本。

[25](唐)李百药:《北齐书》,中华书局1972年版。

[26](唐)姚思廉:《梁书》,中华书局1973年版。

[27](唐)房玄龄等:《晋书》,中华书局1974年版。

[28](唐)李延寿:《南史》,中华书局1975年版。

[29](唐)白居易撰,谢思炜校注:《白居易诗集校注》,中华书局2006年版。

[30][日]遍照金刚撰,卢盛江校考:《文镜秘府论汇校汇考》,中华书局2006年版。

[31](唐)封演撰,赵贞信校注:《封氏闻见记校注》,中华书局2005年版。

[32](宋)李昉等编:《太平御览》,河北教育出版社1994年版。

[33](宋)陈彭年等编:《钜宋广韵》,上海古籍出版社1983年版。

[34](宋)陈彭年等编:《宋本重修广韵》,《古逸丛书》,华东师范大学

出版社 2017 年版。

［35］（宋）欧阳修：《新唐书》，中华书局 1975 年版。

［36］（宋）王安石撰，（宋）李壁笺注：《王荆文公诗笺注》，上海古籍出版社 2010 年版。

［37］（宋）沈括撰，金良年点校：《梦溪笔谈》，中华书局 2015 年版。

［38］（宋）苏轼撰，（清）查慎行补注：《苏诗补注》，凤凰出版社 2013 年版。

［39］（宋）苏轼撰，（清）冯应榴合注：《苏轼诗集合注》，上海古籍出版社 2001 年版。

［40］（宋）苏轼撰，王文诰辑注，孔凡礼点校：《苏轼诗集》，中华书局 1982 年版。

［41］（宋）苏轼撰，曾枣庄汇评：《苏诗汇评》，四川文艺出版社 2000 年版。

［42］（宋）孔文仲，孔武仲，孔平仲：《清江三孔集》，齐鲁书社 2002 年版。

［43］（宋）苏辙撰，高秀芳、陈宏天点校：《苏辙集》，中华书局 1990 年版。

［44］（宋）陆佃：《埤雅》，《丛书集成初编》本。

［45］（宋）黄庭坚著，郑永晓整理：《黄庭坚全集辑校编年》，江西人民出版社 2008 年版。

［46］（宋）叶梦得：《石林燕语》，中华书局 1984 年版。

［47］（宋）孙觌：《鸿庆居士集》，《四库全书》本。

［48］（宋）赵明诚：《金石录》，四部丛刊续编景旧钞本。

［49］（宋）薛尚功：《历代钟鼎彝器款识法帖》，《四库全书》本。

［50］（宋）胡仔纂集，廖德明校点：《苕溪渔隐丛话》，人民文学出版社 1962 年版。

［51］（宋）洪迈：《容斋随笔》，中华书局 2005 年版。

［52］（宋）周辉撰，刘永翔校注：《清波杂志校注》，中华书局 1994 年版。

［53］（宋）朱熹撰，赵长征点校：《诗集传》，中华书局 2017 年版。

［54］（宋）朱熹：《楚辞集注》，中华书局 1979 年版。

[55]（宋）朱熹：《晦庵先生朱文公文集》，上海古籍出版社 2010 年版。

[56]（宋）黎靖德：《朱子语类》，中华书局 1986 年版。

[57]（宋）陆游撰，马亚中校注：《渭南文集校注》，浙江教育出版社 2011 年版。

[58]（宋）陆游：《陆放翁全集》，中国书店 1986 年版。

[59]（宋）姜特立：《梅山续稿》，《宋集珍本丛刊》本。

[60]（宋）杨万里著，辛更儒笺校：《杨万里集笺校》，中华书局 2007 年版。

[61]（宋）杨万里：《诚斋集》，四部丛刊景宋写本。

[62]（宋）王厚之：《钟鼎款识》，中华书局 1985 年版。

[63]（宋）辛弃疾撰，辛更儒笺注：《辛弃疾集编年笺注》，中华书局 2015 年版。

[64]（宋）陈振孙：《直斋书录解题》，上海古籍出版社 2015 年版。

[65]（宋）费衮：《梁溪漫志》，上海古籍出版社 1985 年版。

[66]（宋）刘克庄：《后村诗话》，《四库全书》本。

[67]（宋）刘克庄：《后村集》，《四部丛刊》影旧钞本。

[68]（宋）罗大经撰，王瑞来点校：《鹤林玉露》，中华书局 1983 年版。

[69]（宋）姚勉：《雪坡舍人集》，影印傅增湘校《豫章丛书》本。

[70]（宋）刘辰翁：《刘辰翁集》，江西人民出版社 1987 年版。

[71]（金）元好问：《遗山先生文集》，四部丛刊景明弘治本。

[72]（金）元好问撰，（清）施国祁笺注：《元遗山诗笺注》，《四部备要》本。

[73]（元）王恽撰，杨亮、钟彦飞点校：《王恽全集汇校》，中华书局 2013 年版。

[74]（元）方回：《瀛奎律髓》，黄山书社 1994 年版。

[75]（元）蒋易：《元风雅》，《宛委别藏》，江苏古籍出版社 1988 年版。

[76]（元）周德清：《中原音韵》，上海古籍出版社 2011 年版。

[77]（元）黄公绍撰，（元）熊忠举要：《古今韵会举要》，中华书局 2000

年版。

[78](元)杨维桢撰，(清)楼卜瀍注：《铁崖乐府注》，《四部备要》本。

[79](元)阴时夫辑，(元)阴中夫注：《韵府群玉》，《四库全书》本。

[80](明)宋濂：《宋濂全集》，浙江古籍出版社 1999 年版。

[81](明)史鉴：《西村集》，《四库全书》本。

[82](明)俞弁：《逸老堂诗话》，《续修四库全书》本。

[83](明)杨慎：《丹铅总录》，明嘉靖刻本。

[84](明)杨慎：《转注古音略》，《丛书集成初编》本。

[85](明)杨慎：《哲匠金桴》，《丛书集成初编》本。

[86](明)杨慎：《古音略例》，《丛书集成初编》本。

[87](明)谢榛：《四溟诗话》，人民文学出版社 1961 年版。

[88](明)陈耀文：《正杨》，明隆庆刻本。

[89](明)王世贞：《读书后》，《四库全书》本。

[90](明)张凤翼：《处实堂集》，《续修四库全书》本。

[91](明)王圻：《续文献通考》，现代出版社 1986 年版。

[92](明)屠隆：《栖真馆集》，《续修四库全书》本。

[93](明)胡应麟：《诗薮》，中华书局 1958 年版。

[94](明)郭正域：《合并黄离草》，明万历刻本。

[95](明)赵宧光：《寒山帚谈》，明崇祯刻本。

[96](明)黄景昉：《国史唯疑》，清康熙三十年(1691)钞本。

[97](明)陈第：《毛诗古音考》，中华书局 2011 年版。

[98](明)陈第：《屈宋古音义》，中华书局 2011 年版。

[99](明)杨贞一：《诗音辨略》，《丛书集成初编》本。

[100](明)顾起元：《说略》，《四库全书》本。

[101](明)胡震亨：《唐音癸签》，古典文学出版社 1957 年版。

[102](清)黄宗羲：《明文海》，中华书局 1987 年版。

[103](清)顾炎武撰，(清)黄汝成集释：《日知录集释》，上海古籍出
版社 2013 年版。

[104]（清）顾炎武撰，张京华校释：《日知录校释》，岳麓书社 2011 年版。

[105]（清）顾炎武：《音学五书》，上海古籍出版社 2012 年版。

[106]（清）顾炎武：《顾亭林诗文集》，中华书局 1983 年版。

[107]（清）尤侗：《西堂诗集》，《续修四库全书》，上海古籍出版社 2002 年版。

[108]（清）屈大均：《翁山文钞》，清康熙刻本。

[109]（清）李因笃：《古今韵考》，《丛书集成初编》本。

[110]（清）王士禛：《渔洋诗话》，《清诗话全编》（康熙期六），上海古籍出版社 2018 年版。

[111]（清）费经虞：《雅伦》，清康熙四十九年（1710）刻本。

[112]（清）阎若璩：《尚书古文疏证》，清乾隆眷西堂刻本。

[113]（清）潘耒：《类音》，清雍正遂初堂刻本。

[114]（清）查慎行撰，范道济辑校：《新辑查慎行文集》，中州古籍出版社 2012 年版。

[115]（清）查慎行：《查慎行集》，浙江古籍出版社 2014 年版。

[116]（清）冯景：《解春集诗文钞》，清乾隆卢氏刻抱经堂丛书本。

[117]（清）沈德潜编：《清诗别裁集》，上海古籍出版社 2013 年版。

[118]（清）沈德潜：《说诗晬语》，人民文学出版社 1979 年版。

[119]（清）薛雪：《一瓢诗话》，人民文学出版社 1979 年版。

[120]（清）方世举撰，郝润华、丁俊丽整理：《韩昌黎诗集编年笺注》，中华书局 2012 年版。

[121]（清）梁廷楠著，林梓宗校点：《南汉书》，广东人民出版社 1981 年版。

[122]（清）江永编，（清）戴震参订：《古韵标准》，《丛书集成初编》本。

[123]（清）王应奎：《柳南随笔》，中华书局 1983 年版。

[124]（清）钱陈群：《香树斋诗文集》，清乾隆刻本。

[125]（清）范方：《默镜居文集》，清乾隆刻本。

［126］（清）厉鹗编：《宋诗纪事》，上海古籍出版社 1981 年版。

［127］（清）桑调元：《弢甫集》，清乾隆刻本。

［128］（清）徐商徵、沈文声辑：《唐人五言长律清丽集》，清乾隆二十二年（1757）刊本。

［129］（清）嵇璜、刘墉等编：《清通志》，《四库全书》本。

［130］（清）袁枚：《小仓山房诗文集》，上海古籍出版社 1988 年版。

［131］（清）叶葆：《应试诗法浅说》，清乾隆五十四年（1789）悔读斋刻本。

［132］（清）王鸣盛：《蛾术编》，清道光二十一年（1841）世楷堂刻本。

［133］（清）王昶辑：《湖海文传》，清道光十七年（1837）经训堂刻本。

［134］（清）赵翼：《瓯北诗话》，人民文学出版社 1963 年版。

［135］（清）钱大昕：《十驾斋养新录》，上海书店 1983 年版。

［136］（清）钱大昕：《潜研堂文集》，清嘉庆十一年（1806）瞿中溶刻本。

［137］（清）吴省钦：《白华前稿》，清乾隆刻本。

［138］（清）朱珪：《知足斋文集》，《续修四库全书》本。

［139］（清）何文焕辑：《历代诗话》，中华书局 1981 年版。

［140］（清）翁方纲：《石洲诗话》，人民文学出版社 1981 年版。

［141］（清）李调元：《童山集》，清乾隆刻《函海》道光五年（1825）增修本。

［142］（清）李调元：《童山文集》，《丛书集成初编》本。

［143］（清）李调元：《童山诗集》，《丛书集成初编》本。

［144］（清）李调元：《六书分毫》，《丛书集成初编》本。

［145］（清）李调元：《方言藻》，《丛书集成初编》本。

［146］（清）李调元：《古音合》，《丛书集成初编》本。

［147］（清）李调元：《卍斋璅录》，《丛书集成初编》本。

［148］（清）李调元：《诗话》，《丛书集成初编》本。

［149］（清）李调元：《赋话》，《丛书集成初编》本。

［150］（清）李调元编：《全五代诗》，《丛书集成初编》本。

［151］(清)李调元：《淡墨录》，《丛书集成初编》本。

［152］(清)乾隆等编：《唐宋诗醇》，中国文学出版社 2000 年版。

［153］(清)谢启昆：《小学韵补考》，《丛书集成初编》本。

［154］(清)永瑢等：《四库全书总目》，中华书局 1965 年版。

［155］(清)素尔讷等纂修，霍有明、郭海文校注：《钦定学政全书校注》，武汉大学出版社 2009 年版。

［156］(清)张云璈：《简松草堂诗集》，《续修四库全书》本。

［157］(清)赵绍祖：《读书偶记》，清道光古墨斋刻本。

［158］(清)郝懿行：《尔雅义疏》，上海古籍出版社 1983 年版。

［159］(清)严可均辑：《全上古三代秦汉三国六朝文》，中华书局 1958 年版。

［160］(清)黄丕烈著，(清)潘祖荫辑：《士礼居藏书题跋记》，书目文献出版社 1989 年版。

［161］(清)李兆洛：《养一斋集》，清道光二十三年(1843)活字本。

［162］(清)马星翼：《东泉诗话》，《中国诗话珍本丛书》影印清刻本。

［163］(清)胡秉虔：《古韵论》，《丛书集成初编》本。

［164］(清)方东树撰，汪绍楹校点：《昭昧詹言》，人民文学出版社 1961 年版。

［165］(清)方东树：《考槃集文录》，清光绪二十年(1894)刻本。

［166］(清)王培荀：《听雨楼随笔》，巴蜀书社 1987 年版。

［167］(清)郭尚先：《郭大理遗稿》，清道光二十五年(1845)刻本。

［168］(清)陈仅：《竹林答问》，清镜滨草堂钞本。

［169］(清)朱骏声：《传经室文集》，民国求恕斋丛书本。

［170］(清)梁绍壬：《两般秋雨庵随笔》，上海古籍出版社 1982 年版。

［171］(清)瞿镛：《铁琴铜剑楼藏书目录》，《清人书目题跋丛刊》(三)，中华书局 1990 年版。

［172］(清)陈庆镛：《籀经堂类稿》，清光绪九年(1883)刻本。

［173］(清)齐学裘：《见闻随笔》，《续修四库全书》本。

[174]（清）陈其元：《庸闲斋笔记》，清同治十三年（1874）刻本。

[175]（清）刘毓崧：《通义堂文集》，清光绪十六年（1890）刻本。

[176]（清）李慈铭：《白华绛柎阁诗集》，清光绪十六年（1890）刻越缦堂集本。

[177]（清）陆心源：《仪顾堂题跋》，《清人书目题跋丛刊》（二），中华书局 1990 年版。

[178]（清）陆心源：《皕宋楼藏书志》，《清人书目题跋丛刊》（一），中华书局 1990 年版。

[179]（清）金武祥：《粟香随笔》，凤凰出版社 2017 年版。

[180]（清）史澄等：《广州府志》，台湾成文出版社 1966 年版。

[181]（清）张百熙撰，谭承耕、李龙如校点：《张百熙集》，岳麓书社 2008 年版。

[182]（清）陈孚：《诗传考》，清嘉庆九年（1804）尧山刻本。

[183]（清）梁学昌：《庭立记闻》，清嘉庆刻清白士集本。

[184]（清）冯辰：《李恕谷先生年谱》，《丛书集成初编》本。

[185]（清）陈锦：《勤余文牍》，清光绪四年（1878）刻本。

[186]（清）顾堃：《觉非盦笔记》，清光绪八年（1882）刻本。

[187]（清）张鉴：《冬青馆集》，《续修四库全书》本。

[188]（清）蒬秋散人：《玉娇梨》，中华书局 2002 年版。

[189]（清）曾国藩：《曾国藩全集》（修订版），岳麓书社 2011 年版。

[190]（清）俞樾：《茶香室经说》，清光绪春在堂全书本。

[191]（清）徐润：《徐愚斋自叙年谱》，台湾商务印书馆 1981 年版。

[192]（清）姚振宗：《隋书经籍志考证》，《二十五史艺文经籍志考补萃编》，清华大学出版社 2012 年版。

[193]（清）江标辑：《黄荛圃先生年谱》，《丛书集成初编》本。

[194]（清）邱炜萲：《五百石洞天挥麈》，清光绪二十五年（1899）邱氏粤垣刻本

[195]杨守敬：《湖北金石志》，民国十年（1921）朱印本。

［196］徐世昌：《晚晴簃诗汇》，中华书局 1990 年版。

［197］王礼培：《小招隐馆谈艺录初编》，《中国诗话珍本丛书》影印民
　　　国铅印本。

［198］丁福保辑：《清诗话》，中华书局 1963 年版。

二、专著

［1］王力：《王力古汉语字典》，中华书局 2000 年版。

［2］王力：《诗经韵读》，中华书局 2014 年版。

［3］黄永镇：《古韵学源流》，商务印书馆 1934 年版。

［4］郭锡良：《汉字古音手册》，商务印书馆 2010 年版。

［5］沈祥源：《文艺音韵学》，武汉大学出版社 2000 年版。

［6］汪业全：《叶音研究》，岳麓书社 2009 年版。

［7］宁忌浮：《汉语韵书史》（金元卷），上海人民出版社 2016 年版。

［8］熊桂芬：《从〈切韵〉到〈广韵〉》，商务印书馆 2015 年版。

［9］王国维：《观堂集林》，中华书局 1959 年版。

［10］陈寅恪：《金明馆丛稿初编》，上海古籍出版社 1980 年版。

［11］徐复观：《中国文学精神》，上海书店 2004 年版。

［12］郭沫若：《两周金文辞大系图录考释》，北京科学出版社 1958 年版。

［13］罗运环：《出土文献与楚史研究》，商务印书馆 2011 年版。

［14］朱光潜：《诗论》，中华书局 2012 年版。

［15］刘坡公：《学诗百法·学词百法》，中国华侨出版公司 1991 年版。

［16］李有光：《中国诗学多元解释思想研究》，人民文学出版社 2014 年版。

［17］鄢化志：《中国古代杂体诗通论》，北京大学出版社 2001 年版。

［18］魏中林等：《古典诗歌学问化研究》，中国社会科学出版社 2012 年版。

［19］黄擎等：《"关键词批评"研究》，商务印书馆 2018 年版。

［20］李建中：《元典关键词研究的理论范式》，人民出版社 2019 年版。

［21］袁劲、吴中胜：《元典关键词研究的思想与方法》，人民出版社
　　　2019 年版。

[22] 王根林等点校：《汉魏六朝笔记小说大观》，上海古籍出版社 1999 年版。

[23] 杜晓勤：《六朝声律与唐诗体格》，北京大学出版社 2017 年版。

[24] 陶敏主编：《全唐五代笔记》，三秦出版社 2012 年版。

[25] 吴光兴：《八世纪诗风：探索唐诗史上"沈宋的世纪"（705—805）》，社会科学文献出版社 2013 年版。

[26] 龙榆生：《唐宋名家词选》，上海古籍出版社 2014 年版。

[27] 莫砺锋：《唐宋诗歌论集》，凤凰出版社 2007 年版。

[28] 莫砺锋：《杜甫诗歌讲演录》，广西师范大学出版社 2007 年版。

[29] 钱锺书：《宋诗选注》，人民文学出版社 2005 年版。

[30] 郭绍虞：《宋诗话辑佚》，中华书局 1980 年版。

[31] 吴文治：《宋诗话全编》，江苏古籍出版社 1998 年版。

[32] 莫砺锋：《以俗为雅：推陈出新的宋诗》，辽海出版社 2007 年版。

[33] 周裕锴：《宋代诗学通论》，上海古籍出版社 2007 年版。

[34] 胡建次、邱美琼：《宋代诗学的多维观照》，商务印书馆 2017 年版。

[35] 吕肖奂：《宋诗体派论》，四川民族出版社 2002 年版。

[36] 张海鸥：《北宋诗学》，河南大学出版社 2007 年版。

[37] 陈静：《唐宋律诗流变研究》，齐鲁书社 2009 年版。

[38] 谷曙光：《贯通与驾驭：宋代文体学述论》，人民文学出版社 2016 年版。

[39] 王顺娣：《宋代诗学平淡理论研究》，巴蜀书社 2009 年版。

[40] 魏景波：《宋代杜诗学史》，中国社会科学出版社 2016 年版。

[41] 石明庆：《理学文化与南宋诗学》，中国社会科学出版社 2006 年版。

[42] 曾枣庄、舒大刚主编：《三苏全书》，语文出版社 2001 年版。

[43] 曾枣庄主编：《苏诗汇评》，四川文艺出版社 2000 年版。

[44] 傅璇琮：《黄庭坚与江西诗派卷》，中华书局 1978 年版。

[45] 刘扬忠：《宋词十讲》，江苏文艺出版社 2015 年版。

[46] 王术臻：《沧浪诗话研究》，学苑出版社 2010 年版。

［47］王锡九：《刘克庄诗学研究》，黄山书社 2007 年版。

［48］胡传志：《宋金文学的交融与演进》，北京大学出版社 2013 年版。

［49］郭绍虞：《清诗话续编》，上海古籍出版社 1983 年版。

［50］张寅彭主编：《清诗话三编》，上海古籍出版社 2014 年版。

［51］蒋寅：《清代诗学史》(第一卷)，中国社会科学出版社 2012 年版。

［52］王汎森：《权力的毛细管作用——清代的思想、学术与心态》，北京大学出版社 2015 年版。

［53］吴中胜：《翁方纲与乾嘉形式诗学研究》，中国社会科学出版社 2013 年版。

［54］故宫博物院明清档案部编：《关于江宁织造曹家档案史料》，中华书局 1975 年版。

［55］翁连溪编：《清内府刻书档案史料汇编》，广陵书社 2007 年版。

［56］赵宪章：《形式的诱惑》，山东友谊出版社 2007 年版。

［57］赵毅衡编选：《符号学文学论文集》，百花文艺出版社 2004 年版。

［58］张德兴主编：《世纪初的新声》，《二十世纪西方美学经典文本》(第 1 卷)，复旦大学出版社 2000 年版。

［59］孙扬、胡中为编：《天文学教程》，上海交通大学出版社 2020 年版。

［60］［法］雅克·保罗、［法］让-吕克·罗贝尔-艾斯尔著，陈海钊译：《宇宙之美：从大爆炸到大坍缩，跨越 200 亿年的宇宙编年史》，北京联合出版公司 2017 年版。

［61］［美］勒内·韦勒克，［美］奥斯汀·沃伦著，刘象愚、邢培明等译：《文学理论》，文化艺术出版社 2010 年版。

［62］［美］爱德华·萨丕尔著，陆卓元译，陆志伟校订：《语言论——言语研究导论》，商务印书馆 2011 年版。

［63］［美］罗伯特·休斯著，刘豫译：《文学结构主义》，三联书店 1988 年版。

［64］［瑞士］沃尔夫冈·凯塞尔著，徐诠译：《语言的艺术作品——文艺学引论》，上海译文出版社 1984 年版。

[65] [波] 罗曼·英加登著, 陈燕谷、晓未译:《对文学的艺术作品的认识》, 中国文联出版公司 1988 年版。

[66] [英] 特里·伊格尔顿著, 陈太胜译:《如何读诗》, 北京大学出版社 2016 年版。

[67] [法] 茨维坦·托多洛夫著, 怀宇译:《诗学》, 商务印书馆 2016 年版。

[68] [俄] 安德烈·戈尔内赫, 李冬梅、朱涛译:《形式论——从结构到文本及其界外》, 河南大学出版社 2018 年版。

[69] [日] 安居香山、中村璋八辑:《纬书集成》, 河北人民出版社 1994 年版。

[70] [日] 池上嘉彦著, 林璋译:《诗学与文化符号学——从语言学透视》, 译林出版社 1998 年版。

三、论文

[1] 张晶:《中西文论关键词研究之浅思》,《文艺争鸣》2017 年第 1 期。

[2] 魏中林、宁夏江:《论古典诗歌学问化》,《民族文学研究》2012 年第 5 期。

[3] 刘晓南:《试论宋代诗人诗歌创作叶音及其语音根据》,《语文研究》2012 年第 4 期。

[4] 杜爱英:《关于辘轳体、进退格》,《古典文学知识》2000 年第 2 期。

[5] 王水照:《杨万里的当下意义和宋代文学研究》,《江西师范大学学报》2010 年第 3 期。

[6] 杜爱英:《杨万里诗韵考》,《中国韵文学刊》1988 年第 2 期。

[7] 蒋寅:《陆游诗歌在明末清初的流行》,《中国韵文学刊》2006 年第 1 期。

[8] 郑永晓:《南宋诗坛四大家与江西诗派之关系》,《南都学坛》2005 年第 1 期。

[9] 肖瑞峰、彭庭松:《百年来杨万里研究述评》,《文学评论》2006 年第 4 期。

［10］邹其昌：《"讽诵涵泳"与"叶韵理论"——论朱熹〈诗经〉论释学美学论释方式之二》，《湖北师范学院学报》2005 年第 1 期。

［11］张守中：《〈平水韵〉考》，《山西大学学报》1982 年第 1 期。

［12］杨春俏：《关于"平水韵"若干问题的再考辨》，《西北民族大学学报》2009 年第 3 期。

［13］郑永晓：《多民族文化的交融与元代文艺思想的独特性》，《文学遗产》2018 年第 3 期。

［14］郑永晓：《〈佩文韵府〉的编纂与康熙朝后期的诗坛取向》，《文学遗产》2017 年第 3 期。

［15］蒋寅：《科举试诗对清代诗学的影响》，《中国社会科学》2014 年第 10 期。

［16］蒋寅：《纪昀的诗学品格及其核心理念再检讨》，《文艺研究》2015 年第 10 期。

［17］解志熙：《"和而不同"：新形式诗学探源》，《文学评论》2001 年第 4 期。

［18］张松建：《形式诗学的洞见与盲视：卞之琳诗论探微》，《汉语言文学研究》2012 年第 1 期。

［19］张建华：《我国的俄罗斯文学批评需要重建形式诗学——跟着纳博科夫读俄罗斯文学》，《外国文学》2020 年第 4 期。

［20］韩仪：《永明新变与形式主义诗学的语言转向》，《文学评论》2014 年第 3 期。

［21］刘方喜：《声韵·情韵·神韵："韵"之三层结构论》，《陕西师范大学学报》2010 年第 3 期。

［22］冯胜利：《汉语韵律文学史：理论构建与研究框架》，《中国社会科学》2022 年第 11 期。

［23］张中宇：《汉语诗韵三大功能及其文学价值——兼论"聚合"力对诗歌跳跃结构的平衡作用》，《广东社会科学》2021 年第 4 期。

［24］杜磊：《古代文论"韵"范畴研究》，复旦大学 PhD dissertation，2005。

［25］傅新营：《宋代格韵说研究》，上海师范大学 PhD dissertation，2003。

［26］钟耀：《中国古代诗论"韵"范畴研究》，南昌大学 MA thesis，2007。

［27］张凤霞：《唐代"韵"范畴及其诗学精神》，辽宁师范大学 MA thesis，2013。

［28］李海容：《宋代"韵"范畴及其诗学精神》，内蒙古师范大学 MA thesis，2006。

［29］［美］姜斐德：《略说次韵诗作为秘密的对话——兼论其对墨梅画的影响》，《首届宋代文学国际研讨会论文集》，复旦大学出版社 2001 年版。

［30］［日］内山精也：《苏轼次韵词考——以诗词间所呈现的次韵之异同为中心》，《第三届唐宋诗词国际学术研讨会论文集》，中国社会出版社 2004 年版。

后　　记

　　我的硕士学位论文名《险韵诗研究》、博士学位论文名《宋代诗韵学与诗学研究》、博士后出站报告名《清代韵学与诗学研究》，屈指算来，沉酣诗韵研究已近十年。然而"沉酣"云者，只是主观上的沉醉其中、酣畅怡悦。由于生性鲁钝、才浅学疏，所做文章，常见错误，每发现一处，就面红耳赤，羞愧难当。

　　闭门造车，终属无益；勇于展示，易得新知。

　　平日向师友请益，所得鼓励、教正已多，硕士导师吴振华先生、博士导师郑永晓先生、博士后导师蒋寅先生，更是为我的学业进步倾注了大量心血，我无时无刻不心存感念；蒋寅先生亲赐"诗韵簃"斋号并手书以赠，也给了我莫大鼓舞。我的妻子苏悟森博士与我专业相近，书中每一篇文章从选题到写作，无不随时同她讨论，征求她的意见，也使我获益良多。

　　本书有幸入选武汉大学出版社"中华字文化大系"出版计划，获得向学界前辈、同仁求教的机会，不胜欣喜；能获得这一展示研究心得的机会，离不开李建中先生对本选题的肯定和袁劲老师的赏识、推荐，特此致谢。

　　本书除绪论和末章为新作外，其余各章都以单篇论文形式发表过，这次出版又做了不少增补改动。承蒙《乐府学》《中华读书报》《阅江学刊》《天中学刊》《宁波大学学报》《江南大学学报》《社会科学论坛》《社会科学动态》《铜仁学院学报》《李调元研究》《山西大同大学学报》《岭南师范学院学报》《淮南师范学院学报》诸刊及编辑老师提供求教平台和指导，我才最终鼓起此番出书问道的勇气，一并鸣谢。

本书内容多是提炼自硕博士学位论文和博士后出站报告。经过答辩委员会、考核委员会和编辑老师、外审专家的层层把关，已经比之前有了很大提升。

但是，由于本人的疏漏，本书肯定还有不少错误和不足之处，期待前辈、同仁不吝赐教（我的邮箱是 jincan1122@163.com），我一定认真吸收、改正。

黄金灿

壬寅年小雪前一日于诗韵簃

书稿提交出版社之前，李建中先生对目录框架又提出了极具建设性的指导意见，袁劲老师又将《绪论》部分推荐《关键词》辑刊"学术动态"栏目发表；进入出版流程后，责任编辑白绍华老师全程统筹、指导，一、二、三校老师又分别提出不少修改意见。所有帮助都使我更加感慨：学问之中真是有大喜乐！

黄金灿

癸卯年初秋补记于

安徽师范大学中国诗学研究中心